安徽省教育廳人文社會科學研究“《定字集》點校”(JS2019JYRW0164)項目資助成果
合肥工業大學圖書出版專項基金資助項目

《定字集》點校

(元)陳　櫟　著
郭曉燕　點校

合肥工業大學出版社

弁　言

《陳定宇先生集》，又名《定宇集》，宋末元初理學家、教育家陳櫟(1252—1334)撰。櫟字壽翁，號定宇，晚更號東阜老人，徽州休寧人。自幼穎異不羣，五歲入小學，七歲能通經義，十有五即出為童子師。宋亡，科舉廢，不復求仕，惟以著書立言為務，元統二年卒，年八十三。著述頗豐，除文集外，尚有《尚書集傳纂疏》六卷、《歷代通略》四卷傳世。

《陳定宇先生集》，見錄於《元史》《明史》以及明以來的徽州府志、休寧縣誌和明程敏政撰《新安文獻志》、程曈《新安學系錄》、清黃宗羲《宋元學案》等。《四庫全書》所收為十六卷，卷首有陳櫟年表，卷一至卷一四皆為文，卷一五為陳氏譜略，计二百八十篇。卷一六為詩及詩餘，現存五七言古詩、五七言律詩、五言排律、七言絶句等計一百七十二首，詩餘十六首。另有别集一卷，收錄時人序跋四篇、信劄十七篇。卷末附錄揭傒斯撰《定宇先生墓誌銘》、汪炎昶撰《定宇先生行狀》、金石作《定宇先生贊》、倪士毅代先生子明卿作《謝揭學士撰定宇先生墓誌啟》、朱升撰《勤有堂記》、范淶著《理學名儒坊傳》、程敏政撰《定宇先生祠堂記》、施璜撰《跋定宇先生文集后》、葉良儀撰《陈定宇先生文集跋》等。

《陳定宇先生集》以序跋、辨說、記傳、隨錄、行狀、墓誌、墓表、書啟、詩賦、試文、講義、考評、祭文、祝文等形式，將時人行誼予以記載和保留，其中有不少反映陳櫟與吳澄、方回、曹涇等名儒學術討論及日常交往情況，涉及宋末元初社會不同身份人物，可作為了解時人行事的參考依據，對研究元代人物有很高史料價值，並為後人研究元代文學提供了大量翔實的資料，其中更是蘊含了陳櫟治世修身的觀念和看法。書中保留大量有關元代社會經濟、政治、文學、風俗、藝術、書院等方面的史料，反映出元代政治與社會實況，可補史闕。

《定宇集》，元、明二代未見刊刻記錄，但有傳本。清初《千頃堂書目》卷二九著錄有“陳櫟《陳定宇先生集》”，未著卷數，或未親見書。康熙三十三年（1694），陳櫟族孫陳嘉基刊刻成冊，題《陳定宇先生文集》，後“又梓先生文集行世”，是為康熙三十五年（1696）刻本，十七卷。此康熙本尚存，應為《定宇集》現存最早傳世版本，今藏于北京大學圖書館、上海圖書館。另臺灣中央研究院史語所傅斯年圖書館亦有藏，新文豐出版公司《元人文集珍本叢刊》據以影印，前附潘柏澄所撰敘錄。文淵閣四庫全書本所收《定宇集》及《別集》十七卷，系據浙江鮑士恭家藏本抄錄，除卷首僅有年表外，其餘與康熙刊本同。

本冊《定宇集》內容之校注，以《元人文集珍本叢刊》影印康熙三十五年刻本為底本，參以文淵閣四庫本及時人文集中收錄的陳櫟詩文。原書所用字，如“羹”與“羮”，“鼎”與“鼎”，“游”與“遊”，“修”與“脩”，“大”與“太”，“秘”與“祕”，“乘”與“乗”，“巡”與“廵”，“概”與“槩”，“攄”與“據”，“略”與“畧”，“纏”與“緾”，“注”與“註”，“實”與“寔”，“蒸”與“烝”，“儌”與“僥”，“參”與“叅”“叅”，“草”與“艸”，“泰”與“泰”，“期”與“朞”，“輙”與“輒”，“階”與“堦”，“托”與“託”，“圓”與“員”，“操”與“摻”，“吊”與“弔”，“亡”與“亾”，“忘”與“忘”，“遽”與“遽”，“于”與“於”，“餙”與“飭”，“衽”與“袵”，“個”與“箇”，“著”與“着”，“御”與“禦”，“爲”與“為”，“并”與“並”，“暘”與“旸”，“庵”與“菴”，“鷄”與“鸡”，“葢”與“蓋”，“强”與“強”，“彷彿”與“髣髴”等，其意於該處可通用者，盡量保持原有風格，不作改動。

顧嗣立《元詩選》、李修生《全元文》收錄陳櫟诗、文，考釋詳細，這為整理和利用《定宇集》提供了便利。目前，學術界尚無其他專門校注與研究《定宇集》的著作。校注時參考和吸收學界相關成果，在此一併致謝。

前賢有言曰：“校書如掃塵，一面掃，一面生。”余不敢以纖塵自必，校注有誤之處，敏求方家明鑒而恕待之。

郭曉燕

二〇二一年六月於合肥工業大學斛兵塘

凡　例

一、本書以《元人文集珍本叢刊》影印康熙三十五年刻本《陳定宇先生文集》為底本进行校注，參以文淵閣四庫全書本《定宇集》及時人文集。

二、原書文本確有訛衍脱倒者，予以改删補乙，注明校改依據。偶有意改，必加說明。校記以［一］［二］［三］……編寫序號，隨文校記於當篇之下。

三、遇有已己淆舛，已乙混同之類，據文意徑改，不再出注。某些常用字詞如切（竊）、册（冊）、况（況）、絶（絕）、研（硯）、靖（靜）、弘（宏）、纔（攙）、决（決）等，僅在初次出現時說明。原書夾雜之俗寫字，酌改為規範化繁體字，如“愽”改為“博”，“顔”改為“顏”，“囘”改為“回”，“凉”改為“涼”，“盗”改為“盜”，“黄”改為“黃”，“薻”改為“藻”等等，不出注。

四、校勘文字，采用底本附校記形式，力求扼要明白，避免枝蔓含糊和考證煩瑣。被校文字與校記，用冒號分開。

五、原書注記，采用雙行小字夾注，悉數保留。玆為排版方便，悉用單行小字之例。

六、注釋一項，於句讀處加注。句中被注詞語與注文，用逗號分開。

七、原文中有若干缺字，本書中目前無法校補的，仍用符號“□”代替。

八、除《陳定宇先生文集》各本外，校注常用之書，《周易本義》用清宣統二年石印本，《東坡後集》用明嘉靖刻本，《新安文獻志》用明弘治十年刻本,《朱楓林集》用明萬曆四十四年刻本,《劍南詩稿》用汲古閣本,《胡澹庵先生文集》用清道光刊本,《黄山谷内集》用宜都楊氏刻本,《水心集》《雲峰胡先生文集》用文淵閣四庫全書本,《古文辭類纂》用臺灣中華書局據清代滁州李承淵求要堂校《四部備要》本,《史记》《唐書》《朱子語類》用中華書局點校本,《新安學系錄》用黄山書社本,《彊村叢書》用上海古籍出版社本。

九、本書於各卷詩文均盡量保持原貌。校注時參考相關論著,不及一一注明。

序

翁叔元

往，余讀《唐荆川稗編》，見所採“三正説”中有元儒陳定宇先生辯折九峰蔡氏之誤，疏通證明，識見卓偉，數千年不決之疑，藉是以定。常欲購其遺書，不可得。後閱司冦徐公新刻宋元人《五經解》，始得先生《尚書蔡氏集傳纂疏》讀之。今歲，先生族孫毅軒刊先生文集，將成，來邸門請序於余。余於先生書，慕之篤，喜其集成，足以嘉惠後學，不揣蕪陋，爲叙先生問學之源流，以諗於世之讀書稽古者。葢自考亭夫子歿後，羣弟子本師説以翼經傳，原原本本，枝分派別如宗族譜系，灼然可考。雖其旁流末葉，必以雒閩之學爲宗，無有離經叛道之患。勉齋黄氏、潛菴輔氏，其傳最廣。婺源滕德粹璘生考亭之鄉，親承教澤，與黄、輔諸君子齒先生出滕氏門，私淑朱子，自其少時，學已正矣。比長，丁宋元鼎革，科舉廢，益發憤專力講求聖賢之遺書墜言，毅然以仔肩斯道自任，潛心研玩，具得六經肯綮，隱居譔著，垂數十年。晚登浙江賢書，不就禮部試，授徒終老。年逾大耋，無宦仕之牽，無歲月之間，齒日益高，學日益博，宜其纂述富論議精也。其所著《四書發明》《禮記集義》《讀易編》《讀詩記》《爾雅釋》《六典撮要》《春秋三傳節註》《資治通鑑精節》《增廣通畧》《論孟訓蒙口義》《書解折衷》等凡十餘種，大者有關性命之學，次亦爲經生津筏，多裨補焉。其《尚書纂疏》，一本蔡氏而論《泰誓》《武成》，駁蔡氏不改月之説，證之《左傳》《孟子》《後漢書·陳寵傳》，又證之前漢《律曆志》，幾及千言，抨擊不少假借張敷言。史伯璿、趙汸、熊朋來更起迭唱，而後世人曉然于商周之改時月無可疑者。夫疏《蔡傳》而攻蔡，近於入室操戈而不知考亭固力持改月之説，特未詳引博證耳。然則先生實朱子之功臣，而亦蔡氏之諍子也。他所考辨，亦往往精確可採，集中文字簡質明快，無巵言蔓詞，先生嘗自言曰："櫟一得之愚，往往附見。或有發前人未發者，實未嘗出朱子窠臼外。"吁！可以知先生所得矣。朱子之道，天開日朗，諸儒承學累傳，交暢厥旨，譬之繁星附麗，芒寒色正，更千百年，誰得以塵壒障掩。自明初宋景濂、方希直之歿，儒林宗派劃焉斬絶，論世者每爲興慨。今獲讀先生文集，而追憶其曩時，師友講貫傳授之辛勤，不且如摳衣捧几于鉛槧間乎？毅軒贇而有文以表章其家先集爲汲汲，是亦可以風天下已。先生字壽翁，别號東皐老人，學者稱定宇先生。

旹康熙乙亥孟冬，虞山翁叔元拜叙。

序

吴苑

自紫陽朱子倡明絶學以扶持世教，屏黜羣言，新安之名儒相繼迭出，遂盛傳於天下。而有功朱子者，則定宇陳先生爲尤鉅。當夫朱、陸詆訾，標榜各立，两家之學如方枘員鑿之不相入，於是，有尊朱者、有畔朱者、有陽尊朱而陰違者，支離鹵莽，立説以愚天下。先生慨然憤發，懼羣儒之背於聖人而亂朱子統緒，乃著書數十餘萬言，使朱子之學焕然如日星之揭於中天也。謂非豪傑之士歟？揭文安公爲先生志墓，盛稱先生有功朱子，而引江西吴草廬爲頡頏。嗚呼！江西之學往往曲護其鄉人，若艸廬吴氏所謂陽尊朱而陰違者也，忝恶得與先生同稱乎哉？觀草廬之序《象山語録》，有云："今之口談先生、心慕先生者比比也。采有一人能知先生之學者乎？果有一人能爲先生之學者乎？"則草廬之爲象山樹幟也至矣。而其《送陳洪範序》曰："朱子之教人也，必先之以讀書講學；陸子之教人也，必使之真知實踐。讀書講學者，因以爲真知實踐之地；真知實踐者，亦必自讀書講學而入。二師之爲教，一也。"是又爲两可調停之説也。於是，篁墩之《道一編》、姚江之《朱子晚年定論》書由此而起，則艸廬固朱子罪人也。若定宇憲章朱子，力黜百家，甚非艸廬之比，其言曰："諸經四書，一是以朱子爲宗。"又曰："櫟一得之愚，間有發前人未發者，實未嘗出朱子窠臼外。"盖先生出常甫黄公之門，常甫之學出自萬菊滕公，而滕之先璘、珙二伯仲皆爲朱子高弟，其淵源固有本矣。而同時所與游者胡雲峰、胡雙湖、曹弘齋、汪古逸，諸子相與切磋，砥礪以進於醇。故其所著《四書發明》《中庸論孟口義》《書解折衷》《尚書纂疏》《讀易編》《讀詩記》《禮記詳解》《禮記集義》《春秋三傳節註》《爾雅釋》《六典撮要》諸書，皆能羽翼六經，津梁傳註。弘齋以文公功臣目之，不亦宜乎？雖然其人傳其學傳而其書則有不盡傳者。自雲門人倪道川、朱楓林諸先生没後，卷帙散亾，百不存一，迩者崑山徐司冦刻先儒經解，僅載其《尚書纂疏》一書，余幸生於其鄉，忝嘗多方購覔，竟不可得。後學之士又烏得辭其過乎？今者先生族孫毅軒刊其文集行世，余授而讀之，窮微闡幽，根究理窟，固不徒以文顯而以載道傳，則讀雲集者用以治身治世、經緯鴻猷可也，寧止如操觚家言，揚葩摛藻，漱六藝之芳潤而已。吾願與毅軒旁搜博采，盡得先生之遺書而傳之，使紫陽之教不墜于天下，是亦表彰吾道之公心也，豈草廬諸君子曲護其鄉人者所可同日而語哉？

康熙丙子仲春上浣，同郡後學吴苑謹序并書。

序 戴絃

文者，載道之言，彰教輔治之書也。道，藉文而著教，賴文而宣播之僻壤，垂之奕祺，俾觀者有所折衷興起，又足以補政治所不逮，文葢可忽乎哉？自世之爲文者，以浮華誇誕相矜尚，而于性命精微之旨、天人理數之宗輙囁嚅，閣筆弗能道。此無他，由於學之不得其傳，故志未立，識未廣，徒以軟靡柔媚之習欺世取榮。而文之汪洋恣肆、兀傲偉奇者，又浸淫於奥僻險怪而不自知，則雖寓意若南華，峭拔若诸子，腴勁若秦漢，纖穠若六朝，神明變化若唐宋大家，茍其立意敷詞未能盡合聖人，揆之載道、彰教、輔治，或有餘憾，猶未可爲宇宙大文也。況卑陋不及古人，而欲以文自雄，侈言不朽，難矣！夫天地之道，備於羣聖，而孔子集其成。孔子之道，傳於七十子，闡於漢以下諸儒，而朱子集其成。學者生明備之後，讀書稽古，其弗思繼往開來，績微言申大義則已，否則，莫若以文，文又躬行之，所以見端，而前聖後贒，越千百世，而心與心所由相質者也。嗚呼！文葢可忽乎哉？朱子殁後五十三載，而元儒陳定宇先生生于歙之休寧，七年通進士業，十有五年出爲人師，旋受學於五城黄常甫先生，久而得朱子之傳。宋德既衰，科舉業廢，先生館於江潭，慷慨發憤，日事著書，與雙湖、雲峰諸先生質疑辨難，所著《四書發明》《論語中庸口義》《書解折衷》《禮記詳解》諸書，羽翼經傳，爲集註階梯，而於《中庸》挈擇善固執著用力之方。於深衣制度，不敢曲從朱子，尤發先儒之藴。其他《雲萍小錄》，洎種種序、記、書、傳、論、說、銘、贊、策、表、詩、賦諸篇，圖書、曆象、氣盈朔虚、陰陽五行之說，他人所囁嚅勿道者，莫不探微極奥，曲暢旁通。一書之中，體用咸備，巨細畢舉，即古聖王所以修己治人、處常濟變、大經大法、憂世覺民之情，亦略具矣。至其文章，博而不煩，清而不刻，才法雙御，脉度凝整，無意於修詞，而經史之氣穆然粹然。年踰八十，猶勤勤不少倦，視古之僅以文鳴於時者，其裨益奚若哉！族孫嘉基懼其寖遠寖佚也，鏤之梓。問序於余，余亦惟推本先生立言大旨，逖稽授受，淵源以見。學者精研典籍，必思前有以明先王之教，上有以佐當朝之治，遠承昔聖相傳之道，下啟來茲聿紹之微，而後可以成不朽之業而無憾。然則自宋季歷元迄明中葉，遙遙二三百年間，紫陽之學，綿延一綫，俾繼起若文清、虛齋、文成諸公，得以信古傳述者，先生之功，其可泯耶？甚矣！文章所繫之重也，今者聖贊之道昌矣！寡昧如余，猶得叨恩侍從。仰瞻聖天子狥齊睿智，紹精一執中之傳，嘉與學士大夫，講明道德，措諸政教，措諸治術，一切禮樂兵刑、度量數制、典章文物，炳炳麟麟。凡以總壹海內，整齊萬民也，不亦考三王，俟百世，而不謬不惑乎哉？於是時，而恪守先人遺册，非惟守之，又校正之，刊播之，走數千里，達京師，就質於大人宿儒，以惠來學，臣道也，子道也。讀是編者，其亦憬然於浮誇險怪之不可以行遠，而進求夫窮理正心居敬存誠之要，則於修齊治平、內聖外王之事均有賴焉。而後作爲文章，庶幾張皇幽眇，魯鄒濂洛之風永永，其不墜矣乎！

旹康熙乙亥秋八月，同邑後學戴綋謹識。

序　戴有祺

昔揭文安公嘗論陳定宇先生，比之吴文清，以謂澄居通都大邑，又數登用於朝，學者四面歸之，故其道遠而章，尊而明。櫟居萬山間，與木石俱，足跡未嘗出鄉里，故其學必待其書之行，天下乃能知之。及其行也，亦莫之禦。然則先生之學，誠不媿於聖人之徒，而其始之奮乎深山，而信從乎天下，葢亦難矣哉。假令其書不傳，其所自得者，固不因以加損於毫末，而其憲章朱氏、墮黜百家之深心，後世莫由知也夫！自迄今數百歲，先生之書，所謂《折衷》《口義》《纂疏》者若滅若没，其他論説見於後儒採摭者亦僅矣。其聲光懿灼，即無論考亭，視文清果何如歟？嗟乎！學聖人之學，而其傳之或盛或不盛，豈亦不能無所憑藉而然歟？然先生爲學之大指備見於史，今但得其書而讀之，天下之信從者將益堅，以視昔日奮乎深山之中，難易固不同也。休寧陳子毅軒偕弟書崖者，繫先生族孫，裒遺集而重刊之爲十七卷，天下獲讀先生之書有日矣。予觀世教之衰，士大夫篤意詞章，而憚言義理之學，旁搜博集，誇簡册之富，而其邑之先贊及其父祖之所撰述或缺焉。若此者，皆狥末而昧本者也，陳子可謂知所本矣。其使先生之學復行於天下，足與文清並垂以信揭公之論者，必頼此舉也夫！

旹康熙乙亥孟秋，同邑後學戴有祺謹識。

序　汪晉徵

余家休寧之雙溪，厺十五里，曰陳村，爲先儒定宇陳先生故宅。余六歲，先君訓曰："不遠有九里三贒，爲陳、倪、朱某先生。"小子誌之。及年十二，游庠序，應試，舟過陳村，憩碩儒坊表，瞻拜祠堂，徘徊景仰，不能去。歸以告先君，先君爰檢示範晞陽方伯所剌《休陽理學先贒傳》及縣誌，訓曰：邑自宋元以來，科目不乏人，今皆無傳。可傳者，惟此明道傳經諸君子耳。孺子勉之，嗣是讀《大全》。每至新安陳氏說，見解必正，與朱子論後先發明，竊喜同郡得朱子，同邑得陳子，私淑有藉也。迨癸丑，與汪啟我、吳徽仲、施虹玉諸同志，講學紫陽還古書院，討論切劘，期躬行心得于先儒之書，辨晰毫芒，務得其至是，以不畔于聖贒之指歸。于是，知吾鄉理學諸儒，有以經學勝者，有以經濟事業著者，有以氣節重者，而其殫精理要，羽翼朱子所未發，足以裨益後學，使得傳授之正，不徒沾沾于訓詁家言者，必以先生爲稱首。嗚呼！其用心已勤，著述已盛矣！戊午，上公車，舟宿先生祠前，月下曾賦詩曰："紫陽心法著新安，自得先生緒未殘。百世纂修成集傳，一生行跡寄儒冠。祠前明月含深樹，舟畔輕風響急湍。梓里非遙勤仰止，誰傳絶業嗣登壇。"旋館選畱京邸。乙丑，補垣職。啟事初，即以勅修先贒祠宇請，而敘歷代大儒關道統之傳者，推列先生。奉俞旨通行。于是，先生族子若孫，煥新先生祠宇，以及門倪、朱兩公配余爲文記之。然而，先生之遺書，尚未廣播也。余讀禮家居，僅購得《增廣通略》及寫本《文集》二種，與吾友陳子宿峯訂序而刊傳，繼以宿峯出守東萊，未遑也。玆毅軒得書崖本，勇于剞劂，校訂精工，使先生詩文與立身出處大概，天下後世皆得共見，毅軒洵不愧毅矣。

陳氏何多賢哉！抑先生自叙詩曰：四書與《書》《記》，羣玉之璠璵。三者倘行世，豈曰小補與。是先生精神在三書，今者《書》《傳》已剌于崑山，而《四書發明》《禮記集義》尚未得見，表章之責，非望之後賢而誰望歟？嗟乎！余于先生私淑五十年，僅得列名入告，而先生立德立言不朽之大節，不能望萬分之一，深有負先君之庭訓，今于其集之行也，追而叙之，余滋愧余滋勉矣！

康熙丙子季夏，邑後學汪晉徵謹識。

叙 孙嘉基

聖天子崇儒重道，特允科臣請，修葺宋元以來理學名賢祠宇。而我定宇公與焉，誠盛典也。獨是公布衣弗顯，教授生徒以老，其志紫陽之志以上接濂洛關中之傳。視諸儒遇較艱而心較苦，凡發明六經、四子，羽翼道統者，葢不知幾百千萬言矣。後人讀其書論其世，想見其人，而有不流連慨慕願爲横經之弟子，負杖之及門乎？顧世遠言湮，公所論著，分見於《大全》諸書者，雖家絃户誦，共尊爲新安陳氏之學。然《文集》散佚，蒐輯維艱，考古之士，未嘗不爲公太息也。家弟書崖積三十年之力，旁羅博采，凡公殘膏賸馥，罔不搜討靡遺，可謂勤矣。而又身居三吴文獻之邦，往來鄒魯賢聖之地，與當世淹洽之儒，句斟而字酌焉。誠完璧也！予一見踴躍，亟登梨棗。書崖曰：闡揚先業，兄志猶弟志也，尚敢私爲枕中秘耶？而予因之有感矣。逹者崇禎乙亥，予祖維則公與書崖祖三色公同刊定宇公《通略》，迄今甲戌又一週矣。而定宇公《文集》，適殺青於今日，殆有時焉，非偶然也。世之閲斯集者，一以見予兄弟，仰副皇朝崇儒重道之至意，一以見以道自任者，初雖弗耀，久乃自彰。正不必獻賦若相如，載筆若枚臯，始稱爲作者也。謹叙。

旹康熙三十三年歳次甲戌四月上澣，族孫嘉基百拜書。

請修先賢祠宇疏

吏科汪晉徵題爲請勅修先賢祠宇事：臣惟六經之道得孔孟而大彰，孔孟之道得先賢而益著，故敦崇聖道必表彰先賢，而正學愈明也。我皇上聰明天縱，德盛化神，尊重先師典禮，自有史册以來無以復加，諸如錄恤周公之子孫，查敘周惇頤之世襲，頒給白鹿洞書院之書額，皆所以崇重先儒，振興文治。臣愚以爲歷代大儒關係道統之傳者，如周惇頤、程顥、程頤、張載、朱熹、楊時、真德秀、許衡、陳櫟、薛瑄、胡居仁、羅欽順、顧憲成、高攀龍輩以及諸弟子淵源一派，或生長之鄉，或遊宦之地，類皆有力學讀書之所。樂慕前徽，建爲祠宇，設位置田，春秋致祀，具載各省通誌，班班可考。第歲久年湮，其有生徒誦習者堂廡猶然仍舊，其無師儒肄業者棟宇或致摧傾。恭值我皇上聖治日隆，文命四敷，各省學宫以及孟廟、仲廟莫不煥然一新，而歷代大儒祠宇顧猶有傾頹匆飭，揆於盛世文治之隆，豈非所宜急飭者乎！且自力聖賢之學，外而經世治民，內而修己正心，其餘以及詩歌文詞皆必資乎誦習，而後人才蔚起，可以備國家之用。先賢祠宇，學人誦習之區也，關係教化，寔非淺鮮。皇上聖學淵源，猶且講筵匆輟，千古道統、治統萃於一人，是景運方隆、正學昌明之日，伏乞勅各省巡撫、督學諸臣查所屬先賢讀書之處，動用無礙錢糧重加修葺，着所在官司歲時親臨，鼓舞生儒講習其中，清理祭田以資膏火，務使真儒輩出，勿得視爲具文，於以繼往聖之絶學，開萬世之太平，道由此矣。伏乞睿鑒施行。奉旨："該部議奏。"

部覆：禮部題爲"請勅修先賢祠宇事"，禮科抄出，吏科汪題前事奉旨："該部議奏，欽此。"該臣等議得，吏科汪條奏疏，稱歷代大儒關繫道統之傳者，如周惇頤、程顥、程頤、張載、朱熹、楊時、真德秀、許衡、陳櫟、薛瑄、胡居仁、羅欽順、顧憲成、高攀龍輩皆有讀書之所，後人景慕前徽，建爲祠宇，設位置田，春秋祭祀，第歲久年湮，祠宇傾頹弗飭。請勅各省巡撫、督學諸臣查所屬先賢讀書之處，動用無礙錢糧重加修葺，鼓舞生儒講習其中，清理祭田以資膏火，務使真儒輩出，勿得視爲具文等因前來查歷代大儒，如周惇頤、程顥、程頤、張載、朱熹、楊時、真德秀、許衡、陳櫟、薛瑄、胡居仁、羅欽順、顧憲成、高攀龍輩，於讀書之所建爲祠宇。今皇上崇重先賢，鼓勵後學，無不極其周至，如歷代大儒讀書之所有傾頹者，理應修葺，但各省錢糧俱繫正額，並無無礙錢糧相應。請勅下各直省督撫、學臣查明所屬先賢讀書之所有傾頹者，設法修葺，令該地方官鼓舞儒生講習。查周惇頤、程顥、程頤、朱熹之裔，雖授爲五經博士，並無給與祭田，今所請清理祭田之處，無庸議。奉旨依議。

康熙二十六年　月　日

元史本傳

陳櫟字壽翁，徽之休寧人。櫟生三歲，祖母吴氏口授《孝經》《論語》，輒成誦。五歲入小學，即涉獵經史。七歲通進士業。十五，鄉人皆師之。宋亡，科舉廢，櫟慨然發憤[一]，致力於聖人之學，涵濡玩索，貫穿古今。嘗以謂有功於聖門者，莫若朱熹氏，熹没未久，而諸家之説，往往亂其本真，乃著《四書發明》《書集傳纂疏》《禮記集義》等書[二]，亡慮數十萬言[三]，凡諸儒之説，有畔於朱氏者，刊而去之；其微辭隱義，則引而伸之；而其所未備者[四]，復爲説以補其闕。於是朱熹之説大明於世[五]。

延祐初，詔以科舉取士[六]，櫟不欲就試，有司强之，試鄉闈中選[七]，遂不復赴禮部。教授於家，不出門户者數十年。性孝友，尤剛正，日用之間，動中禮法[八]。與人交，不以勢合，不以利遷。善誘學者，諄諄不倦。臨川吴澄，嘗稱櫟有功於朱氏爲多，凡江東人來受業於澄者[九]，盡遣而歸櫟。櫟所居堂曰定宇，學者因以定宇先生稱之。元統二年卒，年八十三。

揭傒斯誌其墓[一〇]，乃與吴澄並稱，曰："澄居通都大邑，又數登用於朝，天下學者，四面而歸之，故其道遠而章，尊而明。櫟居萬山間，與木石俱，而足跡未嘗出鄉里，故其學必待其書之行，天下乃能知之[一一]。及其行也，亦莫之禦，是可謂豪傑之士矣。"世以爲知言。

【校勘】

［一］櫟慨然發憤：櫟，原脱，據中華書局點校本《元史》補。

［二］乃著《四書發明》《書集傳纂疏》《禮記集義》等書：書集傳纂

疏之“集”字，原脫，據中華書局點校本《元史》補。

［三］亡慮數十萬言：十，原作“千”，據中華書局點校本《元史》改。

［四］而其所未備者：所，原脫，據中華書局點校本《元史》補。

［五］於是朱熹之說大明於世：大，原作“復”，據中華書局點校本《元史》改。

［六］詔以科舉取士：以，原作“立”，據中華書局點校本《元史》改。

［七］試鄉闈中選：鄉闈，原脫，據中華書局點校本《元史》補。

［八］動中禮法：法，原作“度”，據中華書局點校本《元史》改。

［九］凡江東人来受業於澄者：業，原作“學”，據中華書局點校本《元史》改。

［一〇］揭傒誌其墓：誌，原作“銘”，據中華書局點校本《元史》改。

［一一］天下乃能知之：天下，原脫，據中華書局點校本《元史》補。

定宇先生年表

宋理宗淳祐十二年壬子春三月二十七日寅時，先生生於休寧五城，距朱夫子之卒纔五十三年。

寶祐元年癸丑[一]，先生二歲。

二年甲寅，先生三歲，祖母吴氏口授《孝經》《論語》，聞輒成誦。

三年乙卯，先生四歲。

四年丙辰，先生五歲入小學，即涉獵經史。十一月初四日，先生祖士俊公卒，年七十五。

五年丁巳，先生六歲。

六年戊午，先生七歲，通進士業。自七歲至十四歲，侍其父復之公讀書，公教之，靡所不至。

開慶元年己未，先生八歲。

景定元年庚申，先生九歲。

二年辛酉，先生十歲。

三年壬戌，先生十一歲。

四年癸亥，先生十二歲。

五年甲子，先生十三歲。

度宗咸淳元年乙丑，先生十四歲。

二年丙寅，先生十五歲，出爲人師於團圓山。九月十九日，先生之祖妣吴氏卒，年八十。

三年丁卯，先生十六歲，館湖干，始受學於五城黄常甫先生，久而得朱子之傳。

四年戊辰，先生十七歲。

五年己巳，先生十八歲。

六年庚午，先生十九歲，館於鄉族。

七年辛未，先生二十歲。

八年壬申，先生二十一歲。

九年癸酉，先生二十二歲，始就方州試，以書經與待補選。

十年甲戌，先生二十三歲，赴江東混試，以病不果。二月，迎婦於迴溪朱氏。

少帝德祐元年乙亥，先生二十四歲，館於江潭。而科舉廢，於是慷慨發憤，惟以著書立言爲務。是歲，先生父以五城笳鼓數驚，因挈家還陳邨。

二年丙子[二]，先生二十五歲，館於詹溪程氏。

益王景炎元年丁丑[三]，先生二十六歲，仍館詹溪程氏。

衛王祥興元年戊寅[四]，先生二十七歲，仍館詹溪程氏。

二年己卯[五]，先生二十八歲，仍館詹溪程氏。五月十一日未時，子照生。

三年庚辰[六]，先生二十九歲，仍館詹溪程氏。

元世祖至元十八年[七]，先生三十歲，仍館詹溪程氏。

十九年壬午，先生三十一歲，仍館詹溪程氏。

二十年癸未，先生三十二歲，仍館詹溪程氏。

二十一年甲申，先生三十三歲。五月二十一日寅時，子勲生。

二十二年乙酉，先生三十四歲。

二十三年丙戌，先生三十五歲。秋，述《深衣說》。

二十四年丁亥，先生三十六歲。二月二十九日，先生之考復之公卒，年七十七。

二十五年戊子，先生三十七歲。三月，書《深衣說跋》。

二十六年己丑，先生三十八歲。

二十七年庚寅，先生三十九歲。

二十八年辛卯，先生四十歲，館里中畢梧山氏。六月，和方虛谷《上南行詩》。

二十九年壬辰，先生四十一歲。

三十年癸巳，先生四十二歲。

三十一年甲午，先生四十三歲。二月二十八日，先生之妣汪氏卒，年七十五。治喪不作佛事，守曾祖遺言也。

成宗元貞元年乙未，先生四十四歲。二月上丁日，曹弘齋爲先生作《論語口義序》。

二年丙申，先生四十五歲。遊郡庠，道過長林橋，因謁曹弘齋。

大德元年丁酉，先生四十六歲。

二年戊戌，先生四十七歲。

三年己亥，先生四十八歲。七月立秋日，《論語口義》成，有序。

四年庚子，先生四十九歲。八月二十一日，先生以《雲萍小錄》呈曹弘齋，弘齋爲先生作《深衣說跋》[八]。

五年辛丑，先生五十歲。

六年壬寅，先生五十一歲。

七年癸卯，先生五十二歲，館於江潭葉氏。十二月五日，《書解折衷》成，有序。

八年甲辰，先生五十三歲，仍館江潭。秋七月二十七日，《中庸口義》成，有序。

九年乙巳，先生五十四歲。

十年丙午，先生五十五歲。

十一年丁未，先生五十六歲。

武宗至大元年戊申，先生五十七歲。

二年己酉，先生五十八歲，館藥口汪恕齋氏。

三年庚戌，先生五十九歲，仍館藥口，始解《禮記》。五月十七日，作《增廣通略跋》。

四年辛亥，先生六十歲，在藥口，不戒於火，書籍悉燼。

仁宗皇慶元年壬子，先生六十一歲。夏五月十一日，《禮記集義詳解》成，有序。

二年癸丑，先生六十二歲。

延祐元年甲寅，先生六十三歲，在瑲溪館。是年，頒行科舉，先生赴浙江鄉試，以書經登陳潤祖榜第十六名。

二年乙卯，先生六十四歲。春二月，上許左丞書。秋八月，以書附嶺南黄清夫上秦國公李道復求學職。

三年丙辰，先生六十五歲。冬，編《書經蔡傳纂疏》，成。

四年丁巳，先生六十六歲，在璫溪館編《四書發明》，作《朝陽樓記》。

五年戊午，先生六十七歲，在璫溪館。

六年己未，先生六十八歲，在璫溪館。

七年庚申，先生六十九歲，在璫溪館。

英宗至治元年辛酉，先生七十歲。春，考評婺源院試卷。

二年壬戌，先生七十一歲。

三年癸亥，先生七十二歲，在璫溪館。六月，作《勤有堂記》。

泰定帝泰定元年甲子，先生七十三歲，在璫溪館。

二年乙丑，先生七十四歲，在璫溪館。

三年丙寅，先生七十五歲，在璫溪館。六月朔，胡容齋爲先生作《四書發明序》。

四年丁卯，先生七十六歲，在璫溪館。正月望，作《書經蔡傳纂疏序》，古邪張子禹命工刋行。閏九月，考評黟川會友吟盟課。

致和元年戊辰九月，改天曆元年，先生七十七歲，在璫溪館。

明宗天歷二年己巳，先生七十八歲，在璫溪館。

文宗至順元年庚午，先生七十九歲，在家塾。

二年辛未，先生八十歲。夏四月，建安梅軒蔡氏刋行《禮記集義》。

三年壬申，先生八十一歲，在家塾。

順宗元統元年癸酉，先生八十二歲，在家塾。

二年甲戌，先生八十三歲，春二月十四日，卒。後五日，配朱氏亦卒，年七十有九。是月癸未，子照、勲奉二柩合葬所居後山先壠之旁，從治命也。

【校勘】

［一］寶祐元年癸丑：寶祐，原作“保祐”，宋元時无“保祐”年號，且寶祐为宋理宗趙昀所用之第六个年號，故改。

［二］二年丙子：二年，文淵閣四庫全書本作“元世祖至元十三年”，

依康熙刻本。

［三］益王景炎元年丁丑：益王景炎元年，文淵閣四庫全書本作“十四年”，依康熙刻本。

［四］衛王祥興元年戊寅：衛王祥興元年，文淵閣四庫全書本作“十五年”，依康熙刻本。

［五］二年己卯：二年，文淵閣四庫全書本作“十六年”，依康熙刻本。

［六］三年庚辰：三年，文淵閣四庫全書本作“十七年”，依康熙刻本。

［七］元世祖至元十八年：“元世祖”三字，文淵閣四庫全書本無，依康熙刻本。

［八］弘齋爲先生作《深衣說跋》：“弘齋”二字，文淵閣四庫全書本無，依康熙刻本。

訂刻定宇先生文集紀言

先生集，家藏已久。己巳歲，與宿峰姪謀梓禾中，會宿峰入官都門，中輟未果。今毅軒兄獨肩其任，予兩人夙志爲之頓愜。宿峯，名士鑛。

校書如掃落葉，言非一日之功也。毅軒兄志在表章先賢，迅於成書，予與兩兒鳴鏕、鳴鸞窮日夜之力，手不停披，以襄斯舉，或不致魚魯莫辨，有損全書聲價。鳴鏕，字馭蒼，别字駕軒。鳴鸞，字翼蒼，别字翔菴。

家爾韜公博學汲古，精研百氏。而先生《文集》，尤其生平所篤嗜者，毅軒兄承先人志，命梓工而剞劂之，可謂繼述盛事。

先生文無侘傺怨誹之音，亦無紛華靡麗之態，沉心静玩，道腴出焉正，不似時流一味剽竊摹擬也。

詩家羣尚抽青媲白，先生詩初視朴拙，久乃道氣迎人。長洲顧俠君刻元百家詩集，極愛先生“笑渠拄笏看山色，容我扶筇聽水聲”及“柳枝水灑一溪月，豆子雨開千嶂煙”之句，莫謂百代而下無知己也。

先生著述，有《四書發明》《論孟訓蒙口義》《書傳纂疏》《書解折衷》《讀易編》《百一易略》《讀詩記》《禮記集成》《六典撮要》《三傳節註》諸書，其《書傳纂疏》，東海先生已刻入經解中，聞《百一易略》，虞山錢遵王家有抄本，葢豐城劍光當不終沉埋也。

《中星考》《河圖洛書辨》《置閏辨》原抄最冗且多訛句。今《中星考》從唐荆川先生，稗編節本《河圖洛書》及《置閏》兩辨從先生師黄寓莊先生家藏約本，庶讀者易於入目，無讀而難盡之憂。先師諱樞，順治丁酉，孝廉武進廣文。

先生中式卷，第一場經疑二道、書義一道，第二場誥一道，第三場策一道。試官評云：文理詳盡非苟，作者詰平通策，極有發明，殊異他作。《集》中未及詳載，故爲拈出。

元仁宗延祐七年五月，明經書院聘先生爲文衡，經義共一百一十九卷，易義共四十三卷，書義共七十卷，詩義共二十一卷，記義共二十五卷，春秋共八十卷，古賦共若干卷，先生一一評定，不爽毫忽，士論翕然稱之。今《集》中秖載總評及燕山八景賦評，其全評當做三衢文會例，另刻行世三衢文會者，江浙間私課。延祐六年，刻於鄱江者也。

先生弱冠時，代族人清孫作"懋遷有無化居"三句，題文有曰[一]：聖人勉天下不自私之心，所以致養者無不足；聖人動天下不自己之機，所以致治者無不同。遂爲麗澤文盟之冠。記此，以作先生佚事。

先生闢邪説甚嚴，而等慈菴、星洲寺俱有記者，非援儒人墨，實誘墨師儒也。觀其立論，不離倫紀，與佞佛者霄壤矣。先生序跋諸作，每誌年月，今不敢妄删者，使人知先生著述之先後耳。

先生爲朱門世嫡，每有著論，非紫陽不稱，蓋私淑心傳，確然不虚也。

先生《歷代蒙求》，最便初學。門人朱楓林學士采之爲《小四書》，先王父三色公曾刻入《通略》，後兹不更載《小四書》者，一爲方蛟峰《名物蒙求》，一爲程勿齋《性理字訓》，一爲黄成性《史學提要》，其一即先生《歷代蒙求》。

先生與門人倪道川批點《學》《庸》，或問於朱子，答問之中，揭一言以表其旨趣之歸，信爲後學津梁。崇禎丁丑，同邑汪無瑕曾剞劂行世，距今將六十年矣。予弟旭林、秋圃有志重梓，家塾中又多一佳書也。旭林，名晸。秋圃，名杲。

秀水朱竹垞太史家藏宋元文集最夥，聞是集之刻，喜溢眉宇。爲作序，太史爲文，恪公曾孫家學淵源，早年又能研究六藝之旨，於諸儒註疏，皆務窮其指歸，宜於是集有針芥之合也。

昂考家乘，先生有曾孫曰：盤，字自新，早從朱楓林、趙東山遊，以制業受知於郡守，守名觀，閩之同姓。靖難兵起，守倡義師，自新公實贊之，金川失守，同守被逮，亦先生貽傳正學濡染使然也。盤，一作鎜，又以字行，號作竹先生。

宛陵劉石隱精六書，摹古金石刻，名動公卿間，適從長安來，以斯集屬其董成。至句讎字勘，則予叔爾彰、予姪吕齋任其勞焉。爾彰，名元烇。吕齋，名鳴鏞。

族孫昂書崖誌于雲間之涌石山房。

【校勘】

［一］題文有曰："文"下原衍一"有"字，據天一閣藏《四明丛书》删。

目　录

卷　一　序

書解折衷自序

《周禮》：外史“掌三皇、五帝之書”，楚左史倚相亦能讀此書。葢伏羲、神農、黄帝之書是爲“三墳”，此三皇書也；少昊、顓頊、高辛、唐堯、虞舜之書是爲“五典”，此五帝書也。至孔子始斷自唐虞以下，訖於周，去三墳五典所定者二帝三王。《書》凡百篇焉，豈“三墳”“五典”簡編脱落而不可通邪？抑孔子所見但始於唐虞也？今不可考矣。及秦坑焚禍作，百篇之書，無敢藏者。漢孝文時，聞濟南有伏生勝能讀之。生時年九十餘，欲召之，不能行。詔晁錯往受，生又老，不能正言，其女傳言教，晁以意屬讀，所得僅二十餘篇耳。先是，孔子遠孫有犯秦禁，密藏竹簡書於其家壁中者，至漢景帝子魯共王壞孔子舊宅，又於壁中得《尚書》數十篇，皆蝌蚪書。後世遂目出於孔壁者爲古文，出於伏生者爲今文，合古、今文共五十八篇，即今行於世者是也，外四十二篇自此時已亾矣。篇各有序，或曰孔子作，然序多與經戾，非孔子作也。自孔壁初藏時，已有此序，百序共爲一篇。武帝詔孔安國傳《書》，安國始分序，各冠每篇之首，即今所謂小序，而亾《書》四十二篇之名，尚賴小序可見焉。三皇五帝之書，自孔子時而已失；二帝三王之書，遭嬴秦氏而不全，今所存五十八篇，學者可不知其旨哉！《書》體有六：典、謨、訓、誥、誓、命是也。今篇名元有此六字者，固不待言矣。其無此六字，如《太甲》《咸有一德》《旅獒》《無逸》《立政》，訓體也；《盤庚》《戡黎》《微子》《多士》《多方》《君奭》《周官》，誥體也；《胤征》，誓體也；《君陳》《君牙》《吕刑》，命體也。雖其間不無簡編之殘斷、字語之舛訛，然上自堯舜之盛，下逮東周之初，二千餘年之事，猶賴此可考焉。兼諸經之體，多已見於《書》中：舜皋之歌、《五子之歌》，《三百篇》祖也；《周官》“六卿”，太平六典之綱也；《洪範》之“占用二”，可以見《易》之用；《舜典》《皋謨》之“五禮”，可以該《禮》之名；自虞迄周，二千年之史筆在焉，下逮周平王、秦穆公，正與《春秋》接矣。諸經各得其一體，而《書》具諸經之全體，又，朝覲、巡狩、祭禮、即位、喪紀等禮，《書》多載之。又，道理之淵藪在《四書》，而《四書》之宗祖往往出於《書》：《堯典》之“克明俊德”以下，《大學》“脩齊治平”之所出也；《康誥》之“克明德”“作新民”，《大學》“明德新民”之所出也；《禹謨》之“精一執中”，《中庸》“明善誠身時中”之所出；《湯誥》之“降衷”“恒性”“綏猷”，《中庸》“命性道教”之所出也；《語》之言仁、《孟》之言性亦於《書》之“克仁”“恒性”出焉。它所本祖，遽數之不能終。治經而不盡心於此，非知本者。予幼習此經，老矣猶心醉焉。諸家之解充棟汗牛，啄啄心心，孰爲真的？蔡氏受朱子付託，惜親訂僅三篇。朱子說《書》，謂通其可通，毋强通其難通，而蔡氏於難通罕闕焉，宗師說者固多，異之者亦不少。予因訓子，遂掇朱子大旨及諸家之得經本意者，句釋於下，異同之說，低一字折衷之。《語録》所載及他可採之說，與夫未盡之藴，皆列於是，惟以正大明白爲主，一毫穿鑿奇異，悉去之。噫！講姚姒，覈灝噩，而至此亦勞矣，爾小子其尚懋之！舊嘗述《尚書》大旨，繼成《書解折衷》，屢欲序之，未遑也，大德癸卯十二月五日始取大旨略改，冠於篇端云。

尚書蔡氏集傳纂疏自序 凡例附

《書》載帝王之治，而治本於道，道本於心。道安在？曰：在中。心安在？曰：在敬。揖讓放伐、制度詳略等，事雖不同，而同於中；欽、恭、寅、祇、慎、畏等，字雖不同，而同於敬。求道於心之敬，求治於道之中，詳説反約，《書》之大旨不外是矣。况諸經全體，上下千數百年之治迹，二帝三王之淵懿，皆在於《書》，稽古者舍是經奚先哉？孔子所定，半已逸遺，厥今所存，出漢儒口授、孔宅壁藏，錯簡斷編，當闕疑者何限？自有註解以來，三四百家，朱子晚年始命門人集傳之，惜所訂正三篇而止。聖朝科舉興行，諸經、《四書》，一是以朱子爲宗，《書》宗《蔡傳》，固亦宜然。櫟不揆晚學，三十年前，時科舉未興，嘗編《書解折衷》，將以羽翼《蔡傳》，亾友胡庭芳見而許可之，又勉以即《蔡傳》而纂疏之，遂加博采精究，方克成編。今謀板行，幸遇古邢張子禹命工刋刻，以與四方學者共之。泰定四年丁卯正月望日。

一、標題此書云《尚書蔡氏集傳》，法朱子刋《伊川易傳》標曰《周易程氏傳》，尊經也。首卷有“朱子訂定”四字，不忘本也。自二卷起無四字，紀實也。

一、今采《朱子語錄》，不書錄者姓名，法《近思錄》也。併在《纂疏》內，依趙氏《四書纂疏》例也。然《語錄》必居諸說之前，尊先師也。

一、《朱子語錄》發明此傳而不可無者，載之傳，意已明，無俟云云。及非說本章經旨者，皆不泛載，務謹嚴也。

一、一部《尚書》，朱子於闕疑諄諄言之。今遇可疑處，姑略存舊說，然後明云“當闕疑”焉。

論語訓蒙口義自序 大德三年

讀《四書》之序，必以《大學》爲先，然綱三目八，布在十有一章，初學未有許大心胷包羅貫穿也。《論語》或一二句、三數句爲一章，照應猶易，啟發侗蒙，宜莫先焉。朱子《集註》，渾然猶經，初學亶未易悟，坊本句解率多膚舛，又祗爲初學語，豈爲可哉！櫟沉酣《四書》三十年餘，授徒以來，可讀《集註》者，固授之唯謹，遇童生鈍者，困於口說，乃順本文推本意，句釋筆之，其於《集註》，涵者發，演者約，畧者廓，章旨必揭，務簡而明，旬積月累，累以成編，襲名《論語訓蒙口義》，自《集註》外，朱子之《語錄》、黃氏之《通釋》、趙氏之《纂疏》洎餘諸儒之講學可及者，咸采之，廣漢張氏說亦間取焉。櫟一得之愚，徃徃附見，或有發前人未發者，實未甞出朱子窠臼外。丙申春，質之弘齋曹先生，一見可之，畀之序，勉之刋。賴同志助之，歷四年始成。自揆晚生，懼賈僭踰罪，抑不過施之初學，俾爲讀《集註》階梯，非敢爲長成言也。昔程子傳《易》，猶曰“只說得七分”，而况晚生？又况爲侗蒙計哉？櫟數年來又有《讀易編》《書解折衷》《詩句解》《春秋三傳節註》《增廣通畧》《批點古文》之類，嗣是有進，尚敢漸出與朋友商之，觀者其毋以小兒學問只《論語》哉。大德己亥立秋日。

中庸口義自序　大德八年

程子曰：“《中庸》一書，始言一理指天命謂性言，中散爲萬事指其中說許多事，如達道、達德、九經、祭祀鬼神之類皆是，末復合爲一理指無聲無臭言。放之則彌六合，卷之則退藏於密，其味無窮，皆實學也。”其言約而盡矣！朱子分爲三十三章，而復截爲三大段，其言曰：“首章，子思推本所傳之意以立言，蓋一篇之體要。其下十章，則引先聖之言以明之也。以性情言之，曰“中和”；以德行言之，曰“中庸”，其實一也，此是一大段。至十二章，又子思之言。其下八章，復以先聖之言明之。十二章，明道之體用。下章庸言、庸行，夫婦所知、所能也。君子之道，鬼神之德，舜、文、武、周公之事，孔子之言，則有聖人所不知、不能者矣。道之為用，其費如此。然其體之微妙，則非知道者孰能窺之？此所以明費而隱之義也。此又是一大段。二十一章以下至於卒章，則又皆子思之言，反復推明，以盡所傳之意者也。二十一章承上章言誠，總言天道、人道。二十二章至三十二章，分言天道、人道。卒章反言“下學”之始，以示人德之方，而遂言其所至，其性命道教費隱誠明之妙，以終一篇之意，自人而入於天也。此又是一大段。”朱子之區別亦已精矣！至其揭一“誠”字，以爲一書之樞紐，則《或問》詳焉，尤學者所當熟復而貫通者也。朱子又嘗曰：“《中庸》之書難讀，初學者未要理會[一]。中間多說無形，如鬼神、如天地等類[二]。說得高，說下學處少，說上達處多。”今按，說下學固少，而其中說下學處則甚切，如二十章“擇善固執”一條，及二十七章“尊德性道問學”一條是也。且朱子亦嘗於序文提出“擇善固執”以配大舜“精一”之言，以見道統之相傳不外乎此矣。學者誠能據此以爲用力之方，而以“誠”之一言貫通之，復如朱子所分之三大段以區別之，則所謂“始言一理”“末復合爲一理”者，理皆見其爲實理；“中散爲萬事”者，事皆見其爲實事；而所謂“其味無窮，皆實學也”者，的爲實學，而非虛言矣。

言下學處雖少，而皆提綱挈領切要之言。言上達處雖多，而亦豈渙散無統、玄渺不可究詰之論哉！愚每患從學者未嘗精通夫《大學》《語》《孟》之三書，而遽欲及夫《中庸》之書，授以朱子之《章句》《或問》，往往難入，不得已，紬繹朱子之意而句解之，復述讀此書之大畧於此云。大德八年甲辰七月二十有七日。

【校勘】

［一］初學者未要理會：要，文淵閣四庫全書本作“能”，（宋）黎靖德編《朱子語類》作“當”，依康熙刻本。

［二］如鬼神、如天地等類：（宋）黎靖德編《朱子語類》在“天地”下有“参”字，依康熙刻本。

禮記集義自序　皇慶元年

櫟自少讀《禮記》，多有未究，頗習朱子《大學》《中庸》，竊有聞焉。即其所已聞，推其所未究，不無所得，未浹洽也。大德丙午，始見衛氏《集說》，乃得因衆說之紛紜而折衷去取之。至大德庚戌，始融會諸說，句爲之解，一得之愚，亦見其中。昔朱子爲《詩傳》，不及載諸家姓氏，當時如張宣公亦未然之，今安知無執宣公之說以見尤者？然銷鎔百家，鑄之自己，亦安能逐字逐句一一標題，以自取破碎斷爛之獘哉！乃若所采成段，必不可不書氏名者，已謹書之矣，名之曰《禮記集義詳解》云。皇慶元年壬子歲五月十有一日。

一、儒家以《大學》爲門庭，《中庸》爲閫奥，入其門庭，造其閫奥，由是而讀《戴記》之四十七篇，大本立矣，宜無難者。《大學》《中庸》，固自程子、朱子而後，拔之四十九篇之中，尊之四庫數萬籤之上，然宋仁宗天聖五年丁卯，王堯臣之及第也，賜以《中庸》篇；寶元元年戊寅，吕溱之及第也，賜以《大學》篇，於《戴記》中表章此二篇，以風厲儒臣，豈非已開《四書》之端乎？

一、聞之先輩：古《禮記》以《月令》冠經端，或謂“毋不敬”一言，得《禮經》之要旨，遂移《曲禮》冠之。范氏祖禹因論《詩三百》而言曰："學者必務知要，知要則能守約，守約則足以盡博矣。經禮三百，曲禮三千，亦可以一言蔽之曰：毋不敬。"

一、鄭氏玄康成之註《禮》也，當其好處，辭簡意明，其所未悉，缺之，未爲失也，乃遇解不通者，必强改之讀某字如某字，如"宿離不貸，急繕其怒"，改"離"爲"儷"、改"繕"爲"勁"之類是也[一]，只從本字，自有證據，理甚的當，何可輕易？必如《大學》"親民"之爲"新民"、"命也"之爲"慢也"，始爲當耳。然鄭所改，亦有當從者，今諸解者又必盡非之而盡翻之，又不可也。姑舉其畧，以聽明者自擇焉。

一、此編成，多取之者。或謂不合爲句解，人將以幼學書視之，勉令全段書經文而成段解焉。予初欲從之，既而重改作。兼句解多省字，成段解增字必多，世豈無具眼者？試一開卷，當自見之，豈但有益於讀此經者，以此經應舉决科者，亦未必無補云。

【校勘】

［一］改"繕"爲"勁"之類是也："勁"，原作"經"，據文淵閣四庫全書本改。

詩經句解序

《詩》部分有三：曰風，曰雅，曰頌。所以作風、雅、頌之體亦有三：曰賦，曰比，曰興。《詩》有六義，此之謂也。風則有十五國風，雅則有大、小雅，頌則三頌也。風有正有變：周南、召南，正風也；邶、鄘、衛、王、鄭、齊、魏、唐、秦、陳、檜、曹、豳十三國之風，變風也。雅之大小，亦有正有變：自《鹿鳴》至《菁菁者莪》十六篇，正小雅也；自《六月》至《何草不黄》三十八篇，變小雅也；自《文王》至《卷阿》十八篇，正大雅也；自《民勞》至《召旻》十三篇，變大雅也。三頌：周頌、魯頌、商頌也。風，風也，民俗歌謡之詩也。雅，正也，朝廷燕饗、朝會樂歌之詩也。頌，美也，宗廟祭祀樂歌之詩也。直陳其事曰賦，以彼喻此曰比，託物興辭曰興。六義之畧，如此而已。詩之作，或出於公卿大夫，或出於小夫賤隸，或出於婦人女子，乃人聲自然之音，自古有之，康衢之謡是也。今見於

《書》，如舜、皋“喜起明良”之歌，即虞詩也；《五子之歌》，則夏詩也；商詩多亾，今《商頌》五篇，乃未盡亾者。外此，風、雅、二頌，皆周詩也。二南雖國風，已有進而爲雅之漸，見周之所以盛；《王·黍離》不復爲雅，乃降而儕於列國之風，見周之所以衰。《王》詩降爲國風而《詩》亾，《詩》亾而《春秋》作矣。以《詩》爲教，自古已然：舜命夔教胄子，曰“詩言志”；《周禮》太師“教六詩，曰風，曰雅，曰頌，曰賦，曰比，曰興”是也。至孔子删《詩》爲三百篇，始列於六經，而尤以爲教人之先務，視他經尤諄諄焉，曰“興於《詩》”，曰“誦《詩三百》”，曰“小子何莫學夫《詩》”，謂子伯魚曰“汝爲《周南》《召南》矣乎”，他日過庭所聞，亦先問“學《詩》乎”？子所雅言，《詩》亦必在《書》《禮》之先。而提綱挈領，教人以讀《詩》之法，則曰：“詩三百，一言以蔽之，曰思無邪。”蓋以《詩》雖三百篇之多，大要不出美善、刺惡二者。讀美善之詩，可以感發吾之善心；讀刺惡之詩，可以懲創吾之逸志：皆所以正吾心而使無邪思也。學者識比、興、賦之體以讀風、雅、頌之詩，而一以無邪之思爲主焉，則《詩》之一經可學矣！《詩》序之作，或以爲孔子，或以爲子夏，或以爲國史，皆無明文可考，唯《後漢書·儒林傳》以爲衛宏作《詩》序傳於世。今考小序與《詩》牴牾，臆度傅會、繆妄淺陋常多，有根遽而得《詩》意者常少，其非孔子、子夏所作而爲宏所作，明矣。諸序本自合爲一編，至毛氏爲《詩訓傳》，始引序入經，分置各篇之首，不爲注文而直作經字，於是讀者轉相尊信，無敢擬議。至有不通，必爲之委曲遷就，穿鑿附合，寧使經之本文繚戾碎破不成文理，而終不敢以小序爲出於漢儒也。獨朱文公《詩傳》始去小序，别爲一編，序説之可信者取之，其繆妄者正之，而後學者知小序之非，聞正大之旨，至矣盡矣！今述文公之《傳》爲《句解》，以授幼學，又以序與《詩》異處不便觀覽，乃依毛氏，序列各篇之首，但高下其行以别之，庶使序之得失，開卷了然，而《詩》之意義易於推尋云。

百一易略自序

六經莫先於《易》，亦莫難於《易》。初讀《易》而遽欲通《易》之旨，尤戞戞乎其難哉。孔子教人之常言，惟《詩》也，《書》也，《禮》

也，於《易》未始一言及之。其自言，則曰“加我數年，五十以學《易》，可以無大過”。《易》之難學，可見矣。今欲使其略知蹊徑，姑述百分之一焉。

老子節註序

《道德經》，亦後人尊此書之名耳。觀屈原之《離騷》，詞人尊之爲經，則可見矣。老子之言“道德”，與六經、孔孟之言“道德”不同，所以韓文公曰：“道其所道，德其所德，非吾所謂道德也。”今姑以老子之說讀《老子》耳。蓋老子之學，愛說道體而不的見夫道之體，欲窮道原而不精探夫道之原，其論道本於無，頗似周子無極之說；其論不欲以靜，頗似周子無欲故靜之說，而實不免乎有病也。無不與有合，體不與用貫，故其論有獘，而其學終不行。學者未精透六經、《語》、《孟》、周、程、朱子之學，而欲讀《老》《莊》，自是難事，只如老子《體道》《無源》二篇，若非精透周子之《太極圖說》，亦安能燭《老子》之非，識《老子》之趣哉！

莊子節註序

愚謂《莊子》多寓言，寓言者，寄寓於事物與人而言也。故凡所言之事與物，未必真有此事物。所言之人與其人之所言，未必真有此人此言，虛誕奇譎，可喜可嘆，可恠可愕，讀者惟以意會之。

批點古文序

或曰：“今選古文，即以李斯《上秦皇逐客書》次於《楚辭》，其文雖美，如其人何?”曰：“不可以其人廢其文也。”且以《離騷》壓卷，以忠臣爲萬世勸也；以此書次之，以姦臣爲萬世戒也。勸戒昭然，讀古文而首明此[一]，豈無小補云。

【校勘】

［一］讀古文而首明此：文，原作“人”，據文淵閣四庫全書本改。

太極圖説序

此篇周子所自著太極圖説，道學之精語也，不特道理淵永，文亦簡重正大，粹然聖經賢訓之文焉。今選古文而終之以《太極》《西銘》二篇，豈無意者？蓋文章、道理，實非二致，欲學者由韓柳歐蘇詞章之文，進而粹之以周程張朱理學之文也，以道理深其淵源，以詞章壯其氣骨，文於是乎無弊矣。此愚銓次之深意也。

增廣歷代通略後序　至大三年

《通略》者，《通鑑》之大略也。所纂記者，皆前朝歷代之事，皆古也，初不曾記今之事，或以《古今通略》名之，殊不可解。

《宋史講義》，吕氏中所著，議論多詳明，文辭亦條達，然成於理宗朝，猶有隱避而不盡言者。今可無忌矣，遂采其善，補其缺，多述平昔所考訂與所聞於父師者，而申之以管蠡之見焉。理、度二朝無史可據，今姑闕之。金事廷芳胡雙峰先生雖略述，亦以未見其史，不敢輕筆，悉以俟後之君子云。至大三年庚戌歲仲夏十七日夏至。

兩都賦纂釋序

律賦鑿之以人，惟古賦鳴其天。科目次場有賦，以古不以律，丕休哉！《離騷》，賦之祖，降是舍漢何適矣？孟堅《兩都》有餘刃，無窘步，漢賦舍班，又何適矣？寅科諸省取賦，僉謂湖廣較優，得非《天馬歌》出

《禮樂志》，熟班書故歟？銀峰金君尚絅，盡一生精力，纂釋二賦，既没二十年，其嗣子謀刋之，屬董君季真求予序。予退步也，奚僭之敢？季真曰："子知科文事，宜其無讓。"予方與季真研《書經》精義，不遑他及，浮生半日，安能盡尚絅平生所熟乎？然其條疏有序，歸宿有所，學古賦者能以尚絅之熟班賦爲監，則幾矣。遂書以弁其首。

自得樓詩序

自得之説何昉乎？其殆昉於鄒孟氏、蒙莊氏乎？"自得之，則居之安"其論，"正得人之得，而非自得其得"其論，奇趣若異，歸則同也。中齋趙君，自營壽藏，搆樓其側，扁曰"自得"，欲予詩之，予未讀樂章，未可詩也，請辭。或曰："不得韵語，序之奚而不可？"遂勉强一言。夫道可受而不可傳，中必自得，外至斯能受，否則如珠玉授無指而責其不吾受[一]，如之何其可也？是故必有胷中之丘壑，而後能得丘壑之丘壑；有胷中之風月，而後能得風月之風月。中齋閑静深遠，君子也，閲閑中之今古，希物外之神仙，將優哉游哉以適其天年，殆欲自得之者乎？自得之趣，如人飲水，冷暖自知，非人所能與，亦非人所能窺。萬象滿前，一天領受，注焉而不盈，酌焉而不竭，供吾受用，真無盡藏。彼不能自得之者，我自我，物自物，雖建齊雲落星之樓，則以目力所極疆界之，吾懼萬象之偃蹇，驕莫隨也。中齋亶謂深造自得之者矣，萬象皆實，虚以受之，孟氏所謂"自得而居之安"，不特今日爲然，將俛仰於宇宙，其安居也，何莫不然？莊生所謂"自得其得"者，端在是矣，若得人之得者，安得不九萬里而風斯在下乎？自得主人以爲何如？當必曰："子之言，可謂得予之所自得者。"於是乎書。

【校勘】

［一］否則如珠玉授無指而責其不吾受：授無指，文淵閣四庫全書本作"投於暗"，依康熙刻本。

卷　二 序

送金赫翁赴都序

金赫翁舟行如都，衆餞之，如望李元禮、班景倩，俱有羨心。僕尾衆後，有所感，有所敬焉。道里遼絶，古稱燕北越南，禹貢荆達冀，江河水不通，未免捨舟逾洛。後代開汴達淮，猶以爲難。厥今越趍燕殆半萬里，乃舟行直達，易古人所難，莊生謂："適百里者，宿舂糧。適千里者，三月聚糧"，如適半萬里，不知聚糧當用幾月？翁今觀光，欲行即行，咄嗟而辦，服食百需，俱可捆載，又易窶人子所難。僕前冬將會試，抵杭不能行，其難如是，今翁易易也如是，此僕所以有所感也。翁十數年前，當董正莆田學，自以年未高，謝不欲爲，其篤志可尚，先聖悦漆雕開，端以此。翁今年近强仕，資英偉，才超卓，膴仕此正其時，幡然此行，鵬摶也孰禦？使鄧高密僅就郡文學，安有高冠雲臺豐功乎？左太冲曰："鬱鬱澗底松，離離山上苗"，"金張藉舊業，七葉珥漢貂"[一]。翁之生，禀於天者厚，植於地者高，乃山上松也，不屑小用之，期老其才，以副大用。前之不輕用，難人所易；今之將大用，又易人所難，僕之有所敬，不在兹歟？不在兹歟？翁行矣，祇承新命，錦還綵侍，殆指日事耳，僕又當望車塵以賀。

【校勘】

［一］"金張藉舊業，七葉珥漢貂"：藉舊業，原作"與許史"，據南朝《昭明文選》卷二三左思《詠史》（其二）改。

送林先生序 并詩

三山林先生以雄文奥學來教於吾州，其於文無所不能，能無所不工，士友所得多見者其圓文、講篇。圓文如盤走珠，坂轉丸妙，得止齋之胎骨也；講篇如空中樓、鑑中象，妙得晦菴之精髓也。文之雄、學之奥者爲之也。賴其所作成者亦衆矣，獨櫟之執經也後，始見函丈，先生頗異之，再見三見，先生深異之。蓋月書季攷之文，試共二，卷僅四，先生盡賞之，三置之龜列焉。略去等威，口講指畫，斤堊針芥，恨見之遲。言未既，先生笑謂曰："吾横經今三年而餘，行揖溪山賦歸矣，臨别贈言，子毋靳。"櫟聞之惕然，念方以得師爲幸，遽捨我去，將若何？退謀之友，將相與言之府，借留先生。或曰："子不愛林先生乎？"曰："否。"曰："先生臺閣中人物，郡博士豈足久淹哉！賢公卿在上位比肩，知先生者如麻，留而塞與去而通，孰愛孰不愛也？"因釋然曰："願先生之留而久其教者，我輩之私也；喜先生之去而宏其施者，衆人之公也，尚何疑？"且先生初號"孤山"，憲使盧公更之曰"岩居"，妄揣其意，豈不曰：孤山，和靖處士所居也[一]，純乎隱者也。若巖居，則其義有二：一丘一壑，岩穴焉居，隱也；三握三吐，岩廊焉居，不終隱也。淮南小山之《招隱士》也，始之曰"桂樹叢生兮山之幽，攀援桂枝兮聊淹留"[二]，招隱者而使之隱也；終之曰"山中兮不可以久留"，招隱者而使之出也。先生自此升矣，毋岩穴是居，而岩廊是居，闡其雄文奥學以黼皇猷、玉王度，則邦家之柱石也。願先生毋忿櫟言，言之不足，系之詩曰：

芹宫三載坐氊寒，弟子詵詵賴訂頑。人物真如古和靖，乾坤有此大孤山。端居好在岩廊上，雅志毋徒丘壑間。倘緩征鞍尚旬月，入城重得唱陽關。

【校勘】

［一］和靖處士所居也：靖，原作"静"，和靖處士指林逋，曾隱居于孤山，且文末詩雲"人物真如古和靖"，故改。

［二］"桂樹叢生兮山之幽，攀援桂枝兮聊淹留"：援桂，原脱，據（清）姚鼐《古文辭類纂》補。

送趙子用遊京師序

古聖賢立德、立功、立言，學者雖於簡編中得之，閉户而可見四海，隱几而可知百代，然未若遠遊宇内，親歷古人遺跡，而追見其當年，以應簡編所云，勝夫想像高唐者之爲得也。是故因豐水覩河洛而見禹之功績，講業齊魯而觀夫子之遺風，可尚久矣。馬存《贈盖邦式序》名爲“子長遊”，按太史公所遊不過江南而止耳，蘓子由《上韓魏公書》，自謂“過秦、漢故都，觀終南、嵩、華，顧黄河奔流，想見古人之豪邁。至京師，仰觀宫闕、城池之壯麗富大，於人見歐陽公，方求見韓公焉。”其所謂京師，乃指汴梁之京，京以北未嘗遊也，曷嘗得見？今日之天下，乃從開闢以來，未嘗有之混一，極天地之所覆載、日月所照臨之疆域，萃海内之大賢名公，星羅林立於衆大之都，詎止於歐、韓三數公而已？趙君子用，佳公子也，其華宗先正，指不勝僂，余素敬之，略見所與字說中，辭不待贅。今將賦靈均之遠遊，觀光京師，索贈言於予。辭不獲，因念余二十載前當赴會試，止或尼之，遂不果行，因得肆其力於諸經，今因兄有斯遊，如伏櫪老驥，猶志在千里，不能不躍躍歆羡之。子用於儒學外，兼吏道醫書，不過遊戲於斯，亦可見其多材藝也，名公鉅卿，必將望其腱而阮眄禰薦之云。

汪溪金氏族譜序

汪溪在休邑西南二十里許，實吾乡入邑道上，有金氏世居于斯三百年矣。其族先達若進士朋說請學于朱子，直道從仕，不負師門。鄉魁若洙爲程勿齋高弟，見幾掛冠革命，屢召不起。自後奕世以明經聞，俟舉應貢，及由諸科進者繩繩接武。然隱居有節義，出仕有治行，不徒志肥甘青紫而已，豈非所謂能世其家者耶？余家與金氏村壤相接，世有婚媾，嘗延先君、先叔于家塾模範數年，故余又得交其群彦。於群彦中，與清甫尤爲莫逆。清甫一日出家譜相示，其先與予之先，皆睦州桐廬之人也。其始祖博道公，唐廣明元年避巢亂遷新安休寧，與余始祖禧公播遷同時。竊考二家先世後世，貽謀繼業，上下數百年，符合又如左契，因與清甫言曰：“君家一世遷杉坑，四世遷梅結，九世遷今汪溪；予家一世遷鬲山，二世遷藤溪，後世改名陳村。君家始祖樂善行義，鄉人依之成聚，名金邨；余家始祖積德累仁，没葬鬲山，鄉人神而祠之。君家自十三世有朋說公以進士顯科甲，相傳於今益著；余家九世有尚忠公兄弟以進士顯科甲，相傳於今不衰：則二家户有《詩》《書》，人有德業，何莫非始祖之垂裕矣！"胡康侯嘗述祖德，謂"德厚者流光，德薄者流卑"，是以貴始德之本也。予與清甫思承祖德，盍各勉之。

送葉謙甫往淮序

葉氏曰顒、曰夢鼎，嘗稱近代，立功不朽，未之敢許。石林、水心以詞章著，立言似可許爲不朽[一]，然未也。從朱子游曰賀孫、味道，師友淵源，所言由濂泝洙，其殆庶幾乎？吾妹壻葉兄應宗，號曰敬齋，其兄子大有謙甫，小從予游，廸以周程朱子淵源之學，其入也有悟門，其進也有實地，余心愛之。忽闖吾門來告别，諏其奚適，則曰："假館旁近十有餘年，恐遂汩没。敬齋叔曩歲游古舒，見知於路總管梅花主人耶律公，洎路博梅先生、鄱陽老儒鄭耕岩諸公，今其舊交必不乏人，將束書訪先叔故交，尋先叔遺跡，胷中耿耿者當有合焉，丐先生一言壯其行。"余愯然異之，諗之曰："此郡文獻流風想猶昔者，吾族祖應城尉福、倅二公皆游學兹郡，相繼擢第，因得聞。淮鄉士友，多質直好義[二]，無軟媚輕浮氣習，使減我數年，當與子偕遊。惜予老矣！徒目送子之行塵而已。子於敬齋[三]，所謂有過成莊無不及焉，無如梅花主人、梅鄭二先生者，當必能爲子北道主人矣，不妨出吾序以求印可，子其必也。親師取友，力學以紹前脩，本味道性理之粹，發石林水心詞章之華，外之，儻來者是有命焉，任之可也。無心則跬域如千里，有心則千里如跬域，子其行乎！吾邑往來古舒者如織，則後有新得，因風時以寄我。"

【校勘】

[一] 立言似可許爲不朽：爲不朽，原作"而不許"，據文淵閣四庫全書本改。

［二］多質直好義：質直，文淵閣四庫全書本作“直質”，依康熙刻本。

［三］子於敬齋：於，文淵閣四庫全書本作“與”，依康熙刻本。

贈黄秋江序

予舊居五城，距黄君清夫家一舍而遥，知其事親孝、交友信，惟號“秋江釣月”，於今三四十年。邇年來聞其受知當路，聲動朝野，未詳也。延祐乙卯冬十月，清夫歸自京師，過予寓館，出鉅帙，會粹題名，作自平章秦國公而下，賢卿大夫、新進士詩文咸在，雅雅奇奇，並蓄兼收，描画隱趣，殆無遺藴。清夫謂予：“盍序之?”予辭以山林老病之士不敢僭，清夫曰：“贈言雖多，鄉曲名士，一未之有。借重不嫌遠，取信莫如近，子毋遜。”其言良是，知何說之辭，因諗之曰：“大倫有五，君親居其二。士君子出處道二，二當貫于一，耕釣隱處者事出，而顯者於耕與釣，始或身之，中每心之，終不得身之者多矣。沮溺之耕，志和之釣，偏於隱處，長往不來，意者自揆其才，自行其志，於以養其親及敬其親之遺體焉。莘野之耕，磻溪之釣，則始身爲之，暨聘而改，卜而載，不終隱也。愚所謂貫于一者也。”然既而得君，則此身君之身矣，如阿衡雖將告歸，姬公雖請明農，心固願隱，不得遂已。清夫素志乎秋江釣月，然以儒餙術，以理測數，遠遊盡大觀，結知大臣者數年，雖欲梟一絲風於見底江上而不可得，“釣月”之號，幾成虚設。秦國公嘗欲以詞翰薦之，力以養母辭歸。又將築“釣耕山房”與母偕隱，自此以後之歲月，釣將真釣，耕將真耕，以給甘旨，愛日不足。予三四十年來，聞清夫之孝于親，今真信而有徵，宜乎集賢大學士上聞於朝，將表厥宅里也。秦國公以當世大臣，乃肯下友一士，圖其《秋谷耕雲》與《秋江釣月》四詩，且序之，以“雲月平分”爲約，以訪之渺莽之際爲期。此盛德事，古今寡二。司徒劉公且欲乞鑑湖一曲，以從公後期，三人相視而笑。予謂二公全德大才，方忠於聖君，乃顯而欲隱；清夫築室終養，方孝於其親，隱而不願顯：雖有此約，未必可踐。若予者，以六十之年方名薦書，南人舉子六十餘人，多得觀光用賓，獨予抵杭以病而尼，是天欲隱之也。且家與清夫近，緩步當車，二日可至，清夫勉旃！山房將落成，旌表將自天而下，予當斗酒隻雞，升堂拜母，奉觴爲壽。二公所不得踐約者，予與子真得踐之，必當莫逆於心，相視而笑。

送朱季裕北上序

昔東坡歷八州督，叔黨必侍親行，人多稱之。今古譙朱公亦督八州，有佳公子七人，季裕其季也。公牧吾徽，季裕實侍行。公至清娩湛深見底之江，至仁樂三十六峰之山，何待辭費？士友至自城府者，多稱季裕不容口。樂交善士，嗜談古《易》，僕心敬之，未識也。延祐七祺三月朔，季裕自星源謁文公祠而回，邂逅始一見，溫厚謙抑，人品於小坡無不及焉。臨分，出星源所得《送北上序》若詩，徵僕贈言，僕何言哉？蓋於是有所感深矣。竊謂畀之厚存乎天，自厚以不負天，所畀存乎人。淮南大帥之孫，八州督之子，世德所毓，清淑所鍾，以《詩》《禮》之味，洗紈袴之習，天之所畀厚矣。譬之百尺之松，不生澗底而生山上，其干雲蔽日，不難也。所以自厚不以負乎天者，其必由學乎？季裕以方二十有五之年，聖塗云遠，茫茫無垠，盍益於學加之意？吾友雲峰胡君，相與談《易》，以能謙且節頌季裕，此其所已得者。如乾之學問，兑之講習，此其所益當加勉者。觀其至徽近三年，未嘗半武属州邑，今乃特爲拜文公祠一行，不日北上，過古兖，望孔林，必特往拜焉，自是爲《觀》之“觀光”“用賓”，《晉》之“晝日三接”，所謂不蓍而筮從者也，譬之山上之松，沐雨露，飽風霜，益加封培，時來而棟柱明堂，又奚難哉？若僕者，延祐初元之秋，北行有其機矣，貧病尼之，乃澗底松也，天之所畀不厚，其尚何言？吾故曰蓋於是有所感深矣，遂次第其言以贈。

送曹仁仲爲饒州路學錄詩序

山川以人物重，尚矣！人物之重，足爲世瑞，自古以靈芝方之。吾邑之勝有芝山，以靈芝生於山得名，番郡之芝山亦然。番之芝山，香人牙頰，自半山稱賞，劉詩始鍾。芝山之奇者爲人物，先以吾邑言[一]：吾邑人物，它未暇及，姑以曹氏言：曹氏自南唐時遷自青州，登正科者，自屯田公矩至弘齋先生爲六公，今番郡學録曹君仁仲，其同宗也。方屯田公之焚黄告先塋也，前一夕，靈芝生塚上，邑以實上聞，里名“孝芝”、坊標“瑞芝”皆以此，匪直山曰“芝山”而已。仁仲，謹獨山長之賢嗣，煥文講書之聞孫。煥文與秋厓方公遊，其“耕録堂”秋厓詩之，書窓前竹石“秋厓來飲其家”，又詩之。仁仲能世其家，今之徃録番學也。交遊以詩餞者若干人，委予爲之序。予因告之曰：“‘居是邦，事大夫之賢，友士之仁’，宣聖言也。‘由友一鄉善士，至友天下善士，又尚論古之人’，鄒孟言也。勢有貴賤，道無貴賤，時有古今，道無古今，番爲江東名郡，仕焉者自郡而邑而學多名卿鉅人，仁仲其謹事之。鍾番胡芝山之奇，人物彬彬，古今何限？今之士林鴻碩，仁仲何但當友之，尚論古人，聲光相接，略言之：如四洪公、忠定趙公、碧梧馬公道德忠烈、事業文章，焜燿後先，仁仲當求其遺文，觀其餘風，景慕之。景伯師帥於新安洪适，弘齋賓席於碧梧，師友淵源未遠也。事賢友仁，斯友尚論貫貴賤，古今而一之，不徒爲階庭之芝而亶爲瑞世之芝，庶吾邑之芝山，與番之芝山相望相高，方爲不虚此行，豈徒曰‘杖藜携酒看芝山’而已耶？”

【校勘】

［一］先以吾邑言：言，原作“者”，據文淵閣四庫全書本改。

送吴玄菴序

郡縣學外，天下初惟四書院，今書院遍東南皆是矣。續徃聖絶學，前周程，後朱張，其師友淵源，派的傳真者，皆當爲創書院以助教化、淑多士。横枝崛起，所宗誰何？高流於禪，卑雜於數，河源崑崙而委滄溟否，吾不欲言之矣。若尹子彦明之和靖書院，真所謂派之的、傳之真，萬萬當爲創書院者也。今吾友玄菴吴君將東書長於斯[一]，求贈言，諗之曰：“子知尹子乎？其在程門，班於謝、范、楊、游，其言曰：‘伊川先生躬行皆是《易》，其作《傳》，只是因而寫成。’知伊川者莫如尹子。《易傳》既成，不輕付。臨終始以授彦明，伊川所深属望，亦莫如尹子。朱子《語孟集註》，其采取最多且先者[二]，亦莫如尹子。抑尹子提爲學要旨以示人，有曰：‘學者，學爲人也。’西山真文忠公嘗並唐陽子、宋石子之言揭以示長沙學者，略曰：近世言學，可信者凡三言：陽子曰：‘學者，學爲忠孝也。’石子曰：‘學者，學爲仁義也。’警世之深、爲人之切，則尹子‘學爲人’之言，又進乎二子矣。愚因真公說而紬繹之：竊謂三子之言，若三而實一：忠孝者，人所以爲忠臣孝子也；仁義者，人之道所以立也。學爲忠孝，學爲仁義，即所以學爲人也。人參天地而爲三才，顱圓趾方者，人之形；仁義禮智者，人之性；父子至朋友者，人之倫。聖人，人之極；賢人，人之次。凡人具人之形，學之得其道，則凡人未有不可希賢人、聖人者。聖賢者，人之樣；六經四書者，化凡人爲賢人、聖人之仙方；十七史、《治鑑》者，人所以鑒妍醜之明鏡也。學於和靖書院者，盍於尹子之言不徒苟知之，必允蹈之，學聖人、賢人以求無愧於爲人，然後爲無負於尹子之訓。否則，形雖具而性不存、倫不盡，孟子云：‘異於禽獸者幾希’，吾爲此懼矣！抑又聞近世名公方秋崖有離‘官’‘人’二字而爲言者，曰：‘人而不官者有之，官而不人者多矣！’書院之士，學優而仕，不官庸何傷？學古而入官，則左右必當。惟其人，三公不必備；惟其人，官而不人可乎？尹子‘學爲人’之言與愚申尹子之意，豈徒可爲和靖書院之多士告，將可通爲天下學者告。抑又有說師者，人之模範也。模模範範，自無愧於爲人，是誠在師。和靖之師若友，其交勉之哉！”

【校勘】

[一] 今吾友玄菴吴君將朿書長於斯：玄，文淵閣四庫全書本作“元”，依康熙刻本。

[二] 其采取最多且先者：最多且先者，原作“且多最先者”，據文淵閣四庫全書本改。

送汪存耕之建寧醫教序

粤自道喪以來，異端蠭起，經傳外惟醫書可信。醫術不可無，此先正范公所以“窮願爲良醫，達願爲良相”，而張宛丘《藥戒》亦曰：“此醫國之說，豈止於醫疾哉！蓋以仁心行仁術，活人之功，亞於醫國相天下，惟儒者深知之，族庖未必知也。”同邑存耕汪君，簪纓之家，儒書外，旁通醫書，前是爲般陽官醫提領，御史以茂材異等薦，今兹換授職教建寧，將行，餞詩盈卷，欲僕序卷首。僕於汪君未有半面雅，何可僭？而契家吕君諉之，又何可辭？僕雖未識汪君，然其家世、其爲人，知之稔矣。君之曾大父，嘉定壬午以明《戴記》貢於鄉，明年摘髭高科，僅佐外藩，未究厥藴，存方寸地遺子孫耕之。君，秀山公之孫，月溪公之子，祖父敷菑未竟，陳修疆畎，責在君焉。君脩禮耕之，以至本仁聚之。夫仁在乎熟之而已，耕之至於熟，是穮是蓘，必有豐年。有相之道，天者昭昭，良不爽也。君耕祖父所存之寸地，未已也，留與君子孫，又將耕君所存之寸地，耕之無盡，仁之活人及物亦無盡，而仁將不可勝用矣！君之年踰艾未耆，萬里仕塗方發軔，未弭節也，良相醫國，時來則爲，縱或不在君之身，必將在君子孫。今兹之行，模範學徒，相與各耕其方寸之地，仁心流行，仁術擴充，詎止爲投方匕之劑之醫而已也。徽國文公朱先生，終身不忘父母邦，姓名之上必書“新安”，身建心徽，所居標“紫陽”二字，誠鄉關常在目。厥今建安書院專祠先生，君往謁先生祠，先生之神洋洋如在，視君乃父母邦邑子、嚴助家稚弟也，其必陰鑒默喜之。君稍暇，必將遊武夷，泛九曲，訪大隱，屏諸勝境，以致高山景行之思，于《浮雲閑舒卷》《雲出雨乾坤》二詩，必深有所感發領會於心者。建安名儒，彙征林立，君試出此卷呈之，豈無首肯僕斯言者乎？是爲序。

錢塘沈教諭送行詩卷序

古杭山水甲東南。自東坡倅且守於斯，履屐所經，賦詠所及，流峙勝境，益改人觀瞻，香人牙頰。鍾奇毓秀，生其間者率多奇偉傑出，他郡人物鮮能或之。先坡公同時郡人沈公存中與公遊，考訂博洽，匪直筆談可傳不朽，《良方會粹》亦“蘇沈”並稱，與陸忠州《游戲集方》似。今教諭沈君立之，以古杭名流，遽臯比吾邑，其存中派耶？僕嘗略見其詩，清麗秀拔，自愧老嬾，莫至邑郛，不得多雋永之味[一]，傳蕪湖尹浦文叙立之詩[二]，亦謂其“藻思横發，綺語焕映”，旁采輿論，知其師範嚴，講篇暢，諸生經口講指畫，率多陶成。今代者至，將攜琴書，歸訪孤山梅花，交游諸名士，惜其去，俱餞以詩，俾僕冒序卷端。僕聞鄧高密使不遇光武，亦不免爲文學椽，況近歲名卿自此而飛騰遡凌者何限？沈君行矣！萬里官途，發軔昉此，弭節未渠央，尚使後之續郡乘者登載君氏名，與存中公趾美肩芳，是則吾儕之望也已。君其勉旃，它年其無忘今兹之同遊哉！

【校勘】

［一］不得多雋永之味：多，文淵閣四庫全書本作"親"，依康熙刻本。味，原作"近"，據文淵閣四庫全書本改。

［二］傳蕪湖尹浦文叙立之詩：傳，文淵閣四庫全書本作"頃"，依康熙刻本。

送唐長孺赴平江學録序

鄉友平江學録唐長孺書來，將以夏五問道所由，需贈言於余。余諗之曰："録於頖泮，教官爲第二員；古藕皐繁，於江南爲二郡[一]。地分千里[二]，師道参任之，其若爲稱此書生家法，舍孔孟而它求，非忠告也。敢摭二章以告：'居是邦也，事大夫之賢，友士之仁者，以友一鄉一國之善士爲未足，又尚論古之人。'聖賢格言，子飫聞之，予何言哉？然勢有貴賤，道無貴賤，時有古今，道無古今，子之此行，無遽以師自好，盍兼以取友自力？'事之'云乎，師之謂也，豈但曰'友之'云乎？凝香燕寢，大府元僚，皆極一時之選；綰銅章，據皋比，必多君子，事其賢者，嚴憚以成吾德，何可忽？鍾茂苑笠澤英氣，彬彬林立，老成何限，儁秀亦何限？友其仁者，切磋以輔吾仁，又何可忽？道在焉，不以貴賤分也。子前是訓導鄉校，玉成一郡佳子弟，郡侯僚佐賢子孫多執經，所友鄉國善士衆矣。游漸遠，友漸多，國士、天下士將盡友之。然未也，盍尚友古之人[三]？泰伯、季子，皆以讓稱；季鷹、天隨，高風清絶；文正范公，近代名卿第一流；石湖冠冕佩玉之詩文，首楊陸而出之[四]：皆所當神交於千百載上者。其與乎聖門師友淵源者又有焉：曰吳公言偃，吳人也，其祠朱子記之；和靖、尹焞嘗寓虎丘，今寺祠之。子游，孔門文學科；彥明，程門高弟，不待贅。子之此行，謁二公祠，瞻六公像，當致高山景行之思，以平昔所聞於鄉先師朱子者參之二公，與蘊之士友精講而實踐之，道在焉，不以古今分也。子行矣！余他無以贈子矣。吴江垂虹橋，天下奇觀；松江四腮鱸，天下奇味，子也觀其觀，味其味，凡與他俊游，必多有詩焉。第蘊州而後，諸公吟未盡之物色，分留遺子者，將盡唫之，好風東來，時以寄我。”

【校勘】

［一］於江南爲二郡：二，文淵閣四庫全書本作“大”，依康熙刻本。
［二］地分千里：地，原闕，據文淵閣四庫全書本補。
［三］盍尚友古之人：尚，原作“而”，據文淵閣四庫全書本改。
［四］首楊陸而出之：楊，原作“陽”，據文淵閣四庫全書本改。

送董季真入閩刊書序

先知爲知，大公爲仁，何謂也？番陽深山董公，三十年前嘗宗蔡氏《書傳》，輯《朱子語錄》，增諸家注解，間以己見發明之。書成，藏于家，其嗣子季真謀刊以廣其傳。予二十年前亦嘗編《書解折衷》，宗朱蔡，采諸家，附己見，大略相類，第不盡載《蔡傳》於前耳。星源雙湖胡公見予所編，季真聞之，轉索焉，將會于一。予以相去遠、相見難，未之發也。雙湖敦勉，自成《蔡傳錄註》，至《商書》，而雙湖不祿，意遂怠。季真乃肯以其先君子全書賜教，予始竭精疲神，會合以成一書。季真不遠二百餘里來見，板行之謀甚堅，爲留旬有五日，臨行，索贈言。予謂深山成此書，若先知科目之興、表章風厲者，豈如竇公儼以奎聚預知文運哉？亦如荀卿所謂千載必返古之常，弟子勉學，天不忘以理知之耳。先知爲知，深山以之。私小其見者未必不幸，家有學鉢，祕之以謀進取，季真乃能上以成父志，廣以惠同志，孝子也，仁人也。史遷於談，班固於彪，不必遠引以儗之，近即蔡氏事，九峰成，傳久軒以行世焉，視之奚以異？大公爲仁，季真以之。如予者，於先知之知，既輸深山一籌，於大公之仁，何忍與季真二致？于其行，書以遺之。是書行，豈直爲深山賀與自賀，將與天下學者賀。

送彭矮仙序

矮何病哉？矮若陋也。矮而仙，不陋矣。矮何病哉！江西彭子挾地理之學以游，而矮於形，天實矮之也。彭子疑人之矮之也，以“矮仙”自命。予謂氣質有清濁粹駁，而智愚、賢不肖以分，形之長若短，不論也。顱圓趾方，四肢百骸，長者此全形，短者亦此全形也。健順五常，百行萬善，長者此全性，短者亦此全性也。使短者而形性有一不具，矮誠病矣，今俱不然，矮何病哉！所貴乎人，在求盡其性、踐其形耳，能盡性以踐形，形雖矮，不失爲聖賢；性不盡，形不踐，形雖長，不救其爲愚不肖。是故堯長舜短，文王長周公短，其所以爲聖，一也，不聞以是優堯、文，劣舜、周公也。古之短小而以賢智稱者良多，長大而愚不肖者尤不少，使長大即爲魁梧，短小真爲寢陋，則曹交、巨無覇賢於孫叔敖、晏嬰矣夫？然矮何病哉？彭子以方壯之年，而閑於禮，辨於言，容貌詞氣，實德之符。雖地學非余所知，然觀其見知之多，則有異已。雖然，仙，六經不道也，蓋自秦漢方技家始。彼之所謂仙，猶儒家之所謂上智大賢也，換凡而仙，猶變化氣質，使不肖而賢，愚而智也。陸老嘗有言曰：“有方爲子換凡骨，來學晦菴新著書。”信斯言！聖賢之書，乃換凡骨之仙方也。地理家與儒家若異，然地以理言，理無二理，則當無以異。兼通儒學，始精通地理之學。地理之學，郭景純第一祖也，景純之忠義、學識、文章，姑觀其對王敦注《爾雅》之文，豈曖曖昧昧於地理乎哉？子或不罪愚言而力行諸，則由仙我凡骨，然後仙人枯骨，枯骨者歸復於土，而使其子若孫公卿將相源源焉，庸非仙乎？余故曰：“矮而仙，矮何病哉！”

送吴甥仲文序

吴甥彬仲文，耕經獵史，種學績文，每有悟入，予夙器之。今年三十有九，每來見，輒悵歎，今兹尤甚。予怪之，則曰：“世業本無多，家益落，假館不能免，知我者希，所遇輒不滿意，進既不得芹吾君，退又不足菽吾親，且不獲從容艾吾徒：疇昔之嘆以此。今兹尤有可重歎者：官差祇候户服役縣庭，家預其一，分隸主簿廳役，莫賤於斯。年垂及疆仕，乃伈伈俔俔辱於斯，恐下負所學，對舅氏不覺重嘆，此之故。”予解之曰：“甥無歎！知己不在多，虛谷方公、餘干胡公、弘齊曹公三公，國士天下士，皆於甥加賞識。《傳》曰：‘三卿爲主，可謂衆矣’，世蓋無契券三公者，否則知我愈希，我斯愈貴。人不識，自有天公知。甥無嘆！凡吏于土，蓋民之役，非以役民。自一命以上，其候司，其造請，其鞅掌，不知旬月幾奔命，勞殆百於甥，且弗躬弗親不可得。今甥役于勾稽，廳差簡靜，出青蚨倩解事者自有舊，不過割假館所得封螳腹以辦此，猶愈於脫牛胡袖、穿犢鼻褌、先後馬塵而不能者，可貴可賤之實，良不在外，昔之士，牧豕傭牛，猶屑爲之，孰使至此？非天乎？長官如我輩人，必將於士類具憐，豈必親役甥然後慊哉？甥行矣！毋重嘆。”仲文聞斯言，仰天大笑，長揖而去。

送張靜山序

荀卿有言：“雩而雨，何也？曰：猶不雩而雨也。”彼蓋疑祈與雨會。天苟雨，雖不祈亦雨耳。吁！有是哉？天地以生物爲心，人得天地此心，是爲仁心，理也，性也。天生五穀以生斯人，此理之常；或有凶旱水溢者，數之變。數雖變，理可斡回之[一]，不忍人之丁斯旱。而誠以禱諸天，將以理性之常，回氣數之變也。延祐二年乙卯，糴價踴甚。夏大水，未幾便旱，予居田里，蒿目柴胷，不忍其至斯極也。婺源張君靜山，道法素高，尚留吾里[二]，予亟延之，協誠以禱，符牒一行，陰官駿奔，雲隨爐煙以興雷，應令尺而震，即得雨。猶未洽，夜四鼓，雨大作，建瓴翻盆者踰二時，焦卷回生，澗溪增流，槁徙而鮮，憂豁而愉。我以吾誠資君之法，君以其法協吾之誠，此吾儕性中之仁也。以吾仁心感通造化生物之心，如契券關鑰耳。況今調元贊化，端有其人，傅岩之霖真自啟，乃心出，誰謂不雩亦雨哉！荀卿以性爲惡者也，爲此論，宜無足怪。張君歸，遂書以贈。公里多先覺，盍出之，當有印斯言者。

【校勘】

［一］理可斡回之：斡，原作“幹”，據文淵閣四庫全書本改。

［二］尚留吾里：尚，文淵閣四庫全書本作“幸”，依康熙刻本。

楊萬谷公侯契券圖序

唐國師楊筠松深郭景純術，爲人卜地，立能嘘氷氏子春之，人德其仁，呼爲“楊救貧”。三數百年于兹，此名尚炙人口、熟人耳也[一]。國師遠孫叔昭君號萬谷，世其學以遊。予聞其爲士大夫卜佳城甚夥，恨未得一拭目。一日盡圖之，標曰《公侯契券》，出以示予，謂予序之。予披圖歷觀，如古杭汪徽國之“下榆村”、鄱陽魏知州之“玉仙壇”[二]、休陽金國舍之“匣裏明珠”、槐堂程直閣之“玉干蟠鳳”[三]、宣城湯提舉之“暑林琵琶”、西里程登仕之“佛子負倚”、餘干曹判丞之“明湖飛雁”、古歙吳州判之“鄭村壽藏”，爭奇競秀。其餘饒于財之家，所卜無慮二三十所，遽數之，不能終。是皆將如陶士行之督八州、羊叔子之登三事，非如窶人望救於國師者。東坡所謂“如持左契”，夏諺所謂“如執券取償”，其是也乎。一念之仁，心心相傳，鼻祖耳孫，其歸一揆。予聞“鄒谷之黍生，春嘘之”者，鄒子律也。萬谷之心，如鄒子之律。鄒谷之谷，其仁一本；萬谷之谷，其仁萬殊。一本萬殊，萬殊一本，貫以此仁，萬谷皆春。宇內佳城，散在千萬山谷者何限？萬谷以黑囊用青囊，溫如鄒子律，一是爲人擇而春之，嗣是有得，續修圖誌[四]，累牘聯編，而以示予，予將爲君特賀不一賀。噫！披圖索驥，昔人異焉；按圖索地，後人識焉。地不愛寶，德人遇焉。

【校勘】

［一］此名尚炙人口、熟人耳也：炙，文淵閣四庫全書本作“掛”，依康熙刻本。

［二］鄱陽魏知州之“玉仙壇”：玉，原作“王”，據文淵閣四庫全書本改。

［三］槐堂程直閣之“玉干蟠鳳”：玉，原作“王”，據文淵閣四庫全書本改。

［四］續修圖誌：續修，原作“續續”，據文淵閣四庫全書本改。

送楊叔昭序

地有理，尚矣。“地理”二字，昉於《易》繫辭，地理施於壟，則昉於郭景純，而大明於近世。儒家者流有疑之者，司馬文正、楊文節諸公是也。有信之者，朱文公、蔡西山是也。文節《答文公書》有曰：“郭景純忠義以死，大節卓然，然豈不前知其故，而逆善其先人之窀穸乎？”吁！有是哉！忠義者，臣子事君之理也。能死易，死得其理難。忠義以死，如三代之龍逢、比干、萇弘，漢之李固、杜喬，唐之張巡、顏杲卿之徒，皆是也，獨景純乎？龍逢以下，豈皆不善其先人之窀穸而然乎？景純死得其理，臣子之責塞矣。郭氏有此賢子孫，郭氏之榮大矣！區區富貴云乎哉？故論禍福之大者，莫大乎生子孫之賢不肖，而富貴利達、貧賤憂戚次之。朱文公理學宗師，亦信地之有理。地之無理，文公肯信之乎？謂地理之可疑，至誠齋而極；知地理之可信，至晦菴而定。然地之有理，知之非艱，守之惟艱。知之矣，不守之，苟且以求合，遷就以謀利，雖知猶不知爾！《中庸》曰：“擇乎中庸，而不能期月守也。”是故知之而貴乎守之也。楊叔昭，唐國師筠松之後，世其家學，予交之有年。予思吳越之人，養生務繁華，送死殊忽略，親之遺骸率投畀水火，與委之於壑何異？叔昭能盡所見，參稽互訂，以求真是之歸，予所以不能忘言者，欲其知此理而必守之也。守之云何？必持守所學，不苟且、不遷就之謂也。於其行，書以爲贈。

送余公亮赴恩城同知序

心友余公亮將赴恩城，多贈言者，矧交情如予，欲默得乎？官無高卑，及親三釜而樂，否則一日養不以三公換也。恩城地雖遠，然有志則萬里咫尺，無心則咫尺萬里，公亮年方壯，志方鋭，遠不足云，第不能奉版輿就養耳。白雲之思切，則青雲之路輕，或謂忠孝不兩全，予謂求忠臣必於孝子之門，未始不可兩全。公亮行矣！至彼之餘，以誠告當路，早謀寧親，當路非人子乎？我體倚門之心以爲心，當路必能體我陟屺之心以爲心，歸有日矣。年當喜懼，日有短長，一念及此，三釜三公，奚足校哉？於其行，遂書以贈。

送休寧教諭孫有常序

宛陵孫君有常，以薇省檄來教吾邑，予邂逅識之，語未竟，别去。然邑庠諸生，談君善不容口，予以是敬君。今三年矣，官滿將歸，拳拳諉予友吳正夫求予贈言，其亦有以敬予也乎，忍靳不一言？教官非他官比，慶曆間州縣始立學，縣有學未有官，往往令丞有文學者兼之。其後始專官以教，曰“主學”，必付之南廊老儒。若横經郡泮，其選尤重，必黄甲暨南省前名暨優平等上舍洎一任。回試教官，中者始畀之守倅，待以上客，六曹不能班。其選重，故其教行，理勢然也。今因革異宜，郡博士且視昔選任殊輕，况邑庠乎？然任是官者，當思稱千里、百里師儒之重，何可不自重哉？孫君教吾邑，良知自重，由是陞擢遠大，詎可量乎？或翺翔侯泮間，能自重其道，以自重其官也必矣。自重其道安在？曰：不出君名若字間。彰厥有常，昉見虞朝；克用常人，繼見周世。夫子曰：“聖人、善人，不得而見之，得見君子有恒者，斯可矣。”朱子云：“有常者之於聖人，高下懸絶，然未有不自有常而能至於聖者。”聖門進學，具有科級，聖朝進人，亦具有科級。聖塗云遠，發軔自有常始，仕塗云遠，發軔不自教官始乎？行矣孫君！君家莘老仲益，文章聲名，赫赫若昨日，趾其美者，不於君是望，其將疇望？

送朱君赴鹽官州陰陽教授序

九流之説，昉自漢劉歆，儒家者流、陰陽家者流其二也。歆説行世，遂謂陰陽自陰陽，儒自儒，嗟乎！曷不折諸聖賢之言乎？夫子贊《易》曰：“一陰一陽之謂道。”陰陽，氣也，所以一陰一陽者，道也。朱子《中庸章句》曰：“天以陰陽五行化生萬物，氣以成形，理亦賦焉。”折衷以聖賢之言，儒家可貫通陰陽家，苐偏於陰陽家者不能貫通於儒家耳。聖朝崇重儒道，不以本遺末，于諸路府州設陰陽教授以典司之。予友朱君勅差鹽官州陰陽教授，將行，辱需贈言。予竊謂君家文公之《易本義》《四書註釋》《太極圖解》，講貫五行陰陽太極之理，至矣盡矣。君於家學，亦云精熟矣，本也，由本以該末，以之教焉授焉，餘事耳。豈真偏於陰陽家者流之學而已乎？吾郡中全方君方知鹽官州，中全之學，親傳虚谷之學；虚谷之學，心傳文公之學，予與虚谷爲莫逆交[一]，聞此久矣。予於中全，契家兄弟也，君抵鹽官，其爲我寄聲先生，以此質之，必將首肯於斯言。

【校勘】

［一］予與虚谷爲莫逆交：與，原作“於”，據文淵閣四庫全書本改。

送汪瞭翁序

同邑汪瞭翁名存正，其居距吾里不過長亭，予舊識之。今兹忽來告曰：“存正少習儒書，弱冠曾爲童子師，不幸喪所，天弗獲己，改業遠遊。初傳祈川謝君躔度學，繼傳章貢曾君地理學，遂以卜地談天涓日之術行，當道諸公，往往青盼之。嘗參校陰陽諸書，編一覽曆，同業多傳焉。前兩載遊秋浦淮堧，今將再往，願先生贈一言壯其行。”予見其請勤勤，其辭諄諄，遂述其言如前，繼諗之曰：“子之名若字，其本諸孟軻氏‘胷中正瞭焉’之云乎？人與物接，其神在目，神之君在心。心，天君；目，天官也。‘胷中’蓋指心之天君言，心正則神精而明，不正者反是。子所存之心果正，眸子之瞭亦宜。地理家書曰《青囊經》，又有所謂‘黑囊’，‘黑囊’者何？則眸子也。心爲一身主宰、萬事根本，心君正，眸子明，一以貫之。黑囊匪直施之青囊而已，以之談天，以之涓日，壹是皆以瞭焉之眸子爲本，一覽之編，亦瞭焉之眸餘光所覽耳。予由子之外貌，覘子之中心；即子之中心，印子之外貌；以吾子之黑囊，逢諸公之青眼，宜哉，宜哉。抑予又有説：聞之晉師曠曰：‘人少年勤學，如日出之光。中年勤學，如日中之明。晚年勤學，如炳燭之照。’吾子少也習儒，今中年耳，以胷中之正、眸子之瞭如許，何忍當卓午之天，不溫尋舊業，以充拓其性天乎？師曠，瞽者也，其言尚然，瞭然之眸者聞斯言，當不待辭之終而躍然悟、惕然懼，汲汲然自力矣！予年八十有一，使僅如朱子之七十有一、宣聖之七十有三，其及爲子發斯言乎？子也其毋忽於予言。”

贈醫士程堯叟序

昔范文正公嘗曰：“達則願爲良相，窮則願爲良醫。”博哉斯言！人所共聞也。伊川先生嘗曰：“我亦有丹君信否？用時還解壽斯民。”淵哉斯言！人所罕誦也。予竊謂醫家書肇於三皇之初，而愈行於萬世之後，小則通閉解結，大則立痿蘓瘵，甚則起死回生。爲人司性命者，醫也，誤人性命者，亦醫也。醫良不良之分，禍福天淵焉。自非賢明智慧之資，未易勝此，此秦越人、倉公、華佗、徐文伯、龎安常之徒，所以間見於古而寥寥于今也。噫嘻！良醫信不多見，而自古曁今，良相尤不多見。皐、夔、稷、契、伊、傅、周、召遠矣，蕭、曹、丙、魏、房、杜、姚、宋亦相之良者，是皆有丹可壽斯民，其餘時來則爲之相，肉食無遠謀者，比比皆是，既無丹可以躋民仁壽，甚者反使生靈爲血爲肉焉。達不能爲良相，反有愧於窮而爲良醫，以此方彼，孰得孰失？又何窮達之足校哉？今星源大醫程君堯叟，以其世傳之醫學，行於士大夫間，有年矣，予始識之歙邑吳君濟川館中。稍久，頗稔其人察脉精、用藥審，非族庖者比，其知於諸公也亦宜。濟川主人方禮聘之，使主其壽安藥室，期俾遠近之人，舉無札瘥疵癘，而咸躋乎壽安之域，不私其身爲堯民之叟，將使民吾同胞，皆得熙熙爲堯時叟焉。醫之良如此，挾吾道之丹，而不得壽斯民者，當有愧色。子羨良相乎？良相羨子乎？辱徵予言，敢援文正、伊川之語演之以爲贈，堯叟以爲如何？

送程仲本再往長樂侍親序

節卿大尹程公之嗣子植仲本，其年甫伊川作《顔子好學論》之年，夏間歸自廣東，來從予遊，先後僅五旬耳，甚欲鑄之使有成，然不能點之使速化，其資不爲敏而其心則甚勤，立志良可嘉而求效似太急，汲汲然欲一日讀二三日之書，一日見數日之效，而其序不當然也。秋來家問呼之來侍，又將有數千里之行，求予餞行序。予前所爲字說盡之矣，又奚以序爲？請益堅，予不忍終拒，然抑將何以爲子謀哉？朱子教人讀書之法，曰“循序而漸進，熟讀而精思”，敢摭之以語子。循序漸進，則夫子無欲速之意也。學如耕焉，昔聞程子有“心如穀種”之語，是種也，由浸而播，而蒔，而耘，而糞，而灌，而穫，日至之時熟矣，一節不謹，鹵莽而種，必鹵莽而收，安有不循序不待時而速成之理乎？子之務學，愚敢以欲速爲戒。子之還侍也，從容贊決，宜蚤法陶令賦《歸來》，罔俾淵明專美晉宋間。《詩》不云乎：“式遄其歸”是也。尊公之遠官，愚敢以歸速爲勸。予性素樸直，老不能改，二“速”字意反而心真，知我罪我，惟賢周魯裁之。

送王彌道江寧教官序

今世儒者之學，當深探其淵源以紹正派，然後時出其緒餘以掇巍科，必志於爲百世之士，匪直徼一時之榮而已。吾友王君彌道，將江寧教官，告余行，不鄙，求贈言。余謂同門同志，莫如君有八百里之行、三四年之别，自當一言，奚以求爲？教官非他官比，聖道顯晦、人才成否關焉。從昔以來所甚重，而在我尤當自重。慶曆以來，州縣皆立學，學皆設教官，試而後除，又必甲科舍優方得除。州郡坐次，通守之下即教授，六曹未能或之先也。教邑庠曰“主學”，必南廊老儒始得爲之，其重之也如是。近年以來，多借徑於斯，牽補架漏，選任不如前之重，任之者亦鮮知自重，深思之，胡得。然教授任千里師儒之寄，教諭亦任百里師儒之寄者，而可不知所自重乎？自重如之何？曰：深根源以紹正派是也。聖道統緒，繩繩迄今，羲黄堯舜以來，群聖賢之道統，至孟氏而絶，紹之者周程三子，續孟氏之絶學，紹之者又朱子。彌道之少也，從吾先人游。先人生嘉定辛未，距朱子夢奠纔十餘年耳，去朱子之時若此其未遠，吾休陽距文公闕里地若此其近，先人授徒，非朱子之書不讀，余自少授讀唯謹。彌道少余十一年耳，師友淵源，朋友麗澤，于今五十餘年。彌道年益長，親師取友益多，前是教諭番學時，屢請學於虚谷方先生，得其字說，納交孫元京諸君，賴其切磋，如是者指不勝僂，所謂深根原以紹正派亶有爲之。教諭番學，未幾教諭古歙，今兹之行，似鄧仲華之三爲矣，甚慼焉不樂。余曰："君行也。建業六朝文獻之地，臺察府縣之名公卿大夫布列焉，必有知君者。君教焉，於斯廸之以根原之學而出其緒餘之文，以之掇巍科、仕明時，將彬彬輩出。若徒爭一韵之奇、競一字之巧於風雲月露間，縱儌一時之榮，而不可言百世之士，不特君不當以是望江寧士，余亦不敢以是望君也。君行矣！'事大夫之賢，友士之仁'，此聖師所以授端木氏者，君所飫聞力行[一]，余言贅矣。"

【校勘】

[一] 君所飫聞力行：飫，原作"沃"，據文淵閣四庫全書本改。

送地理游季常序　至順二年[一]

地有理，尚矣。聖人作《易》，俯察地理，矧以地理爲人尋牛眠馬鬣，而不本於理，烏乎可？世之挾是以行者，疇不能以地理自標？而於天理之全體大用，懵然者甚夥，是故不能深燭天理者，未必能深造地理也。婺之游氏，世精於斯，其先字務德者，注《狐首經》行世，名公亟稱之，美不待贅。其裔孫冲古與予相慕而未相覿，然聞其人友於弘齋曹先生，先生稱之不容口，其人益可想見。今兹有客來訪，吉彰其名、季常其字者，挾吾契家古逸汪公書以前，乃冲古令子，古逸高弟也，望其眉睫，觀其進趨，聆其談吐，覘其胸次，宛然一儒者。舍假館，亦以家學行，族庖寧有是？予因已異之。起拱而請贈言，予行年八十，雖不知老之將至，而於景純之學，未知問津，雖欲言，不知所以言，一再辭，請益力，因問其年，甫及三十[二]，正晉子野所謂如"日出之光"者，喜其年之富、力之强，遂忘交之淺而深言之：天下無二理也，不可因館之舍，而遂併吾學舍之也，盍於家學外，加意于聖賢之理學？昔朱夫子、蔡西山惟深于理也，故有味于其言而發明乎其書，子能因其已聞已習，而深求其所未聞未習，于理之全體大用，以黑囊奄有包羅之，本此以用夫《青囊》，深燭天理以深造地理，眼底且無全牛，族庖者其不辟易百舍避子乎？又况程夫子之門，定夫公之學與上蔡、和靖、龜山諸公並稱，其所論學而在務本。朱子既采之于後，而尤標之于首，舉一節可以槩其餘，此非游氏先哲乎？子更能學其學，以深求其所務之本，送君常者自崖而返矣，子必勉之！子歸，以吾斯言告古逸公，亦未必不以爲然。

【校勘】

［一］至順二年：文中陳櫟自稱“予行年八十”，至順二年，櫟八十歲。

［二］甫及三十：及，原作“餘”，據文淵閣四庫全書本改。

卷 三 跋

跋汪古逸續硯譜

傳曰："所見異辭，所聞異辭，所傳聞異辭。"借斯言勘《硯譜》，其庶幾乎？蘓翰林易簡譜，羅鄂州願志所傳聞也，有未審而異辭，固宜。唐中合積譜，令婺源日所爲，然未必親履硯坑，所聞耳，有未審而異辭，亦宜。王雙溪游研山，記親見，宜審矣，猶有未審，何也？家距坑稍遠，一游耳，雖親見，詎能盡究其精詳？是以所見猶異辭，况所聞、所傳聞乎？後之人讀所傳所聞之說，而謂盡其精詳，可乎？此古逸汪君《續硯譜》所以作也。君鏞溪公之後，庭聞本真，又館溪頭數年，距坑可十里，又多得諸義山程君之說。程君世家溪頭，洞究硯材所自出，硯質所以異，君又與之不一游歷，以寔其言。庭聞既真，親見復當，宜乎今譜盡究硯之精詳，又盡訂前人之疎舛也。見貴親，又貴久，貴同，貴達。程君世家於斯，汪君數年館於斯，是謂久；二君又偕行，致察各精，互指各盡，是謂同；二君皆識見高明，論議精審，一說焉，一筆焉，非昧昧苟且者比，是謂達。兼是三四者而有之，甫克臻茲。吁！厥惟難哉！聖賢格物致知之學，一一能如譜斯硯，則何書不可讀，何事不可學，何理不可窮哉？抑又謂：硯石也，證之譜，絶佳之品難得如許，亦石中玉也。然硯貴適用，匪直供玩好而已，刷絲羅紋星若眉等，信奇矣，苟適用，無此可也。縱有此，懼豪奪潛竊，珍藏不敢用，無益也。是以識之貴乎達[一]，處此亦貴乎達也。梅郡守堯臣詩曰："案頭龍尾硯，切勿苦求精"，謂達己。愚敢斷之曰：察硯不可以不精，用硯勿過求于精。義山傳古逸意索跋，僕生無田，食一破硯，烏知其精詳？讀君譜，昭然若發蒙，不可無以報，遂書。

【校勘】

［一］是以識之貴乎達：乎達，原倒，據文淵閣四庫全書本改。

跋五城黄氏族譜

予生於五城，與求心諸兄爲同隊魚，而求心獨爲出群鶴。生雖晚，猶幸及見諸先生如黄提斡公雷奮、司户公雷復、制斡公雷利、主學公山，間蒙賞識。若草牕先生智孫，則吾先師也；漕元公彌昌，則父執而嘗參請焉者也。人徒見一時儒風之盛，寔甲吾邑，豈知甘泉有源，珍木有根，未有無所自而偶然者。葢黄氏以儒擢科始于寺丞公何，寺丞之學得之庭聞，而印正於表伯叔父棣華俯、竹洲儆二吴公。寺丞不特以所學淑其宗，且淑其甥洺水内翰程公珌焉。東坡有曰："稱人之善，必本其父兄師友，厚之至也。非得諸父兄之教詔，師友之講磨，則淵源不正，流派必差。"吾族自陳村遷五城，數世矣，有從曾祖父應城尉唯擢科，從祖父福倅慶勉繼乃叔世科，福倅弟貢元應午亦領鄉薦。黄、陳二家之父兄子弟往往交切互磋，重婚叠媾，所謂父兄之教詔，師友之講磨，葢兩得之。櫟也不肖，寔亦内得之父，外得之師，旁得之友，年廿有四始侍親自五城歸陳村，於是有與求心諸兄動隔一舍而遙[一]，或別數年而見，講磨疏矣。科目久歇，於焉聿興，同志如主靜、義所、存方兄已不及見，及見者惟求心、求志與余三人耳。外乎此，非卑諂則驕吝，可與談此者，其誰乎？兩家子弟，天其或者陰誘其衷，使得續學鉢文燈，以不隤其家聲乎？願也，未敢必也。求心編緝華譜，諸老平生大槩咸在，令予序之，予不得以固陋辭，謹次第其説而歸之，致其景仰，因寓其感慨云。

【校勘】

［一］於是有與求心諸兄動隔一舍而遙：有，文淵閣四庫全書本作"又"，依康熙刻本。

太醫院使汪公挽詩跋

古以醫名世必稱秦越人、淳于意輩，然未始大遭遇，且莫克有終。惟岐伯對黄帝、巫咸事帝堯，以醫術侍聖天子，而二人榮寵，後世未有儷者焉。今太醫院使大司徒徽國汪公擅越人、淳于之學，而有岐伯、巫咸之遭，玉聖躬陶和氣，功在社稷，福被生靈，官極一品，國建上公，明哲保身，榮褒莫二。賢嗣國良太守孝誠天至，奉襄惟謹。杭俗之瘗于水火，雖相國京仲遠不免，國良卓見超俗，獨不之忍，求名術，得吉卜于臨安縣之下俞村。子西總管於公父子有通家好，聞瘗期已逼，亟躬執紼不遑，廣爲徵些章，聞而執筆者僅三十有八人，得詩以篇計者五十有一。昔太史論李將軍謂“知與不知，皆爲流涕”，今公之瘗，聞者咸挽而哀之，何居？得非以聖人之身，非徒一人之身，乃百萬億蒼生之身也？公以醫衛聖人之身，功在三朝，如岐伯對黄帝之問，著書而示法萬世，巫咸醫帝堯之身，陶和而雍熙黎民，是百萬億蒼生皆於公乎受賜。吾儕皆百萬億蒼生之中一民也，其知與不知，皆爲流涕也宜哉！吾友觀萬既序于前，盡矣，子西兼俾櫟爲後跋，遂不復辭。

時思堂記跋

祖考遠矣，一氣流傳，在子孫之身。主宰此身，上以承既往，下以開方來者，在子孫之心。心所感通，思是也。禮有五經，莫重於祭。祭者，禮之寓；思者，禮之本。時有久近，地有遠近，無時無地而不思，不但雨濡霜降，報本反始，以時思之而已。譬之木焉：木之根榦枝葉，歷時既久，不復在矣，而木之氣流傳于果，果之生意鍾聚于仁。斯果也，斯仁也，所以綿萬木之生生者，在是也。果猶子孫之身，仁猶子孫之心歟？東平張氏爲中原望族，宦譜繩繩，鏗鍧宇宙間。今新安總管容齋先生來牧吾州，容德恢恢，涵育民庶。一日，出二鉅軸問陳某曰：“吾親墓傍建堂以奉蒸，嘗扁曰‘時思’，有年矣。此諸名士記若詩也，子爲我跋之。”某辭不獲命，復於公曰：“公之身，祖考之氣也。公之心之思，所以感通祖考而福于雲仍者也。公雖宦游四方，去東平先塋千數百里，公之心之思無頃忘焉，則‘時思’之堂，雖遠在千數百里外，時思之心，寔近在方寸間。方寸之心即堂也，是‘時思’之堂，隨寓而在也。今日宦游，異日之歸朝，無一時不思春秋之祭祀，無一時不表其思，堂即心而在矣。既出身以佐聖天子，功成名遂，奉身歸祖鄉，拜於斯堂，公之心，上慰祖考之心，祖考之心，用懌乎公之心，昔人晝錦之堂，寧不遜公出一頭地哉！”公家世之詳，具見記詩中，此不贅。

跋朱北軒所藏朱文公帖 至治三年[一]

文公遺墨，獲見屢矣。公之大本大原在所著書，其餘事在筆札，天分卓絶，無往不高，游戲于斯，上逼魏晉學者。于公之大本原，精之熟之，則于公遺墨，必不但以筆札視之，真若瞻公在前矣。“於墻於羮，仲尼子弓”，況於其遺墨乎？朱北軒宦藏公此帖，属余跋之。余自少鑽仰公之學，老而彌勤，今年七十有二，僥倖過公一年矣，竊述管蠡之見，以致高山景行之思，北軒然之否？北軒，侍郎公曾孫，韋齋家婺源，侍郎家休寧，地之相去若此，其不遠也。昔楊修關西人，揚雄蜀人，風馬牛不相及，修猶謂雄爲“吾家子雲”，北軒豈不可曰“吾家文公”乎？其寶藏公帖也固宜。

【校勘】

［一］至治三年：文中陳櫟自稱“今年七十有二”，至治三年，櫟七十二歲。

吴端翁詩跋 至治三年[一]

汴之治，至元祐而極；學問詩文，亦至元祐而極。學問造極，程氏是已；詩文造極，蘓、黄、陳氏是已。學問未暇論，論詩文：元祐二三公同時，詩人文士，莫不願登其門，收名定價，一經賞識，至今望之，殆若神仙中人。蘊文定宰績溪時，吾邑吳端翁先生登其門，因文定而見文忠，遂交後山。又見知無爲子楊公傑序其詩，纔百三十字，字字燦若驪珠，端翁遂得與於元祐文獻之傳，盛哉！端翁終身布衣，知之者鮮，幸遇二蘊、楊公於生前，又幸遇虛谷方公于身後。方公于詩，鮮所許可，而於端翁詩稱重之，摘選之，豈偶然者？端翁七世孫彬仲文，予甥也，予早年得見端翁詩而敬慕之，中年聞虛谷語，與予契券，惜端翁詩零落居多，今存不能十一耳。予竊謂吾邑詩人，當以端翁爲稱首，次焉者吾宗漫翁尚文。質夫宣和間游太學，亦以詩鳴。端翁詩中有與陳可大唱酧詩，可大即漫翁之父九公丕也。自後時文盛而詩絕響，迨科舉停，而詩復興，吾邑以詩見知虛谷者有孫元京，愛賞出於罕見，褒譽不免過情。元京歿，虛谷簡曹弘齋始有“吳華孫枯”之評，“吳”謂式賢，“孫”即元京。又于元京詩有“枯章瘁句，回未之滿”之評，然後其論始公。若端翁之詩，典正而無式賢之華，豐碩而無元京之枯者歟？吳甥持端翁詩請予跋之，予年七十有二，閱詩文不少矣，遂摭其詩之僅存者，略評而跋之，以諗朋友之公正者，惜不能起虛谷而質之云。

【校勘】

［一］至治三年：文中陳櫟自稱“予年七十有二”，至治三年，櫟七十二歲。

跋朱復齋山居雜興四十首

復齋朱君，余與別於辛亥之冬，年已六十有一，其嗜吟如嗜炙。今又加四年矣，忽寄書及詩，報哭兄哭女哭妻，憂患頻仍，而《山居雜興》四十詩則優游愉怡，如未始有憂患者，其嗜吟猶昨日也。書中拳拳祝予品題之。予方即蔡氏《書傳纂錄》附注廣其未及未發者，于詩殊未暇也，勉賦五言十二韻，書卷後而歸之：

詩章發乎情，惟在止禮義。然亦忌酸嘶，萎却剛大氣。紫陽見心翁，三洒朞服淚。疑其憂患餘，靈君共憔悴。寄我四十詩，四時分四類。石湖《雜興》篇，清新無二致。不見酸嘶辭，一是怡愉意。若未始有憂，出人幾頭地。倘未善自寬，寧能樂天趣？禮義固大閑，文章豈小技？笑彼拘讕儒，自縛動顛躓。老矣葛天民，優游聊卒歲。

徐氏族譜跋

徐與秦俱伯翳後，秦以暴顛，徐德而綿。偃王廟食於太末之支縣龍丘，今爲衢州西安縣，民多姓徐氏，繼守兹土者三四人，皆自謂偃王後，遇廟隤剥，率撤而新之。徐氏蕃衍，詎止于衢？其以德綿，信矣。今徐君伯英之先府君月溪翁，自謂其先世由括蒼而寓杭，又由杭而依吳氏女兄於吾邑之五城，余少也獲識之。兹讀雪砋江君所叙徐氏家乘，謂括蒼上世之支派圖因遷徙失亡，今所知僅高曾而上。余按，括蒼與三衢接壤，衢之東南，距處之遂昌界僅百餘里，其先世之居括蒼者自三衢而來，必矣。抑予又他有感焉：山谷先生詩曰："白屋可能無孺子，黄堂不是欠陳蕃。"陳徐之交，尚矣。我族祖福倅公之登壬辰第也，寔出徐公元杰榜下，徐陳之交，又有此二公焉。福倅嫡長孫義所兄之聚徒講授也，月溪之賢嗣伯英，又與予族姪月卿同牕，徐陳之交，世濟其美。月卿屢傳伯英言，需予跋其譜，予何忍終辭？竊謂陳爲虞鱞後，徐爲偃王後，俱以盛德百世祀者也，兩家子弟，其尚以德交相，懋哉！

跋張普心哭墓詩文

天下豈有無父之人哉？又豈有無祖之父哉？人生於父，父生于祖，祖生于遠祖，故曰：人本乎祖。自大父以上至始祖，皆祖也。吾身之于父若祖，雖有遠近之分，一氣流傳，百世一身耳。祖父之體魄陰爲野土，祖父流傳之氣寔在吾身，乃至斬丘木以宫其身，或薪之貨之以利其身，而視祖父之丘墓曠土爲朽骨，爲與吾身相秦越，斯人也，不學無識故耳！豺獺之不若，殺觸松之鹿之獸之不若，非人矣！我爲人之子孫，而伐祖父之墓木，天理昭昭，必生不孝子孫以伐吾墓木，且又甚焉，恐將如所謂不得蓬顆蔽冢焉。若是者，將無木可伐焉。吁！不忍盡言矣！貨墓木者爲不孝，買人墓木者爲不恕，我利人墓木而買之，人亦將利我家墓木而買之，天下之惡，一也。知惡之而推如心之恕者，不爲也。遐思及此，其忍買諸乎？伐墓木者有禁，世有不畏法者[一]，則此説窮；伐墓木者必有禍，世有不畏鬼者，則此説窮。以天理感之曉之，庶乎其可。聞此而尚不知戒，是化爲禽獸、化爲鬼蜮、無人心天理之徒，吾蔑如之何也已！讀德興張公普心哭墓詩文，哀其祖廸功少府之墓木遭子孫赭之無餘，而以言辭泣血告之，其意良可悲也。聞予名，寄聲求予跋，予何言哉？姑仿佛蘊長公《四菩薩閣記》意，以天理感曉之焉耳，外此，何知焉？抑予聞朱文公居建陽，投牒婺源，訟族子之伐祖墓木者，其人就逮，告邑宰曰："某信有罪矣。編修久不歸省墓，庸非罪乎？"宰以此言復於公，公聞之，曰："某之罪也。"復于宰，請釋之，亟歸展墓。嗟夫！晦翁之事，普心所當警省而效法之也。其終子之身，歲時必率羣從以掃松楸，護視惟謹，積孝誠哀思以感動之，毋徒追咎其既往焉，其與以空言聒之者相百矣。敢竊取坡公意以爲普心族人告，而直以朱子事爲普心告，普心苟然之，其有復于我。

【校勘】

[一] 世有不畏法者：者，原脱，據文淵閣四庫全書本補。

跋無礙子言性錄

學莫貴乎通，通之反則爲礙。學至於無礙，則通矣。通則情可約、性可適，而言性純乎無弊矣。無礙子早則師孔孟，中嗜佛老，一日出《言性錄》鉅篇示余，余亟展亟誦，知其欲融儒老佛而通之，期於性天之周流無礙，如孔顏之所謂"樂"，老莊之所謂"超然""逍遙游"，佛氏之所謂"觀自在"云者，此意良可嘉。夷攷其躬行，則又往往以桃笙方牀、梅花紙帳之單栖，自約自適，視世之溺其情、梏其性、蔽錮于利欲、膠漆盆中者超出萬萬，兹其所謂通而無礙者歟？然言性之云云，則必純乎洙泗鄒嶧之淵源，而後通萬世而無弊。無碍子五十之年今方過五，其于學，博而將返之約，老成定見，安知其不爲横渠之晚逃佛老而終師孔孟也哉？余方有望焉，則又當泚筆以俟。

跋東坡中山松醪賦

天生坡公，如生千歲之松，本欲使之棟明堂、柱清廟也，神宗欲用而未及，宣仁用之而未終，乃卒厄於羣小。元祐八年癸酉六月，以端明翰林侍讀二學士出知定州。定州，古中山國也，公自此遂收朝蹟不復升，而貶竄顛隮以死矣。是何異燧棟梁大材，使效爝火小用，而卒將煨燼泯滅也哉！公制松醪而賦之，葢托物以自傷，非徒區區於一松而已也。吾嘗謂棟梁之材，與麴糵之醴，古人皆以喻輔臣事業。公如此松，進不得爲棟梁，退乃收薄用於酒醴[一]。是醴也，固上不得爲傅說，中不得爲曹參，下亦不得爲周瑜，勁節澁味，葢所謂終然不可口者。坡公性氣，殆酷似之，無怪其在熙豐不容於熙豐，在元祐不容于元祐也。公以癸酉十月至定，紹聖元年甲戌六月自定安置惠州，十月至惠，二年乙亥公在惠，四年丁丑閏二月再安置昌化，六月過海，七月過昌化。公留定七八月耳，計此賦必作於紹聖元年五月以前，今觀公自書此賦後，題云："紹聖二年十一月十三日書。"是又乙亥歲在惠所書也。不特坡公進退亨窮判于此時，即宋一代之理亂、興亡、虛寔判於此時。公賦有曰："遂從此而入海，渺飜天之雲濤。"後四年，果入海，豈先知耶？抑語讖也耶？後乎此時爲元符[二]，爲崇寧、宣和、靖康，三十三、四年而有丙午、丁未之禍矣，公雖不言，然識者見諸賢之受禍如此，豈不能逆知其必然耶？自此紹聖乙亥，凡見第四乙亥而後宋再亾，葢一百八十一年。自紹聖乙亥距大德八年甲辰，寔二百一十年。大德七年癸卯，予館寓江潭，葉君家有坡公手書此賦，絹地，黑茸綉之，遠望如真。字體端重雅潔，如覿正人君子之容，使人愛玩諷誦，不能自已。越明年三月，又飲此賦之旁，遂想坡公當時之所傷感，併述吾曹今日之所追感者而爲之跋。嗟夫！此二百以上年大賢之奇文妙畫也。猗歟！主人爲我寶之！

【校勘】

［一］退乃收薄用於酒醴：於，原脱，據文淵閣四庫全書本補。

［二］後乎此時爲元符：乎，原作"必"，據文淵閣四庫全書本改。

程松谷孝經衍義跋 名纍道

文公《集註》謂孟子每事道性善，必稱堯舜以寔之。性善以理言，稱堯舜者，質其事以寔之也。公著《小學》書，立教、明倫、敬身列於前，而寔立教、寔明倫、寔敬身備載於後，必質之聖賢徃行，以寔前言深意，與孟子同。今吾友婺源松谷程君《孝經衍義》載經文五孝，而采堯舜禹湯文武之孝以次，及於歷代明君賢卿大夫士庶人之孝，著其行事以寔之，庶幾人知仁孝非徒空言，聖賢的有寔事，而不懈於取法也。此意古矣！與孟子、朱子之意，其歸一揆者也。文公既成《孝經刋誤》，又欲掇取他書可發此經之旨者，别爲外傳，而未之及。勉齋黄公嘗繼公志編之，松谷想未之見，而所采有暗合者。尹和靖謂伊川躬行皆是《易》，其作《易傳》，只是因而寫成耳。松谷，予同門友也，丙寅丁卯間，松谷學於草牕黄先生之門，時服其先君子之服，予目睹其書“銜恤”二字於扇，蔬食終三年，平生心敬心服之。今讀其從孫之跋，謂松谷嘗刲股救親，執喪，水漿不入口三日，哭哀於墓，有虎食吠犬事。予爲松谷心友，今甫聞之，松谷不言而躬行，尤可敬也。松谷此編，發明士之孝，拳拳有望於吾黨之士，謂講之明則知之真，知之真則行之力，固然矣。愚猶謂知之既至，行猶當力。降而庶人之孝，人雖庶也，行則士也。《詩》云：“釐爾女士”，謂女而有士行者，庶人能孝，非庶人而有士行乎？庶人未嘗學問，天性之美自能行之。士嘗學問，必能考聖賢之成法，而或有愧於庶人之孝行，且不可以名人，矧可以名士乎？愚尚欲松谷采真文忠公《孝友堂記》“不知孝者不論。知孝而不知友，非孝。妻子具而孝衰于親，異姓婦人入門，而賊同氣之愛以戚其親，世之犯此者，尤可痛也”。由此類推，凡虧行辱親等以次著之，庶有益乎？松谷長余五年，今行年七十有七矣，夫婦偕老，賢子孫滿前，且見曾孫若干人矣，一家一宗，蒸蒸仁孝，抑又生理優裕于前，人間全福，幾備膺之，天之報仁孝君子，端不誣也。松谷此編，以寔躬行發寔議論，盍刋布之，使家得置一通，講明躬行之，其于興仁興孝之風，豈無小補云。

跋朱草庭程文

默軒朱君彙其先君子草庭先生程文若干篇，求諸名公序之，亦徵於予。予勉强應命，于今十有六年，已失之，再徵于予。予文稾數帖，辛亥所寓不戒于火，皆歸煨燼，不可復識。默軒委予重作，言諄諄不置，嗟乎！亦奚以如羽斯輕之言爲哉？曩歲所云，大畧謂科目舊法重困英雄，草庭以寶祐癸丑入賢關，洎舍成法，解褐于咸淳甲戌，戰藝數十塲，歷二十有二年，甫教授姑蘇，帀命革矣。時科目未興，其言感慨如是而止。今科目聿興，悉更舊弊，題不斷章，文不綺靡，一是皆以明經爲本，士能精熟《四書》、爲典雅不崖異文字，摘髭即可第。草庭家學淵源，自岐山先生理學來，岐山之學，草庭善繼之，辛苦始一第，草庭之學，善繼之者獨不在默軒及群從及諸孫乎？會且咄嗟而第，與草庭後先相輝映，此君家券內物，果熟岐山、草庭之學，是區區者不余畀乎？若夫草庭之作，真所謂省監程文，《簡而》《無傲》等篇膾炙人口，其美不待贊。晦庵跋李白詩，謂“今人動輒作詩，何曾夢見太白脚版耶？”予于草庭程文亦云。

跋汪季澄所藏四皓觀泉圖

昔人碑四皓廟，謂其避秦知亾，安劉知存，拒高祖命知退，應孝惠聘知進，稱其知進退存亾不失其正，合《易·文言》所云者。今茲好古君子示《四皓觀泉圖》，有庬眉四大老，風清樾翫，寒泉意態，翛然其采芝商山時歟？《易》貞晦皆坎，凡十六卦，取象於泉，惟蒙爲然。大賢之出處進退，當法《易》之蒙泉，時止而止，合斯泉之坎止；時行而行，合斯泉之流行；退而處，體蒙以育德；出而進，體蒙以果行。四皓之觀泉，其出處進退，於泉允符於洗心之經，非惟知乾道之進退存亾，亦有得于蒙泉之流行坎止，其愛觀斯泉也固宜。山泉汪先生如泉及物，嘗仕矣，未盡其用，家藏此卷，以示孫曾，深意端有在。時焉未遇，體蒙泉以育德；時之逢也，體蒙泉以果行。不果于忘世，而果於濟世，盍如四皓之觀泉以審出處之誼乎？拳拳忠愛，願與堦庭蘭玉共勉焉。謹書卷後而歸之。

跋批點周禮訂義

泰定甲子六月七日，敏求寄示《周禮訂義》首册[一]，余細觀而深喜之，承諉以點校。自後屢借屢换，凡三載始足，點校亦始畢。此本刋刻甚拙而多誤，揆之理而可是正者固多，以意會者亦不無。齊稷下諸儒有言曰："學問如何觀點書"，又聞前輩有言曰："校書如掃塵，一面掃，一面生。"由前一說言之，余固不敢以學問自居；由後一說言之，余亦不敢以纖塵自必。敏求其明鑒而恕待之。

【校勘】

[一] 敏求寄示《周禮訂義》首册：周、義二字，原脱，據文淵閣四庫全書本補。

跋韓昌黎畫圖

昌黎韓公之左遷守潮陽也[一]，行至京兆府藍田縣藍關，即秦嶢關，示姪孫湘詩曰："雲横秦嶺家何在，雪擁藍關馬不前。"善画者繪爲圖，山嶺重叠，雪景模糊[二]，人馬行其間，俱有畏寒凌兢狀，觀之，令人悽然。公學正識卓，守堅論嚴，欲水火佛骨，忤憲宗意，謫爲此行。雨雪霏霏，僕痡馬瘏，亦良苦矣！公鐵石心肝，當自忘其苦。姪孫湘遠來追送之。湘，即公兄子老成之長子也。公《祭老成文》曰："長而子[三]，待其成"，有恩于湘深矣！示以詩，欲托以死，可嗟也已。余謂公之堅貞節操，有似屈平之放逐憔悴；斵冰積雪，與蘓武之出使絶域囓雪餐氊。其於湘也，疇昔有春生之仁；湘之于公也，今兹有秋肅之義。其精貫天人，行絶今古，百世之下，聞其風者當懦立而薄寬焉。又怪夫後來好事因此詩所云，傅會謂湘有仙術，開頃刻花于牡丹上，現前詩二句。按《唐史》及《諱行録》：湘字北渚，擢長慶三年進士第，官至大理丞，不聞其好仙也。味公此詩，畧無花上嘗現詩句意，觀者其無惑于無稽之言。

【校勘】

［一］昌黎韓公之左遷守潮陽也：左，原作“佐”，據文淵閣四庫全書本改。

［二］雪景模糊：模，原作“横”，據文淵閣四庫全書本改。

［三］長而子：子，文淵閣四庫全書本作“予”，依康熙刻本。

跋汪子磐詩

予不及識汪定齋，而識之文字間。魁鄉舉，陞賢關，登南省，一是皆以窮經爲本，而爲官樣程文以範後進者。定齋之子復心，承詩禮之傳，以明經深其淵源，而卷波瀾入于詩，予讀虛谷方先生所謂《瀟洒吟稿序》知之。復心之子子磐，詩尤清雋，其本本源源，可知也。予族姪定父持其稿示予，欲予一言。夫贊頌子磐，定父盡之矣，余何容言？雖然，愛莫助之，何可？以老生常譚，並自疑沮。昔朱子復程允夫書，深欲其以《語》《孟》《三百篇》爲作詩本源，子磐於經必所素通，盍更以祖父所精通者爲法則，由淵源而波瀾，其于詩特餘事耳，豈止爲今詩人之詩而已哉？觀于海者難爲水，游于聖人之門者難爲言，六經詩文之海也，子磐《登海雲亭》之詩曰：“靈若不自多，嗟哉彼河伯”，則亦既自知之，予言贅矣。

書孔明出師表後

周公作《周禮》以冢宰統宦寺，宮府一體也。前漢此意猶有存者。鄧通，文帝弄臣，丞相申屠嘉得召而欲斬之。宣帝以後，體統寖壞，近習之權，重于宰相，後漢卒以宦寺亾。宮府不一體故也。孔明深識治體，故慮及此。其後，孔明既没，所薦忠賢蔣琬、費禕、董允相繼秉政，皆能確守此意，後主猶賴以存。諸賢皆没，陳祗進而嬖倖黄皓用事，後主遂亾。惟不能遵宮府一體之戒，以至于此，哀哉！東坡曰：“孔明不以文章自名，而《出師》一表，與《伊訓》《說命》相爲表裏。”朱子曰：“胡致堂議論英發，人物偉然。向嘗侍之坐[一]，見其數盃後，每歌孔明《出師表》。”前輩於此篇尊尚如此，豈苟然哉？

【校勘】

[一] 向嘗侍之坐：之，原脫，據（宋）黎靖德《朱子語類》補。

書蘭亭記後

王逸少，東晉人才之傑出者耶？一時宗尚老莊，清談無寔，獨論建識時務，且嘗沮桓溫請遷都之議，斯人不多見也。此篇以“一死生，齊彭殤”爲誕妄，蓋闢莊周、矯流俗，不但文字之工而已。

字訓註解跋

番陽程蒙齋《小學字訓》，朱子目以“大《爾雅》”，然止三千字，蒙齋同邑董介軒嘗爲注釋。沈毅齋以程訓未備，增廣之。吾邑程徽庵猶以爲未備，合程沈所訓，又增廣焉，其條百八十餘，且自加註釋。愚嘗謂幼學未可貪多，能熟“大《爾雅》”而通之，此進聖途第一步，由此漸進，始可久。徽庵視介軒所釋精深，初學恐未易及，舊據管見釋之，一是以明白爲貴，使童習者一見了然，其于性理入門，不爲無助。雖有傳者，未廣也。延祐乙巳春[一]，介軒從子季真來見，謂聞之松峰壚君，《字訓》至徽庵而大備，惜未之見。予因盡出之，相與篝燈細玩，信其爲宇宙間精妙之書。季真謀會梓板行，此意甚佳，遂舉以授之。又問之吾友黄求心行叟，徽庵初刋之臨汝時，無吳竹洲論說，其孫刋之家塾，始自增入，即今所授本也。其說甚少，亦無所悖，姑仍其舊，觀者宜知之云。

【校勘】

[一] 延祐乙巳春：延祐間無“乙巳”年，而有“丁巳”年，疑“乙”爲“丁”。

書程與京祖雲山翁所作風月二竹卷後

墨君妙處余不能知，老筆蒼古，於矮紙一枝一節間[一]，想見其玉戛擊金鎖碎全勢，則亦頗知之。與京示其祖雲山翁《風月墨竹》二幅，謂翁游戲于此，落人間者不少，而家無一筆藏焉，乃今質肅質肅公，權邦彦。聞孫割所愛，還以畀和璧歸趙，青氊復王，不足言矣。予謂文與可、蕭長公竹非不高，然寶之不如寶此，何也？此尊先祖遺筆也。爲人聞孫，欲見其祖不可得，見其祖筆墨之一二，玉立長身，宛如見其祖然。嗟夫！與京其永寶之哉。

【校勘】

［一］於矮紙一枝一節間：矮，文淵閣四庫全書本作“故”，依康熙刻本。

題觀奕圖

王質觀奕而斧柯爛，有味乎其觀之也。或爲之圖，或臨之木，或勒之石，使千百年後彷佛見之，誠韻事也[一]。有朱升者，從賓暘江君得見此紙[二]，精神聚于枰局木石，發其風致，行役匆遽中把玩，不忍釋。使手有柯，其不爛者幾希！

【校勘】

［一］使千百年後彷佛見之，誠韻事也：“彷佛見之，誠韻事也”八字，原闕，據文淵閣四庫全書本補。

［二］從賓暘江君得見此紙：得見，文淵閣四庫全書本作“購得”，依康熙刻本。

卷　四　考辨論

中星考

《堯典》中星與《月令》中星，候之必於正南午位則同，而其象與星宿不同。所以不同之由有四焉，曰：古略而後漸詳，一也；《堯典》以中氣，《月令》以月本而不專以中氣，二也；歲差，三也；昏刻之難定，四也。周天三百六十五度四分度之一，其形之員如彈丸，其覆地之形如覆盂，其旋繞也如轉轂，天半覆地上，半包地下，二十八宿亦半隱半見，隨天而旋焉。天左旋一日，繞地一周，而過一度；日亦左旋一日，繞地一周，而比天爲不及一度。積一期三百六十五日四分日之一，而日與天會。故占天者於節氣初昏之時，候某星中於正午之位，以審作曆之差否，古今一律，特詳畧不同爾，不必拘於南面聽治視時授事之說。今術家欲辨方位，必先定子午針以爲準，亦其遺法。中星無刻無之，特白日不見，他時無準，惟於節氣初昏之時，候之正午爲便爾。是故“中星”二字始見於《孔傳》曆象日月星辰之下，前是未見也。《堯典》候中星之法，曆一月而中星移次，曆三月而中星移方。地之四方一定不易，而天之四象、十二次、二十八宿運轉不停。惟春分星鳥南，星昴西，星虛北，星火東，天位與地位合。春而夏，則鳥轉而西，火轉而南，虛轉而東，昴轉而北矣。所謂“中星移方”者如此，倣此而推，他皆可見。《堯典》中星惟虛、昴以二十八宿言，星鳥取四象，星火取十二次，互相備也。子午卯酉，四正之位，四星匀停，降而求之《月令》，又降而求之《漢》《晉志》《三統》

《元嘉》等歷，分至中星，不皆相對。聞之先覺曰：堯即位於甲辰，其二十一年爲甲子。甲子冬至，日在虛一度，而昏昴中。盛矣哉！此天地間貞元會合之運，曠數千載而一遇者也。《月令》視《堯典》則漸詳矣，其果精密與否，未可知也。《堯典》惟舉四仲初昏之中星，《月令》則十二月備舉之。《堯典》中星舉四象、十二次，《月令》專舉二十八宿，且患井斗度濶，而別舉弧建以審細求之。《堯典》惟求之初昏，《月令》則併求之旦，而必考日行所在，以見中星去日遠近之度焉。朱子嘗曰："天無體，只二十八宿便是天體。"以是知中星之轉移，即天體之轉移也。定一歲之運，寔本於日之行度。春、秋分百度，冬、夏至一百一十八度，率一氣差三度，分、至之相距必六度，故增減每十八度。此法之由來，必已久矣。《堯典》雖略，然賓出日、餞納日、夏至致日，行之惟謹，且星鳥、星火、星昴、星虛必冠之以日中、日永、日短焉，非求日之所在以定中星乎？《月令》四仲月中星：春，昏弧中，夏，昏亢中，秋，昏牽牛中，冬，昏東壁中。鄭氏曰：《吕令》與《堯典》異舉月本也。《漢志》亦引《月令章句》謂：中星當中而不中，或不當中而中，進在節初，自然契合。且又有一證：《三統曆》《後晉·志》冬至中星皆在奎度。宋《元嘉曆》方退至壁八度爾，豈有《吕令》時仲冬已昏壁中，而漢、晉乃反在奎之理？《月令》仲冬惟舉月本也，此所以昏東壁中也。然唐孔氏曰：《月令》十二月日之所在，或舉月初，或舉月末，皆據大略不細，與曆齊同。其昏明中星亦皆如此。昏明中星在一月之内有中者，皆得載之。二十八宿，其星體有廣狹，相去有遠近，或月節月中之日，昏明之時，前星已過於午，後星未至正南。又星有明暗，見有早晚，明者昏早見而旦晚没，暗者昏晚見而旦早没。所以昏明星不可正依曆法，但舉大略爾。長樂陳氏亦曰：《月令》中星，或舉朔氣，或舉中氣，互見也。以此二家說言之，則《月令》中星，亦未可斷以爲盡舉月本也。兼之歲差之說尤所當知，而經解家之所鮮知，漢、唐二孔皆不及此，至三山林氏、朱子、蔡氏，始引差法以論經。葢天度於零分而有餘，歲日於零分而不足；天度常平運而舒，日道常内轉而縮；天漸差而西，歲漸差而東：此歲差之由。古曆簡易，未立差法，但隨時遷改，以合其變。至東晉虞喜、宋祖冲之、隋張胄玄始用差法，率五十年退一度，何承天倍之爲百年。《皇極曆》酌二家中數爲七十五年，雖近之，未精密也。唐李淳風不主差法，一行力辨其非，謂自周迄春秋季，日已差八度，漢四百餘年，日亦差五度矣。今又參之《大衍曆》及近世《景祐新書》[一]，又謂八十三年日差一度。近年叙《會天曆》者，又謂今不及六十年輒差一度。雖歲差年數難以一説定之，而歲之必差可知矣。况古今昏刻又自不同：日長至六十刻，短至四十刻，古也。後乃謂日未出二刻半而明，日既入二刻半而昏，一刻之間，中星常過三度半强，而昏明之刻乃爭五度，使分、至之日或天氣有陰晴明晦之殊，則星之出没必有遲速難準之異，乃欲拘拘以辨千古中星同異，難矣哉！且是説也，一行常慮之矣，其説曰："何承天以月蝕衡步日所在，又驗以中星，漏刻不定。漢世課昏明中星，爲法已淺，今候夜半星以求日衡，雖近於密，而水有清濁，壺有增減，或積塵所壅，則漏有遲莫。臣等頻夜候中星，而前後相差或至三度。"愚讀《唐書》，至此未嘗不喟然嘆曰：嗟乎！以昏難求，而求之夜半，夜半有刻漏可憑，若可定矣，而又病於水也、壺也、積塵也，以至於三度之差。夫三度之差，幾一刻之差也。曆家用心至此，亦良苦矣。曆家有曆書，有渾儀，且世掌天官，從事專且久，而候中星之難尚如此，今吾儕僅據諸經史，而以方寸之天想像圓穹之天，乃欲定千古中星之同異，信難矣哉！革卦之《大象傳》曰："君子以治曆明時"，曆之必不容不革，尚矣。唐二百九十年，曆凡八改。近世率二三十年，曆必一改，惟不免於差也，是以不免改革以與天合，使古曆可膠固守之，則何取於治曆？何足以明時哉？由是言之，則《吕令》上距堯時幾二千年，仲冬日自虚宿而退至斗，中星自昴宿而退至壁，無怪也。其不能不異者，不特難辨，亦不必辨也。抑又有感焉：堯甲子歲，冬至日在虚一度，昏昴中，曆三代、秦、漢、唐迄今日，愈益退。今大德乙巳，距堯甲子三千六百四十有二年，而冬至日在箕，昏營室中。日在虚，退至箕，凡涉五宿；中星自昴退至室，亦涉六宿。以歲差中數七十五年差一度約之，則二萬餘年後冬至，中星始又退至昴宿，而與堯時合矣，而誰其見之？論至此，豈不曰"俛仰終宇宙"哉！豈可不遐思而永慨也哉？

【校勘】

［一］今又參之《大衍曆》及近世《景祐新書》：祐，原作"佑"，據文淵閣四庫全書本改。

河圖洛書辨

夫圖、書，何物也？《易》《範》之原也。圖數十，故《易》有天一至地十之文；書數九，故《範》有初一至次九之疇。此說自漢以來，未之有改也，獨劉牧自出意見，無所祖述，妄從而易置之。先儒辨之，非不明也，今人盡排諸儒之說，而力仍劉牧之誤，何歟？詳今人立說之由，必因見河圖之火數南、水數北、木數東、金數西，適與後天之離南、坎北、震東、兌西者合，遂從而苦索之。又見圖書"聖人則之"之文，以爲圖、書皆爲《易》之原，此"聖人"字乃指羲、文，謂夫子不應說《易》而及《範》，不應舍文王而及禹也，遂揭《大傳》之說爲之主，而以先天、後天之相配者證成之，其論亦巧矣，然不可以洛書先河圖也，遂不得不易置之，雖有諸儒之說，亦盡排之而不顧。而吾就其說推之，有大不可者一，有不可通者六：聖人之精，畫卦以示；聖人之蘊，因卦以發。夫子之"十翼"，因卦以發《易》之餘蘊，凡可以推廣證驗者皆及之，非拘拘於卦畫而已。"河出圖，洛出書，聖人則之"云者，亦泛言聖人之作《易》《範》，其原皆出於天，而非出於人。蓋因《易》而推說及《範》，非專指《易》也，詳觀此處上文，如"定吉凶成亹亹者，莫大乎蓍龜"，豈《易》中亦有龜之法乎？天生神物，聖人則之，亦泛言蓍龜、圖書之類耳。又如以卜筮者尚其占與《易》道四之一，豈《易》中亦有卜之法乎？《易》有蓍筮而無龜卜，則河圖，而未及洛書。今夫子因蓍筮而泛及龜卜，因河圖之《易》而泛及洛書之《範》，庸何傷乎？又況先儒明言，書亦可以爲《易》，圖亦可以爲《範》，伏羲但據河圖以作《易》，不必預見洛書而已，逆與之合。大禹但據洛書以作《範》，不必追考河圖而已，暗與之符。是河圖固《易》之原，而《洛書》亦未始不可與《易》合也。今人但以河圖、洛書與先天、後天之《易》有可相分配也，何不可之有？亦何必易置《圖》《書》而後爲愜乎？《大傳》曰："天數五，地數五，至而行，鬼神也。"晦翁以爲此一節夫子發明河圖之數也，今人亦易置之，是以此爲發明洛書數矣。如此，則是羲本河圖以畫卦，夫子反無一言發明之，而獨累數十言發明洛書之數，毋乃論《易》而昧其原乎？孔安國謂"龍馬負圖出於河，羲本之以畫卦；神龜負書出於洛，禹本之以叙疇"，此說與《大傳》

之說，未見其相悖。前漢去古未遠，其說必有所受，晦翁豈輕祖述之？未易此言也。劉歆“經緯表裏”之說，甚精且妙，班固不過述之，豈餙爲經緯之說乎？十爲圖，九爲書，自關子明、邵堯夫、朱晦翁、蔡西山諸儒言之詳、辨之精，確乎不可易也。劉牧之說，托言於希夷，亦猶麻衣道者自附於希夷之類耳，豈足信乎？不特此也，晦翁《慶元丁巳春書閣皂山河圖洛書後》云：“因讀《大戴禮》，又得一證：其《明堂》篇有‘二九四七五三一八’之語，鄭氏注云：‘法龜文也。’然則漢人固以此九數爲洛書文矣，是又九爲洛書之一大證驗也，今人其亦聞之乎？”凡今人之爲說易置圖書，乃其受病之根也，大不可者一也。伏羲之則河圖以作《易》，葢虚其中之五與十而不用者，太極也；奇數二十，偶數二十者，兩儀也；以一二三四爲五六七八者，四象也；析四方之合以爲乾坤離坎，補四隅之空以爲兌震巽艮者，八卦也。若夫先天八卦圓圖之方位，不過以八卦横圖中分而圖之耳，一分爲二，二分爲四，四分爲八，以其自然之序言之，則乾一兌二離三震四巽五坎六艮七坤八是也。即此横圖中分而員之，則乾一兌二離三震四自南而東，巽五坎六艮七坤八自西而北是也。此乃三爻之圓圖，若又因而重之爲六十四卦之圓圖，則可以知六陽六陰之消長，天根月窟之往來，《啟蒙》所列諸圖，莫妙於此。其所以畫先天八卦之圓圖，亦以見六十四卦之圓圖之所從出，且亦以對後天八卦之圓圖耳，非必伏羲之有意於則河圖以爲此圖也。使伏羲之畫卦作《易》不過如今人之說，規矩然則九數之洛書[一]，勾加生受以爲圖，不亦淺乎？此其不通者一也。自康節以來，皆謂十數爲員者爲河圖，九數爲方者爲洛書，今人易置之，乃以十數者爲方，九數者爲員，殊不知河圖有四方而無四隅，其體所以員；洛書有四方而且有四隅，其體所以方。但河圖虚中而不用，其數偶，體雖員而用則方；洛書用中以爲主，其數奇，體雖方而用則員。今人專以十數者爲方，九數者爲員，豈不見古詩之云乎：“安得雙車輪，一夜生四角？”無角則員而行，有角則方而止，此特文義之小小者耳。從來畫圖、書者，於洛書則列四奇於四方，列四偶於四隅，而方之體自見，今乃規而員之；於河圖則列一六、二七、三八、四九相得之數於四方，而缺其四隅，而員之體自形，今乃以陰陽變化等字補而方之：是不顧理數之是非，而惟傅會於筆墨之牽補耳！此其不通者二也。自諸儒以來，皆謂河圖爲體，洛書爲用，今人雖易置之，而體用之說不易，然謂圖數四十五，體數乏；書數五十五，用數贏。竊謂體數無乏之理，用數無盈之理[二]。體者，全體之謂，不全豈可以言體？是體數不可乏也，特用數或可乏耳。體以立其常，用以達其變，體數贏者，其常也；用數乏者，其變也。大衍之數五十，非體數贏乎？其用四十有九，非用數乏乎？譬之人有四體，不可缺一，是體不可不全也。及其用是四體也，手既持，足或可以不必履；足既履，手或可以不必持：是用可以不必拘於全也。今人既易置圖書，故不得不以“體數乏”餙四十五之少，“用數贏”餙五十五之多耳。此其不通者三也。自諸儒以來，皆以河圖爲相生之五行，洛書爲相克之五行，今人相生相克之說不殊，但易置圖書，遂謂伏羲則其相克者以爲先天之《易》，文王則其相生者以爲後天之《易》。竊謂先天未入用，後天始入用耳。先天立其體，後天達其用；先天著其常，後天通其變。有體而後有用，有常而後有變，有相生之五行，而後有相克之五行，無緣伏羲反取相克者以爲先天之《易》，文王反取相生者以爲後天之《易》，何先後、體用、常變之顛錯乎？羲本河圖之相生以作《易》，故《易》明言“生生之謂易”。天一至地十，《易》明列之，未嘗及相克之五行也。禹本洛書之相克者以作《範》，而“六府”明言水火金木土五行相克之序，惟禹言之，外此未之見也。此又一大證驗也。今人惟易置圖書，故其誤也如此。此其不通者四也。五位相得，《啟蒙》釋之甚明，不過以一六、二七、三八、四九、五十之五位相得，未及乎畫卦也。今人取以分配，乃謂震巽相得而東，兌乾相得而西，而於坎則謂自得而北也，於離則謂自得而南也，於坤艮則又橫貫於中：何經皆言相得，而今人乃杜撰自得之說？此其不通者五也。九數之洛書，戴九右七，六、八其足也。今人取以配先天之卦位，九居上，與戴九合；七居右，與右七合；而六居下，是移右足之六而居履一之地；八居左，是進左足之八而居左三之位，毋乃進退改移之不均乎？此其不通者六也。凡今人所辛苦而僅得之者，雖不無奇巧之可喜，而多有牽合之可非，不若不必易置圖書，不必獨出《洪範》，但謂後天之卦位適與河圖之數合，先天之卦位以四象言亦與洛書之數依稀有合者，以見圖書與《易》經緯表裏會合之妙。如此，乃先儒所未提掇者，則其有功於圖書與《易》，亦不小矣！何必犯此大不韙，闢倒集諸儒大成之晦翁乎？羲則圖作《易》，禹則書作《範》，此圖書正說也。圖亦可爲《範》，書亦可爲《易》，與夫今人分配等說，此圖書衍說也。今人因衍說之一二可通者，而遂廢正說之無往不通者，其失之遠矣！《易》有地十，何説而謂羲之《易》非出於十數之圖乎？疇無次十，何説而謂禹之《範》非出於九數之《書》乎？古今道理之秘，自晦翁出，何微不顯，何幽不闡矣！劉牧生乎晦翁之前而爲此論，無責也。今人生乎晦翁之後而爲此論，欲免其責，難矣哉！今人之説，惟其有前之一不可，是以有後之六不通，使賈長沙聞之，寧不又曰“可爲痛哭者一，可爲長太息者六”哉？

【校勘】

［一］規矩然則九數之洛書：規矩，原作“規規”，據文淵閣四庫全書本改。

［二］用數無盈之理：盈，文淵閣四庫全書本作“贏”，依康熙刻本。

置閏辨

講閏之法，大約以一歲之氣盈朔虚言之。至於一月之氣盈朔虚、一日之氣盈朔虚，或者略言焉，殊不知積分以爲日，積日以爲月，此一月一日之氣盈朔虚，皆不可得而略也。月得三十日，歲得三百六十日，以歲數均之，氣節分、至所由生；以月分之，朔、望、弦、晦所由生也。日一歲而與天會，月一月而與日會，則是月一歲之間十二會也。以月之會約歲之數，故歲有十二月節。一節之數，以三十日約之而有餘，此氣之盈也；一會之數，以三十日約之而不足，此朔之虚也。日與天會，而過三百六十；月與日會，而不及三百六十，合之而一歲之閏生焉。是故積月成歲，積日成月，在曆爲日，在天爲度，而日者積餘而成之，度者積分而成之：此古閏法之大略也。請詳言之：天體至圓，周圍三百六十五度四分度之一。每一度九百四十分，度之一者，二百三十五分也。周天之度以分計之，得三十四萬三千三百三十五分，以此數析爲二十四，爲一歲之間二十四氣，每一氣得一萬四千三百五分六釐。以日之九百四十分計之，得十五日，餘二百五分六釐二毫。又以餘分分入十五日之中，每一日得零數十三分七釐八絲三忽，是爲一日之氣盈也。積六十有八日，得九百三十二分一釐六毫，此兩月之間近乎盈了一日，所欠者七分八釐三毫，是爲每月之氣盈。一歲之間，所盈五日，零餘分二百三十五。月每日行十三度九分度之七，其十三度九分度之七計三百四十六分三釐一毫五絲七忽。積月之行以分言之，該一日行一萬二千五百六十六分三釐，以二十九日四百九十九分計之，得二萬七千七百五十九分，以此均作三十分，每九百四十分中間虛了四百四十一分，不能成一日，將所虛四百四十一分分入三十日之中，每一日虛一十四分七釐，是爲一日之朔虛也。積六十三日，擦虛九百二十六分一釐，以九百四十分爲一日，只欠十三分九釐而已，此兩月之間近乎虛了一日，是爲每月之朔虛。一歲之間，所虛五日，零五百九十二分。合一歲之氣盈朔虛，得十日八百二十七分。三歲一閏之外，多三日一百二分。五歲再閏之外，欠四日六百二十三分。八歲三閏，欠一日五百二十一分。十一歲四閏，多一日五百二十一分。十四歲五閏，多四日六百二十三分。十七歲六閏，多七日七百二十五分。十九歲七閏，得二十九日四百九十九分。若三年不置閏，則春之一月入於夏，而時不定矣；子之一月入于丑，而歲漸不成矣。故帝堯之有天下也，拳拳以閏法爲羲和告，而曰："以閏月定四時成歲，允釐百工，庶績咸熙"，其旨甚深矣夫！

辨素問祝由

按，《素問·移精變氣論》："古之治病，惟移精變氣，可祝由而已。"註云："移，移易。變，改變。皆使邪不傷正，精神復强而內守也。精神內守，病安從來？是以移精變氣，無假毒藥，祝說病由，不勞鍼石而已。"新校正本按全元起云："祝由，南方神。"愚謂以祝由爲南方神，似"祝融"聲轉爲"祝由"，固爲缺文碍理，以祝爲說，亦於理不通。《書·泰誓》篇曰："祝降時喪"，孔氏註："祝，斷也。"今以祝訓斷，謂當斷絕其受病之由，足矣。引《書》註以釋《素問》，頗自爲得。一醫者聞而不然之，謂醫家自有祝由科，如後世廟祝之類。以祝爲禱祝、詛祝之"祝"，其義若通，然禱祝、詛祝自是《素問》之大禁，如曰："拘於鬼神者，不可與言至德；惡於鍼石者，不可與言至巧。"註云："志意邪則好祈禱。"又曰："是祈禱、禱祝何所施於醫療之際?"孔子曰："某之禱久矣！"古人疾病行禱五祀，乃臣子迫切之至情，豈醫家事耶？借使有祝由科如符水之類，亦是無知者之所爲，妄引“祝說病由”之句以文其奸僞耳，註《素問》者不審，啟此等之謬妄，何足信哉！祝斷受病之由，正與上文“移精變氣”相照應，轉移自己之精神，變改其所感受陰陽、風雨、晦明之六氣，而斷絶其受病之由，則其病自已。如病由於寒，則斷其寒而煖之；病由於熱，則斷其熱而涼之。祝斷其由，所謂拔其本、塞其源，意義豈不顯然明白乎？

論滅没

古者以中氣所盈之日爲没，没分偕盡者爲滅[一]。《開元曆》以中分所盈爲没，朔分所虚爲滅。總終歲没分，謂之策餘。終歲滅分，謂之用差。皆歸於揲易再扐而後掛也。愚謂月得三十日，歲得三百六十日，以歲數均之，氣節分至所由生，以月分之，朔望弦晦所由生。日一歲而與天會，月一月而與日會，則是月一歲而十二會也。以月之會約歲之數，故歲有十二節。一節之數，以三十日約之而有餘，爲氣盈；一會之數，以三十日約之而不足，爲朔虚。其盈積而成没，其虚盡而成滅，而一月之閏生焉。一歲之没，率積五日而有餘；一歲之滅，亦率積五日而有餘，以三百六十約之，則没者日與天會而過三百六十之數也，滅者月與日會而不及三百六十之數也，合之，而一歲之閏生焉。是故積月成歲，積日成月，在曆爲日，在天爲度，而日者積餘成之，度者積分成之，治曆者莫先於調日法也。日法既調，然後日月會合可得而審，氣朔盈虚可得而定。大抵六十三日逢滅，六十九日逢没，東坡《韓公碑》詩云“滅没倒影不可望”，不過只作連綿字用耳，謂韓子文章道德之尊，滅没于日月倒影之上，不可得而仰望耳，與曆所謂滅没不相關也。

【校勘】

［一］没分偕盡者爲滅：偕，原作“皆”，據《唐書·歷志·大衍曆議》“没滅略例”條改。

論詩歌聲音律

樂之生成純乎天，難以出於帝世者望後世也。夫樂由天作者也，所謂天者，何也？樂之生，原於人心之天，而樂之成，恊於造化之天也。本於性情，則謂之詩，詩實出於人心之天。歌也，聲也，皆其發舒而不容已者，而稽之度數，則謂之律。律爲生氣之元，造化生生，不窮之天寓焉，由斯而播於音，則樂之生也，斯成矣。詩出於心聲萌動之天，而律根乎陽氣萌動之天，皆自然而然，而非人爲之使然，故曰“天也”。此有虞以樂教命后夔，所爲純乎天而獨盡善也。後世亦知樂原於詩而當恊於律矣，奈之何所謂詩者已不古，而所以求之律者尤非古，其想望虞帝之樂，以爲何如也？班固志漢禮樂，而援虞廷命夔之辭，固爲知所宗者，然帝世純乎天之樂，則豈漢之敢望哉！愚觀詩爲樂之所由生，而歌與聲形焉；律爲樂之所自成，而音諧焉。當時之詩，如上而“喜起明良”之歌，下而九功之歌、康衢之謠皆是也，而其詳不可得聞已。當時之律，則律度量衡之同，六律五聲八音之聞，如是而止，其詳亦不可得聞已。然樂生於詩之天，而成於律之天，則命夔之辭，精密該備，萬世之下，言樂者其誰能外之？帝世之人，心志一於正理之天，詩之吟詠性情，皆天也。情動於中而形于言，言而既形矣。言之不足，不容不永歌之，歌而永也，必有長短之節，其聲亦有高下清濁之殊，而宮商角徵羽之聲，依歌之永而形焉。故歌聲之長而濁者爲宮，以漸清且短則爲商也、角也、徵也、羽也。斯時也，歌者詩之歌，聲者歌之聲，此樂所由生。而本之性情之天者，未可以樂言也，必由人聲而播於樂聲，散於金石至草木之音，斯可以樂言矣。然叶人聲而使之和，豈人力所能與？於斯曰：是有稽之度數之律焉，乃聲氣之元，而純乎造化之天者也。律之起，自伏羲、黄帝以來，尚矣，以陰陽分則陽律陰吕，以陽統陰言則均之爲律。律雖十二也，然黄鐘一律，實爲律本，吹以考聲，列以候氣，吹之而氣和，候之而氣應。以定黄鐘之長，三分損一，隔八取之，律娶妻，吕生子，生生不窮，而十二律俱定焉。是黄鐘者，陽生之始，陽氣之動，爲聲氣之元。而下生上，生乎十二律者也。雖有十二律之不同，實一黄鐘而已。未和以律，則爲依永之聲；既和以律，則爲成文不亂之聲。如黄鐘爲宮，則太簇爲商，姑洗爲角，林鍾爲徵，南吕爲羽，大不過宫，小不過羽，長短清濁，無毫髪差。由是以此五聲被之八音，音無不諧，而樂無不成矣。聲之未和以律，則原於人心聲詩之天，聲之既和以律，則恊於造化聲氣之天：此舜樂之生成所爲純乎天也，此《韶》所以盡善，而《魯論》一書，夫子所以於《韶》三致意也。重華徃矣！樂備於周，六詩之教、六律六同之奏見於《周官》，其得命夔遺意，則不與重華俱徃也。《詩》亡，《春秋》作，而樂始壞，頼孔子興詩成樂之教，使雅頌得所，而後樂復正。正之未幾，而摯齊干楚，魯樂又非矣。漢興，謂無意於樂不可。高祖《大風》之歌，孝武《秋風》之辭，悲壯慷慨，視古詩已有愧，況房中之楚聲、樂府之淫靡？抑又可知，詩既如此，律尤非矣。張蒼雖云定律，實補綴未詳也。孝武置恊律郎官，以李延年爲都尉，頗著新聲，然未達音律之原。律豈如是其易恊哉？元帝以知律自命，劉歆亦號研精，孟堅《漢志》，皆歆手出也，而律終莫之定。詩非古之詩，降而蘓武、李陵，又降而建安七子，而詩之歌與聲不可和於律。律非古之律，晉氏以下，求之金石之尺，梁隋以來，參之纍黍之數。尺之互有短長也，黍之地力不齊，而大小難準也，而鐘律不定，終不可諧於音，遂使生成純乎天之樂，與重華一去而不可復得焉，徒以重君子懷古之嘆而已。愚故曰難以出於帝世者望之後世也。抑又疑之：劉昭之補《後漢志》也，謂伏羲作《易》，紀陽氣之初以爲律，法審然，則《易》、律一也。《易》之陰陽如環無端，而律之相生窮於仲吕，何也？意者《易》以道陰陽，故終則有始；律以陽統陰，於陰則不書，故終不復始歟？《易》盡天下之變，善與惡無不備也；律致中和之用，止於至善而已。《易》無不備，則十二律、六十調無過黄鐘一聲而已。故仲吕有十二律之窮，反生惟得八寸七分爲奇，所以爲變律之首，而不成黄鐘之正聲。若黄鐘正聲，則常爲君而不復爲衆律役焉。是理也，在聲爲中聲，在氣爲中氣，在人爲未發之中與發而中節之和焉。吁！詩本於性情，而爲中和之聲，律稽之度數，而爲中和之音，則樂其天矣，誰謂帝世之樂果不可復也哉？

論地羅四卦

地羅二十四向、十二支，即日月所會之十二辰，嫌其定向未親切也，倍之爲二十四。十干，戊、己属中央，土不可列於方隅，只得但取八干。

而以艮、巽、坤、乾補其四隅，合於後天八卦之齊乎巽，居巽於東南；致役乎坤，居坤於西南；戰乎乾，居乾於西北；成言乎艮，居艮於東北：可謂巧而當矣。因是卯即震，午即離，兌即酉，坎即子，何必没子午卯酉四支之古而以震離兌坎易之乎？至於納甲之法，乾納甲、壬，坤納乙、癸，震納庚，巽納辛，艮納丙，兌納丁，皆有定位。而坎納戊，離納己，無定位。蓋六卦之陰陽即坎、離中爻之周流升降，朱子之註《參同契》曾言之矣。今有謂坎納癸、申、辰，震納庚、亥、未，離納壬、寅、戌，兌納丁、巳、丑，恐未必然也。若夫五行以質而語，其生之序則曰水、火、木、金、土，而水、木陽也，火、金陰也。以氣而語，其行之序則曰木、火、土、金、水，而火、木陽也，金、水陰也。水陰根陽，天一生之故也；火陽根陰，地二生之故也。今有謂天一生水，水爲陽，故後天壬癸之水屬焉。壬癸之水可自爲陽否乎？地二生火，火爲陰，故後天丙丁之火屬焉。丙丁之火可自爲陰否乎？後天以陰可易，乃以巽爲陰，坎爲陽，艮爲陰，坤爲陽。巽陰坎陽，當然也。謂艮爲陰，坤爲陽，乾，陽物也，坤可爲陽，乾亦陰物也耶？

卷　五 說

孔門傳授圖說

孔門弟子從游者三千，速肖者七十，世傳七十二賢，《史記》有七十七人。今不能盡列之，姑記以十哲冠於首，曾氏父子次於後，姓名見《論語》中而可稱者又次於後，凡二十五人。夫單傳聖道者曾子而不在十哲之列，則知十哲世俗論耳。兼乃孔子思從在陳蔡者，而列此十人，非謂十人之外無可與班者也。曾參乃點之子，時尚幼小，未及從於陳蔡，故不在十人之列歟？顔子爲孔門高弟第一人，惜其早世，其學無傳，其餘弟子雖多授徒，然不免愈遠而愈失其真也，獨曾子之傳，最得其宗。今曾子之格言見于《論語》，其著述成書見于《大學》，可攷也。曾子傳之子思，子思見於《中庸》。子思傳之孟子，孟子之學見七篇。軻之死，不得其傳焉，雖有公孫丑、萬章之徒，然觀其難疑問荅，見于七篇中者，率皆淺陋，不足以與于斯道之傳也。孟子之門，氣質稍純正者，惟一樂正子克，然僅在善信之中，尚未免有從子敖之失。韓昌黎所謂軻死不傳，信矣！直至宋周程氏出，而千載不傳之絶學，復繩繩至今云。

陸敬仁友名字說

天台陸君敬，其名仁友，其字侍親，來吾邑，與吕君安貞交，聞東阜一叟陳櫟名，諉安貞爲求字說，未之得而歸。歸踰二年，千里寄書安貞，拳拳求之不置，予雖老懶，忍不爲一言？予聞之安貞：陸君年英妙，資純敏，好學篤，取友端，子味其名若字，包涵關繫甚大且重，非泛焉。名字比，胡可率易？言敬，百聖相傳心法也，始於《堯典》，列聖諸大賢傳此一敬，諸經、《論》《孟》諄諄此一敬，一心主宰，萬事根本。此乎聖學，成始成終。此乎在君之親命之以“敬”，自一稱此名，敢不盡其寔而一毫一息不敬乎？仁之一字，始見于《虺誥》，至洙泗之教，莫大于求仁，包四德，冠四端，天尊爵，人安宅，寔在此仁。孔門傳授心法，莫要于答顔子者，次告仲弓，告樊遲，始明以敬教之。“居處恭，執事敬”，敬也。出門使民，如賓如祭，敬也。克己復禮，雖乾道未易，能然恭敬之心，禮也。“復禮”之“禮”，禮中有敬焉。仁爲心德，心本與仁一，而私欲二之。無私欲而有其德，即仁矣。若何而能無私欲？必也敬乎？動靜表裏，一敬自持，須臾有間，私欲萬端。不敬則不仁，求仁必持敬，聖人復起，不易斯言矣。然爲仁雖由己，而輔仁不能不資乎人，故曰“以友輔仁”，又曰“友其士之仁”者，必友士之仁，始能輔我以爲仁。然必我有此仁，始能友士之仁，否則我有愧於仁，仁者之友，胡可與我友哉？陸君誠能内持敬以求仁，外取友以輔仁，一聞人以“仁友”呼我，我必自反焉，必用力爲仁友，不亦宜乎？余雖未面陸君，不知其人，視其友，由安貞可以知陸君焉。聞天曆己巳，浙江鄉闈三十一路共二十有八名，而天台占其五，其人皆英俊，陸君皆得交之，鍾天台之英，亦固應爾。天台上應台纆，非他名山比，鍾奇育秀，必非凡人。孫興公所謂“仍羽人于丹丘”，羽人，仙也。君家放翁《寄朱子》詩曰：“有方爲子換凡骨，來讀晦庵新著書[一]”，葢謂文公書即換凡骨之仙方也。君盍告所交之五君，不求仙于仙，而求仙于文公書，出而瑞世，爲人中之麟，爲朝陽之鳳，使應台纆之山，益因人而加重，不尤偉乎？君之名，若字“敬”與“仁”之全體大用，盡在文公所著書中，予也言輕，借曰不足深信，君家放翁，豈欺君哉？仁友其勉旃。

【校勘】

［一］來讀晦庵新著書：庵，原作“翁”，據（宋）陸游《劍南詩稿》卷十五《寄題朱六晦武夷精舍》（其二）改。

江楚望淡生活說

婺源楚望子江君岳詩稿曰《淡生活》，宛轉求予一言。予未識其人，未見其詩，予何言哉？辭不可作。乃贈予詩二章，謂嘗一臠可知餘味，爲求言復諄諄不置，予何得無言哉！“冷淡生活”，香山居士語也，今去“冷”獨“淡”，詩病不淡耳，淡奚病哉？樂聲淡則聽心平，是故樂貴淡。張籍學古淡，是故詩尤貴淡。然淡而非稿無餘味之謂也，一毫牽强，不可謂淡；少不出于自然，不可謂淡。外臞而內腴，形枯而神澤，斯爲淡矣。昔人論蜜，取其中邊，皆甜；予今論詩，非取其中邊，皆淡也。能以理爲主，以氣爲輔，以興趣品格爲高，以渾然天成爲妙，其殆庶幾乎？老子曰：“味無味”，參透斯言，《淡生活》當長一格。抑聞君之曾大父字子大，與朱文公、王雙谿游，皆愛重之，以詩唱酬。不知子大，視二公，斯知子大矣。抑又聞子之《淡生活》，古修江君名之，其琅玕閣曁取叢祠龜陰歸之學官，又雲峰胡君名之記之，不知楚望子，視二公，斯知楚望子矣。噫！甘泉有源，珍木有根，子之詩根源安在？曰：子大。杜子美非審言孫乎？能以此自懋，《淡生活》又當長一格。

和詩說

詩歌有唱和，尚矣。自舜作歌，皐賡歌始。春秋時賦詩必荅，然不過賦古人詩耳。孔子與人歌而善，必使反之，而後和之。和即賡也，荅也。降而李陵、蘓武，詩體雖變，唱荅則同。又降而至盛唐，詩體又變，唱荅不變，杜、韓諸集，班班可考。然有和意不和韻，尚有古意。又降而白樂天、元微之之徒，則和韻矣，全失古意。然如“車”“斜”“家”“花”，韻尚可押，愈降愈下，以至於今，波頹風靡，益可厭惡。詩非詩，韻非韻，險韻、俗韻、獨脚韻，往往而是，詩之天趣，絲毫無有，豈詩也哉！和韻詩前輩多非之，韓陵陽不喜和人韻，楊誠齋深言和韻之獘，見於《荅徐賡書》，其言深切痛快。此等議論，後生想耳未聞，亦慮不到，率謂見人有詩即當和韻耳。近有一等無知之徒，效人爲園亭若干詠，題扁蹈襲而俗，辭語鄙俚而謬，且以和韻强人。無知者又爲之先和，而宛轉以求于人，應之者亦紛紛用其韻，一是皆不知而妄作，何等詩乎！證之先民，裴廸之於王輞川，韓昌黎之于劉虢州，蘊長公之于文洋州，楊誠齋之于向薌林，少者十餘詠，多者五十詠，只取和其題意，並無和韻之例，後生亦嘗攷之乎？唱者爲轉求者，應之者率皆冥冥不知其非，以爲當，良可憫嘆。今書此示初學。

得與山房說

余與得與查君生同年，學同志，聞名而神交，識面而心契。二十年前乎今，雖余亦以“德宇”呼君也。今年春，君過余，偶談及比亦有以“德宇”代名者。秋七月，君忽緘《得與山房記》諗予，謂本取孟氏“思則得之，天所與我”之意，四方朋友見呼以“德宇”者，殊非所以扁山房本指，而且徵予一言。意者君惡聞孟公之驚座，嬾裁子夏之小冠，故以是别之與？姑舍是，試相與繹軻書之蘊：所謂“思則得之”者，接心之官言；此“天之所以與我”者，併耳、目、心官之三者言。推廣言之，則如《大學》序所云“天降生民，莫不與之以仁義禮智之性”、《中庸·或問》所云“天之與我者，無一理不備，亦無不可”者。大哉心乎！兼五常，具萬善，位天地，育萬物，總不出方寸間。神而明之，全于思乎？在是，天之所以與人者，莫大乎此心。人求得天之所與者，莫大乎立此心，若爲立之，思焉耳。審克思之，則天之與我者可得，天君泰然百體，從令耳目之小者，詎能奪之？放而不思，則天之與我者雖得之，必失之，大者不立，必役于形，而耳目得以奪之矣。如之何勿思？天之與我者雖同，而氣質有昏明粹駁之分，則所以與人者因之而不同。君氣清而質粹，天所以與君者過凡庸遠甚。君少也蜚詩聲，騰文價，非無得也。今年過强仕，乃肯斂其英，就其實，卓乎以孟氏爲標的，將大有得于天之與我者，充是言也，如之何勿思？先立其大者，以致思于心，而無徒眩于耳目。溫然而仁，天地之春，不必吹鄒子之律也；肅然而義，宇宙之秋，不必賦宋玉之悲也。嘉會而禮，與亨俱通，不必聚漢廷之訟；收斂而智，與貞俱固，不必運家令之囊也。以程子“玩物喪志”之言自警，毋徒誇洽乎記問，則博不至于溺心；以朱子"發憤永刊落"之句自勵，毋徒矜巧乎文章，則文不至于勝質。殆不惟上得天之與，而且遠得天之傳，允若兹，惜不令韓昌黎見之耳！是則區區下交之望己。君本求予題詠，予不天有陟屺痛，賦詩前賢有明戒。嗚呼！敢勉爲君說之，得與主人寧不曰：是皆老生之常譚，吾山房又焉用子重下註脚？

畢仲永静軒説

友人畢仲永請曰："曩仲毅兄之游吳門、過錢塘也，出先生餞行詩于虛谷方公，公和韻餞之，且賜以字說。時永壽惜不偕行，不得與此賜。今永壽讀書所扁以'靜軒'，願併賤字一言以指南之。"予曰：表名以"永"，扁軒以"靜"，其本先聖"仁者靜壽"之云乎？請廣其說：夫子以動、靜、樂、壽分属知者、仁者，葢以世之賢人君子資性有此二等。知者，精明之意多；仁者，渾厚之意多。動靜以體段言，樂壽以效驗言故也。然安于義理，靜而常覺，豈有仁而不知者？定而能應，寂中涵感，豈有終靜而不動者？靜而有常，固有壽理，然仁者不憂，樂天知命，豈有仁而不自樂者？夫子分仁、知而各言，學者當合仁、知而兼體，所以程子曰："非體仁知之深者，不能如此形容之"，朱子武夷精舍之仁知堂詩亦曰："我慙仁知心，偶自愛山水"，程朱二先生皆合仁、知兼言，曷嘗岐而二之哉？子之尊先大父梧山翁、尊先君子觀竹翁種德累仁，子宜益培之，合洙泗言仁、程朱論仁，洞其精微[一]，寔諸踐履，知及之，仁能守之，內無私心，外皆當理，全體而不息焉。進學以知爲先務，成德以仁爲要歸，《中庸》曰："有德者必得其壽"，非必之降年之天，而必之方寸之天。萬物靜觀，率皆自得，靜極而動，樂與人同。培累世所種之德，而穫之飫之，萬里鵬程，摶扶有日[二]，豈偏于靜而忘世者？將壽域在兹，樂地即在兹，先聖先師，亦無間于斯言。

【校勘】

[一] 洞其精微：洞，文淵閣四庫全書本作"同"，依康熙刻本。

[二] 摶扶有日：摶，原作"持"，據文淵閣四庫全書本改。

傳神說　贈婺源王勝甫

藝之精者，爲能使造化出乎吾手；孝之純者，欲常使親在吾目。噫！豈易與俗人言哉？道與之貌，天與之形，百人百殊，千人千異，一物各具之極，皆自萬物統體之極出焉，此造化之造化也。而精于傳神者，一心即鏡，照之於內；兩眼亦鏡，照之于外。得之心，寫之繪素，無異于鏡。鏡其人始也，道與之貌，天與之形，今道也天也，自吾手出，非吾手之造化而何？故曰：藝之精者，爲能使造化出乎吾手，勝甫以之。今夫人寓形宇內有盡，而子孫之心無盡，他年親日遠日忘，所賴以傳遠者，神是已。子孫嘗逮事者，見之如親常在目中，固也；不逮事者，亦可于此識其形容，雖不逮事，猶逮事也。老蘓有言：平居聞一善，必問其人之姓名與其長短、大小、美惡之狀，又或誌其人平生所嗜好，以想見其爲人。嗟夫！此于外人且然，况子孫之於親乎？子孫欲見之而不可得，今得見所傳神，則世美思于心，世傳荷于身，敢懈而不益虔乎？故曰：孝之純者，欲常使親在吾目，孝子慈孫以之。人生壯老容隨年換，自記其顏，此在其身，責未在子孫。世有不珍襲先世之容，張以驅禽雀、護禾黍者，有捫其絹用糊厨者，有付婢以紉履者，斯人也，不有其先若此，没身難矣，而况能有子孫乎？因書之，以爲世戒。

平世閒人說

石泉吳子自號“名世閒人”，予謂之曰：“‘閒人’甚佳，‘名世’難稱，曷不曰‘平世閒人’？”石泉韙之，徵予說[一]。予辭不獲，諗之曰：“‘漫爲清世一閒人’，康節詩也。‘老景清閒如啖蔗’，東坡詩也。自一命以上，即不得閒，幸遇平世，本不當閒，生平世爲閒人，老景也斯可。然老不得閒，徃徃而是，子之年已垂及涑水入耆英之年，乃能水其心，雲其身，一毫外物，莫能攖之，當東坡所云之‘老景’，爲康節所云之‘閒人’。禹稷當平世願爲子，不可得也。子年少亦嘗一命，今老矣，前日事姑付春夢婆一笑中，優哉游哉，聊以卒歲，隨寓而樂，消其清閑。與其爲平世貴人而不閒，孰若爲平世閒人而無辱以當貴乎？”石泉掀髯大笑曰：“子言良然！”

【校勘】

［一］徵予說：予，文淵閣四庫全書本作“子”，依康熙刻本。

實卿字說

予族貢元公之曾孫光潁而淳，少從予學，弱冠請字，字以“實卿”，屢請說，今甫克爲之。自務光以來，名“光”者多矣，略舉之：若田，若霍，若孔，若嚴，若錫，若斛律，若沈。以洎南渡，李皆名光，或顯而不稱其名，或隱而能完其名，人品不同。而名字稱、德業符莫如司馬公，聞于耳可警于心者，公之字是也。《易》曰：“篤實輝光”，《孟子》曰：“充實而有光輝”，光爲實用，實爲光體，尚矣。書之重華，本于允塞，底至齊信，發于用昭，明《大學》之“誠于中，形於外”、《中庸》之“誠則形，形則著，著則明”、《樂記》之“和順積中而英華發外”，皆是意也。溫公之字君實，亶爲篤實充實，無愧於其字者。朱子贊其遺像曰：“篤學力行，清修苦節，有德有言，有功有烈。”上十字，實也；下六字，光也。惟其有篤學力行、清修有德之實，宜其有言與功烈之光。功烈之有光于當時，元祐相業是也；其有言光于萬世，《通鑑》三百五十四卷一千三百六十二年行事是也。顏子曰：“舜何人也？予何人也？有爲者亦若是。”實卿乎？聞“實卿”之稱，警于心，而懋“實”字之實。吾家《陳潭地記》之所云云，雖應城公以親叔第于前，福倅公以親姪第于後，貢元公以福倅親弟貢于次舉，俱未足以契券《地記》之言，子能刻勵力學，懋其茂實，蜚其英聲，如溫公之德言功烈光于一時萬世者，亦人所爲耳，契券《地記》之言，安知其不在子乎？嗟夫！實卿其尚懋之哉！誰謂華高？企其齊而。

自批云：尋常字說，無許多字，此欲詳盡，固不得而畧也。試味之，中有不緊切閑字否？

震齋說

《易》自蒙至節，可取以名齋者十七八卦。扁齋以“震”，於同邑戴公舜舉見之。震卦德爲動，于卦象爲雷，遠取于物爲龍，取一索得男，爲主器之長子。卦爻辭及《象傳》辭參取之，惟于龍未之及。《大象傳》曰：“洊雷震，君子以恐懼修省”，用《易》以切己省察，其義大矣哉！然反覆玩繹全卦之深意，非徒聞雷震而畏天威方修其身、省其過也。卦辭與初九爻辭，皆以“震來虩虩”恐懼貌，夫子傳之曰：“恐致福也。震一陽動于二陰之下，有亨道焉。所以有亨道者，以恐懼可致福耳。”夫子深意，豈徒于既動而恐懼？當如《中庸》所謂恐懼乎？其所不聞，致靜時涵養之工夫；繼以修省，致動時省察之工夫：此動靜無違于敬之事也。先儒謂“敬”字惟“畏”近之，恐懼即畏也，畏即近于敬也。此不聞亦式之天，豈待聞雷之震驚始恐懼脩省也哉？莊周之書，寓言十九，然于《易》有得，曰“《易》以道陰陽”，先儒深取之。又有曰“尸居而龍見，雷聲而淵嘿”，上句乃靜中涵動，龍之現，震之龍也；下句乃動中涵靜，雷之聲，震之雷也。二言精微，借以證震卦之義，淵乎旨哉！戴公有得于震而善用之，吾宗弗齋翁爲之記，善矣。公之孫庭芳君葺祖之齋而新之，錄記文示余，欲余下一轉語。敢繹此說[一]，以補先儒與記之所未備，援濂溪《養心亭說》例，題之曰《震齋說》。

【校勘】

［一］敢繹此說：繹，文淵閣四庫全書本作“釋”，依康熙刻本。

子馨字說

松莊趙君五嗣，與竇氏五桂同第，五賢郎自幼以“芳”爲名，未字也，不鄙下問于予，僭字之曰“子馨”，申之以說焉：《周書》“明德惟馨”，唐賢曰“惟吾德馨”，馨者，芳香之氣味，德者，芳香之本根。愚願子馨講學以明夫善，躬行心得以誠其身，則芳馨之德，斂之不出乎方寸，芳馨之譽，播之彌滿乎六合。趙韓王道理最大，半部《魯論》之相業，時來則爲之，奚以多遜爲哉？予之所期望于子者甚大，子必勉之。

族姪孫子敬子襄字說

族兄八府君二孫，長曰翼，年踰弱冠，次曰贊，年亦幾弱冠矣，字猶齗齗未定，決於予。予曰："命名初意，'翼'本《詩》之'翼翼'，'贊'本《書》之'贊贊'歟？"曰："然。"今字翼以"子敬"，字贊以"子襄"，可乎？皆曰"唯"，遂申其説告之：翼而愈翼，欽敬之不息；贊而愈贊，輔贊之不息也。潛心文王，于何求之？曰小心翼翼之敬而已。敬爲百聖相傳心法，能緝以修其誠、熙以充其明，于無不敬而知所止焉，他日用之則行，起心上之經綸，其能爲臣止于敬，必矣。臯之陳謨，亹亹忠嘉，大禹主張國論，以可績許之。臯明道不計功，惟思贊贊以襄成治道焉耳。能思臯之思，他日用之則行，輔贊襄哉之成功，雖致君舜上，可也。府君之祖貢元公與親兄福倅公同習《詩經》，領薦鄉郡，垂上春官，賫志以逝。距今三世矣，一經相傳，赫赫如昨日事，二子誠能博求之經史子集，反而約之"思無邪"之經，提二祖《詩經》之筆，以掇取巍科，亦分內事。昔春秋時有陳敬仲，曾子弟子有子襄，皆古君子，苟能敬如敬仲，聞大勇如子襄，居今而思古焉，是亦古君子也，奚必多讓？彼曰古之人，古之人立志如此，不寧惟余之望，亦而祖府君之望，尤貢元公之望。

族孫存心字說

族孫良祖從予游，請字，予字之曰"存心"。拱而請其義，予曰：孟子謂"存乎人者，豈無仁義之心哉？仁義之心，即良心也。立人之道，曰仁與義，人欲無愧于爲人，在乎存此仁義之良心而不敢放耳。"孔子曰："操則存，舍則亡"，此"操存"字與"存乎人"之"存"字類，此"舍亡"字與"放其良心"之"放"字類，存放之幾，不可不謹也。始也操之而後存，及存之之熟，不待操而常存。而祖所以存方寸地留與汝諸孫耕者，寔在此。能存良心，學成見諸用，起心上之經綸，雖莫大事業，皆由此焉充之。良祖其存此良心，以印而祖之心哉。

歙縣吳戎子元字說

“戎”其名者，典午之世有之，今歙邑吳君亦以“戎”名，而字子元，徵說于予。予曰：王濬仲不足名也，予請大之：“元戎十乘”詠于《詩》，戎之“子元”，意應取此。古人文武全才，出將入相，非如世叔偏長是矜。學古入官，十乘先行，亦分內事耳。元，大也，亦仁也，文王作《易》曰：“元亨，本取義于大。”孔子贊《易》曰：“元，善之長，體仁長人。”始取義于仁。大且仁，元之義盡矣。辛憲英曰：“軍旅之間，可以濟者，其惟仁恕乎?”元戎統數萬衆，民命國命寄焉，非仁曷以？子元勉乎哉！今日之入孝出弟，所以本此仁，他日之入相出將，所以廣此仁，子元勉乎哉！果力此言，王濬仲焉得不風斯在下？

戴則翁字說

同邑隆阜戴君，望族也，元式其名，則翁其字。世業儒，以明經授徒，祖蜚聲舊京庠，伯兄爲昭武樵溪書院長，前教授上饒洪亦山，嘗委則翁爲郡泮掌書。觀其家聲令聞，其賢可知。年踰强仕矣，猶不自足，需說于予。予味君之名若字，其本諸《周書》之“式和民則”乎？式，敬也。“民則”也者，“天生蒸民，有物有則”之“則”也。司徒掌教，自唐虞已然，“敬敷五教在寬”，與“式和民則”異辭而同旨。式即敬也，和即寬也。父子有親，父子之則；君臣有義，君臣之則，凡人倫所當然，皆謂之則。式以致其嚴，和以全其寬，式敬以爲本，和寬以將之，民則盡矣[一]，其《易》“和順于道德”之意乎？由和民則，而盡性以致于命焉。精微而見天則，充極而順帝則，皆性分內事。希賢聖事，則翁其懋之！我能式敬以和民則，人必將于君子乎？是效是則，則翁其懋之！味其說而踐其寔，將必大有可敬者，豈但如石屏戴式之以詩鳴于一時而已哉？

【校勘】

［一］民則盡矣："盡矣"二字，原脱，據文淵閣四庫全書本補。

張元玉玠字説

郡城張君玠，明善張先生之曾孫也，其家世之詳，具見于虚谷方公所爲《張先生誌銘》中。十世儒家，今以儒餙吏，尚留吾邑。至順庚午孟秋下旬，偶爾簪盍，以予于其伯父仲文公四十年庠序交游之契，不鄙令訂其字，謂小字元之，自幼已然，然兄弟四五人字之下一字皆"玉"字，兄字伯玉，長弟已字仲玉，今欲易字與兄弟恊，恐人相呼已慣，不我從可，若何？予曰："'元'字不必易，但易'之'爲玉字，足矣。"元玉喜，拱請其説。謹按，許氏《説文》："玠，大珪也。"《周書》稱"奉玠玉"。又按，《廣韻》亦云："玠，大珪，長尺二寸。"而《詩》《書》通作"介圭"，介，大也。崧高曰："錫爾介圭"，韓奕曰："以其介圭"，説者曰："諸侯之封圭，執之以合瑞也。"今字元玉，元，大也，與介義同。元之訓大，自文王彖《易》始，元亨在占辭不過曰"大通"，夫子贊《易》，始以"元善之長，體仁長人"發《易》之藴焉。《小戴記》備言君子于玉比德，願吾元玉於溫潤而澤仁也，以下心潛而身體之，玉其德以玉其身，行己立身，粹然無瑕，公卿輔相，時來爲之。自漢蕭曹以降，由刀筆秉鈞衡者，比比皆是，矧君本儒雅子弟，雖如申伯受玠圭之錫，韓侯以介圭入覲，亦非分外物，修其在己，俟其在天，元玉何損焉？昔秦子初字太虚，後改字少游，人但曰"少游"，不復呼"秦太虚"。第更之，有尚呼"元之"者，出吾此説，相示一笑，必改呼"元玉""元玉"云。君歸，以此呈尊伯父，亦當以吾言爲然。

金伯明字説

同邑金兄若愚，尚書忠肅公之八世孫也。生三歲而孤，大父健教育之，以今名更其乳名。既冠，朋友字之曰"伯明"。玄黓涒灘之歲，始從予游，徵字說甚勤，諗之曰：横渠張子有言："有形而後有氣質之性，善反之，天地之性存焉。"何謂"反之"？變化氣質是也。天地之性，本無不善，氣質之性，不能皆善，清者智，濁者愚，智即明也，能力學以變化之，如《中庸》之"百倍其功"，則雖愚必明矣。若愚而變化其氣質，其惟希賢乎？所謂"若愚"，即顔子之"如愚"也。顔子明睿所照，即始見終，其聞聖言，觸處洞然。夫子初以"如愚"言之，退省其私，亦足以發，坦然由之。由即行也，宜終以"不愚"許之。然顔子初不以明睿自居也，遵聖師循循之誨，博以文，以致其知，約以禮，以力于行，知行並進，既竭吾才，見聖道之卓立，與始之瞻忽大不同，已見到聖人之地步，但欲從末由，未能到聖人之地步耳。守之也，非化之也，假之以年，則不日而化矣。程子《顔好何學論》所謂明諸心，知所往，然後力行以求至，可以助張子"善反之"之功焉。伯明年富力强，可以積學有待。顔子以如愚得之，如參也亦竟以魯得之，矧若愚魯而非真愚魯乎？果能自今以始，善學顔曾，則子畏顔曾乎？顔曾畏子乎？伯明苟然予言，其必勉之。

趙子用字說

霖雨蒼生，傅巖相業，用汝作之，寔在高宗。夫人幼學壯行，有體必貴有用，用之則行。不能自見于用，用之體在我，用之機在君，孔孟之道，用之可雷域中、雨天下，奈時君不能用之，故曰"苟有用我""王如用予"，無用之者。雖孔孟不能以自用，况學者乎？趙君，霖其名，翩翩佳公子也，妙齡秀發，有志于學，邂逅相遇，請曰："友以'子雨'字我，願說諸。"予曰："左氏謂'雨三日以往爲霖'。霖之爲雨，其誰不知？詩家每單用'霖'代'雨'字，如'一滴秋霖白一莖''芭蕉葉上認秋霖'，奚用贅以'雨'乎？盍更之曰'子用'，何如？"君欣然可之，請其說，遂諗之曰：汝作霖雨，啟乃心，沃朕心。傅說一方寸心，霖雨之源所自出，浹洽以沃君心；霖雨之流所自先，由沃君而澤民，霖雨之流，所宜澤大霈也。天下無無體之用，體安在？曰：在己之心。所以開啟己心者，其必由學乎？六經"學"字開端于《說命》，傅說惟自學以啟己心，全體既立，故能闡其學以沃君心，以澤天下，大用斯行。君今年甫踰冠，如日方升，舍學將奚事？或問朱子："傅説亦讀書否？"荅曰："不讀書，如何有《説命》三篇之文？"君盍監此，多讀書以培其學，勉學務以啟其心，由科目以奮其身，用汝之機，端在此乎？肇昔趙書記以《魯論》相天下，非君當家衣鉢乎？願力勉旃。誰謂華高？企其齊而。

槐堂程叔固字説

丞相吉國程公之曾孫莊壽字叔固，徵説於予。按，莊生《逍遥游》篇有大椿等説，無"壽"字。"櫟社"章始有"壽"字："故能若是之壽"是也。緬想孩而名之，初不過愛子而願其壽，取八千春秋意耳。叔固其字，恰有深意，敢摭《大易》《魯論》及先儒議論發揮之，以塞雅命，可乎？《乾·文言》曰："貞固足以幹事。"《大傳》九卦曰："恒，德之固也。"朱子《本義》謂"貞固者，知正之所在而固守之，所謂知而弗去是也。常者，守不變而常且久是也。"余謂貞固、恒固守有常，其壽之基本歟？側聞叔固以相國曾孫，能敏而好學，妙齡方十有四，距古者入大學之年亦既邇，只願希先聖之志，于學以自力。志之者，朱子謂"念念在是而爲之不厭"也。持守堅定，不可搖奪，是謂志。志爲氣帥，三軍之帥可奪，而志不可奪。守之不固，志或可奪，不得謂之志矣。先聖十五志學，初一進，經十五年，至三十而立。朱子謂有以自立則守之固，而無所事志矣。持守堅固，卓然有立，固之效驗至是純熟，自無改初年之志也。愚願叔固隆師親友，下十餘年堅固工夫，至三十，即先丞相戊子、己丑之年也，踵世科丞相譜亦分内事、券内物，其毋多遜。莊生所謂"能若是之壽"，自不待言而可知。老生亦曾用于固守者，惜時不早逢，中嘗似逢而老廹矣，今槁項黄馘，亦忝八十有一，甘心于無所可用者。叔固其以我爲戒，而及時以懋之哉。

高珉仲溫名字説

乳溪名儒高公名叟之孫。其生也，祖善視之，名之曰"珉"。年幾弱冠矣，友字曰"仲溫"，好學不倦。其師王君彌道，余友也，將赴江寧教官，來别余，因言曰："高氏之子，方從吾游，今兹之别，有依依不忍釋意，盍即其名若字，惠一言勉進之?"余遂爲之言曰：昔陳君舉有言："古之人，拙于取名而工于制行，後之人反是，其取名也工，其制行也拙。"余以其言槩觀世之人，動以玉、璠、璵、珪、璧等自命，名工矣，于稽其行，果玉與？果璠、璵、珪、璧與？今夫珉，美石之似玉者也，子之祖以似玉之珉命子，非靳也，非拙也，自抑而不自夸也。《詩》不云乎："溫其如玉"，亦頌其人之似玉云爾。祖以是名孫，葢望孫自似玉而勉勉進于如真玉而溫溫，子其工于制行以副祖之望乎？《聘義》之論玉，曰"溫潤而澤仁"也，于玉比德，以仁冠之，其意深而涵。今參之《樂記》之言："春，作仁也"，洎真文忠公之言曰"溫然而仁，天地之春"，其仁也，包四德，冠四端，心德之全，人道之大，如春之冠四時而貫四時者也。子其用力于洙泗之言仁，匪直如玉之溫，必如其溫潤而澤之仁，處己待人，溫然一春，則子之進于學、進于德未易可量，將與洙泗門人，揖讓周旋其間，夫然後方無愧而祖之所名孫與友之所以字子者。余老矣，行年七十有六矣，星翁有許余年過九十者，或庶幾其言。望乳溪之濱，有氣白如虹、晝夜貫天者，必子也。

程持敬兄弟字說

程君與京命其子曰"紹祖"，塾師以"持敬"字之，或謂與名似不應，予曰："奚而不應也？'紹聞衣德'，言申之以敬哉，奚而不應也！"與京曰："先生盍說諸，使小子終身受持，何幸如焉？"予因諗之曰：商周老臣，懇懇以敬格君，必進以法祖、父訓其子，師訓其生，何可不然？《易》曰："無有師保，如臨父母"，子也今呼其名，凜若大父之臨其上，敢不敬乎？持之之方，子朱子盡之，從事于斯，是曰持敬。動靜無違，表裏交正，靜而敬，動必敬，可也。表能敬，裏必敬，可也。窮爲良醫，司人性命，達爲良相，廸上以爲生民立命：此而祖以來所兢兢然者，苟念厥紹，敢不敬乎？子之八世祖克菴公受《尊德性齋銘》于子朱子，尊德性即持敬之大本大原也，深念及此，敢不敬乎？次子曰繼祖，字懋敬，繼即紹也，勉于敬，即所謂持敬也。而兄弟無二祖，亦無二敬也。嗟乎！二子其尚敬之哉！慎無曰：此老生之常譚。

古杭杜彦和字說

杜君仲禮字彦和，其先世大明人，南遷寓古杭多年所矣。予初識之，見其貌溫如，其言隱如，舉動從容，志趣純篤，心敬之。一日拱而徵字說于予，一再辭，請益堅。予愛其質之近道、志之向學也，欲因以勉之臻于成，遂不終辭。夫禮之體嚴，而用貴于和，禮勝則離，固以和爲貴；和勝則易流，又以和而不流爲貴，是故必以禮節之。“有子之言，中正不偏”，蓋聞之夫子者也，何以言之？夫子傳《易》“履和而至”：“履以和行。履，禮也。禮貴于和也。”又曰：“上天下澤，履。君子以辨上下、定民志。”曰“辨”，曰“定”，非和之節歟？天秩有禮，自君有庸[一]，必要歸同寅協恭和衷焉。和衷，和也。寅、恭，節也。《書》《易》《魯論》，其歸一揆耳。子之年方近三十，以如許純粹之資質，又超然欲拔出于舊習外，苟求名師賢友琢之成之，始以十年方强仕，所進何可量？聞子之先大父諱濟而，字汝舟，蓋志乎商相事業者，賫志以没，豈無望于後之人？若作和羹，爾爲鹽梅，彦和勉之。如和羹不偏于作鹹，亦不偏于作酸，即不倚於一偏，禮而和、和而節之理也。他日果能學成行修，時來即爲，雖如如晦之相貞觀、祁公之相慶曆，善繼子大父之志而光大之，亦分内事，何讓焉？子以爲愚之言乎？非也，愚聞之先儒，先儒聞之夫子，有子夫子聞之天。

【校勘】

［一］自君有庸：君，文淵閣四庫全書本作“我”，依康熙刻本。

任時仲字說

同邑任君士敏，時仲其字，求說於余。雖未有半面雅，然聞其人於吾友宋君道源，知其好學不厭者也，遂爲之說。

任得姓甚古，證之《左氏傳》：自滕薛朝魯，知薛姓任。暨季任爲任君處守，以幣交孟氏，則又以國姓矣。自兹代有顯人，而人物莫盛於詹山之任。孜字遵聖，弟伋字師中，皆舉進士，與老泉、東坡厚。遵聖學問氣節名埒老蘇，令平泉，有遺愛。子伯雨爲右正言，力攻章、蔡，直聲鏗鍧宇宙間，謚忠敏。忠敏子象先中詞科，申先中書舍人。師中知瀘州，東坡嘗贈之詩曰："吾州之豪任公子，少年盛壯日千里。別來十年學不厭，讀破萬卷詩愈美。"可尚也已！今味時仲之名若字，其本諸《說命》乎？敏有二義：有天資之明敏，有學力之勤敏。敏而好學，以天資言；務時敏，以學力言。凡人性敏者多不好學，孔文子性敏而能好學，夫子所以美之。子敏于學而不時，是學而不時習，非敏也，傅說所以爲君言之。子能爲時敏是務，專力於敏，又無時而不敏，如顔之服膺而不惰，如曾之日省而傳習，不至如求之今女、晝賜之倦學。願息乾健，無時而不流行，子之自强不息者，能與時以偕行，是又今之任師中，十年不厭而萬卷讀破者也。聞君之一宗多聞人，其希遵聖之伯仲、忠敏之父祖子孫，安知他日吾休陽之任，不跐美眉山之任乎？昔楊修謂楊雄爲"吾家子雲"，子亦宜曰"吾家遵聖、師中、伯雨"也。當家有先哲，舍是將誰希？希驥之馬，亦驥之乘，下十年不厭之工夫，以之舉士[一]，券內物也，他日誰敢與諸任齒乎？時仲其勉旃。

【校勘】

［一］以之舉士：舉士，文淵閣四庫全書本作"應舉"，依康熙刻本。

程仲本字說

長樂大尹程公之令子植先字仲芳，廣東廉訪僉事詹公爲之更曰"仲本"，當矣。仲本以方十有八之年，侍親遠游，今歸而再往也，道過寓館，徵字說于予。予於其大父信齋公以來託世契，忍不爲一言以發詹公深意而玉成之歟？按，朱子于"本立道生"註曰："本，猶根也。凡植木，未有不培根本而能生，生而遂其枝葉華寔者。"柳子《種樹傳》盡之："不及者根拳土易，過之者爪膚搖本，皆非也。"韓子亦曰："溉其根，將食其寔。"人之于學也，何莫不然？性之未發爲大本，情之已發爲達道，必涵養大本以致中，方能行達道以致和。理性情不先立其本，可乎？物有本末，致誠正修，以明明德，本也。齊治平以親民，用也。國家天下之事業，不先於身心以立其本，可乎？《語》所謂“孝弟爲仁之本”，《孟》所謂“事親，事之本。守身，守之本。”體立而後用行，皆自本根之立者始。子每呼植之名，聞仲本之字，當體詹公美意，深領而力勉之。先篤學以立本體，它日待時以達功用，遡敬甫、南窗、洛水諸公而踵其世科，亦學者分内事耳，詎止趾祖父之美而已[一]？昔伊川之著《顔子所好何學論》也，非正如子之今年年十有八乎？顔淵曰：“舜何人也？予何人也？”子必勉之。子往拜詹公，其出此說爲我請教焉。

【校勘】

[一] 詎止趾祖父之美而已：詎，原作“距”，據文淵閣四庫全書本改。

戴彦成字說

節齋先生澧元戴公之次孫子植字彦成，需字說於予，諏所本，本蘊長公《三槐堂銘》，遂綴葺授之。

封植之功，必世乃成。東坡爲王氏植槐言也：“十年之計種以木，百年之計種以德，王晉公植槐，雖種木，寔種德耳。晉公植之，魏公果成之，植德於前，成功于後，功之成，德之符歟？”重席侍中之苗裔種德數世矣，帥榦公奮于前，澧元公紹于後，德浮於功，留以遺後之人。《中庸》曰：“天之生物，因其材而篤焉。”栽者培之，天下無倖成之事，而有倖成之功乎？必魏公始能成晉公之植，則夫成祖父數世之植者，非彦成之責而誰之責也？老泉曰：“功之成，非成于成之日，必有所由自。”余亦曰：功之成，雖自於植之日，必勉其所以成。

戴叔永字說

節齋先生澧元戴公第三孫子載字叔永，族姪實卿爲其塾師，爲之求字說，勉爲之。諗曰：

人情莫不欲壽。《書》曰："資富能訓，惟以永年。"永年，壽也富矣，何加？曰：教之必，教之則，全攸好德之天，以迓續延洪降命之天，是則永年存乎天，所以永年存乎人。然夏曰歲，商曰祀，周曰年，前乎三代爲唐虞，則謂年爲載。子之名取唐虞，深意端有在。唐虞之世，民醇壽永，後世莫及焉。何世不可爲唐虞？子其樂堯舜之道，一旦獲用，則致君堯舜之上，自躋仁壽而躋民于仁壽，亦分內事耳。陶靖節自謂"羲皇上人"，子豈不可自謂"唐虞上人"乎？惟以永年，孰加于是？叔永勉之。

叔明字說

予束書渠口恕齋汪公之門者三年，公之次孫德馨甫五歲，警敏可愛，已知尊師，予甚嘉之。別一十有三載，爲至治三年，其年與李蟠通習六藝之年符。予甥仲文爲其塾師，字之"叔明"，求字說，予不得辭也。諗之曰："至治馨香，至明德，惟馨。"姬公猶訓也。意宏大，理精微，有味乎其言哉！至治之馨，超黍稷之馨；明德之馨，達於至治之馨。明德之馨，體也；至治之馨，用也。自堯以降，羣聖猶曰明德，況希賢之士，可不務求以明德乎？猗歟！叔明子之年方十有七，志于大學，正此其時，盍於《大學》致力焉？格致以啟明德之端，誠正脩以盡明德之寔，加以數年，出應時需，幸逢至治之時，翊贊至治之治，體立而用行，姬公豈欺我哉？

族孫字成與祝辭

族孫善從予游六年，將冠，其尊人字之曰"成與"，謂予爲之說。予惟古重冠禮，必有祝辭，載之《儀禮》，班班可考。朱晦菴之子冠也，劉屏山寔爲之祝辭焉，今始加元服，敢祝之曰：

冠而字之，以敬其名。爲之祝辭，《儀禮》是程。族兄孫善，字曰成與，鑿鑿有稽，厥有《國語》：昔趙武既冠，歷見諸卿，惟韓厥忠誨，期以人之成。冠爲成人，在始與善，元服始加，謹始此乎！勉棄爾幼志，順爾成德，古之祝辭，亦于焉是力。所謂善否，此其一初，慎所與哉！觀孰與爲徒，一陰陽謂道。繼之者善，孰不成性？君子道鮮，君子成德，成之寔難。成之曷難？于所與乎？闕孟道性善，堯舜是稱，與人爲善，惟舜爲能，舜何人哉？有爲亦若是？由希賢希聖，斯爲成矣！然欲與善，在矜心是去，矜心未去，善將不吾與。又欲與善，必堅存寔念，寔念不存，誰與我爲善？成當大成，豈特小成？毋以成自居，將趙文子並稱。慎所與哉！我其朝夕兢兢。

月鼎衍義

鄉友吳君，鼎其名，月潭其居，月鼎其號。徵一轉語於予，予曰：君二千石苗裔，儒家者流，而道法是好，有意內丹之術。君稽魏伯陽之書，以月之晦朔弦望，爲丹爐之火候，蓋“月鼎”一大證據也。其說曰：乾坤，《易》之門户，衆卦之父母。坎離，匡郭運轂，正軸牝牡：四卦以爲橐籥。蓋乾坤以人身言之，則乾陽在上，坤陰在下，而一身之陰陽，萬物變化，終始皆在其間，所謂金丹大藥者也，然則乾坤其爐鼎與？乾坤位乎上下，而坎離升降于其間，水也，汞也，青龍也，精也，皆属乎坎；火也，鉛也，白虎也，氣也，皆属乎離，然則坎離其丹藥與？納甲之法：乾爲望，坤爲晦；震納庚，爲月之生明；而兑納丁，爲上弦；巽納辛，爲月之生魄；而艮納丙，爲下弦：如橐籥鼓鞴之用者也。月以五日爲一節，六節爲一周。初三日，第一節之中，月生明之時，蓋始受一陽之光，而昏見于西方之庚地。初八日，第二節之中，月上弦之時，蓋受二陽之光，而昏見于南方之丁地。十五日，第三節之終，月正望之時，全受日光，而昏見于東方之甲地：此自坤而息，由震、兑而滿于乾，前半月也。至十六日，則第四節之始矣，始生下一陰，爲巽而成魄，以平旦没于西方辛地焉。二十三日，第五節之中，復生中一陰，爲艮而下弦，以平旦而没於南方丙地焉。三十日，爲第六節之終[一]，全變三陽而光盡，體伏于東北之壬地焉：此自乾而消，歷巽、艮而盡于坤，後半月也。此爐鼎丹藥所資以爲一月之火候者，與前月之六節既盡而禪于後月，則長子繼父，復生震卦。而震一兑二以極于乾三，巽四艮五以極于坤六，循環無端，而火候與月相爲無窮。每月之朔，震始用事，爲日月陰陽交感之初，于是加修煉之功焉。修煉之要安在?《鼎器歌》所謂“陰在上，陽下奔”，乃其妙訣也。夫陽上陰下者，衆人之所同；陰上陽下者，真人之所獨。煉其氣而陽反下奔，養其精而陰反上潤：所謂“龍從火裏出，虎向水中生”者也。坎離、水火、鉛汞、龍虎，雖互換有異名，寔只精、氣二者而已。其法以神運精氣，要歸于以火烹水，以水滅火，凝結而成丹焉，夫是之謂內丹。內丹成者，長生久視，後天而老，可也，其技亦云妙矣。證之吾《易》，坤下乾上，天地不交之否；乾下坤上，天地交之泰。陰上陽下而成丹，與坤上乾下而爲泰，一也。果能致中和，則吾身之天地自位，吾身之萬物自育，其吾聖賢之鼎丹與？月不在月，吾之方寸虛暗即月也；鼎不在鼎，吾之巽而耳目聰明即鼎也。進乎技矣！此非愚言也，聞諸空同道士鄒訢者也[二]。月鼎欲知空同道士乎？其問諸軒轅彌明。

【校勘】

[一] 爲第六節之終：終，原作“中”，依文意改。

[二] 聞諸空同道士鄒訢者也：訢，文淵閣四庫全書本作“訴”，依康熙刻本。

卷　六　说

深衣説　至元二十五年

深衣。

古者衣與裳殊，所以别上下也。惟深衣之制，衣連裳而不殊，簡便有法，被體深邃，故曰深衣。

古者深衣葢有制度，以應規矩，繩權衡。

言“古者”，雖泛言之，然有虞氏“深衣而養老”，則虞時已有之，其古可知矣。“應規矩，繩權衡”，言深衣之法象也，詳見下文。

短無見膚，長無被土。

此言長短之中也。短而見膚，則褻矣。長而被土，則汙矣。故以及踝爲準。裳之下齊止於踝，則固不見膚，亦不被土，而長短得中矣。人之身長短不齊，不可以一定拘，故不言長若干尺寸，而以此二句酌其中也。

續衽，鉤邊。

按，鄭氏註云：“續，猶属也。衽，在裳旁者也，属連之，不殊裳前後也。鉤，如‘烏喙必鉤’之鉤。鉤邊，若今曲裾也。”鄭氏所注“曲裾”，今不詳爲何狀，後遂求鉤邊於裳十二幅之外，謂别用布一幅，綴而垂之裳之右旁。朱子初年《家禮》，亦有“曲裾”一條，葢以此也，後自悟其非，謂連續裳旁，合而縫之，無前後幅之分，即爲續衽；左右交鉤，再覆縫之，即爲鉤邊。其說詳見楊氏附註《家禮》中，今皆遵用，是固然矣。然又按，藍田吕氏之釋此句曰："衽者，衣裳之旁幅也。《玉藻》所謂"衽當旁"是也。衣之旁幅下殺，裳之旁幅上殺，上下之衽相續而中曲，以是小要取名焉，故曰鉤邊。"愚嘗即吕氏說而深考之，以爲深得記禮者之本意。蓋衣裳之上下相續，他衣不然，惟深衣爲然，此乃深衣之大節，何可没而不言？苟"續衽鉤邊"但依前說訓之，是一篇中竟無一字及衣裳之相續也，人何由而知之乎？兼衽乃衣襟之稱，如曰"歛衽"，曰"左衽"，可見非特裳旁爲衽也。衽指衣裳之旁兩幅而言，旁兩幅既上下相續，則其中諸幅之上下相續，不言可知矣。又衣下殺而裳上殺，則上下皆濶而腰獨狹，其形自彎曲如鉤焉。續上衣下裳之衽而如鉤形于兩邊，以此釋"續衽鉤邊"，不亦理明而辭順乎？且著書立言，必有體統，有次第，故記此篇者，先以"應規矩，繩權衡"言此衣法象之詳，次以"見膚被土"言此衣長短之中[一]，又次以"續衽鉤邊"言此衣上下連續之形，又次以"要縫半下"言此衣腰圍下齊濶狹之宜。是此數句，先言深衣之大體，然後方以次及其他之節用也。所謂"要縫"，正是接上文"續衽"二字而言，蓋指上下連續之縫耳，不然所謂"縫"者何縫乎？不應不言衣裳之相續，而遽及裳旁之綫脚，記禮者恐不如是，其捨體而先細碎也。

又按，今士友所服深衣，多于裳旁左裾之末裁爲圓形，此得非因"曲裾"之說以是爲鉤邊乎？夫曲裾之本說自别用一幅，垂于十二正幅之外，非就裳之正幅而圓其裾也，且下齊如權衡，以平爲貴，今圓其裾，不平孰甚焉。且圓其裾，於義何取？不圓之，于義何缺乎？古圖及朱子《家禮》圖，其裾並與他衣同，截然方整，即無圓其旁之形，此乃世俗謬誤之尤者，不可不革也。

楊氏注云："衽謂裳幅所交裂也[二]。凡衽者，或殺而上，或殺而下，是以小要取名焉。衽，属衣則垂而放之，属裳則縫之，以合前後上下相變[三]。"

《篇韻》"衽"字注："衽，裳際也。"《韻略》："衽，衣襟也。際，謂邊也，畔也。"裳際曰衽，指裳旁幅之訓，盡矣，當矣。

要縫半下。

縫，即衣裳相接續之縫也。"要縫"，謂衣裳相續之縫，正當腰也。

“半下”，謂要縫之濶半于下齊之濶也。深衣之袪袪謂袖口尺二寸，圍之爲二尺四寸，三之爲七尺二寸。《玉藻》曰：“深衣三袪”，葢謂腰濶七尺二寸，三倍于袪圍之二尺四寸也。要七尺二寸，下齊倍之，則爲一丈四尺四寸，是要縫半于下齊，下齊倍于要縫也。如是，則腰狹而貼體，下寬而行便，且雅觀而儀肅矣。

袼之高下，可以運肘。

袼，當腋之縫也今俗呼為掛肩。袼之濶狹，以可以運肘爲度。《玉藻》曰：“袂可以回肘”，是也。

袂之長短，反屈之，及肘。

袂之長短，以能反而屈之及于肘爲度。《家禮》：“爲袂用布一幅。”附注謂“不當拘以一幅”，是矣。布幅有濶狹，一幅屈之不及肘，則增之可也。

帶下無厭髀，上毋厭脅，當無骨者。

此言繫大帶高下之中也。髀，股骨也。安大帶處下不可厭髀骨，上不可掩脅骨，只當脅下髀上無骨處，臍中是也。

制十有二幅，以應十有二月。

此言下裳之法象也。前後通十二幅，以應一歲十有二月之象，則天數也。曾文清公《深衣》詩曰：“皇天分四時，寸晷不少留。斂取著邊幅，危坐歲一周。”得此義矣。

袂圜以應規，曲袷如矩以應方，負繩及踝以應直，下齊如權衡以應平。故規者行舉手以爲容，負繩抱方者以直其敬、方其義也[四]。故《易》曰：“坤六二之動，直以方也。”下齊如權衡者，以安志而平心也。五法已施，故聖人服之。故規矩取其無私，繩取其直，權衡取其平，故先王貴之。

此一節詳言深衣之法象，以終篇首“應規矩，繩權衡”之意也。“袂圜”謂胡下，此以應規之圓。《家禮》謂“袂本之廣，如衣之長，而漸圓之，以至袂口”，則是袂本不殺，獨袂口殺也。吕氏謂“袂有侈者，朝服是也。有端者，玄端、素端是也。有圜者，內殺于袷，外殺于袪，中則胡下，深衣是也。”是袂本内殺，袂口外殺也。深考之，吕說爲優。兼袂本内亦殺之，則半規之圓形方成，而袷與要縫之間，其形之彎曲如鉤，尤爲自然而親切，且便于著而雅於觀也。袷，領也，領交於胷，其勢自方，此以應矩之方。“負繩及踝”，謂衣背與裳中幅之縫一直相當，如負一繩以至脚踝也，此以應繩之直。下齊，裳下緝也齊，一無長短之參差，此以應權衡之平。“行舉手”，註謂揖讓欲行者，舉手以爲容儀，如規之圓也。葢必舉手，始見其圓，若垂手，則不見其圓矣。繩直在背，故曰“負”；矩方在胷，故曰“抱”。如月負陰抱陽，葢取坤六二直方之義以互相發明也。五法：規、矩、繩、權、衡也，要之不過方、圓、平、直四者耳，曰“聖人服之”，曰“先王貴之”，葢以衣之中衆義備焉，正所謂先王之法服也，學者捨是將何服哉？誠能服其服，思其義，踐其實，則善矣。故上衣下裳，有乾坤定貴賤位之義焉，思其義，而上安于上，下安於下，可也。裳十二幅，又有四時十二月之義焉，思其義，而其仁如春，其禮如夏，其義如秋，其智如冬，其發舒如開物之寅，其斂藏如閉物之戌之類，可也。應規、矩、繩、權、衡，有方、圓、平、直之義焉，思其義，而智則圓，行則方，直其内，平其心，可也。布色白[五]，有質之義；緣或繢或青，有文之義焉：思其義，而文質彬彬，可也。衣之長短，酌長短之中；袷與帶之高下，酌高下之中；緣之大小文素，酌大小文素之中：思其義，而隨時取中，以適時措之宜，可也。是衣也，無一節而無法，亦無一節而無義，又在乎服之者能觸類而長耳。

故可以爲文，可以爲武，可以擯相，可以治軍旅。

此言深衣之用，文武皆可也。可以擯相，即可以爲文之一端也。可以治軍旅，即所謂可以爲武也。吕氏曰：“深衣之用，上下不嫌同名，吉凶不嫌同制，男女不嫌同服。諸侯朝朝服，夕深衣，大夫士朝玄端，夕深衣，庶人衣吉服、深衣而已。此上下之同也。有虞氏深衣而養老；將軍文子除喪而受越人來吊，練冠深衣親迎；女在塗，壻之父母死，深衣縞總以趍喪。此吉凶男女之同也。”此又可見深衣之用，其廣如此，有非止乎記者之四言也。

完且弗費，善衣之次也。

麻冕用三十升布爲之，則細密難成。深衣用十五升布，則非極細矣，其制完且其費輕，故曰“完且弗費”也。善衣，朝祭之服也。自士以上，有位於朝、有職于祭，自有朝祭之服。除朝祭外，皆可以服深衣，則深衣爲朝祭服之次者也。庶人無位，則深衣其盛服矣，無次矣。

具父母、大父母衣，純以繢。具父母衣，純以青。如孤子衣，純以素。

尊者存，以多飾爲孝，故髧彼兩髦，盡孺子之飾，以致孺子之慕焉。況大父母、父母俱存，即世所謂“重慶”者，安可以不盡飾乎？故純以繢。繢，画文錦之類也。具父母，則純以青，有所殺也。變而通之，大父母存而父母没者，亦惟當純以青而已。孤子當室，衣冠不純采，故孤子則純以素可也。注云：“三十以下，無父稱孤。三十以上，有爲人父之道，不爲孤矣。”意此注爲三十以上而已終喪者言，非爲三十以上正居喪者言也。《家禮》唯曰“黑緣”，略無分别。意者酌青、素之中而通用之，然全不合記禮者之言，有所未安。今世俗具慶則純青，永感則純黑，蓋即《記》與《家禮》之説而參酌用之，然純黑終不合于經文也。

純袂、緣、純邊，廣各寸半。

純袂，飾袖口也。緣，飾裳下齊也。純邊，飾衣裳側邊旁幅也。三者之純各廣寸半，唯袷廣二寸，其文見于《玉藻》，與此互相備也。袷獨廣于三處者，衣必振領如網，必提綱領，緣非大無以别于他緣，綱大目小之義也。此所謂“寸”，皆用尺之寸。此“邊”訓爲衣裳側邊旁幅，則鉤邊之“邊”意益明。

愚於丙戌秋述《深衣説》，蓋即鄭注及諸家説而參取之。丁亥春，始得見玉山曹念齋易之《深衣圖解》，因以其圖參之《禮記》注之圖，然後方知先儒幅數、前後、多寡之未當，與世俗圓裾之誤之所由起也。蓋上衣一幅綴下裳三幅，以一統三，有四時統十二月之象，雖於講説可觀，而終於服著不便。直領衫所以可只用四幅者，以其裾直而狹故也。如褙子道服，其裾纔濶[六]，則必不可只用四幅，須于面前各攙一幅矣。今深衣下裳之濶如許，而衣之前面，其可只用直領衫之幅數乎？況《禮記》古註前面之《深衣圖》上衣之制，已攙一幅，是通衣前後用六幅也。又証之《三禮圖》：古朝祭之服，未有衣前不攙一幅者，況經文唯曰“裳十有二幅”耳，未嘗有衣四幅之明文也[七]。其所以不言衣之幅數者，蓋以此衣唯裳之幅數，與其他朝祭服裳用正幅如帷者不同，故不容不特言之。若上衣，則與他朝祭服同，可不必言也。今上衣之制，欲遵用《記》註古圖之幅數，前後通六幅，此一說也。裳十二幅，先儒惟喜以一幅衣統三幅裳之說，故以六幅在後，六幅在前，後之六幅平鋪相連，而前之六幅兩裾相掩，是前以三幅當後六幅，濶狹不均，莫此爲甚。其勢不容不反捲向前，而腰半齊倍之形不復可見矣。《記》註圖及曹氏圖，皆以四幅在後，四幅在前，前四幅只右邊一裾可見，左裾一邊爲右所掩，不可見。是前以八幅相掩而當後之四幅，即十二幅，而三分之，每衣一幅連裳二幅，前後濶狹均匀整齊，而腰半齊倍之形顯然自見，其與衆人所製大不侔矣。今下裳之制，欲遵用二圖之前八幅、後四幅，此又一說也。若圓裾之誤[八]，蓋出于《禮記》圖下之註，其說謂裳下圓，其形如鉤，恐其下垂而不齊也。此過慮之論也。今縫人裁衣，凡裾之用正幅者，皆于下末微裁，起其角，恐四裾垂下故也。若深衣之裳，不用正幅，交解裁之，狹頭皆在上，濶頭皆在下，數幅相連，其角自起，决無四裾垂下不平之獘，亦何必輕動刀剪，裁令微起乎？且《記》圖之註雖云爾，而其圖之裾，初不如今世俗之圓其裾角也。他如《家禮》，如曹氏之圖，莫不並如他衣之裾，並未有圓裾角之形。且其爲說，不過懼其裾下垂不齊耳，今試不圓之如鉤，果下垂而不齊乎？今裁圓之，反上彎而不齊耳。世俗之圓其裾角，于形何取？于義何當？于圖何本乎？注《禮記》圖者，誤認鉤邊，不善立言，以致誤後學于無窮，深可惜也。大帶之制，曹氏考之爲詳。《玉藻》曰：“大夫素帶，辟垂[九]。士練帶，率下辟。”注云：“大夫裨其紐及末，士裨其末而已。”裨，即今帶旁之小緣也。紐，大帶兩耳也。末，大帶兩耳下之直垂到地者也。大夫緣大帶之兩耳及末，士則不得緣兩耳，但緣其末而已。士接大夫之下，乃有位之士，如上士、中士、下士云者，非儒生之士也。下文云“居士錦帶，弟子縞帶”，則今之居學校爲儒生者，惟當遵用縞帶之制，純白而不緣，方爲當耳。今世或有緣兩耳者，是僭大夫之制也。又或有通背後盡緣之者，是僭諸侯充辟之制也。盲然妄作，亦獨何哉？至若裁衣之法，當以各人之身爲準，古尺、今尺、指尺皆有所不可泥，亦有所不必泥者。先圍其腰之濶，自左衽至右衽尺寸若干，然後以之定袪袂之濶狹，用三分腰圍之一以爲袪，以合于“深衣三袪”之制；又以之定下齊之濶狹，倍腰圍之濶以爲齊，以合于

“要縫半下”之制，此濶狹之準也。自腰以上，量之以至于袷，以酌衣之短長；自腰以下，量之以至于踝，以酌裳之短長，此長短之準也。此其大略也。聞愚說者未必不曰：衣用四幅，裳以三幅上綴衣之一幅，未嘗不可服也。殊不知今之服是者懵不知其制度，往往只據縫人所製，不復過而問焉。縫人往往以意那融，何嘗合法？所以差可著耳。若十二幅匀分，無分毫濶狹之殊，乃欲以後幅平鋪之六當前面相掩之六，其不可著如愚前言之獘，必矣！然亦多習而不察耳。上衣之前二幅則太狹，下裳之後六幅則太濶，後不貼服，而前大廹窄，此獘之必至者，孰若愚今所考之濶狹得宜、均匀齊整，不背于經、不戾于古乎？又未必不曰：衣四其幅、裳圓其角之類，衆多然也，今不然，則不入俗矣。殊不知，深衣古聖人之法服也，今服是服，將求合於今乎？將求合于古乎？天下事當論是否，不當論同異，苟其是也，雖異何病？有真見者將必同之，其無真見者之安于謬誤，奚與吾事哉？又未必不曰：學文公之學，而深衣不用文公之說，奈何？殊不知文公《家禮》成于初年，未幾爲一童行竊之[一〇]，終身不及見，以故終身不及改，是以未嘗爲學者道之。至文公壟日，始有錄之以來，會壟，授文公季子敬之者，然後此書復出。此說見于黄君㽦、陳君淳之《語錄》，今載之楊氏附注《家禮》中，非不明也。文公諸書，終身脩改，後來定本，其中有與初年所著全無一語同者。使《家禮》不失，公及改之，豈終于此而已乎？今必執《家禮》以爲據，則曲裾之添布一幅、黑緣之略無分別、上衣之長僅與袂本齊，非不明載于《家禮》也，今何爲不遵用之乎？愚葢以求爲真是之歸者學文公，而不敢泥未定之書以學文公也，且前說之云云，皆有所因述，無一字出于臆說者，極知不韙，無所逃罪，先覺君子幸察而教之。至元戊子三月，櫟又書。

【校勘】

［一］次以“見膚被土”言此衣長短之中：見，原作“無”，據文淵閣四庫全書本改。

［二］衽謂裳幅所交裂也：裂，原作“製”，據《禮記·玉藻》鄭康成注改。

［三］以合前後上下相變：變，原作“交”，據《禮記·玉藻》鄭康成注改。

［四］負繩抱方者以直其敬、方其義也：敬，文淵閣四庫全書本作“政”，依康熙刻本。

［五］布色白：色，原作“且”，據文淵閣四庫全書本改。

［六］其裾纔濶：纔，文淵閣四庫全書本作“攙”，依康熙刻本。

［七］未嘗有衣四幅之明文也：嘗，原作“常”，據文淵閣四庫全書本改。

［八］若圓裾之誤：圓，文淵閣四庫全書本作“曲”，依康熙刻本。

［九］辟垂：原作“垂辟”，據文淵閣四庫全書本改。

［一〇］未幾爲一童行竊之：童，文淵閣四庫全書本作“輩”，依康熙刻本。

卷 七 答問

“性理”二字[一]

問：“性理”二字如何解？以下四十一條俱先生之甥吳仲文所問。

曰：天所賦爲命，人所受爲性，所賦所受，不過此理而已。理，道理也。然“道”字大綱包涵說，“理”字就“道”字中分析精細說，如言“文理”“條理”是也。在物爲理，理雖散在萬物，而寔具于人之一性。故程子曰：“性即理也。”性中之理，何物也？就其大者言之，仁義禮智是也。故朱子《大學序》曰：“天降生民，則既莫不與之以仁義禮智之性”，觀此言，可見矣。天下之理，此四者足以該之。天下道理，千般萬樣，皆自此四者出耳。故言道理之學，須兼著“性理”二字言之，言性不言理，則不知性中寔具此理。性爲何物乎？未免如荀楊之言性矣。以理言性，則可見天下無不善之理，則無不善之性可知矣。言理不言性，則但知理之散在萬物，而不知理之具于一性，是理自理，我自我，與吾性有何交涉哉？知在物爲理，又知性之即理，則物我貫、內外合矣。以理言性，則性非氣稟食色之粗；就性求理，則理即吾仁義禮智之寔。天下無性外之理，亦不于性外而求理，此物我一理之妙，而合內外之道也。以此言性理，其庶幾乎？

【校勘】

［一］题目以意擬補。

楊誠齋《易傳》[一]

問：楊誠齋《易傳》大槩如何？

曰：誠齋本文士，因學文而求道于經學，性理終非本色。其作《易傳》，用二十餘年之工力，亦勤矣，嘗發《家人》以下數卦，質之晦翁。晦翁荅之，無一字可否，不過曰："蒙示《易傳》之秘"，蓋見其立說之巧。自喜之深，非筆舌所能辨。於《易經》本義雖無所得，而亦不至於陸象山惑人誤人之深，故略之而不荅也。然坊中以是書合程子《易》並行，名曰《程楊二先生易傳》，寔不當也。近年時文引用楊傳者甚多，文極奇，說極巧，段段節節，用古事引證，使人喜、動人心目處固在此，而啟窮經考古有識者之厭薄亦在此。劣舅昔亦喜觀，所以《讀易編》一書，祖朱《本義》，附《語錄》，因附程傳、王弼註、節齋蔡氏說，而楊傳之可喜不可棄者亦存之，乃自家意見，作如此區處。及見星源胡雙湖《本義附錄纂註》，其規模正與我合。但渠本經《周易》，其所見之解多，我所見者不及其博耳。至於楊傳，雙湖無半字及之，可見楊傳足以聳動文士之觀瞻，而不足以使窮經之士心服也。吾甥年富力强，不厭于博，楊傳亦觀之，取其可喜者，而缺其牽合者，如世之外行觀《易》者，以爲《易》盡于程、楊則不可，如雙湖之全然掃去亦不可。楊傳固于作《易》之本義不合，其推廣敷演《易》中之義亦多有之，不可誣也。博觀約取，是在吾甥。

【校勘】

［一］題目以意擬補。

吕成公《博義》[一]

問：吕成公《博義》，朱子不以爲然。

答曰：小東萊先生吕公祖謙字伯恭，乃大東萊先生本中字居仁之姪孫，好天資，少年登科，未幾中詞科，爲嚴州教授，遇南軒張公守嚴州，始折節學周程之學。又與朱子交游，樂善好義，與朱張講切磋甚至。其《博議》一書，乃初年之作，而意不過以之教後生作時文爲議論而已，其於議《左氏》多巧說，未得盡爲正論，不特朱子不取之，成公晚年亦自甚悔之非之，戒學者勿看，以爲誤人。此說見于成公文集中，乃答學者之問。劣舅嘗摘抄此二帖，說得甚穩當而好，世人知成公者甚淺，往往以此文爲成公之學，盡在是矣，非也。近年作時文者多讀之，固不可無，然極好者不過數十篇，多在前半册，後半册劣矣。劣舅嘗選之，他日却申言其目也。

【校勘】

［一］題目以意擬補。

南軒東萊不及文公處及所以不同處[一]

問：乾淳大儒南軒、東萊不及文公處及所以不同處如何？

答曰：乾淳大儒，朱子第一人，次則南軒，又次則東萊。朱子建炎庚戌生，張紹興癸丑生，吕紹興丁巳生。趙氏再造，天生三賢，宇宙間之間氣也。以天資論，東萊最高；以文章論，東萊文差高古；以學問論，則朱集諸儒之大成，南軒固不及，東萊遠不及矣。所以然者有二說：一則張、吕之年不及下壽，而朱子年七十一；一則吕之學幼年頗雜，朱子嘗謂："伯恭之學自史入，看粗了眼，所以後來看道理不精細。"南軒固不雜亦不粗，然比文公終較低一籌。使二公而天假之年，豈止如今日之所觀哉！南軒有壽，稍可以及文公；東萊有壽，恐終未能及文公也。然二公寔文公至交畏友，其生也，文公敬之服之；其殁也，文公痛之惜之。今見文公《語録》、文集中，班班可考。

【校勘】

［一］題目以意擬補。

西山《讀書記》北溪《字義》勿齋《字訓》三書孰爲尤精[一]

問：西山《讀書記》、北溪《字義》、勿齋《字訓》三書孰爲尤精？

答曰：北溪陳公淳字安卿，漳州人。朱子守漳州，謂人曰："某守漳[二]，獨喜爲吾道得一陳安卿耳。"此公在朱門，秀出于儕輩，《字義》

一書，玲瓏精透，最好啟發初學性理之子弟，而其極至處，雖八十老翁老師宿儒不能易焉。西山真公德秀字景元，後改字希元，建寧府人。戊戌生，生二十三年而朱子歿，不及登朱門，而學朱學甚精博。初登科，後中詞科，多與朱門高弟交游，於周程張朱之學，升堂入室，非誠齋之徒可比，真儒者，不可以文士目之也。平生著述甚富，有學問、文章、政事，又非徒如北溪之有學問而已也。《讀書記》一書，既博且精，凡諸經、諸子、諸史、諸儒之書之所當讀當講者皆在焉，乃有載籍以來奇偉未嘗有之書也。學者果有志于學，檢其書可以統宗會元，關百聖而不慙[三]，俟百世而不惑。徽庵程公若庸字達原，吾邑汊口人，于朱學甚用工。近年吾邑前輩之可心服者，此其尤也。《增廣字訓》一書，乃因程端蒙之《字訓》而充之，亦甚好，會聚前輩之議論，而間出己意以折衷之，但以之啟蒙後進，則不如《字義》之活而易看。要之，此三書皆不可不看，而《讀書記》尤博大精微，可以該彼二書，而彼二書不能該此一書也。論來許多道理，三公之編集議論，皆不甚相遠，可以相有而不可以相無，吾甥自求而自入身，精看熟考之，如入大山巨海，奇貨異寶，隨取隨足，今徒問人曰某處有寶、某處好寶多，未遽見其有得也。方虛谷撰其先君事狀，末云："某之看性理，自西山《讀書記》入。"

【校勘】

[一] 題目以意擬補。
[二] 某守漳：某，文淵閣四庫全書本作"其"，依康熙刻本。
[三] 關百聖而不慙：關，文淵閣四庫全書本作"質"，依康熙刻本。

膽欲大而心欲小智欲圓而行欲方[一]

問：孫真人曰："膽欲大而心欲小，智欲圓而行欲方。"山谷云："不以世之毀譽愛憎動[二]，此膽欲大也。非法不言，非道不行，此心欲小也。"此解亦未盡，如何？

答曰："膽欲大而心欲小，智欲圓而行欲方。"此二句妙甚，其妙意全在兩箇"而"字上。膽當大，然全要心小濟之；智當圓，然全要行方濟之。人要希賢希聖[三]，如云“舜何人也？予何人也？有爲者亦若是”及程子云“不可將第一等事讓别人做”，此膽欲大也。小心翼翼，有事君之小心，此心欲小也。膽大而心不小，則是世之粗心大膽人矣。智者周流無滯，有似於水，此智欲圓也。立身行己，端嚴方正，如所謂“簡而廉”，廉乃廉隅方整之謂，此行欲方也。智圓而行不方，則是世之乖猾無行檢人矣。膽大而心能小，則志雖高而心每下，其膽大者始不至于粗；智圓而行能方，則智識圓轉而大閑不踰，其智圓者始不流于狡。山谷解“膽欲大”一句，誠説不盡，自學者之未用言，如二程年十四五時，便慨然欲學聖人；自已用言，如孟子“當大任而不動心”，皆膽欲大也。“心小”説得近之，亦未盡。凡謹慎不敢自大，皆是心小。所以孙真人曰[四]：“膽欲大而心欲小，智欲圓而行欲方”，可以爲法矣。

【校勘】

［一］题目以意擬補。

［二］不以世之毀譽愛憎動：“動”下原衍一“心”字，據（宋）黄庭堅《山谷刀筆》卷一《與徐甥師川》（其三）改。

［三］人要希賢希聖：希賢希聖，文淵閣四庫全書本作“希聖希賢”，依康熙刻本。

［四］所以孫真人曰：孫真人，原作“程子”，據文意改。

柳子厚唐之謝康樂陶元亮晉之白樂天[一]

問：元裕之云：柳子厚，唐之謝康樂；陶元亮，晉之白樂天。此説如何？

答曰：謝康樂靈運，謝玄之後，襲封康樂公，以放曠不檢束遭禍；柳子厚陷伾文之黨[二]，亦卒貶死，以之並説，亦自頗是。陶元亮忠義曠達，優游樂易，以白樂天比之，亦似之。但優游樂易相似，而論其至到處，樂天不能及淵明也。謝、柳細論，亦自不同。陶、白所遭之時亦不同也。元公之論，亦過求耳。不必如此立論，姑置之。

【校勘】

［一］題目以意擬補。

［二］柳子厚陷伾文之黨：伾，文淵閣四庫全書本作"叔"，依康熙刻本。

黄山谷陳後山之詩[一]

問：黄山谷、陳後山之詩如何？

答曰：黄、陳自是艱苦了。詩所以言志、詠性情，何在乎此？學者傷于下筆之容易，則不可不以黄、陳嚴束之，不要偏向從一邊去，自帶眼珠認取各人好處而學之，戒其苦澁，太枯淡處勿學，可也。

【校勘】

［一］題目以意擬補。

除却神祠廟宇人始知爲善[一]

問：程子云："除却神祠廟宇，人始知爲善。"張南軒云此程子晚年語。"人始知爲善"一句，尤難下。

答曰：今人多靠神祠，流俗之獘極矣。略不用力于人道之所宜此便是爲不善，而徒惑於鬼神之不可知此便是泥事神，所以去神祠而後人爲善也。必不惑於鬼神之不可知，然後始能用力于人道之所宜。如吾家不燒香作福，則心心念念只管理會理之當爲者。他人家無一舉動不泥鬼神，少間道理，當爲底事？皆放下了，世之不孝、不弟、不忠、不信，做賊的也去求神許福以保其無狀，豈非泥事神，故全爲不善。

【校勘】

［一］題目以意擬補。

思無邪[一]

問:《詩》三百篇，一言以蔽之，曰：思無邪。《集註》云：“凡詩之言，善者至使人得其性情之正而已。”觀此言，蓋謂詩之大要，不出美善、刺惡二者。讀美善之詩，觀其善以爲勸，而善心有所感發；讀刺惡之詩，視其惡以爲戒，而逸志有所懲創，皆欲正吾心而使之無邪思。此文公之說也。吕成公《讀詩記》此章之下取王氏之說曰：思無邪，一出于正《桑中》。詩後一條有云：“詩人以無邪之思作之，學者以無邪之思讀之，閔惜懲創之意隱然自見于言外”，蓋謂作詩者、讀詩者兩皆無邪思。此成公之說也。文公集《讀吕東萊詩記》有云：“孔子之稱‘思無邪’也，蓋謂《詩》三百篇勸善懲惡，雖其要歸無不出於正[二]，然未有若此言之約而盡者耳，非以作詩之人所思皆無邪也。”又《詩記》序中亦有不滿之意，其他指摘言之不一而足，似無俟乎。後人之議論矣。方秋崖云：“孔子删《詩》，何取乎删也？傷風敗俗之辭，不可以明示天下來世者，則删之。《墻茨》諸詩所謂言之則污口舌，書之則污簡牘，父不敢以訓諸子，師不敢以訓諸徒。岳意其决在删列，何以言之？《記》《禮》《左氏》諸書所引逸詩，其辭皆雅正，夫子猶删之，則淪三綱、斁九法如《墻茨》諸詩，删之决也。秦火之燼，漢儒亂之，火于秦者，不能盡記，而孔子所删之詩流傳習熟于口耳者，猶在。亡者不可復，姑取其在者以足之。此漢儒之罪也。”王魯齋《詩說》云：“竊謂《桑中》《溱洧》非淫奔者自爲之詩，彼淫奔者有此事而旁觀者有羞惡之心，故形于歌詠以刺譏其醜，譬如今之鄙俚如賺如令[三]，連篇累牘形容狎邪之語，無所不至。”吳仲文曰：“爲善而發于歌詠，則令聞益彰，爲惡而發于歌詠，則遺臭益遠。所以讀詩者，因詩之善惡，而有感發懲創之心也。自古淫亂之人，未有不殺身亡家者也。聖人所以著之于經者，使後世爲惡者，知雖暗室深閨之所爲，亦無隱而不顯。聖人既存之以示萬世，後人讀之，豈不可以爲戒？如麀聚之醜，牝晨之凶，則其可醜可惡之尤者，使聖人删之，則後世之昏淫穢亂于奧户綺疏之間，自謂隱密，其誰知之，將肆于爲惡，而愈無忌憚矣。聖人存之，將以扶植天命民彝，其關世教而存鑒戒[四]。又况詩人之用心忠厚，譏而不訐，刺而不詆，其詞紆餘而不暴，含蓄而不露，舒徐而不切，委蛇而不直，往往取夫草木禽魚寓意焉。是人之惡固深矣，其刺之欲言而復默，而不欲盡言之，使人逆其意而讀之，意在言外，是譏刺之中有忠厚之意也。孔子曰‘放鄭聲’，而存鄭風淫奔之詩者，何也？蓋存之所以見風俗而垂鑒戒，絶其聲于樂以爲法，而存其詞于詩以爲戒，二者並行而不相悖。”

答曰：朱子嘗謂：東萊之論，瞎了一部詩眼。虚谷亦是看未破，故兩説並存之。賢甥已看得是無可疑矣。詩者，樂之章，以其音韻，播而爲樂。《雅》《鄭》本詩也，播之樂，則爲樂。

【校勘】

［一］题目以意擬補。

［二］雖其要歸無不出於正：正，原作“心”，據《朱熹傳》卷七十《雜著·讀吕氏詩記桑中篇》改。

［三］譬如今之鄙俚如賺如令：鄙俚，文淵閣四庫全書本作“里曲”，依康熙刻本。

［四］其關世教而存鑒戒：其，文淵閣四庫全書本作“所以”，依康熙刻本。

詩所以言性情理勝物淡勝麗［一］

問：虚谷云：“詩所以言性情，理勝物，淡勝麗。‘楊柳依依，雨雪霏霏’，謝安石謂不如‘訏謨定命，遠猷辰告’。予謂：‘關關雎鳩，在河之洲’，無下文可乎？‘上天之載，無聲無臭’，不讀全篇可乎？”似欠分曉。

答曰：理勝物，淡勝麗，六字最好。不特詩如此，文亦當如此。淡與麗應，理與物應，可以相有，而不可以相無。論其分數、滋味，則當以淡與理爲主，物與麗爲賓。謝安石之説，記得是《世説》所載，固足以救風露雲月、流麗綺靡之獘［二］。方公于予謂之下欠標撥分明。“關雎”二句無下文可乎？是謂有物之麗不可無理之淡也。“天載”二句不讀全篇可乎？是有理之淡不可無物之麗。

【校勘】

［一］题目以意擬補。

［二］固足以救風露雲月、流麗綺靡之獘：風露雲月，文淵閣四庫全書本作“風雲月露”，依康熙刻本。

攻堅則瑕者堅攻瑕則堅者瑕[一]

問：三山老人胡舜陟文有云：“《孫子》曰：‘水之形，避高而趨下；兵之形，避寔而擊虛。’光武之破尋、邑，衝其中堅；李光弼破史思明兵，擊其最堅處：因其亂也。亂則堅易擊，堅破則衆潰矣。”竊謂二事不當作如此說，如何？

答曰：攻堅則瑕者堅，攻瑕則堅者瑕，此兵家常法也。至或有攻堅者，則擒賊先擒王之意，又活法也。光武昆陽之戰，乃是以少擊衆，以精鋭擊驕惰。尋、邑戒諸營不許動，獨以所部當光武，故光武直衝其中堅，可以破之。光弼之戰，值思明劇賊掠敵，故以死戰决勝。問何方最堅，命白志忠當之；又問何方最堅，命賈復當之。待大將旗三至其地，則萬衆齊，又古今戰陣之最好看者。此一戰也，不問其孰爲至堅，各命猛將當之，而浪與之戰，其敗必矣。戰之方殷，彼此方困憊，而萬衆齊奮，出彼不意，故摧堅陷强，此又一活機括，所以取勝，非因彼之亂也。胡舜陟之論未爲的當，不必泥，亦不足辨。

【校勘】

［一］题目以意擬補。

秋崖集[一]

問：《秋崖集》，曹弘齋以爲奇巧異峭，欠尊重典刑，儷語尺牘，驕矜詭譎。其論如何？

答曰：秋崖亦近年之高才，時文、議、論、策皆高。其集中，散文勝四六與詩。散文好，但太做作，欠古氣。詩五言律無一句可取，七言律多起得鬆俊，對聯全欠精妥。絶句間有好者，四六多不合法，亦多有高人處，不可一例非之。弘齋言此，似亦太過。如黟、祁之後生，拘拘步武，惟知有秋崖者，非也。全然鄙斥之，亦非也。采其好處，戒其偏處，亦何不可？蹈常襲腐之資，斷斷學他不得；溫純造詣之士[二]，又不屑學。近年名公如劉後村、李梅亭、劉須溪皆有好處，亦有不滿人處，當隨其所長而取之，則皆爲我用。權度在胷中，難以言盡。

【校勘】

［一］題目以意擬補。

［二］溫純造詣之士：士，原作“見”，據文淵閣四庫全書本改。

謝叠山文[一]

問：謝叠山文，董師謙謂其本領宏濶而波瀾演迤，初欲彷彿東坡，其究寔，似葉水心。陳同甫竊謂水心、同甫全不同，水心鍊字鑄辭，極其奇俊。同甫跳蕩豪邁，乏溫潤氣。叠山有東坡、同甫之雄偉，與水心無相似處。如何？

答曰：水心辭勝，同甫氣勝，于理皆欠，不足深法。叠山文不多見，大槩謝公才氣高，故所言所行亦卓然不群。董說拘贅而不的當，前輩謂鎔鑄百氏而已[二]。今如何說渠只似某人而不似某人，不必如此多方比擬。

【校勘】

［一］題目以意擬補。

［二］百氏而已：氏，文淵閣四庫全書本作“代”，依康熙刻本。

虛谷《五方災辨》[一]

問：虛谷《五方災辨》云：“別頭首選，見忌權臣。彼譖人者，翹村之賓，其誰落第，移怨他人？駁放之議，咼沸縉紳。”又云：“親家含沙，門生反噬。”願聞其事。

答曰：方公壬戌别院省元，似道忌之，謂是吕帥之客。“翹村之賓”謂廖瑩中，號葯房，賈之愛客。廖之子亦赴别院省試，不中，故尤忌方而譖之。當時喧傳，謂將有駁放方公之事。“親家含沙”，謂程淳祖雄甫號鍾山；“門生”謂黄斯覺。方公守睦時，黄乃幕下士，以杯酒間失歡，附程而攻方。方北行，乃此人受嗾而攻方公也。

【校勘】

［一］题目以意擬補。

高祖之父[一]

問：高祖之父，當如何稱？

答曰：前年冬，會曹弘齋於邑，亦問及此。渠謂《程伊川文集》中嘗論此，只當就始祖數起爲第一世，次爲二世祖，以次而下。又引秦始皇、二世、三世以至于無窮。吾竊以爲，士庶人之家不比王者與諸侯。王者則的有始祖，諸侯則以始封之君爲始祖，自難的指，豈可以秦爲比？如經傳所云，皆是吾身推上去，如云四世而緦，五世袒免，四世謂同高祖，五世謂同高祖之父。又《左傳》載孔子家事弗父何、正考父處杜註，並是自孔子數上去，或六世、七世，並不是自上數下。高祖爲四世祖，然既有高祖字可呼，不必呼四世祖。高祖之父爲五世祖，高祖之祖爲六世祖，甚當。縱伊川有此説，惟從其的當者，决不可隨聲附和而不考究。

【校勘】

［一］题目以意擬補。

潔靜精微[一]

問：“潔靜精微”四字。

答曰：經解説：諸經惟《易》與《詩》最當，《詩》真是溫柔敦厚，

《易》真是潔靜精微。“精微”二字，自不待言。“潔靜”二字，要人體會。朱子《易贊》曰：“理定既寔，事來尚虛，用應始有，體該本無”，此“潔靜”之意味也。《朱子語錄》謂：説《易》當如燈籠光明潔靜，常恨燈籠不合有柱與罩子，若能合柱與罩子，俱光，尤妙。觀此可見，精細觀《易》，方能會得筆難盡也。

【校勘】

［一］题目以意擬補。

風水之説[一]

問：司馬溫公不信風水，欲焚其書，禁絶其術，慨乎而未遑也。程子惟五患是虞。吕誠公、楊誠齋、羅鶴林，近年文敬所、方虛谷俱不之信。而朱文公《語錄》載公一日因談地理，曰：“程子謂擇草木茂盛處，則非不擇地矣。吕伯恭謂只就平地上胡亂便要塟，不知此理，固不可，知有其理而故意不信，尤不可。”是文公又深信之。蔡西山酷喜此説，舂陵之行卒坐此。葉水心曰：“朱元晦聽蔡季通預卜塟穴，門人裹糗行紼，六日始至，乃知好奇者固通人大儒之常患也。”曹弘齋曰：“朱文公論山陵，以越土不如富陽，今而言驗。西山自營其家冢墓，指時計效，亦復奇中，則有此事有此理，未可以茫昧視之也。”曹公亦深信之。豈惟世俗迷溺而不可解？文公爲排異扶正之大儒，其好尚亦自不同，如此，則其書術果能焚禁乎？曹氏四墓：一低山，二心田，三尖山，四楓林。塟師爲言幾時必貴，貴必盛。越三世而第進士者曰矩，知遂州。四世而第者三人：曰夬，徽州倅；曰文，嚴州縣丞；曰及，官至主簿。六世而第者一人，曰復，軍器監簿。又十世而弘齋也。尊舅十一世祖晧之塟陳潭地，記云：“女生尚書，男做侍郎”，其後公第二子倪入大學爲前序[二]，孫嘉會繼入太學，嘉謨廸功郎，嘉善咸寧宰。曾孫熙入太學，有華將仕郎，翼入太學爲前序，倬信陽尉。玄孫唯正科應城尉，行簡太學上舍，慶勉正科福州倅，應午鄉貢進士。雖侍郎之言未應，其後亦畧顯矣。“女生尚書”寔爲奇中[三]，公之第四子與女四娘適外里程少傳畎，生尚書文簡公，大昌操術，如此輩亦不多得。善積者慶餘，源深者流長，惟能吉方寸之地，故能盛抔土之吉，立表于前，取償于後，天不過借塟師之口以發之耳。至謂朱、蔡之言驗，則三代時未有郭景純之術，治莫盛，德莫加，歷年莫遠。使有國者，不修政事以延無窮之基，惟泥乎此，禍可勝言？漢之封侯者，多起于槌埋，豈其祖父墓基之乎？

答曰：風水之說，自司馬溫公之後，闢之者多。《玉髓真經》一書，乃蔡季通發揮，真是奇偉。此人文公之畏友，文公必因他說動了，嘗云："吾爲晦翁卜一地，不過出身後三公。"吾家自卜之地，當出生前兩府，然後之爲宰執者，時來則爲，何必拘拘盡出于地？楊誠齋最不信此，其《春雨亭記》及尺牘中數簡，說得極當可信，虚谷作《孫君山經序》亦妙，皆可破俗人風水之謬。嘗謂且做風水之說，有之地有定，而求者無窮，依稀似好地者皆做盡，安得青山頭尚有好風水者乎？若要埋人家已埋之地，此心可誅，豈有興發之理？深思熟慮，證古傷今，只付之不足信可也。但是一說可憂可慮，世俗圖風水之說，深入蔽錮，誰能燭破而不之信？今吾儕却自見得破矣，但恐既歸三尺土，子孫或有禍患，泥于枯骨，從而改掘，雖智者不能爲身後之防，但自存方寸之地，以塟圓穹之天，感格得孝子慈孫不如此無理，庶幾可免。然亦不必慮此，在世上一日，則做一日好人，讀一日好書，死後萬事皆空，自有死而不朽者，不在朽骨上。近得胡澹菴先生集，內有《與羅生尚志》一帖極好，今錄于此："某啟：秋熱，想與尊幼吉健。向張成來，收書知侍奉老嫂甚竭力[四]，六舅母襄事良荷留意[五]，須吾甥自往水北一帶三二十里間，尋土厚水深如溫公說，足矣。如得地，却同詠弟卜之。已戒張成準備鞍馬，此書到，便下手尋地。世間人未有不死者，死未有不塟者，何患無地？《禮記》云'擇不食之地而塟我焉'，不云擇陰陽向背也。九經十七史，老舅却曾涉獵，並不說壽考富貴由塟地[六]。吕子云：'長平四十萬人死，非塟時俱犯三刑；南陽多近親，非塟時俱當六合。'此說甚善。俗儒不讀書，不見古人議論，溺于陰陽之書，背孔孟之道，戒之慎之。若不從吾言，勿踐吾門，勿受吾教，切切。不一。"澹菴妻劉氏，提刑之女，隨夫貶謫海嶺十五年，先歸而死[七]。澹菴量移留衡州未得歸，此叮嚀乃甥爲擇地而塟。擇地卜地，只是聖賢家法，不是今山人家法。詠是澹菴長子，想其年幼，在羅甥下，未甚更事[八]。誠齋師胡公，故躬行、學問、文章大畧祖之，若曹氏《地記》之驗及吾家《陳潭地記》之說，不過相傳如此，恐其中或帶一半虛無捻合，往往如左氏之論，過後脩補粧撰耳。

【校勘】

［一］题目以意擬補。

［二］其後公第二子倪入大學爲前序：後，原作“及”，據文淵閣四庫全書本改。

［三］“女生尚書”寔爲奇中：“奇”下原衍一“偉”字，據文淵閣四庫全書本删。

［四］收書知侍奉老嫂甚竭力：侍奉，原作“傳”，據文淵閣四庫全書本改。“老嫂”下原衍“大儒”二字，據文淵閣四庫全書本删。

［五］六舅母襄事良荷畱意：襄，文淵閣四庫全書本作“塟”，依康熙刻本。

［六］並不說壽考富貴由塟地：考，原作“夭”，據（宋）胡銓《胡澹庵先生文集》卷一三《與甥羅尚志小簡》改。

［七］先歸而死：歸，原作“後”，據文淵閣四庫全書本改。

［八］未甚更事：更，原作“立”，據文淵閣四庫全書本改。

羅鄂州《爾雅翼》[一]

問：羅鄂州《爾雅翼》，其議論太牽枝帶葉，如何？

答曰：此書博矣。好處可以廣人之識見者儘多，可恨處牽引失其精當者不少，內引三百篇之詩處多不是，嘗編一節本。

【校勘】

［一］题目以意擬補。

康節問學勝似《皇極經世書》[一]

問：朱子云康節以品題風月自負，其寔勝似《皇極經世書》，如何？

答曰：此一節，亦可疑。《經世書》乃人間奇偉之書，康節問學盡在此，惜吾輩有識不透處，亦寔有不必拘泥處。《擊壤集》乃述其平生快活之興趣，康節之餘事也。“天根月窟”一詩乃一部詩中第一首，而“一中造化”“心上經綸”之聯次之，賢甥以爲如何？

【校勘】

［一］題目以意擬補。

孔子問禮於老聃[一]

問：曾茶山問胡文定公，曰：孔子何故不闢老子？答曰：以其説未定。故彬謂文定此説未當，前輩謂《老子》書，後人託爲之，然以德報怨之語見于《老子》矣，如何？

答曰：孔子嘗問禮於老聃説見《禮記·曾子問》篇。觀其答語，于禮之纖，悉常變，皆子細。而《老子》書有云：“禮者忠信之薄，而亂之首。”可見是僞書，非真老聃作也。以德報怨，是當時世俗有此近厚之言，後來爲《老子》書者亦及此耳[二]，不必以有此句，疑其爲孔子時已有此書也。

【校勘】

［一］題目以意擬補。

［二］後來爲《老子》書者亦及此耳：爲，原作“有”，據文淵閣四庫全書本改。

艾字説[一]

問：孟子：“人少則慕父母，知好色則慕少艾。”朱子云：“艾，美好也。”程文簡公《考古編》、孫季昭《示兒編》皆云“艾”字，徧考載籍，並無美好之説。《曲禮》《魯頌》《荀子》皆訓“艾”爲老，《孟子》“艾”字解不通。陳晉之改“少艾”爲“少女”，不經之甚。《孟子》之意，即

“妻子具而孝衰于親”之義。“少艾”之“少”，上聲，如“夜未艾”之“艾”，言少時慕父母，及知好色，則慕父母之心少衰減。此說亦通。然謂載籍，皆無美好之說。屈原《九歌》云“竦身長劍兮擁幼艾”，非以“艾”爲美好乎？要知此理處非大道理所關[二]，文公之解是矣。程、孫二說亦不可廢。如何？

答曰：此說俱嘗聞之，終不能逃朱子之訓，有楚詞可徵，但以上下文通例之，俱是寔字。慕父母、慕少艾、慕妻子、慕君，一樣文勢，安得第二句獨爲慕父母之心略衰矣？況此等亦小小文義，章指初不在此，若欲講論，不略細微，則只據朱子之說足矣。程孫之說亦通，存而知之，可也。

【校勘】

［一］題目以意擬補。

［二］要知此理處非大道理所關：理，文淵閣四庫全書本作“等”，依康熙刻本。

無訾衣服成器[一]

問：《少儀》曰：“無訾衣服成器。”朱子曰：“訾，思也，思此則疾貧。”饒雙峯曰：“訾只當是毀之之義，所謂成事不說。他人衣服器用初成，不可訾毀之。”如何？

答曰：“訾”讀爲“玆”，訓爲“思”。謂“思此則疾貧”，此鄭氏註，想朱子據此言之。饒說儘通，“訾”“玆”二音音“紫”，則當從饒說；音“玆”則訓爲“貨財”，亦通“貲”[二]。“訾”“貲”通用，《前漢書·景帝紀》“訾筭十以上”、司馬相如“以訾爲郎”，後漢張楷謂樊英“以不訾之身，怒萬乘之主”，皆是以“訾”作“貲”字用。己之衣服成器，毋以之爲貲財[三]，如《王制》“不鬻于市”之意，一說也。見他人衣服成器，不可便計筭其所直[四]，亦一說也。後一說頗說得尋常輕薄人之弊出，吾每每見人如此。此一句無甚緊要，既無先儒一定不可易之說，不如兩存而闕之。此句孔疏及諸家多略之，僅有嚴陵方惟夫慤、輔漢卿廣二家說。方曰：“衣服以致餙，成器以致用，苟區區言之，奢侈生矣。”此說近乎毀譽，然不分曉，得非訾有之道乎？然言之亦何害？輔曰："訾，慕望之也。位至衣服自備，祿至器用自周。"亦杜撰，無證據，無義味。

【校勘】

［一］題目以意擬補。

［二］亦通"貲"：貲，原闕，據文淵閣四庫全書本補。

［三］毋以之爲貲財：以之，原作"之以"，據文淵閣四庫全書本改。

［四］不可便計筭其所直：便，原作"使"，據文淵閣四庫全書本改。

弘齋跋《深衣說》[一]

問：弘齋跋尊舅《深衣說》謂魏靖齋克愚守徽日，始製深衣賜紫陽生，靖齋乃尊鶴山，精于九經疏義，是必合法；又謂讀文公《家禮》，有味焉，然習而不察，一仰成於縫人。曹公葢謂魏所製者合法矣，乃後來縫人轉相倣傚，遂至失真而不合法。竊謂文公《家禮》"深衣"一段，元不合法，靖齋依文公所言以製，使《家禮》不失，文公及改之，豈終于此而已乎？是皆後儒之責，非縫人之責也。其論爲的當，如何？

答曰：跋語寔未爲的，此意蘊之于中久矣，未嘗說出。今因賢甥問，吾去年抄衛民《禮記集說》，于《深衣》一篇，自謂考究詳且精，紛紛贅說多不抄，內有楊慈湖一段，可謂先得我心之所同然者。吕氏"小要"取名之說，亦祖述鄭氏《玉藻篇》註，非吕氏創爲之說。但鄭註"深衣"含糊可笑。楊慈湖曰："'短毋見膚，長無被土'，此言其縱也[二]。'續衽鉤邊'，此言其衡也。自旁而數之，衽居其端也。古之衽，今之襟也。深衣屬裳，則當續衣之衽，使之長與裳齊也。上狹下廣，其邊如鉤，言其旁曲也于體爲宜。《玉藻》曰：'衽，當旁'，此之謂也，康成誤釋之，穎達誤疏之，以幅爲衽。郭璞註《方言》，亦謂衽爲襟。"方氏曰："衽，襟也。與裳相續，故謂之續衽。"右二家之說已成二十餘年，後方見之，與鄙見不謀而合。

【校勘】

［一］題目以意擬補。

［二］此言其縱也：縱，原作"縫"，據文淵閣四庫全書本改。

鮑魯齋《天原發微》[一]

問：鮑魯齋著《天原發微》，先論太極，由太極有二氣，故動靜靜動之説次之。虚谷云動靜者，舉周子太極動而生陽，靜而生陰者對言之。陰陽有對待有流行，而理則無形。所以動靜者，陰陽之氣爲之也。謂太極含動靜，有動靜則可謂太極便是動靜則不可。黄勉齋謂太極動而生陽，靜而生陰，太極不是會動靜底。動靜陰陽也，氣也。所以圖解曰：動靜者，所乘之機也。“所乘之機”四字最難看。蔡季通嘗問朱子，“所乘之機”如何下得恁地好？朱子微笑，執事又引蔡季通“動而生陽，以上更不容言”，此十字尤精。論陰陽而求其端于動靜之前，論天地而求所以然于天地之外，此皆不容言也。靜動者，舉一歲流行者觀之，而見其動根于靜言之也[二]。有十月之坤，而後有十一月之復[三]，然坤非無陽，天之生意未嘗絶也。九月十月而薺、麥、蒜生，早梅、水仙花發，萬木葉落。一葉之本，各有一芽，枯而非死，此乃元貫四德。貞中有元，春貫四時，冬中有春，第風霜之凛冽者在外，萬物于兹歸根復命以避肅殺。龍、蛇、螻、蟻、蛙、黽、燕、鶯以蟄全生，則暖在土中。井泉不竭，則陽在地底，雖靜極而未嘗無動也。以此觀之，則王弼天地若以有爲心則異類未獲存之語[四]，不攻而自破矣，决當去之。鮑云朱子謂王輔嗣説與濂溪同，朱子已説過，亦未可少，先生皆以爲老氏諸論[五]，然乎哉。虚谷云，王弼曰：天地以本爲心者也。凡動息則靜，靜非對動者也，雷動風行，運化萬變，寂然至無，是其本矣。故動息地中乃天地之心見也。若以有爲心，則異類未獲矣。故回斷斷然非之曰：此老氏之説也。《易》乾卦之《彖傳》曰：乾元者，始而亨者也；利貞者，性情也。朱子曰：元亨是動，發用在外；利貞是靜，伏藏在内。又曰性情如言本體，元亨是發用處，利貞是收斂歸本體處。又曰天地之心别無可做，只是生物而已。又引“碩果不食”而爲説，曰：到冬時若無生意矣，不知此時却又收斂在下，每寔各具生理，便見生生不窮之意。朱子明言天地之心與生生不窮之意如此，而弼乃云寂然至無是其本矣，則是死殺了天地之心。木寔草子之在地中者，凍至死乎？既無凍死之理，則是有生生之意；有生生之意，則是天地以生爲心。其謂若以有爲心[六]，則異類未獲存矣，當一筆勾去。虛谷又云，周子曰，元亨誠之通，利貞誠之復。朱子曰，元者，動之端也，本乎靜貞者靜之質也。著乎動，一動一靜，循環無端，而貞也者，萬物之所以成始而成終者也。故人雖不能不動，而立人極者必主于靜。惟主于靜，故其著于動也。無不中節，而不失其本然之體矣。此執事先論動靜次論靜動也，即"通復復通"四字之異名也。但先論動靜次論靜動，其歸于坤也，意其必有所主。鮑答曰：乾元者，始而亨者也；利貞者，性情也。朱子曰：元亨是動，發用在外；利貞是靜，是收斂歸本體處。雲龍謂此與下段"通復"之意同。人能主靜而不失其本然之性，則動無不中其節矣。詳味此條，歸重"貞"字上。朱子曰：正者，貞之體也。謂之體，則體用一原之體，萬象森然已具之時。又曰：貞者，誠之復也。謂之復，即寔理歸藏在內如成之者，惟萬物各正性命是也。其寂然不動之時，即感而遂通之際。貞之前是利[七]，是動極而將靜之時；而貞之體即自利中來，故曰"利貞者，性情也"；貞之後便是元[八]，是靜極而將動之時。而貞之體即由元而見，故曰"乾元者，始而亨者也。"然則貞也者，其居動極而靜之終、靜極而動之始乎？動靜之間，以貞居之，程子以"正固"二字釋之，正即純粹至善，固則凝定有守。邵子曰：一動一靜之間，天地人之至妙。至妙者，此之謂也。周子曰：聖人定之以中正仁義而主靜，立人極焉。此時此際無欲故靜，而仁義中正粲然畢具于內。此所謂誠之復而性之貞也。果而確，至正而明達。以之酧酢萬變而一天下之動，則動自定中發矣，非所謂元亨誠之通乎？朱子曰：衆人具動靜之理，而常失之于動。愚曰：衆人動而無靜，靜而無動，物也，盖于貞固上欠下工夫。又曰：聖人全動靜之德，而常本之于靜。愚曰：動而無動，靜而無靜，神也。此聖人所以于貞靜之地而加之意焉。彬謂勉齋，所謂太極不是會動靜底，動靜陰陽也，氣也，三句有病。當云動靜，陰陽也，氣也。所以能一動一靜一陰一陽者，太極之理爲之也。鮑謂朱子謂王弼說"復"與濂溪同，必非朱子之言。王弼幽沈仁義，罪浮桀、紂。鮑宗周朱之說而又取王弼之說，是祖述堯、舜而憲章桀、紂也，其學不純正。虛谷提出"通復復通"四字亦誤，如何？

答曰：吾初在郡，於石梅林許見《天原發微》[九]，閱其目錄，太極下偏註云"元名冲漠"，嘗笑曰：如此不可知何年改今名太極乎？徐閱之，見其攬取議論，亦有不可少處，亦不易得。惜未見其全集，難爲剖判。太極者，本然之妙也；動静者，所乘之機也。太極如人，動静如馬，馬之出入徃來，人乘之，則如此《語録》中嘗説矣。細味之，自見勉齋鮑語之非，甥所指摘皆是。“元亨利貞，天道也；仁義禮智，人性也。”周子變禮智爲中正，仁屬元，義屬利，中屬亨，正屬貞，聖人定之以中正仁義而主静，主乎義與正之静，以行乎仁與中之動。葢體天道以爲用工之地，非是于貞上下工夫也。天道人性混言而無别，不可也。大槩鮑之語不精，徒泛濫而無歸宿。虚谷切磋之，一一皆是他不肯遽服義，又騁辨以應之。執迷處固全非，稍服者亦近贅。如甥所指“貞之前是利”一段欠精妥[一〇]，當云貞之已然是利，是動極而將静之時；貞之體，即自利中來；貞之將然是元，是静極而將動之時；貞之用，寔于元中見，是貞居動極而静之終、静極而動之始，此艮所以爲終萬物始萬物者也。至引周子“動而無動，至静而無静”來解文公之註，真贅矣！聖賢先儒所説，移一步換一形，有南北相遼而可引證者，有只隔一兩步而不可引證者，必能致廣大而盡精微，始玲瓏精透，殆難乎其人也。虚老其庶幾乎？

【校勘】

［一］題目以意擬補。

［二］而見其動根于静言之也：言之，原作“偏之言”，據文淵閣四庫全書本改。

［三］而後有十一月之復：有，原闕，據文淵閣四庫全書本補。

［四］則王弼天地若以有爲心則異類未獲存之語：若，原闕，據文淵閣四庫全書本補。

［五］先生皆以爲老氏諸論：諸，文淵閣四庫全書本作“之”，依康熙刻本

［六］其謂若以有爲心：若以，原作“以若”，據文淵閣四庫全書本改。

［七］貞之前是利：前，原作“後”，據文淵閣四庫全書本改。

［八］貞之後便是元：後，原作“前”，據文淵閣四庫全書本改。

［九］於石梅林許見《天原發微》：許，文淵閣四庫全書本作“所”，依康熙刻本。

［一〇］如甥所指“貞之前是利”一段欠精妥：前，原作“後”，據文淵閣四庫全書本改。

“朔易”二名[一]

問：《發微》有《辯方》篇。虛谷云，辨方者謂造化以北方爲首。朔易二名，龜蛇二物，罔冥二義，人身二腎，以明冬至子半前半月屬舊年，後半月屬新年。分一月而二之，亦見前段主靜之意。回謂執事之學稱揚子雲：者多，而參以邵子陰陽之間之見。然考之《先天圖》，萬化生于子。復卦之下，惟震之一畫見天地心。靜不終靜，靜爲動根，動靜、靜動間不容髮。執事謂合王、周、程、邵數說觀之是也，然王弼與《正義》不是吾儒學問，終可疑。又云冬至子半前半月屬舊年，後半月屬新年。夜半子時前四刻属昨日，後四刻屬明日，因而衍爲玄武、龜蛇之說。又謂正而固爲貞，有二義是也。然《堯典》“朔易”二字與東作南訛西成，並是一義。若謂西北方爲朔[二]，豈非《詩》所謂城彼朔方[三]。今云靈武曰朔方，在長安之西北，凡燕代長城以北，皆謂之朔漠。北方之首爲朔首，劉摯，東平府人，爲朔黨。古註，北稱朔亦稱方，言一方則三方見矣，北稱幽，則南稱明可知也。蔡九峯曰，朔方，北荒之地，今分西北爲朔，恐未安，謂朔易爲二義以配罔冥亦未安。朔指地之方所，易指事之更易，非二義也。伊川書解北方曰，朔方者，朔初也。陽生于子，謂陽初生之方也。平察終卒而反始，所當更易之事也。成今歲之終，又慮來年之始。如彼北方終其陰而始其陽，故曰朔易，此解極佳。方以所言，易以事言，終始二字尤佳。鮑答云，以地理方所言之，則曰北方曰朔方，以包涵義理爲言，則變文曰朔易。《堯典》三方皆言“東”“西”“南”獨不言北，而言朔易。三方皆言“平秩”，而獨此言“平在”。蔡九峯解“朔”字，謂萬物至此，死而復蘇，猶月之晦而有朔，既明其有二義矣。又解“易”字，謂冬月歲事已畢，除舊布新，所當改易之事。《月令》言數將幾終，歲且更始。程子又曰：北方，終其陰而始其陽。朔、易二字分爲二義尤明白。玄有罔有冥，釋者謂乾貞一德而罔冥二焉，謂冥當爲北，罔當爲中，正與朔、易相爲對待者也。此正固兩義。龜蛇兩物，人身兩腎，皆謂得于北方朔、易之象。因是推之，坎，北方卦也，亦兩義[四]。在《先天圖》本一坤卦在此，乾以九二之奇下入于坤六二之耦，于是成坎之象。兩合爲一，一又分兩。奇耦耦奇，生生化化，變爲十百千萬之不齊者，不逃乎坎精之兩。彬謂動靜無端，陰陽無始，動前是靜，陽前是陰，所以難截然界斷言之。造化以東方爲始，如夏時首寅，正論也。以北方爲始，如周殷首子丑。又推本窮原之論，亦可通。但謂朔、易爲二名，非也。又引《太玄》罔冥，尤非。伏羲畫卦，未嘗名之曰易，一曰《連山》，二曰《歸藏》，三曰《周易》。易之名始于周，然《周易》之名雖始于文王之彖卦，而朔易之義先見于帝堯之授時。其曰東作，即《易》所謂萬物出乎震。南訛即《易》相見乎離，西成即說言乎兌，朔易即勞乎坎，成言乎艮。西成三時，農事之成也。艮之成，四時歲事之成也。文公解易曰變易、交易、朔易，即今歲之終來歲之始，終始之間有交易之義。歲事將畢，除舊更新，有變易之義。朔以方言，易以人事言。方公盡之尚復肆辨，鮑所主者在玄乃差處。玄，黑色也。《老子》多言玄，取暗昧幽深之義。《書》言玄德，取幽潛之義。《易》言天地玄黄，以色言。今以之名其書，有何道理，只《太玄》之名便自可惡。楊雄學不識性，仕于新莽。朱子書曰莽大夫。楊雄死，其人其學可知。鮑喜談楊雄、王弼、京房，可見其學不純。末言坎卦，亦贅一兩奇耦之語，尤謬。

答曰：北方終其陰而又始其陽，如艮終萬物始萬物，是朔之一字自具二義，不是朔之與易二字分具二義也。不言北而言朔，如月晦而復朔，有終而復初之義。《記·禮運》或云皆從其初，或云皆從其朔。朔即初也。可見朔字自具二義，易字亦自具二義。易今歲之終爲來歲之始，凡兩年交界間所當變易之事是也。

【校勘】

［一］題目以意擬補。

［二］若謂西北方爲朔：朔，原作“域”，據文淵閣四庫全書本改。

［三］豈非《詩》所謂域彼朔方：域，文淵閣四庫全書本作“城”，依康熙刻本。

［四］亦两義：两，文淵閣四庫全書本作“二”，依康熙刻本。

“四遊升降”之説[一]

問：虚谷云：“地者，靜而不動之物”，故朱子詩曰：“隤然千古存”。鄭註《考靈曜》地有“四遊升降”之説，竊所未喻，關、洛諸儒並不言及。日行南陸則短，行北陸則長，南而北則短而漸長，北而南則長而漸短，日有黄道是也。《緯書》所傳恐當商略。又按四游之説，詳見《爾雅疏·釋天第八》末云："或遽理是寔，或搆虚不經"，似微詆鄭註，惟張横渠亦有升降之説。仁宗朝，太史局著《景祐新書》，論天體，削去四遊升降之説。鮑答云，張子曰："地有升降，日有修短。曰陽日上，地日降而下者，虚也；陽日降，地日進而上者，盈也。"又曰："一晝一夜之虚盈升降，則以海水潮汐驗之"，非四遊之説乎。朱子曰："四遊升降，不過三萬里，東西南北皆然。又以大盆盛水，以虚器浮其中驗之。四邊定四方。若器浮過東三寸，以一寸折萬里，則去西三寸，亦如地之浮于水上蹉過東方三萬里，則遠去西方三萬里。南北亦然。"然則冬夏晝夜之長短，非日晷出没之所爲，乃地之遊轉四方而然耳。鮑又謂天包地外，浮之以水。虚谷云："此語體認未至。"程子曰：地特天中一物耳，凡有氣莫非天，有形莫非地，未聞地之附乎水也。五行謂天一生水，而土者水之查滓以成地，天之形半覆地上半繞地下。苟如此，則天形之内，水居一半也。有天然後有地，有天地然後有五行，地固不能敵天之大水，亦不當過地之多。以意推之，天形之内皆氣運轉，其南北兩輪後高前下，乃其樞軸不動之處。其運轉者，亦無形質，但如勁風之旋，當晝則左旋而向右，向夕則自前降而歸後。當夜則自右轉而復左，將旦則自後升而趨前。運轉無窮[二]，升降不息，是爲天體，而寔非有體也。地則氣之查滓聚成形質者，但以其束于勁風旋轉之中，故得以隤然浮空，甚久而不墜爾。黄帝問岐伯曰："地有憑乎?"岐伯曰："大氣舉之。"亦謂此也。又曰：天之氣運轉不息，故闕得地在中間，如弄椀珠者，運轉不住，故在空中不墜，少有息則墜矣。當以此説爲是，如何?

答曰：此條所疑良是，見甥之學識進處可喜。四遊之説，平昔不信之。《朱子語録》此條可疑，非定説也，末所引二條却是定説。所疑水浮地之説，端的是如此，不必説有撑之者。孰綱維是，孰居無事而披拂是，莊子之論已及此。造化之機緘，必有主宰之者。但地端的至静不動，無水浮而移動之理。鮑老大槩好奇喜異，易曉易見者不信，必尋難曉難見者。虚翁之説皆穩當，横渠縱偶及四遊，亦何足憑。吾儕所信，理而已矣。多有雜書引孔子之言，可盡信乎。只《禮記》中載孔子之言，吾所不信者多。横渠之學，其所著述雖《西銘》極精粹，《正蒙》中間有極好處，亦有不可信處，不如二程之精粹者多，其可疑者，多是門人記錄之訛。

【校勘】

［一］題目以意擬補。

［二］運轉無窮：原脫，據文淵閣四庫全書本《天原發微》補。

元會運世之說[一]

問：《發微》有《歲會》篇者，元會運世之説也。虚谷云：劉道原《通鑑外記》謂開闢至獲麟二百二十六萬歲，分爲十紀，大率一紀二十七萬六千年。邵子一元開閉却只有十二萬九千六百年，彼何太脩，此何太短？且一元十二會三百六十運四千三百二十世。葢以一歲始終十二月測之，亦以一日一夜十二時，觀之以一歲三百六十日，推十二月自子至午始陽用事而春常治，自午至子始陰用事而秋常亂。專以氣數論，亦有此理。然氣數又繫人君轉移，修德用賢或當亂而亦治[二]，氣數不可泥也。若論氣數而無範圍彌綸，輔相財成天地之人，則生民之絶久矣。其所謂第三會始寅開物[三]，至戌會閉物，人物消盡，十二萬九千六百年，一半爲黑暗晦昧之時，誰得之目擊，而以意揣摩之，恐未必然也。故程子不肯學邵子之數。彬謂自子至巳爲息數，自午至亥爲消數，何可于此分先天後天，此鮑之妄説。《朱子語録》云堯舜時在午，今在未，看來天地今古大氣數極盛時已過了，宜其愈降愈下，不能及古治之盛。康節之説與道原不合。虚谷又述鮑氏之妄説云：京房卦氣，楊子因之爲《太玄》，邵子因之爲《經世》，回不以爲然。虚谷又云：前朝曆必書坎震離兑與夫群公卿大夫之名，于曆中七十二候亦書之，今曆皆去之。惟于一月之首書六候，亦不失爲曆。焦氏《易林》今傳于世，一卦變六十三卦，四千九十六占，其辭甚率然，京房得之以殺身，楊子又以艱深文淺易爲《太玄》，亦終至于敗名。京房病在于泥數而昧理，楊雄病在學老氏之静而不知動。邵子高妙，開物閉物之説，存之可也，不亦小待天地乎？詩云：“冬至子之半，天心無改移。一陽初動處，萬物未生時。”則冬至節十一月中，陽已復矣，六日七分之説必謂更隔中孚一卦六爻[四]，而後陽復如此，則康節詩不可用也。凡胷中一有滯凝，則道理不容不問。

答曰：劉道原之說，不知何所本，似茫然無統紀。邵子元會運世之說當可據，一元有十二會，一會有三十運，一運有十二世，一世有三十年，一年有十二月，一月有三十日，一日有十二時，大則爲元會運世，小則爲歲月日時，甚有統紀。《朱子語錄》中亦屢提掇，甚是其說。但謂寅開物，戌閉物，至戌亥會則人物亦消盡，是以天地造化爲有終窮紀極矣。記蔡西山有一段及此，或問戌閉物以後如何？曰：消極爲復息，無有終窮之理。此說則是天地又重開闢一番，今亦未見得確是如此。自堯舜至今不過三千六百餘年，未、申、酉、戌尚有四個一萬八千年，一治一亂相因，多少番覆，且寬心存此說在胷中，信之可也，不盡信亦可也。半明白半黑暗，如曰半治半亂，半好半不好云耳。前朝曆必書坎震離兑群公卿大夫之名，此正李溉圖之說，群公卿大夫似是杜撰。魏鶴山喜《太玄》，証之《朱子語錄》，甚笑雄之拙，真是不可行之書。

【校勘】

［一］题目以意擬補。

［二］修德用賢或當亂而亦治：修，原闕，據文淵閣四庫全書本補。用賢，原作“隆正人”，據文淵閣四庫全書本改。

［三］其所謂第三會始寅開物：寅，原闕，據文淵閣四庫全書本補。

［四］六日七分之說必謂更隔中孚一卦六爻：日，原作“月”，據文淵閣四庫全書本改。

道之大原出于天［一］

問：虚谷云：“道之大原出于天”，此董子語，疑尚有病。道，太極也。未有天，先有道。既有天，道在天中。及有地，道在地中。至于有人有物，則道亦不離人物之中。故曰：一物各具一太極。邵子曰：太極已見氣也，亦有病，則太極有迹矣。謂道之大原出于天，則是先有天，而後有道矣。原，本也。宜曰道者天之原。而天之形象、氣數、萬物，道之末也，器也。彬謂道猶路也，當初命此字，是從道上起意。人所通行，方謂之路。道之大綱，是日用間人倫事物所當行之理，衆人所共由者須是就日用人事上說，方見得人所通行之意親切。若就此推原來歷，不是人事上剗地有個道理如此，其根原皆自天來。故曰：道之大原出于天。此語似無可疵，如何？

答曰：道之大原出于天，此語自穩當，包涵無盡道理，無可瑕疵也。文公嘗引以解《中庸》首三句。觀子思自源頭說下來，率性之謂道，原於天命之謂性，豈不是"道之大原出于天"，不必引"太極生兩儀"爲證。道出于天，是下一截說話，天出于道，又是推上去上一截說話，兩不相妨。邵子此句可略。已見氣固非，未見氣亦不好。

【校勘】

［一］題目以意擬補。

太極北辰也[一]

問：《發微・天樞篇》引馬季良曰，太極，北辰也。虛谷曰，苟如此，則太極有此北辰之可指，涉於物矣，涉于氣矣。周子無極太極，恐未有此北辰也。彬謂以北辰爲天極則可，謂太極爲北辰則不可，如何？

答曰：北辰北極，天之樞也。如何生兩儀天地，如何是北辰生日月四時五行十二月二十四氣，如何自北辰而生他。尚曉北辰不破。周天三百六十五度四分度之一，運轉不停，而以南北極爲樞，兩頭如樁局定不動，以幹旋十二辰二十八宿之運動者也。如磨然，亦如射糖盤子。然謂磨齒之數百路，射糖盤子之百數十黑點，自內之磨心與盤中樁子而生，可乎？

【校勘】

［一］題目以意擬補。

西山《夜氣箴》[一]

問：虛谷云：西山《夜氣箴》亦是偏見。本是戒衽席之欲，參之《孟子》本旨則全失之。旦氣晝氣夜氣者，以爲旦晝梏亡太甚，則雖有夜氣亦不足存。人須於旦晝應酧之際，省察克治，爲善而不爲惡，然後暮夜休息又加存養，而其氣愈全，又足以爲平旦清明之助。乃若小人終日爲非，而望其於暮夜收拾悔艾，則本然之真已流蕩忘返多矣。一榻偃臥，身心雖逸，其何以救之。故西山婦翁楊圭辨所作爲不然，有王敬岩珌爲說以闢之，如何？

答曰：《孟子》正意，朱子盡之，西山豈不曉而過爲是《箴》哉。正爲沈酣富貴之人荒耽色慾，于色易縱，故特出己意，發《孟子》意外之意，而於《孟子》本旨寔互相備而無相妨也。楊、王、方三公之論，皆執《孟子》本意以非之，過矣。西山《大學衍義》中亦載此《箴》以獻理宗，但截去後數語自砭處。蓋以自玉者玉其君，芹其上明，謂於《孟子》本旨若相違而寔相成。凡《孟子》本旨皆該括備盡，可謂盛水得住，無點滴滲漏，不須過疑。

【校勘】

［一］題目以意擬補。

大衍之數[一]

問：大衍之數。

答曰：天一至地十共五十五，河圖之全書也。取其中之天五乘地十，而得之爲五十，是五數大而衍之，此大衍之數也，只當如此說。按，《朱子語錄》"問大衍之數"曰："天地之數五十有五，虛其中金木水火土五數，便只五十。又虛天一，故用四十有九。此一說也。三天兩地，便是虛去天一，只用天三對地二爾。又，五是生數之極，十是成數之極，以五乘十，以十乘五，亦皆五十。此一說也。又，數始于一，成于十，十衍之而成。十大衍之，成五十。此又一說也。數家之說，皆不同《本義》此說。某自謂却分曉，按《本義》云：'大衍之數五十'，蓋以河圖中宮天五乘地十而得之，其說不過如此。"文公自謂分曉者，蓋苦上三說之費力也。《語錄》又云："河圖五十五，是天地自然之數。大衍五十，是聖人去這河圖裏取那天五地十衍出這個數[二]。大槩河圖是自然底，大衍是用以揲蓍求卦底。”愚謂河圖全數五十五，而大衍只用五十，於全數中除却五，便是五十。此說自直截，但全解“大衍”字不通。內五數，以五乘十爲五十，此《本義》之說，極穩當。但當初若云大乘數則妙，云大衍數亦欠通。竊以爲河圖全數皆自內五數而生，一得五成六，二得五成七，三得五成八，四得五成九，五得五成十：是內五數者，乃一二三四，生數之極；而六七八九十，成數之本也，宜其以此中宮之數，而衍之至于五十歟？一，數之始。十，數之終。一數小衍之成十，五個一大衍之成五十。如此，則五十五中挑五數，以爲大衍之本，衍之成五十，以爲大衍之成。如此說，然後方周備細密，有情有理，有味有據。康節云：“陽數，一衍之爲十。陰數，二衍之爲十二。”此說證吾之説，極妙。

【校勘】

［一］題目以意擬補。

［二］是聖人去這河圖裏取那天五地十衍出這個數：後一“這”字，原作“只”，據文淵閣四庫全書本改。

虛谷解“左右順逆”［一］

問：虛谷云：“‘左右順逆’四字，以意爲之解數往者順，知來者逆，只先天一圓圖盡之，不必如邵子所說‘已生之卦’‘未生之卦’，反爲人纏繞也。《易》中‘往’字有二義：有已往、方往。已往之往，‘告諸往而知來者’‘寒來則暑往’是也。方往之往，‘利有攸往’‘不聞往教’與‘數往者順’是也。自子順數至亥，是往是順。自亥逆數至子，是來是逆。”此說如何？

答曰：“數往者順，知來者逆，是故《易》逆數也”三句，在“天地定位”至“八卦相錯”之下，是結上五句。乾南坤北者，天地定位也；離東坎西者，水火不相射也；兌東南對艮西北，山澤通氣也；巽西南對震東北，雷風相薄也。此正是伏羲八卦之位，因而重之爲六十四卦，亦不過如此，即先天六十四卦圓圖之位也。起震而離而兌而乾，數已生之卦也，故曰“數往者順”。起巽而坎而艮而坤，推未生之卦也，故曰“知來者逆”。

《易》之生卦，則以乾兑離震巽坎艮坤爲次序，皆是逆數，故曰“《易》逆數也”。邵子如此說，朱子解《易》亦同，極爲明白平正順易，初不見其纏繞也。“徃”對“來”言，正是已徃對未來，不比單言“徃”者，如“利有攸徃”單言“徃”，如此何謂之方徃之徃？自子順數至亥，且做是“數徃者順”，由一陽至六陽，六陽至一陰，又自一陰至六陰，可以如此言，有情有理。自亥逆數至子，是“知來者逆”，何必自亥逆數至子？將來作何用？無情無理，又如何解下文“《易》逆數也”四字？全推不去。方公此說不可行也。由乾方生兑，由兑方生離，由離方生震生巽坎艮坤，皆是未生之卦，皆是逆推。今先天圓圖中分六十四卦爲兩段，左邊由一陽而六陽，震離兑乾皆是已生之卦，比之乾一、兑二、離三、震四却倒了，故曰“數徃者順”。數已生之卦爲順，如自今日而說昨日前日，此之謂“數徃”。右邊由一陰而六陰，巽坎艮坤，皆是未生之卦，其于巽五、坎六、艮七、坤八却不倒，故曰“知來者逆”。推未生之卦爲逆，如今日而逆說明日後日，此之謂“知來”。作如此說，則解得“《易》逆數也”分明，此四字又是總論六十四卦横圖之序也。如方公之說，不特自亥逆數至子用不著，“《易》逆數也”尤用不著。不應《易》只是逆數自亥至子，全不順數自子至亥乎？只以《本義》六十四卦横圖及圓圖觀之，便可見矣。蔡節齋曰：“已徃者，數之而已，未來則當有以知之。順者，馴也，馴其舊迹。逆者，迎也，迎之于未形，如逆料之逆。”按，古註韓氏及繫辭精義中，張横渠、尹彦明、吕與叔及楊誠齋此五家解“數徃”“知來”“逆數”三句，只泛泛說占《易》之事，全不兼上文“天地定位”以下解之。如今鍾學古之徒，筭命知未來事之類甚淺近，全不及先天圓圖、横圖。此“知來者逆”與“極數知來之謂占”全不同，“知來之謂占”是說占卦時事，韓張之徒之說只說得“極數知來之謂占”，渾同說了。殊不知此三句是結斷自“天地定位”以下五句也。方公謂“性理看得好處，自不可及”，杜撰如此樣者，又可笑。

【校勘】

［一］題目以意擬補。

復見天地之心[一]

問：虛谷云：《易》曰："《復》，其見天地之心乎！"程子曰："一陽復於下，乃天地生物之心乎。先儒皆以靜爲見天地之心，蓋不知動之端乃天地之心也。"又曰："復卦，非天地之心也。"復則見天地之心，與周子、邵子之說各不同。周子於坤上說靜，專言靜也。邵子以坤、復二卦言靜動，兼乎一動一靜之間也。程子謂動之端言天地之心，尤有功于學者。第靜非對動，王弼之說不然也；寂然至無，尤不然也；動息地中，乃天地之心見，又大不然也。如謂動息地中，則生意絶滅，龍蛇蟄而身亦死乎？草木落而根亦槁乎？天地以生物爲心，惟恐其不生也。故陽氣潛乎地中，震雷伏于地下，皆生物之心也。彬謂人心是有心之心，天地是無心之心，明道曰天地無心，而成化聖人有心而無爲。

答曰：謂天地無心乎？天地却無作爲，惟以生生萬物爲心，是不可以無心言也。謂之有心乎？却又不比人心有思慮、有計較，雖以生物爲心，而實大化流行，自然生生，只做得無心之心。天地以生物爲心，動之端乃可以見天地之心。此二句切實，"無心之心"四字精妙更說不去矣。靜極而動之端乃天地之心所發見也。程子之說最切。

【校勘】

［一］題目以意擬補。

北辰北極天之樞[一]

問：虛谷云：北辰天樞前面運轉乃專言北斗，何也？朱子云：北辰無星，在北極星內一度有半，爲天地之樞軸。從古人以北極爲北辰，使果然，則一星可也。石申謂有五星，而執事又云六星，當從朱文公說修改，求歸至當。鮑氏云：極，中也，至中。四面星辰環向，至北而極，故曰"北極"。北極之外，又胡爲有北辰乎？朱子云：北辰是那極星邊中間無星處，些子不動者是也。恐人認北辰不得，所以就其旁取以小星以爲表識[二]，而謂之“極星”爾。人能認得極星，則知北辰之所在矣，以其居中，故曰“北極”。以王國譬之，帝都即北極也，天子即北辰也。太一有常居者，即天子所履之位也，名雖異，而端居其中，一人而已。即此說可以破衆說之混淆。北辰與北斗大不同，北辰自是天之一星，以爲萬化之樞紐；北斗，乃是天之七星，以爲四時標準。北辰在紫宮中天極之內一度有半，爲天心不動；北斗七星，《晉史》謂太微之北，日與斗建，常相推移于上，自是不同。北辰，居天心而握樞紐；北斗爲帝車，而運轉乎中央。《傳》曰：北辰，大辰天心也。辰居天心，而衆星拱。北斗爲天喉舌，斟酌元氣，運乎四時。一南一北，而萬物之死生，分一歲十二月辰而建[三]，指之以爲日月星辰之佐使，而北辰則居中無爲也。

答曰：朱子《論語集註》云：“北辰、北極，天之樞也。”此語明的可據，以北極解北辰，以天之樞中言之無北辰、北極之分也。以其在北而居中爲標準，故曰“極”。北與南對，樞軸相當，故此曰“北極”，而彼曰“南極”。以其在中宮，天極星處其最中[四]，而不動處則正無星而爲天壤，故曰“北辰”。指在北辰邊一星爲記認，故曰“極星”，即《天官書》所謂：“中宮天極星，其一明者，太一常居也[五]。”故北辰即北極，不必分爲二。若北斗則自是北斗，與北極了不相關。《爾雅疏》，邢昺所作全非，方公却取之，以北斗解北辰，自是紕繆。雜斗杓所建以言北極、北辰，亦不免于糾紛不瑩潔也。斗之魁，亦曰“天樞”，名雖與北辰之天樞同，而寔不同。北辰之天樞，乃三百六十五度，乃三辰五緯十二次二十八宿之樞紐，若斗魁不過斗之樞耳，决不當以斗之樞來混北辰之天樞也。《文公語錄》數條，祝宗道采在語錄附，譬如《北辰》章自好看，內亦有“蔡季通問難”一條，問得難曉，答亦不分曉，末句幾點不得，姑闕之。

【校勘】

［一］题目以意擬補。

［二］所以就其旁取以小星以爲表識：以，文淵閣四庫全書本作“一”，依康熙刻本。

［三］分一歲十二月辰而建：月，原作“卜”，據文淵閣四庫全書本改。

［四］天極星處其最中：極，文淵閣四庫全書本作“樞”，依康熙刻本。

［五］太一常居也："居"字後原衍一"是"字，據（漢）司馬遷《史記·天官書》删。

六日七分之說[一]

問：虚谷云："'七日來復'，正是自午至子，七月而陽復。聖人崇陽抑陰，故于夏至不言。京房六日七分之說，以爲曆法，則誠巧矣：除四卦，分二十四氣節，餘六十卦，多得六日七分。恐伏羲、文王、周公之《易》無是也。六日七分而冬至陽復，其餘皆六日七分而交一卦，恐于《易》道無相干涉。漢上獨取之，有漢上《易圖》兩大册，其中《卦氣圖》可改，似當著論以明其不然，譬之《參同契》借《易》以言鉛汞，於《易》本指不切也。"

答曰：六日七分之說，嘗傳得李溉一圖，兼虚谷《易說》十篇中一篇專論此，甚非之。"七日來復"，只當從朱子說。所謂六日七分者，是于六十四卦中挑出震離兑坎四卦，分管春夏秋冬，每卦六爻，四六二十四爻，分屬一年二十四氣：震之初九爲立春，六二爲雨水，六三爲驚蟄，九四爲春分，六五爲清明，上六爲穀雨。離初立夏，離上大暑。兑、坎倣此。外六十卦有六六三百六十爻，一爻當一日，一卦當六日。然一歲寔有三百六十五日四分日之一，是三百六十日外，有五日四分日之一無安頓處，故以一日分爲八十分，五八該四百分，又四分日之一該二十分，通計五百零三個時有四百二十分。遂以一卦主六日零七分。七分者，八十分日之七也。積一歲三百六十五日四分日之一，而後六十四卦一周焉。今年冬至至明年冬至，整是三百六旬零五日四分日之一。强以私意將全《易》來或去或取，將三百六十五日四分日之一來碎分，强附于六十卦，有何意味？以吾觀之，此等筭術，天地間自可無也，况于說《易》尤不必分毫及之。且說曆法，誠不用六日七分之說，于曆何關？京房以是言災異，亦如漢儒以《洪範》五行言災異耳，此漢儒之蔽，聖賢本無是也。漢上乃朱震，字子發，說《易》而主此，可厭可薄。以卦氣配十二月，復、臨、泰、大壯、夬、乾、姤、遯、否、觀、剥、坤十二卦外皆鑿說。六日七分，方公以爲巧，愚未見其巧也，秪見其牽合穿鑿、無稽無根爾。吾平生學問，是是非非，無依違苟且，當排闢者，必嚴排闢也。

【校勘】

[一] 题目以意擬補。

兩儀四象[一]

問：《發微》有《觀象》篇者，以日月星辰爲四象也。虚谷云："似與朱子所載邵子畫卦次序老陽、少陽、老陰、少陰不同。四象之初，只是陰陽老少，揲蓍則有七八九六。在天爲陰陽老少，在地爲剛柔太少。而陰陽太少，不止日月星辰，在一歲則春夏秋冬、暖熱寒凉，在一日則子午卯酉，旦晝暮夜，前輩不識畫卦次序，不識陰陽老少四象，但兩儀只是一陰一陽，兩個儀兩畫是也，象者擬左陽右陰，畫在地上耳。"

答曰："四象"正名正字，只是"兩儀生四象"爲祖。下一畫爲兩儀，一分爲二也。加中一畫爲四象，二分爲四也。又加上一畫爲八卦，四分爲八也。邵子爲《經世衍〈易〉圖》，又與本旨不同：于下一畫《易》分爲二、指爲兩儀者，註其處曰："動、靜。"于中一畫《易》分爲四、指爲四象者，註其處曰："陰陽、剛柔。"于上一畫《易》分爲八、指爲八卦者，注其處曰："太陽、太陰、少陽、少陰在右邊陰陽上、少剛、少柔、太剛、太柔在左邊剛柔上。"蓋以動者爲天，天有陰陽，陰陽之中，又各有陰陽，故有太陽、太陰、少陽、少陰。而太陽爲日，太陰爲月，少陽爲星，少陰爲辰：是爲天之四象。日爲暑，月爲寒，星爲晝，辰爲夜：四者，天之所以變也。靜者爲地，地有剛柔[二]，剛柔之中，又各有剛柔，故有太剛、太柔、少剛、少柔。而太柔爲水，太剛爲火，少柔爲土，少剛爲石：是爲地之四象。水爲雨，火爲風，土爲露，石爲雷：四者，地之所以化也。此邵子《經世》之四象，與《易》之四象實不同。《易》之四象在兩儀上，《易》只分老陽、老陰、少陽、少陰，陽即剛也，陰即柔也。《易》中有言：剛柔處，不過陽剛陰柔而已。《經世》天之四象、地之四象在《易》之四象上，正爲八卦處，以八卦分爲天之四象、地之四象，此又别一說也，略本乎《易》而實不泥乎《易》。據邵子所見，以之推天地造化萬物萬事之變化，他自深有得于此，後學只姑據其說以觀之，其作用推測之妙，不能知也。四象本說，只當以伏羲畫卦之圖、孔子解《易》之說及揲蓍求卦之數爲本，若敷演之說如邵子天地之四象，自是形象之象，與尋常說天象、物象通。一卦爲大象、分六爻爲小象之類，與《易》本旨之四象不可混同爲說也。鮑氏全書吾所未見，不知他本說如何，據方公闢之之說，似只及日月星辰天之四象，而不及水火土石地之四象，于《易》之四象固不合，于《經世》之四象，亦舉一而廢一。鮑若只及天之四象而不及地之四象，則又是一件大差錯，雖方公亦有闕遺也。天有日月星辰，地有水火土石，天之日即地之火，天之月即地之水，天之星即地之石，天之辰即地之土。日月與水火合自不必說，天星隕地，必化爲石，辰爲天壤，天上日月星之外皆爲辰，地下水火石之外皆爲土，天壤者，天之土也。水火土石包了五行：石包金，土包木，此邵子之微意。若以土生金、土蓄育草木論，則土自包金、木，亦好。

【校勘】

［一］题目以意擬補。

［二］地有剛柔：有，原脱，據文淵閣四庫全書本補。

陳同父抱膝齋葉水心題詩[一]

問：《陳同父抱膝齋葉水心題詩》二首曰："昔人但抱膝，將軍擁和鑾；徒知許國易，未信藏身難；功雖愆歲晚，譽已塞區間。今人但抱膝，流俗忌長嘆；儒書所不傳，羣士欲焚删[二]；譏訶致囚箠，一飯不得安。珠玉無先容，松栢有後艱。內窺深深息，仰視冥冥翰。勿要兩髀消[三]要字未的當，且令四體胖。徘徊重徘徊，夜雪埋前山[四]。

答曰：抱膝隆中高吟梁甫、諸葛武侯事也。同甫以武侯自擬，故以名齋，亦嘗求詩于朱子。朱子正與辨王霸答書云："若于此有得，即是一篇不押韵，無音律底好詩"，竟不爲作。水心此詩後一截直指同父。同父嘗兩下天獄，其一是人以大辟罪囚誣之；其一是自以酒狂爲僭妄事，爲人所告。古無這般豪傑，亦不足言也。

【校勘】

［一］题目以意擬補。

［二］羣士欲焚删：欲焚，原作“欲楚”，文淵閣四庫全書本作“遭夷”，據（宋）葉適《水心集》卷六《陳同父抱膝齋二首》改。

［三］勿要兩髀消：勿，原作“幼”，據（宋）葉適《水心集》卷六《陳同父抱膝齋二首》改。

［四］夜雪埋前山：前，原作“後”，據（宋）葉適《水心集》卷六《陳同父抱膝齋二首》改。

程懷古之文[一]

問：虚谷云：程懷古珌之文之四六，今晚輩或得而議之。曹弘齋云洺水文尊重，局量大，好處極高，乃其天才之不可及處，而極不好處不少，多有容易塌颯處。彬謂洺水文有無體製者，嘗見其文有一節云：“乾坤列而道闡，聖賢出而道明，器鉅者其聲宏，量淺者其詞薄，才儁而言卓，德厚而言淳，氣餒而言卑，道長而言遠，表裏符，華寔貫，斷斷不誣，其可揠而長之哉！”

答曰：先人嘗雜録《洺水詩文全集》，未之見。見其撰《許兵部墓誌銘》可恠之極，懷古之建寧遺彈，文云程珌“學無師承，文無法度”，此八字良是其天資高，筆端儁，但無根本，力量淺。所説六句，欠摽撥分曉純粹，然逐句看亦自精[二]，其海棠古風意亦佳，但辭多俗。

【校勘】

［一］題目以意擬補。

［二］然逐句看亦自精：精，原作“是議論嘗記”，據文淵閣四庫全書本改。

饒氏《四書講議》[一]

問：饒雙峯有功于朱學，有發明極好處，亦有拘處，其大可恠。入閩回，過邵武，守邀講《尚書》“人心惟危”至“允執厥中”一節妄改朱子之言以非朱子，殆不可曉。

答曰：饒氏《四書講議》内多有好處，亦多有可非處，如朱子補《大學》“格物致知”章渠，發明其意甚精密。末一段却疵朱説，改其文，似是兩人所爲，吾嘗疑其人有心疾。清明在躬時説得好，其非改朱子之説，乃心疾發作時，不然何故？如此紕繆，自相背馳。晚年自號饒聖人，真心恙矣。

【校勘】

［一］题目以意擬補。

虚谷詩自注[一]

問：虚谷詩云：“玩透羲爻未畫前，今時天即古時天。回空其庶亦其庶，軻死不傳焉不傳？積憤淫傷詩未削，暗籌微婉史誰編？繼周百世民彝在，豈爲興亡有變遷！”虚谷自註云：“《原道》曰：‘軻之死，不得其傳。’然洛濂至朱文公七君子從祀孔庭，乃得其傳，則文公之後，未可知也。顔子惟不仕大夫之家，一瓢忍窮，以得聖道，未可以來世無斯人。夫子謂其或繼周者，百世可知也。當周之未亡而爲此語，有興必有亡，所不諱也。有物必有則，豈以興亡而改哉？知乎此，則近世不平之事：文衰詩落、淫褻悲傷，將不復變而雅乎？一代未修之史，弑奪專權之大惡、權姦、宦寺、戚里、女謁相與亡國之大罪，將終于不明乎？以斯道之不傳而復傳者觀之，則有志之君子，亦不必熱中扼腕，爲是皇皇然也。‘噫！斯民也，三代之所以直道而行也’，即此意。”詩第三句，莫測其意。

答曰：八句只第三句意晦。“回空其庶”指顔子，“亦其庶”似是自謂，然又不當得如此。莫是“回空其庶”本回也，其庶乎屢空？下“亦其庶”本顔氏之子，其殆庶幾乎？此亦一其庶也。再三玩味自注之語，謂顔忍窮以得聖道，未可以來世爲無斯人，則其自有担當之意，前所料當已得之。愚按，虚谷至元庚寅、辛卯間嘗作理、度、德三帝紀，又作一二百大賢、大不肖傳，以爲後世修史者張本，不致是非混淆。理宗十六相，庚寅年已成，其度宗三相葉、江、馬亦已成。史彌遠、鄭清之、丁大全、賈似道痛論其罪，程訥齋、馬碧梧二公婉其辭回護之，亦只書履歷。如羅鄂州之志新安先賢真西山、魏鶴山、洪平齋、趙昌甫、劉漫塘、趙澗泉、方秋厓諸賢，發揚不容泯。《景獻傳》《濟王傳》及徐元杰以下六傳，朱文公别爲一傳，詳書其事件于後，而裒集其門人次序之；江西二陸、四明四先生爲一傳，而枚舉二陸文集與文公牴牾[二]，以摘其非；《葉水心傳》枚舉其文集之畔道詆文公者，與之辨；《劉後村傳》舉其詩文之陋而佞諛者，皆附傳後。此詩大率以後之顔回自居，以繼孟氏絶學自任，近世詩之不古，渠能振之，史之未作，渠能作之，其意不逃所自註矣。

【校勘】

［一］題目以意擬補。

［二］而枚舉二陸文集與文公牴牾：牴牾，原作“出氣”，據文淵閣四庫全書本改。

卷　八　勤有堂隨錄

共三十三則

學者規模貴大，工夫貴密。規模不大而工夫徒密，則狹隘而無以受道之廣大；工夫不密而規模徒大，則踈略而無以造道之精微。譬如一片屋，間架大矣而無門無壁，是何等屋；裏面雖繪飾極好，而間架卑陋，又何足取？

學者少年不要十分英發，如王弼注《易》，固自不是，然亦不易，僅二十四歲而死。晉時人只一句說得好，便見稱于世，其清虛無寔也如此。

陳安卿當爲朱門第一人，看道理不差，其文字純正明暢，黃直卿、李方子多有差處。

方虛谷自稱子方子，此習於世俗而不考古人之過也。取何休《公羊傳注》一看，則不敢下矣。爲趙某作《翠侍題詠序》，稱其人爲子趙子，他亦何敢當！朱文公只稱子周子、子張子、子程子，別稱何人？

江事天頗有見識，但平生有一件不是，見土木偶直溺之。程子謂凡有人形者，皆當敬之，豈可如此？能不信他便好了。

真西山之學，自詞章成後，方用力于性理。

《關尹子》書乃三國六朝以後人託爲之，竊《老》《莊》之近似，而雜之以術數之小巧者。其說亦有可喜者，有一節云："人之少也，當佩乎父兄之教；人之壯也，當達乎朋友之箴；人之老也，當警乎少壯之說。"老警乎少壯之說，他書之所罕言。人之老也，智慮有昏耄之漸，豈可恃其年高而忽少壯之言哉？師老成，此爲少者言之；警少壯，此爲老者言之。

江古心《江東漕司勸農文》有云："良農竭力盡分，勝如士大夫文貌虛僞。"此語深可喜。

人之情僞無限，只如吕成公所謂"彼之詐雖萬而不足，我之誠守一而有餘"，又如孔子所謂"不逆詐，不億不信，抑亦先覺者，是賢乎"。要說先識破他。

程文簡公泰之大昌，窮經考古之學極高，乃姪正惠公從元卓之文固善，官至同知樞密。

胡季隨學于朱子，讀《孟子》"至于心獨無所同然"一句，朱子問如何解，季隨以所見對。朱子以爲非，且謂其讀書疎莽，季隨苦思成疾。要之亦不必如此。且丢下在此，别去理會，或可因彼而明此。

世俗相襲稱朱子爲文公先生，繆甚。文公自是謚，下面如何添得"先生"字？晦菴先生可也。

今人多是外有餘而内全無，虛驕輕剽，若此者不可學。其高于我者當學之，溫、良、恭、儉、讓都要學，切不可謂能動筆便自負。大抵自下者，人必高之；自高者，人必下之。

士不可以不弘毅，作下工夫說，虛谷把作氣質說，誤矣。

今人多就皮膚枝葉上用工，雖曹弘齋亦然。後來于本原上用工，終不甚深厚。此公天資高，虛谷又是一樣宏濶之高。弘齋于時文一邊見滋味深，陳了翁稟天地間純剛至正之氣，躬行過于致知，作詩似非當行。

弘齋每歸休寧，其族人爭相留欵。公曰："喫無錢之酒食，害有益之光陰。"遂亟去。

學朱子之學，而精到似程勿齋者甚少。此公才質鈍，只是勤。其文字頗絮煩，學問精到，絮煩得好。

範稱發名起，居休寧，自號尺山老人。著《井觀雜說》，多不足取，姑摘其中二條于此。曰："古者有兩子我。太史公曰：宰我爲臨菑大夫，與田常作亂，以夷其族，孔子恥之。《孔子家語》同辭。《家語》後《史記》出，想孔猛作家語、王肅註家語爲司馬遷所誤耳。"按《左氏傳·哀公十四年》闞止、子我事齊簡公，與陳恒爭寵，属徒攻公宫，不勝被殺。夫宰予在聖門雖累遭訶斥，然而言語居四科之次，與子貢並稱，必不至弄兵君側，以速大禍。况子路及難，夫子且哭問拜吊，至于覆醢齊之亂，夫子請討，《魯論》

與《左氏》備載顛末，今子我身戕族夷，禍踰子路，而無一言及之，豈聖人師生之情，獨藐于子我哉？假使不悲其死，亦當有以責其死矣。然則王肅受誤于孔猛，孔猛受誤于太史公，而太史公受誤于子我之名歟？班固以文直事核史遷贊，博物洽聞劉向贊許之，在愚其敢輕訾？然尚論古之人者，不知其人可乎？

柳子厚《漁翁》詩："漁翁夜傍西岩宿，曉汲清湘然楚竹。烟消日出不見人，欸乃一聲山水綠。"南城童宗《說音》註："欸音襖，乃音靄。"新安張敦頤《音辯》亦無異說。今按《玉篇》《類篇》《廣韻》《集韻》，"欸"從"矣"，從"欠"，倚亥反，相應聲也。乃，曩亥反此字之本旨，語辭也，皆無襖靄音者。文簡程公《演繁露》謂："舟人于歌聲之外，別出一聲，以互相其所歌，今徽、嚴間舟行，猶聞其如此。"若然，則倚亥、曩亥二反，正似舟人相歌之聲，又何必于篇韻外特創二音而後爲得耶？

方虛谷文云："學者臨川而四明，文也永康而東嘉。"臨川，撫州郡望。陸象山，撫州人。象山之門人慈湖楊簡敬仲，四明人。四明，明州慶元府也。陳亮同甫，婺州永康人。葉水心，溫州人，溫州郡望東嘉。水心雖非同甫門人[一]，然亦與之游從。同甫之墓，水心銘之。有云："我覺子覺，詆濂喝洛。黄直卿、李敬子之守可移乎？"象山之學寖流爲禪，專以覺悟訓學者。以我之覺期子之覺，而詆斥濂溪周子、伊洛程子之學，有禪家呵佛罵祖意。黄榦字直卿，李公謹字敬子，皆朱子門人上足，能守朱子之學，而不爲象山所移者也。其餘同門，亦間有爲所移者矣。水心自建康帥閫病歸，不復出，大肆力于碑銘記文，四方甚重之。陳筠牕名耆卿，字壽老，吳荆溪名子良，字明輔，二人皆宗水心爲文，雖奔走其後而追之，終莫能繼。此見乾淳間有此樣學問文章，皆不以正理爲主者也。

所謂稺變而來，老化而去。天地間萬形，皆自無而變爲有，自有而化爲無。物之稚者，自無變有而來；物之老者，自有化無而去。來，生也，至而伸也；去，死也，返而歸也。此八字括盡人物死生始終之理[二]。

程泰之《禹貢圖》，不愜人意，不能使人一見了然。其所指山水地名，徒添出後來者，愈使惑亂，可無此圖[三]。

《夷堅志》，乃容齋洪景盧邁，又號野處，謚文敏公借以演史筆，虛誕荒幻，明明如此。今謂《莊》《列》爲虛誕荒幻而廢之，可乎？此二字出《列子》"夷堅聞而志之"一句，謂未嘗見其事而記之耳。"夷堅"，即

《左傳》中所謂“庭堅”，即皐陶也。凡三十二志。趙與時《賓退錄》述其序意甚詳，說“夷堅”二字亦一序[四]。今坊中所刊廛四五卷，後面多有益于人，不盡荒誕，惜無本子。

弘齋文字中屢用“軼”字，嘗面問之。云：“滿字之意。”問所從來，云見人用之，却不言何人。按《左傳》：“彼徒我車，懼其侵軼我也”，乃車相踰過之意，未見滿字之訓。既未知所本，不如勿用。愚按“軼”字，亦、疊、轍三音，《莊子》：“奔軼絶塵。”楊子《河東賦》：“軼五帝之遐邇”“王褒有軼才”。東坡《始皇扶蘓論》：“鞅自以爲軼堯舜而駕湯武。”洪光弼皓《中和堂記》：“今天子紹開中興，遠軼孝宣。”皆超過之義。所謂土然而居，恐只是塊然而處之意；風然而休，恐只是韓文其去也風休之意。乃是以死字、寔字作活字、虚字用之，然大奇矣，不可爲法。

劉辰翁，字會孟，號須溪，江古心之愛友。文字有好議論，惜無全篇純雅者。其學不自朱子來，是其天資高，後來漸漸迂僻。如註杜詩，多說得迂晦，教人費力解說，可怒[五]。其人好怪，父喪七年不除，以此釣名。

楊誠齋亦間氣所生，何可輕議。其詩文有無限好語，亦有不愜人意處。文過奇帶輕剽處[六]，蓋自莊子來。

程文簡公《易老通言》，光宗喜《老子》，此書投合光宗。其强合處節去，其單解《老子》處自好。

文所以明理，必明理然後能作文，必講學然後能明理。講學當于何下手？不出乎讀六經、四書而已。六經非大儒不能盡通，初學且先通一經；四書亦當讀之有次序。文公定法，先《大學》，次《語》，次《孟》，末及《中庸》，今皆當按此用功精熟。以看四書，窮一經，然後讀官樣典雅程文以則倣之，又求之古文以助其文氣，曉其文法，雖大儒教人，亦不過如此而已。

《論孟集註》，只在熟讀精思，貫穿透徹而已。先且要記得一部四書在我胷中，不靠印本，提一段首句，便衝口念得下面細字，然後却問自得之妙。所謂自得之妙，在各人自得，談不容聲[七]，難以語人也。

黄山谷云：“由杜子美以來，四百餘年，斯文委地，文章之士，隨世所能，傑出時輩[八]，未有升子美之堂者，况室家之好耶？”予嘗欲隨欣然意會處，箋以數語，終以汩没世俗，初不暇給。雖然，子美詩妙處，乃在無意于文。夫無意而意已至，非廣之以《國風》《雅》《頌》，深之以《離騷》《九歌》，安能咀嚼其意味，闖入其門耶？故使後輩自求之，則得之深矣。彼喜穿鑿者，弃其大旨，取其發興，于所過林泉人物、草木魚蟲，以爲物物皆有所托，如世間商度隱語者，則子美之詩委地矣。

程斗山《雪詩》云："良謀雖已禽元濟，勝賞無如得李貍。"誠齋雖嘗借李貍言牛尾貍，然恐不可只作如此用之。又古詩云："欲騎揚州鶴，不食武昌魚。揚州猶可上，武昌不可居。"對巧意未粹。吾甥仲文詩云："雨添新水半篙綠，風減殘花幾片紅。"工而妥。《梅花》詩云："淡匀姑射仙人貌，清奪林逋處士魂[九]。""奪"字未妥，當改作"返"。

嘗讀胡餘學作《壽慶樓記》云："文字頗絜，然却自好。大凡作文字，如裝戲然。先且說一片冷語，又時時說一段可笑之話，使人笑，末說一段大可笑者，使人笑不休。"又曰："此《記》出弘齋後，只將'仁者壽，積善餘慶'兩句來反覆議論，竟無一字相犯。難得。"

張益州《画像記》謂："公暨暨，公來于于。"暨暨，武毅貌、軍旅容也。《玉藻篇》："戎容暨暨。"老泉用"暨暨"，字本《玉藻》文。

【校勘】

［一］陳亮同甫，婺州永康人。葉水心，溫州人，溫州郡望東嘉。水心雖非同甫門人："同甫婺州永康人葉水心溫州人溫州郡望東嘉水心雖非"二十三字，文淵閣四庫全書本無，依康熙刻本。

［二］此八字括盡人物死生始終之理：始終，文淵閣四庫全書本無此二字，依康熙刻本。

［三］可無此圖：此圖，原闕，據文淵閣四庫全書本補。

［四］"夷堅"二字亦一序：一序，文淵閣四庫全書本作"明"，依康熙刻本。

［五］可怒：怒，文淵閣四庫全書本作"笑"，依康熙刻本。

［六］文過奇帶輕剽處：剽，原作"相"，據文淵閣四庫全書本改。

［七］談不容聲：文淵閣四庫全書本作"言不盡意"，依康熙刻本。

［八］傑出時輩：時，原作"儕"，據（宋）胡仔《苕溪漁隱叢話前集·杜少陵一》改。

［九］清奪林逋處士魂：逋，原作"甫"，據文淵閣四庫全書本改。

卷九 傳 行狀 墓誌 墓表

通守陳公傳 泰定元年

公諱慶勉，字志問，世家休寧之陳邨。曾祖嘉聞始遷五城。祖仁傑、父克紹皆不仕。叔父唯，字斯傳，深《春秋》，紹興壬子冠鄉舉，乙卯再貢，丙辰擢第，調德安府應城尉而卒，士論惜之。公生于淳熙癸卯甲子，年甫二十有二，以《詩經》貢于鄉，五試春官，紹定五年壬辰徐公元辰榜擢丙科，年已五十矣。授廬州舒城尉，六年癸巳四月之任。端平元年甲午，全子才、孟珙等師入河南，謂中原可指日復，制府諉公董餉汴京，米以石計者萬有五千，載以舟百，自合淝部舟至京口支裝，涉湖而江，又泝河而淮，北過徐泗，南過盱眙，歷濠梁，抵壽春，交卸之日，斗升無虧。駭風濤，危哨騎，脫萬死而得一生。未幾，敵决潼關水，踵三家灌智瑤軍，故智事有大謬不然者矣。公亦匹馬南還，與吏士皆饑疲，采野瓜、柿、梨、棗代食，幸而得還。尉于斯者，前後凡幾人，不自我先，不自我後，乃獨丁此時，吁！危矣哉！幸公在任日常率士卒，棄馬徒步[一]，捕獲强盜兩夥[二]，共二十有一人，解上司正典刑，勞績章章。他如相視山寨數十處，教之備禦有方，邊民獲入堡安集，凡此皆鉛槧之士所深避不敢爲者，非公文武才全，疇克爾此？豈內地行呼唱、銜綵捧之尉云乎哉！端平三年丙申瞀歸，次授嘉興府華亭縣蒲東監鹽場，嘉熙三年己亥十一月之任。次年庚子，霪雨泥濘，攤曬久妨[三]，鹽課虧額，遭庾臺罰俸，百指嗸嗸，日糴以度，楮幣一緡僅得米二升有半。居官謂食天祿，孰料其窮至此！未幾大疫且大饑，亭户四百五十有奇，死且逃之餘僅存百九十，貧不聊生，煎辦無力。坐是課大虧，所辦十不及二三。庾臺初索公印歷寄庫，繼察公廉勤，無可致力，無可歸咎，陳于朝，令公解見任，别注一等，合入差遣，奉旨特依。公遂離任别注，淳祐元年辛丑十二月也。不自我先，不自我後，饑荒疫疾，公適丁之，所幸庾使知公，朝廷知公，遂得善去，不然，殆哉！然公之在任也，先是姦民蕭元輔者以亭埸三萬畝冒獻于御馬院[四]，公親詣庾臺條陳源委利病，乞奏于朝。石卿孝淳備以公言敷奏，得旨以元埸還亭户[五]，石公令公代撰碑頌，以垂不朽焉。饑疫而課虧于一時，非公之過；埸復而課辦于悠久[六]，乃公之功：公于官何負哉！石公去，馬公繼之，奏令公善歸，馬公力也。公嘗上馬公書，有曰："淮西之餉汴，海東之疫饑，皆百年所無之事，而某任警曹則當之，任鹺局則當之，豈骨相寒苦而然耶？"嗟乎！可嘆也。己仕途萬里，出門即羊腸，天欲飽公之智，熟公之仁，未必非福。自是而後三四任，以前之畏途視之，差可以言順境矣。三授韶州推官，淳祐五年乙巳七月之任。先是，獲盜賞典屢陳未行，左司徐公榜下士孤寒無援，爲言于朝。七年丁未正月準吏部符下，奉旨轉儒林郎，改次等合入官，赴部注籍，四月始離任。方公之在任也，以劄子言二事于部使者：其一言寺院之弊，其一言州兵之單。有曰："有寺院則有住持。近年以來，僧不以戒行任住持，惟以奔競爭住持耳。官因常住之多寡，立爲醋息之定額[七]，利醋息之入[八]，開告訐之門。大率常住有千緡之入，則醋息收千緡之半[九]。今日僧請增輸，則乙可攘甲之處；明日訐其小過，則丁可毁丙之處：是官與僧同盜常住也。某仕于韶，如端溪、英石諸州多所經歷，每到寺院，東倒西傾，未嘗有一榻可卧、一竈可炊者，稽弊所由，蓋常住歸于郡守之囊橐，寺院壞于客僧之住持，聽其壞頹，誰任脩理？名曰'祝聖'，而廢墜至此，成危邦之陋風，豈太平之盛觀？爲人臣子，忍辱視之？今宜敷奏之，乞委本路監司覺察，有常住持處，只許衣鉢相傳，不許客僧賫緣請住，有戾于此，上下同以贓論，庶主僧不至視寺院如傳舍，寺院不至終敝棄如弁髦，其于祝萬年壽，豈爲無補？"言兵事，有曰："廣東諸郡，多與章、貢、郴、桂隣，溪峒縱横，時乎出没，相挺而起，遂至震驚，始畏張皇而卒至滋蔓，兵不足故也。昔儂智高之禍，可鑒矣。一二年來，如韶有九峰之擾，章、貢有寧都之擾，懲之于前，則宜防之于後。策將安出？曰：填補官兵，措置民兵是也。何謂填補官兵？諸郡廂禁有名無實，欲行招補，奈招之易而養之難。姑以韶一郡言之：郡計匱乏，何以辦此？本郡雖無生財之道，而有出息之計。竊見江浙郡縣全藉課而獨不行于廣南[一〇]，民擅榷酤之利者日以富，官非泛之給者日以貧，倘許官自設法，與江浙一體施行，官酤界外，不妨民酤，則酒息可助招補矣。又竊見廣南隣郡官自鬻鹽[一一]，今本郡有寄樁省錢萬緡，倘借此錢以克官鬻本柄，與鄰郡一體施行，而于官鬻界外，不妨鈔家，則鹽息可助招補矣[一二]。又切見本州有萬緡解庫，歲有出息約二千緡，倘許以此出息，亦充衣糧費，則解息可助招補矣。合此三者以資招補，于民無損，于兵有養，闕籍補以强壯，老弱代以子弟，委監司以稽原額[一三]，飭郡守以嚴教閱，則廂禁庶幾可革。何謂措置民兵？陝西義勇、兩淮萬弩手皆民兵也[一四]。二廣號爲樂土，土曠民稀，所以處流民，置兵籍，猶有可議者。試以韶一郡言之：冒占户絶之田，無時無訟；不闢不耕之地，茅葦相望。凡若此者，倘自朝廷行下，官不許請[一五]，盡行根括，籍爲官田，稽其畝步，以處江上之流民而徙耕之，所過州縣，量行資給，爲之室廬，貸以牛種，復以租役，家籍一强壯爲半年軍，春夏耕耘，秋冬教閱，自縣而一郡，郡而一路，籍田可處萬家，則得萬人爲兵矣。今江上流民，動以萬計，與其使耕于沙州，聚爭于不足之區，孰若使耕于二廣，散處于有餘之地？與其使冒迭哨之危，以資敵之向導，孰若使爲樂土之兵，以備吾之緩急？大率若淮之萬弩手焉。以出息養州兵，以爲緩急城守之備；以閑田養民，以爲緩急調教之備。二者，官無養兵之費，而坐獲養兵之利，不猶愈于束手無策乎[一六]？”凡此皆言言允當，鑿鑿可行，苟目前以冀終更者，那計及此！韶守張公貴、洪舉公有曰：“九韶俗悍，訟牒繁興，有積年不決者。陳某晝諾之頃，燭姦擿僞，如見肺肝，吏服其公，民懷其惠。今兹班赴，臨發之日，吏民依依不忍釋。”觀此及後蕭漕之舉公，公無負于韶可知矣。淳祐八年戊申赴班，僅授鄂州蒲圻丞，赴見闕十一月之任。政事之暇時，與趙宰侯尉爲文酒之會，有足樂者。湖北漕蕭公逢辰舉公，有曰：“陳某性資純恪，學問老成，擢第二十年，安貧守道。調曲江推官，二廣屬郡，貨寶所聚，仕于彼者，誰慕酌泉之操？獨能載月而歸，一寒自苦。兹貳政蒲圻，率職輔令，門清如水，邑民歎服，頗有清静無欲之化。當職得之親見，初非溢美。”自非公之聲實相符，前後一操，豈易得此于漕使哉？十一年辛亥五月瞀歸。五授簽書威武軍節度判官廳公事兼西外宗正簿，領十二年壬子十二月之任[一七]。三山，大郡也。節度，大府也。外宗簿，亦朝士也。公徃任簿領于斯[一八]，裨贊優游[一九]，不必有赫赫之功而後見也。西外宗正趙公汝佺、福建提刑胡公顯、知福州陳公昉交章舉公。最後知福州陸公德輿舉公，有曰："陳某稟資樸茂，涖事恪勤，佐幕兩年，老成譽藹[二〇]。"信不誣矣。寶祐三年乙卯三月瞀歸。六授行湖南轉運司主管文字[二一]，四年丙辰七月之任。時趙公葵家居于潭，鄉衮程公元鳳以書爲公先容[二二]。趙公首見公，即有"老成持重"之褒，自是日信重之。方漕使章公青孫之赴召而去，新使洪公燾之未來也，有旨命公護印。非朝廷知公有素，豈輕寄之以此？時兵興，雲屯待哺，招糴給運沓至。嘗以減糴數申朝省，且以書言之程相，論度牒登仕誥難售。程公復書，有"究心職業"之稱，與裁減誥數，即暗減糴數也。此於事理當減而求減者也。繼有旨湖南和糴二十萬石[二三]，寶慶前二郡乞蠲免[二四]，公恐上江四郡紛紛援例，所糴數將于何敷之[二五]？别白利病，曲盡其至，陳於朝省。五年丁巳九月，省劄行下，明言湖南運漕陳宣義申述詳明，極可嘉尚，已劄下令道永、寶慶日下炤數糴足[二六]，札付湖南轉運司嚴督之。省劄褒嘉，夫豈易得？此于事理不當免而不免者也。六年戊午八月，漕司瑣闈試士，史漕岩之委公董試，且俾餙考官命題立說主于正大，公體丞惟謹。是舉取士，允穆輿言[二七]，公有力焉。九月出院瞀歸。開慶元年己未，赴堂求倅[二八]。時有帶朝職始得倅之旨，援外宗簿領以請[二九]，得通判武岡軍，瞀何籍闕。何又瞀于大信者也[三〇]。未幾，賈宣閫奏特辟楊季衝瞀見任于大信[三一]，有旨令下兩任改瞀。公念改瞀則闕愈遠，又恐宣司再辟人，則此闕終爲有力者所奪，不得已改注福州倅。景定元年庚申某月也，公嘗簽判是州，去思在人，將以半刺重臨，先聲所騰，士民鼓舞。嗟乎！豈謂遽以二年辛酉二月七日謝世而去之乎？公自少負儁聲，叔侄弟兄自爲師友，與應城公治經雖不同，而學術淵源則同。過庭聞《詩》，出于父命，遂與弟貢元公同習《詩》，亦同以《詩經》蜚聲塲屋，踰冠領薦，士林艷之。次春，南宮宣昭義問之題已屢擬之，而竟下第。公不怨勝己，反求益力[三二]，然後乎此二十有七年始第，則已老矣。崎嶇州縣之職，垂三十年[三三]，非無功，非有過，而仕止于是，使假我數年，終福倅之任，家事亦詎止是！家素單寒，公謹畏自持，終始氷蘗。没之日，田畝不盈百，人多以老且貧爲公惜。是皆俗見。孔子非萬世仕者之法乎？爲委吏，必會計當；爲乘田，必牛羊茁壯：長盡其職分所當爲而已矣。使後日不爲魯司寇，孔子之爲孔子自若也，何損焉？公自歷官，職分必盡，有功無過，賞不酬勞，班改宜宰邑，晚節宜通守，皆天也，公何媿哉！譬之于物，早遲、巨細、時節、分量一聽于天，菊之香晚，不羡梅之先春；學鳩之搶榆[三四]，不羡雲鵬之摶扶。吾方以壽考安貧爲公幸，而不以老蹇爲公惜，識者當有取于斯言。循轉自廸功至宣義，以官年少拘礙，不得上贈二親，公嘗恨之。達觀亦不足多恨。公爲文長于論事，有陸宣公之風，五七、四六，皆典重純雅，惜遺逸者多耳。櫟于公爲族姪孫，即公與詩詞唱酬六五公同叔之曾孫，不忍公之没没無傳也，隨所見聞，追而爲之傳。外是有當牽連得書者，謹附見焉。公母弟貢元公諱應午，字志可，以《詩經》領甲午鄉舉，復"會諸侯于東都止'駕言徂東'"題也[三五]，主意謂賢君欲振動天下之精神，必自吾身之振動者先之，所以必東其駕以東諸侯之駕，氣象雄偉，終篇稱是，至今膾炙人口。垂免到而不得試[三六]，竟以癸丑殁，公家門中深惜之。公遺文中有《和姪履正》長短句曰："一種名駒日千里，騄駬良驥，曾幾到，文場掉鞅奔騰？猶未問，汝視文淵子姪，誰同誰異？莫效季良豪傑士，伯高謹厚宜操履。"以馬援之戒兄子者戒之，尚可見前輩之遺風焉。此則先叔父字德之，丙午先預薦而韓守補降爲乙榜者[三七]，書此以見公一家文學之盛，又以見勵族侄之嚴，盛德事之一端云。泰定元年春二月二日戊午，櫟謹書。

【校勘】

［一］棄馬徒步：原作"馬前三步"，據文淵閣四庫全書本改。

［二］捕獲强盗兩夥：夥，原作"火"，據文淵閣四庫全書本改。

［三］攤曬久妨：妨，原作"防"，據文淵閣四庫全書本改。

［四］先是姦民蕭元輔者以亭塲三萬畝冒獻于御馬院：塲，原作"蕩"，據文淵閣四庫全書本改。

［五］得旨以元塲還亭户：塲，原作"蕩"，據文淵閣四庫全書本改。

［六］塲復而課辦于悠久：塲，原作"蕩"，據文淵閣四庫全書本改。

［七］立爲醋息之定額：醋，文淵閣四庫全書本作"租"，依康熙刻本。

［八］利醋息之入：醋，文淵閣四庫全書本作"租"，依康熙刻本。

［九］則醋息收千緡之半：醋，文淵閣四庫全書本作“租”，依康熙刻本。

［一〇］竊見江浙郡縣全藉課而獨不行于廣南：課，文淵閣四庫全書本作“榷税”，依康熙刻本。

［一一］又竊見廣南隣郡官自鬻鹽：自，文淵閣四庫全書本無此字，依康熙刻本。

［一二］則鹽息可助招補矣：招，原闕，據文淵閣四庫全書本補。

［一三］委監司以稽原額：稽原，原作“檄元”，據文淵閣四庫全書本改。

［一四］陝西義勇、兩淮萬弩手皆民兵也：弩，原作“拏”，據文淵閣四庫全書本改。

［一五］官不許請：請，文淵閣四庫全書本作“私占”，依康熙刻本。

［一六］不猶愈于束手無策乎：束，原作“搏”，據文淵閣四庫全書本改。

［一七］領十二年壬子十二月之任：領，原闕，據文淵閣四庫全書本補。

［一八］公徃任簿領于斯：徃任，原作“從依”，據文淵閣四庫全書本改。

［一九］裨贊優游：游，原作“悠”，據文淵閣四庫全書本改。

［二〇］老成譽藹：藹，文淵閣四庫全書本作“滿”，依康熙刻本。

［二一］六授行湖南轉運司主管文字：行，原作“刑”，據文淵閣四庫全書本改。

［二二］鄉衮程公元鳳以書爲公先容：衮，文淵閣四庫全書本作“老”，依康熙刻本。

［二三］繼有旨湖南和糴二十萬石：南，原脱，據文淵閣四庫全書本補。

［二四］寶慶前二郡乞蠲免：寶慶前，文淵閣四庫全書本作“前寶慶”，依康熙刻本。

［二五］所糴數將于何敷之：于，文淵閣四庫全書本作“如”，依康熙刻本。

［二六］已劄下令道永、寶慶日下焂數糴足：令，原作“全”，據文淵

閣四庫全書本改。

［二七］允穆輿言：文淵閣四庫全書本作“允協輿論”，依康熙刻本。

［二八］赴堂求倅：赴，原作“于”，據文淵閣四庫全書本改。

［二九］援外宗簿領以請：領，原脱，據文淵閣四庫全書本補。

［三〇］何又暨于大信者也：又，原作“文”，據文淵閣四庫全書本改。

［三一］貫宣閫奏特辟楊季衡暨見任于大信：特，原作“群”，據文淵閣四庫全書本改。

［三二］反求益力：反，原作“及”，據文淵閣四庫全書本改。

［三三］垂三十年：三，文淵閣四庫全書本作“二”，依康熙刻本。

［三四］學鳩之搶榆：學，文淵閣四庫全書本作“鷽”，依康熙刻本。

［三五］復“會諸侯於東都止‘駕言徂東’”題也：復，文淵閣四庫全書本無此字，依康熙刻本。

［三六］垂免到而不得試：到，文淵閣四庫全書本作“解”，依康熙刻本。

［三七］丙午先預薦而韓守補降爲乙榜者：乙，原作“一”，據文淵閣四庫全書本改。

處士南山戴君行狀　泰定二年

皇慶壬子，同邑桐岡金公聘予爲塾師，其戴氏外孫蘭庭芳時方十歲，從游三年，警敏異常兒。予器之，謂必成立。後十四年泰定乙丑，面以其先君子南山君行實爲託，禮辭之。既而專書以事狀來，請之勤勤，予對其二舅讀之，漸讀漸涕零，哽咽不能言［一］，默誦終篇。嗟夫！尚忍言之哉？謹按事狀摭實書之：君諱杞，字南山，姓戴氏，世占名族于徽之休寧。上世居亳之譙國，徙袁之宜春。南唐保大間，銀青光禄大夫、檢校國子祭酒兼監察御史、上柱國諱安始遷邑東由山鄉之隆阜里，是爲君十四世祖，墓在黄墩小練原。高祖諱靖，從事郎、婺州蘭溪主簿。二子，次諱得一，建康府知録，曾祖也。妣金氏。祖諱杼，江東漕貢辟庾司幹官。妣吴氏，邕守竹洲公儆之孫女；繼寇氏。考諱登庸，號震齋，舊師弗齋陳公宜孫，妣吳氏。伯父諱元凱，武學釋褐，授成忠郎池帥司幹辦公事。世母朱氏，侍郎公晞顔孫女，年九十有一矣，尚健壽者如斯；夫君生以至元甲申十二月十六日亥時，歿以大德癸卯正月十一日戌時，得年僅二十，數之短如斯，理有不可測者。後六年乙酉十一月十五日，葬于鄉之遐富原。君幼穎悟，五歲而讀書，十二能文，鄉先達弗齋陳公、弘齋曹公皆賞異之。賦詩有驚人句，友梅吳公資深、次皋孫公巖有取焉。君之從叔父貢元公釆爲蘭言如此。君娶金氏，武岡君新寧簿公革孫女，國舍桐岡公應鳳女也。一子，是爲蘭，君歿後二十五日始生。方在母腹，族之人幸其女，窺覦將爲後。及生男也，震齋喜極，宿疾頓蘇，親督養視，閔閔焉冀其長而有立也。越三年丙午，震齋亦歿于是，寡孤零丁，無所于依。外大父哀之，挈以歸，櫜之維之，撫之育之，天地父母之恩不啻也。君季氏良佐君相臣實總家事，桐岡公爲叩請取先疇鴻溝之責，家隸董租，入移户税，自由山而里仁，以便輸應。少長，付塾師教之，又爲卜謀姻對：凡所以曲成者，無所不用其至。延祐丙辰，桐岡不幸亦逝，賴諸舅承先志，念不少殊。歲己未，蘭年十七，始贅于歙山泉之汪氏，丞相吉國程公元鳳之孫甥也。外舅公元清愛同鳲鳩，與外氏交扶植之。豈期明年汪氏疾弗起，甥館興，蘭逡廵歸祖廬，依叔父以居。泰定乙丑春，建康鈔庫提領汪公巽元歸以孫女，家事甫粗定。蘭每端居，深念君片言隻字不復存。一日，伯舅摠管公伯顔遇君所贈程德菴詩于揷架中，以授蘭曰："而父手澤也。"蘭驚泣拜受襲藏，以生不識父，今得見詩若書，何哀幸歟！金氏每謂蘭言：君仁孝天至，念母食每寡，必深探所欲，時進甘旨，不忍須臾離側，如孺兒之不能去乳母也。考晚嬰疾寡出，又門户事殷，君嘗藥于內[二]，幹蠱于外，靡遺餘力，亦無不滿親意。嘗自言曰："二親年未六十，吾方幾冠，天或者鑒吾孝親之心，庶幾親康寧，則反哺之日長也。"金氏年十九歸君，悉鬻奩藏，買田如干畝。二年而寡，又三年而舅姑繼没于是，挈子依母家，每遇展墓烝嘗時，必挈之以歸，銜哀茹苦，不遑寧居者二十年。吁！亦可憐也已。今年春，甫爲子畢娶，自今以始，子其得時定省，婦其得供珍鮭乎？天道好還，固宜爾也。遐富原之地，祖產也，初未知可葬與否，自君歿，金氏切切謀卜藏，宵感于夢，謂茲吉地，徧諏葬師，其言悉符，良佐敦手足之義，慨割其半，以完斯美，且從史亟爲之。其地去家可十里，鍾秀萃美，滃鬱環抱，遂舉以葬。斯役也，桐岡公實主之。金氏又捐置山貲，左右前後，得之無遺，將搆屋墓傍捐，田穀淨侶以虔香燈，期世世無怠也。良佐之生母范氏，事震齋日久，蘭以不逮事大父母，於所愛宜加之意，擇先疇上腴五之一助叔父以養，自戊申迄今，不少怠。此義之交相感應者，皆可尚也。庭芳痛目不識父，而心切于報父，不忍有美而弗傳，將求文銘諸羨道，以圖不亡之壽。又以父之不年而未仕也，恐不當得銘，援昌黎韓子銘處士盧君于陵例，以請今之昌黎，而强委重焉。此固報親之大者乎？竊謂又有大者焉：天生大賢，有始厄而終昌者。趙文子、杜祁公皆遺腹子，皆能亢其宗而昌大之，匪直著親之美而已。王逢原、邢居實皆能詩文而早世，逢原無子，居實未之有。考人所貴有子，有賢子耳。謂有文爲不朽，有子爲不死，不死則必不朽矣。仁者不必壽數也，仁者必有後，理也。由此觀之，理未始不可測也。子能表父文，傳父美，孝矣。能賢其身，昌其宗，尤孝之大者。庭芳年未志學，予具知人之隻眼者，已知之。後十餘年，果印予言。今年甫二十有三，正晉子野所謂“日出之光”，自日出而日中，以暨秉燭，昺昺未央，寬以數十寒暑，久大德業，其何可量！文子、祁公當參而三，吾言豈有印于前而不印于後者？勗哉庭芳！兹豈非先君子所深望于子者？謹狀。

【校勘】

［一］哽咽不能言：言，原作“書”，據文淵閣四庫全書本改。
［二］君嘗藥于内：嘗，原作“實”，據文淵閣四庫全書本改。

友山處士程公行狀

公諱泳，字孟游，號友山，世居休寧縣南之會里。高祖諱某，尚書文簡公大昌母弟也。曾祖諱律，于樞密正惠公卓爲從弟，始遷居中宅。祖諱以豐，父諱用中，又遷居汪圻下溪之傍，即田爲宅，里人呼爲“田裹”焉。數世種德，績學韜光，淳祐五年乙巳，實始生公。公自幼神采英拔，應對爽徹，從塾師，往往青于所出。書得顔柳楷法，習程文，錚錚有聲。晝之所誦，夜夢多誦之，至數十句不誤，夜夜而然，其劬于書，可驗也。持所業請正于鄉先達，屢遭賞異，衆謂父祖不耀，委祉于公，踵文簡、正惠世科，當不遠。不數年，科目廢矣！公不但文墨超邁，世事尤練悉，清幹有餘。少與兄臞山公友悌天至，恊力幹蠱，率以用譽。年二十有四丁父艱，自是應門户[一]，接都保、邑大夫侍史、胥徒，恭謹和厚，稱明果公正，實兼之。事會難處，一出言，人無能異者，彷彿王彦方、陳仲弓之風。丙子夏，群小逞謀害公，愷悌君子，神明扶持，宗黨助順，鼠輩隨以磔然。疇昔所藏，羽化不復完，公劬躬貶，用力訓子世其家。不數年，物力幾復舊。適郡邑差爲倉庫官，歷數年，時方難爲，坐是業又落。公劬躬節適如初，不數年，又幾復其初。方將含飴弄孫，啖蔗佚老，而公謝世矣，實大德甲辰某月某日也。享年六十，不爲不壽，而人無識不識，皆惜之者，以公德人也。公所以爲德人何也？請索言之：公事親孝：少喪母，事繼母如生母。事兄悌：與兄競爽怡怡切偲，平生無間言。處家整：奴僕輩肅然。待族厚：聘塾師教諸子，群從附焉者，不與校。處鄉和：迎老者甚恭[二]，接少者畧不倨，待下焉者亦甚得體。交外姻盡道：公內，同邑處士求邇先生范公孫女也，求邇子司户公卒，二子方幼，公爲謀屋于所居傍，遷而近焉，扶持之，成立之，惟力是視，求邇公世業家聲賴此不墜，公力也。待塾師恭而有禮：不豐不嗇，終始十數年如一日。《周禮》“六行”曰孝、友、睦、婣、任、恤，揆公平生，於是六者無一不備，謂之德人，非乎？且資性忠厚，耻言人過，聞人述里巷鄙褻事，嘿不贊一辭，兢兢畏謹，無一髪可指可議。或言某家今頹剝如許，應之曰：“吾輩要如許甚不難，慎勿取其覆轍駕之。”觀公一言一行，悉皆可爲世範。太上首立德，次功，次言，功言胥德乎？出德在己，功在天公。雖不逢，無功可述，然處家處鄉，是亦爲政，復何憾焉？嗚呼！世不復有斯人矣！公之將化也，得疾醫療，閱兩月愈矣，閑坐觀摘橘，微風襲之，又疾。臞山視之，曰：“兄，某不起矣！只在明日。”訓子、訓姪媳，皆忩私盡孝等語，言言切當。至明日，起坐，索水盥漱如平日，略不亂，恬然而逝。觀此，亦聞見中所無。公之內范氏，少公一歲，其没也，以戊申某月某日，後公五歲。二子椿、楚，皆學成行立，一女適同邑趙某。孫男幾人，孫女幾人。卜地于范公博村故君之園，斯地也，術人素云可，公素聞之，未言。臨歿，微及之，范君素恨報德無所，即欲義遜。公內，范君女兄也，力辭不受，必酌中直以酬，議遂定。椿、楚將以年月日襄事，謂櫟曰：“先人日月有時將壟矣，欲刻志羡道，必先以狀，計當今大手筆莫如先生，敢以請。”櫟曰：“聞之沈隱侯、郭有道漢末匹夫，非蔡伯喈不足以偶三絕。謝安、石台輔時無麗藻，迄乃有碑無文。審如斯言，則士傳世在有德，不在其位；文傳世在有文，不在有碑。”僕于公，自年十三得陪研席，繼爲八年塾師，與公交前後四十年，公知僕心，僕知公志。且文簡公母，櫟六世祖之親姪女也。“我之曾老姑，爾之高祖母”，老杜嘗以是語王砅，僕之于公亦略似焉。乃不復辭，謹狀。

【校勘】

［一］自是應門户：應，原作“與”，據文淵閣四庫全書本改。

［二］迎老者甚恭：迎老，文淵閣四庫全書本作“事長”，依康熙刻本。

恕齋居士汪公墓誌銘 泰定三年

士君子立身行世，修天爵而人爵從者，誠可尚；天爵修而人爵不我從，庸何傷？與其得人爵而有愧，孰若德行立而無人爵之爲安？知此者，可以論恕齋居士汪公矣。公德行人也，姓汪氏，諱士龍，字潛叟，恕齋其自號。曾祖諱黻，祖諱繹，考諱祺，世居休寧之芳塘。四世祖始遷藻濆，實上祖質庫基也。家嘗中否，公少力學，壯爲通儒，不拘拘章句之末，實能明體適用，貫窮理盡性、開物成務而一之，外嚴而內寬，貌威而心慈，肅恭勤儉，再振其家而張大之。古以六德六行興賢，不敢諛公以全六德，然強恕近仁，由忠爲恕，亶爲有之。若孝、友、婣、睦、任、恤之六行，以全許公，可也。事二親盡歡，每以欲養不待爲終生恨，孝矣。爲兄善其弟，弟歿，愛從子伸老，自幼俾同居，育之誨之，成人，爲之娶，畀之田，別居之屋，友之推也。待族壹是以和爲本，雖好尚微不同者，終心服而歸于同，睦內族也。以婣外親言之，視一事可見其大者：公娶霓湖提幹朱公孫女，娶之五六年，迎外姑吳奉養之，視之謹，事之恭，歷十有六年，享年七十有三而疾不起，喪葬盡禮，有過無不及。不寧惟是，外姑之孫思義，年甫十三，俾侍祖母俱來，撫養成立之，爲之婚娶，畀之田，以租計者百有五十，居之屋，踰陸士衡之三間。今表姪之子亦克家焉，性如鄭當時之好客，賢士過從必禮遇之，實能以賢知賢。擇塾師必謹，以才其子若孫，可謂能任于友也已。至于愛衆，尤鑿鑿可稽：周急略無倦，干求假貸者每輟食應之，咸感悦而去。尤樂施捨，里之巨干暨上資干，抵邑必經之途，泥而衆苦之，捐財募工石之凡數里，以便永久。他杠梁之修、徑路之築，指不勝僂。又于本都創麻田堨漑田，四頃而羸，日督工成之，風裂肌、日黧面不顧。既成，兩岸易頹。歷數歲，卒堅久之，裒費有田之家十不逮二三，一力足之而後止。平生與物無競，酷嗜《詩》《書》，不驕不奢，惟敦朴實，賓至，咸游戲橘中之樂，他雜事平生不掛眼。吾故曰：公德行人也。以鄉三物之六行許之，其誰敢改評？人有德行如許，而賓興不及之，此權衡人物者之責，公何愧焉！惜公不用于世，而僅于家若鄉，故其實可見僅如是，使得進而用世，推其明體適用之學，其所建置，詎止如今所觀而已？昔馬伏波征五溪，見飛鳶跕跕墮毒霧，始羨弟少游之欵段下澤，鄉稱善人。由是而言，進之不如退也，出之不如處也，信矣！近世以來，汪其姓而達焉者，宜莫如畫繡之相君。然汪、黄並稱，公論弗之許，極人爵而辱[一]，何如公無人爵而安之爲得哉[二]！元貞初元乙未，公革故居而髙新之，至大辛亥，厄于王汆元之火，尺椽無遺餘。延祐乙卯，子繼先志所欲爲，肯堂肯構，面勢不易，宏壯有加焉。公生于淳祐乙巳正月二十有三日之子時，没于皇慶壬子十有一月二十有四日之酉時，享年六十有八，壽幾古稀，豈易得者？至治壬戌正月初四日之子時，與孺人朱氏合葬江家丘，去家纔百舉步，而天俾之佳城，尤不易得，天所以報善人也。子男一人：仲孫。孫男二人：德秀、德馨，公之善所鍾，訓所成，皆賢敏謹愿，見者不問而知其爲恕齋之子若孫也，尤天所以報善人也。某受知于公也深，公待遇之也亦至，己酉至辛亥，公以塾師賓之。葬之五年，泰定丙寅秋七月既望，仲孫示公事狀，俾誌銘公墓，某也何敢以固陋辭？銘曰：終身何行？惟恕一言。何但終身？裕後淵泉。樂哉斯丘！偕老之阡。如公昭昭，骨窆心傳。

【校勘】

［一］極人爵而辱：辱，原作“觀”，據文淵閣四庫全書本改。

［二］何如公無人爵而安之爲得哉：如，原脱，據文淵閣四庫全書本補。

廣東淘金副使滄洲金公墓誌銘　泰定元年

至治癸亥七月六日[一]，副使君卒于汪溪里第，其孤天驥、天澤告訃。予哭于外，次尋往弔之。孤將襄事，集其族彦商確墓銘，僉曰：“知爾父無如陳壽翁先生，盍謁諸？先生當無辭。得銘爾父，其瞑矣！”孤述以告。余執述歔欷，因嘆與君童年契誼，白首久要，君竟先余歸矣，余尚忍銘君哉？君諱玉相，字清甫，姓金氏。按家乘稱，博道公自桐廬遷休寧杉坑者，其第一世祖也。竦自杉坑遷梅結者，其第四世祖也。松青自梅結遷汪溪者，其第九世祖也。松青孫宣議郎倫，倫孫國子學錄忠，忠孫茶榷提舉振虎，振虎實君父也。母吴氏。君生有美質，自幼即知務學，誦習不休。迨長，究明經旨，于制科文字，能指摘瑕疵，故鄉隣治舉業者悉就裁正。然君所自爲文則根理道，剗削枝葉，雖至粹美，殊不合于時俗，屢試屢蹶，竟不獲一第。其豪爽負氣，雄視一世，憤鬱放爲詩歌，鏗鏘可入吟詠。自是絶意場屋，告所知曰：“吾終滄洲人也。”縉紳大夫有知君者在當路，遂以懷才荐辟，授廣東淘金副使，捧檄笑曰：“官雖卑，猶不廢吾賦詩。况廣東佳山水，經蘓長公欣賞，嘗言入廣奇游，冠絶平生，今可行吾志也。”及涖任，歲有常課易足官，以閒散無事，日載酒尋幽，興至詩成，翛然自得。行役潮州，謁韓廟有作，友人曹弘齋稱爲“禁臠一臠”，忽懷故都，請致仕。歸與族老讌游，賡酬笑傲，積累篇牘，有《滄洲集》，有古風詞韻。遘疾卒，距生寶祐丁巳七月六日，享年七十有七。娶會里程氏，子男二人，長即天驥，次即天澤，以泰定甲子十二月三日奉柩葬于果子市丑未向。予嗟君有才行，至老不獲一試，及出，乃得所謂“漫郎散秩”，又無所發洩，信有宰之，匪由人也。銘曰：壯而曳輪于時，逍遙滄洲，吟嘯以嬉。老而稅駕于時，逍遙滄洲，吟嘯以嬉。天不昌君之時，而惟昌君之詩。吾今以爲君慰，而弗以爲君悲。

【校勘】

［一］至治癸亥七月六日：治，原作“德”，考元朝無“至德”年號，而泰定甲子之前一年爲至治癸亥，故改。

桐岡先生金公墓誌銘 至治二年

桐岡金公葬三田原之六年，嗣子南庚語其友陳櫟曰："先墓羨道之石未立，大懼有美弗傳，子其爲我圖之。"予辭不獲，敢摭實以書。謹按，公平生立身行己，興家裕後，樂仁義之善，敦孝友睦婣之行。世居休寧邑西四十里之陽午洲[一]，曾大父文藻始遷瑠溪。大父修和，廸功郎、嚴州户曹叅軍。父革，由右庠擢第，授成忠郎，主武岡軍新寧縣簿。歷世積善，鍾秀于公。公諱應鳳，字朝陽，桐岡號也，生淳祐丁未九月之二十五日。自幼警敏，種學績文，簿公入學，家事不遑理，時公年甫十二三，即幹蠱用裕，務學理家，兩致其力。簿公借徑韜略，本深孔壁書，公熟庭聞，以《書經》預計，偕賸員問津壁流，慷慨以功名自許。未幾而鼎命遷，科目停，經綸志大，時弗遂矣！簿公官湖湘，公母弟竹所公諱應貴，侍親宦遊，家事不暇過而問，公留家儉勤自立，始終不憚煩。癸巳夏，簿公年垂八十始捐館，先疇視初倍蓰，不啻合締創、繼述一身兼之，人以爲難，公弗自謂能也。簿公訓子嚴，公竭力順事，奉母楊氏以裕蠱聞。二親俱年高而終，謀窀穸惟謹，墓所一崇道觀，一營佛刹，皆捐田穀其徒，俾事焚修，仁孝于親，州里艷之。與竹所公友愛天至，平生無絲毫間言，簿公卒，同爨二十年。壬子遷居，始析業。公曾大父之與弟兄析業，分當四取一，甘辭多受，少取七之一，義遜也。今拓先疇，皆公力，寧混同而中鴻溝焉。曾大父立德，曾孫篤之以友，立言端可模楷當世。擇師教子孫甚力，扁書堂曰"一經"，前貢士胡雙湖記之。長嗣之仕古荆，爲把都兒民户副摠管也[二]，賦詩速其行，期以公謹廉勤，戒以留戀家山。子之能仕，父教之忠，信矣。之官之月，聞公訃，戴星奔喪，去家二千里，十有一日而至。本欲移孝爲忠，弗獲竟其忠，還遂其孝，子何媿公之教哉？族蕃衍，壹是睦之以和，長少欣欣然。當傾洞初，邑居艮難，公携長婿館穀家傍，左提右挈之，越十有六年，完璧而返。戴氏外孫蘭生而已孤，公鞠之家，教之成之，遂爲令器。餘姻戚緩急可効之力者，悉無靳。親友或天水違行不降，心以相從，公不忍坐視，力調劑之，或代輸束矢鈞金，或捐產毗虧益寡，感公義，彌罅圓椭，歡如初，綽有王彥方、陳仲弓餘風。待人儉恭，處鄉公平，世俗驕矜偏私態，無幾微見于顔面，不怒而威。睦婣也，任恤也，片言細行，筆不勝書。《周官》以六行興賢能，孟氏以樂仁義之善爲，脩天爵而人爵從之，當公盛年，使時與之逢[三]，世科詎足多遜？然林泉自樂于鄉，是亦爲政于家，付功名于子孫，亦足以稱善人、傳不朽矣，何必身預賓興，列人爵而後愜哉！公三娶：先二汪氏，今黄氏。子男四人：長南庚，次南仲（後竹所），次南吕，次南周。三女：長適汪安，次適戴杞，季適黄瑞，俱宦裔。孫男五人：震祖、隨祖、觀祖、謙祖、昺祖。孫女一人。公嘗自云："諸孫之母有四，入吾家家庭，惟見雍睦如一母然。"予嘗對曰："非先生身脩家齊，儀刑肅雍，其孰能與于斯?"嗟夫！此可以觀公之家政矣。公之善行，卓卓如此。公歿于延祐丙辰七月之十二日，享年七十，葬于丁巳之某月某日，鄉曰千秋，里曰和化，原曰三田，墓之形曰匣裏明珠。朱子感興比狀人心，有曰："珠藏澤自媚，是方寸之心田。"與匣中之明珠蓋異名而同體，皆自公之心得之。櫟也素與公遊，知公莫我詳，無溢美，無誇辭，所以報知己也。文成至治壬戌七月某日[四]。銘曰：

操管八極[五]，詐暴欺孤，禰觀以蟻，石方之狐。豈若林宗，蔑勢與位，有道一碑，芳菲千古。嵓嵓桐翁，不爵而尊，道行家鄉，善樂行敦。淵哉公心，澤媚珠存，埋玉匣珠，方寸本根。畊之無盡兮心為田，孫曾繩繩兮掌珠圓，世世生賢子兮即斯阡！

【校勘】

［一］世居休寧邑西四十里之陽午洲：陽午洲，原作"洲陽干"，據文淵閣四庫全書本改。

［二］爲把都兒民户副摠管也：把都兒，文淵閣四庫全書本作"巴圖爾"，依康熙刻本。

［三］使時與之逢：與，原作"焉"，據文淵閣四庫全書本改。

［四］文成至治壬戌七月某日：至治，原作"延祐"，考延祐丙辰、丁巳之後的壬戌年爲至治二年，故改。

［五］操管八極：文淵閣四庫全書本作"縱觀八極"，依康熙刻本。

汪主靜先生墓誌銘　大德八年

士君子卓然有志于成立者，多本于家學相承，有以見之眞，故其所行遂足以稱世。否則，遠非有所承[一]，學之無其本，而畢竟克成厥志也者幾希。先生諱深，字萬頃，號主靜，姓汪氏，丰神秀偉，卓犖異常。四歲時塾賓授《大學章句》即成誦。八歲已涉獵經史，及其長也，發憤聖賢，涵濡玩索，爲文落筆驚人。十六七歲時，遂與當時有志之士講道于平山堂，謂今學者之病，在于未有洒然融釋處，知所持守，只是苟免顯然尤悔而已。于是盡棄平日氣習，更鞭餙于不及處，脫然有自得氣象，同志稱其人品甚高。予少時已聞其爲有道之士，深欲負笈以從，值祖母氏多難而已，迨今猶以未獲及門爲歉[二]。先生越國公後，江南望族，世居休方塘。高祖諱伯通，仕宋判福州，政聲沛然[三]。曾祖諱邦昌。祖諱思懋，仕宣議郎。父騰坡，老于文學，隱德立言，家政巨細皆條理之，不以勤先生，先生以故得專于學，其成之者遠矣。叔父從龍仕宋，廬州判。弟恕，補太學生。季弟椿，分巡江浙，以廉善見稱。先生孝友剛正，動中禮度，不以勢合利交，年十九領鄉薦，屢試禮部下第，以景佑元年將除職，偶丁吳太夫人艱，服闋，遂授湖州安吉教諭。于是，先生之爲教也，慨然思有以作新其人，匪徒從事乎文章。博極古今，辨傳註之得失，達羣經之會同，極聖賢之閫奥，推攷禮樂製作、刑政因革之文，使學者有所依據，以爲日用常行之地。每月朔日升堂，召諸生環立，講求斯道之要。嘗謂："古道修明，人心純一，後世文藝之工，展轉沉痼，幾于蠹蝕不存，然而理之在人心者，不容泯也。國朝諸儒，復振遠響，斯道晦而復明，吾州近幸翼之胡公教授誨澤，尚新人之耳目。爾諸生天資雖通塞不齊，必求體用一源、顯微無間之妙，使高遠者不墜于荒忽，循守者不流于滯固，其功用豈不大哉！"諸生因而奮脩前哲，潛玩而服行之，大小翕然歸仰，尊稱爲"主靜先生"。湖州士夫莫不曰："前有翼之，後有主靜。"時位雖不同，立教有先後者，勢當然也。至若用世之久速，及人之淺深，致効之遠近大小，天也，非人也。時近臣以先生薦于國學，而議者以主靜之學陸學也，非朱子之學也，遂罷其事。嗚呼！陸子豈易言哉？彼又安知朱陸異同之所以然哉？咸淳改元，賈相專權誤國，竟辭歸丘園，以償夙志。夫人金氏，先公數年卒。先生生于紹定辛卯，以大德甲辰卒于正寢，享年七十有四歲。先生存日，嘗謂子曰："葬者，藏也，欲人之不得見之謂也。古之善葬法者，莫如郭景純，曷不逆善祖父之葬地，以免子孫斫頭之禍。觀胡澹菴、楊誠齋諸公之言，其不足信也明矣。脫有不諱，但求水深土厚，足可以爲朽骨之永宅。"子曰棠，國學生也，是冬吉日，將奉先生柩與夫人合葬于黟縣黄陂中洲之旁，坐亥向丙。是園，先生之祖思懋公創也。棠具是情，告予以表銘先生墓。櫟也深喜先生之見與予合，而先生之行高出人一等，故敢忘潘氏誌周子之誚而學爲之書。先生女四人，所適皆名族：程梅溪、張官舍、朱館生星源、金竹程壽卿是也。孫男曰杰、曰顯，有學有守，咸有德士也。嗚呼！如先生者，克成先志，啟佑後人，真所謂豪傑之士也！天下國家，其可微斯人也哉？銘曰：汪顯江南，孰浚其祥？克世其武，中選文場。品節湖學，德教馨香。奕奕崇丘，中洲園旁。公安于斯，我悼曷忘[四]！

【校勘】

[一] 遠非有所承：承，原作"成"，據文淵閣四庫全書本改。

[二] 迨今猶以未獲及門爲歉："爲歉"下原衍"爲歉"二字，據文淵閣四庫全書本删。

[三] 政聲沛然：沛，原作"噴"，據文淵閣四庫全書本改。

[四] 我悼曷忘：曷，文淵閣四庫全書本作"何"，依康熙刻本。

傅岩處士汪公孺人吴氏墓誌銘　泰定四年

黟于新安爲縣，人淳俗古，素稱"小桃源"，隱君子樂居之宜，傅岩處士汪公之先世自宣之新建徙而家焉。初居黟之考川，五世祖遷古舒。父將自舒還黟，道番陽，以事留，轍迹回環，終定居黟之傅岩，承先志也。公汪姓，諱元，字元善。自"汪氏龍魚"見張平子賦中，代有顯人，越國其尤彰彰者，晝繡相君、玉堂少師洎黄陂諸達官，指不勝僂，獨公家數世以隱德稱。曾祖諱某，父諱某。妣張氏以開慶己未夏四月二十有三日生公于番陽。公四歲哭母，五歲始侍父還黟，冢樹依然蒼翠不剪，數世積善，鄉人不忍戕也。公事繼母李氏，以孝聞。昆季三人，公居次，以友于稱。

弱不好弄，長篤學，研經史，習賦詞，庠序試多穎出，鄉先生亟稱之，謂將摘髭一第，而咼命革矣。歲乙亥丁父艱，哀毁終制，卜吉安厝，喪葬無違禮。自弱冠立身，待人壹是以古爲師，銘座右有曰："謹畏行事，怡閒養神，接物和柔，理家儉勤"，終身力踐之，累世鄉稱善人。公培之益崇，重義輕利，非其道，一介不取。鄉閭周急無倦，于《周官》六行曰孝友、曰睦婣、曰任恤亶謂克全，鄉人愛敬，靡間戚疏，至有望門息訟者，有王彥方之風。自幼迄老，無一字入官府，以故丙子軍變，群小竊發肆屠燎公所居鄉，賴公安堵無虞。公劬躬節用，闢田十頃而贏。擇師才其子，成以學，遺以安，僉謂公無媿于龐德公焉。公娶吳氏，性行淑溫，事舅姑孝，處妯娌族姻和，待下慈，婦德、母儀實兼之，人謂公之拓業興宗，內助之力居多。督男詩書，飭女桑麻，內外肅然，家法爲邑里最。至大己酉夏四月十有三日，公無疾與家人訣，怡然而逝，享年五十有一。自此，吳氏綜理家務十有六年，節適合宜，家不墜益裕，真與公媲德合美，雖伯鸞之孟光、淵明之翟氏無足多遜。生于景定辛酉秋八月十有六日，没以泰定甲子春三月七日，享年六十有四。子男二某某，女二人某某，子壻也。孫男四人，向學穎敏。二子深以二親窀穸未卜爲歉，甲子冬，青囊師指牛眠吉地在分水之原，其地與二從弟共之，議探籌决所歸，一拈而得。地旁近田若山，皆輻湊璧完，若神授天相然，實公爲善之報，亦二子孝感也。合葬自妣公以來，未之有改，謹遵之，以乙丑歲春二月十有六日襄事。念公潛德如許，有美弗傳，不仁而不可爲也，四年冬丁卯十二月，遂以行實介塾師倪君諉同郡陳某誌銘之。某聞公善于倪君也久，今玆又讀事狀，紀實不誣，其何可辭？然聞君子有二道：出與處也。汪氏之出而顯者如前所舉二公，晝繡並稱"汪黄"，玉堂以行李伯紀謫詞取譏，出而媿，孰若處而安？出者難工，處者易持，尚矣。古桃源隱者，潔身不仕，半山以"有父子，無君臣"少之，今小桃源公家居數世，隱亦如之，公之令子篤志勵諸子以學，彬彬向成立，未有久隱而不顯者。昌黎韓子有言："明天子在上，可以出而仕矣。"願階庭蘭玉力學待時，以印斯言，趾晝繡、玉堂之美而無其疵，使人曰：傅岩處士濟川，和羮不在其身，在其子孫，不亦遠有耿光乎哉！越明年，戊辰春正月望始克，謹誌而銘諸。銘曰：小桃源，霞蒸川，原分水，隱君阡。配同穴，劒雙潛，永固安，慶綿延。

青可墓表 至顺二年

葬書非惟無益于人，反深貽禍于人；葬書非惟不靈于人，亦未嘗靈于己。郭景純以後之人，迷于其說，何其重不幸也！景純忠于晉朝，爲王敦所殺，然初焉，曷不逆善其祖父之葬地而庇子孫免斫頭之禍乎？自卜葬地，後竟淪没于大江心，自謀如此，何靈于人？使葬術果可信也，葬師紛紛，曾無興其家者，不過栖栖人門，以禍福怵人誘人，肆爲欺誑而已。葬者，藏也，欲人之不得見也。昔之賢者，謂死不害于人，擇不食之地而葬我焉，蓋欲擇無用不毛之地，以不妨人之耕植，未始欲擇吉地爲後人利達富貴計也。愚人惑于葬師，見某家富實，某家宦達，必推其先某地出之，此地遂有名于時，名之以某美形。盛之久必衰，其衰也，子孫挾此地以售于人，貪者捐其重貲圖之，圖之未得，訟而廢者何限？幸而得之，舉以葬焉，此其有名之地，遂如傳舍，更代寄宿，不保其家之久而不衰也。衰則子孫又以售于人，而後之寄宿者又來居于斯矣。然後知不食之地，果爲朽骨之永宅，而有名之地，不保其不爲貴勢所奪也。葬有中道，如楊王孫之裸葬，固非矣，過之者埋金，自狥標所有以示盜，或記之藉以示子孫，又過爲牢固以防之，子孫貧而自發者不少，爲盜所發者尤多。發之必鬻之，未有不敗者。敗者、賣者必受禍，夫始買者亦或遭誣。厚葬之不特爲身禍，其貽禍于人若此，反不如裸葬之不及者爲無禍也。昔之厚葬，莫如秦皇，始不免項藉之發，末不免求羊之烟。薄葬莫如五季周太祖，懲唐十八陵之無不發掘也，遂紙衣瓦器以葬，孰爲自禍、孰爲自全乎？泥葬書以求福，而不顧子孫之衰微而賣之以取禍，與厚葬以自取發掘暴骨之禍者，其爲愚蔽，一也。蘓文忠公詩曰："是處青山可埋骨。"達哉言乎！吾女兄適古墩吴氏，其舅執敬公慕義好古，君子也。姊婿諱惟深，字子静，與先姊同生于淳祐乙酉。三子：長曰昌，先卒。次曰彬，不惟無力可圖風水，亦雅不信風水，葬其父、母、兄于所居之後山，既扳當世先生君子各爲誌銘，復諉母舅表其墓。其家世之詳、履行之懿，誌銘具矣[一]，今惟記生、殁、葬之歲月。昌生于淳咸壬申，殁于至大辛亥，享年四十歲。子静殁于延祐甲寅，享年六十有六歲。泰定乙丑正月葬父子同穴。先姊殁于泰定丙寅，享年七十有八歲。竟以是年八月祔葬，冢相去一二尺許，皆坐申向寅，將取坡詩“青可”二字扁小亭于傍。先取溪濱白石砌其冢，擇石之稍大而匀者成“青可”二字于其上焉。若稽古先賢之不信風水者，夥矣！章章者前有司馬文正公，次有澹菴胡公，繼有誠齋楊公。胡楊二公之言，比之司馬公尤爲深切著明。楊公之説，見于《答朱侍講書》《答羅必省先幹書》與《春雨亭記》[二]，閲其文集可知，不暇詳述。愚尤于胡公之言有感：胡公乞斬老檜，遠貶海外，其配没于家，公書囑羅甥尚志合季子泳同擇塟地[三]："只于水北一帶家山取其土厚水深足矣。世人未有不死，死未有不塟，何患無地？九經十七史，老舅皆涉獵，並不説富貴由塟地，俗儒不讀書，不見古人之議論，溺于陰陽家説，背孔孟之學，戒之慎之。若不從吾言，勿踐吾門，勿受吾教。”澹菴之于羅生，戒其泥風水，尚恐其信風水，不免危言痛鍼砭之，豈如予之吳生能身不信風水，與予之定見脗合無間，不待戒諭之費辭，豈不加于澹菴之羅生一等乎？遂喜而爲之書。第前之云云高見遠識者寧幾人？見而怒之者必多矣，其慎無泛出之也哉！至順二年辛未歲丑月望日東阜叟陳櫟撰。

【校勘】

［一］誌銘具矣：矣，文淵閣四庫全書本無此字，依康熙刻本。

［二］見于《答朱侍講書》《答羅必省先幹書》與《春雨亭記》：羅，原作“蘿”，據文淵閣四庫全書本改。

［三］公書囑羅甥尚志合季子泳同擇塟地：囑，原作“祝”，據文淵閣四庫全書本改。

卷十 書

上許左丞相書 延祐二年

延祐二年正月吉日，學生新安陳櫟謹齋沐裁書，拜獻於左丞相公先生鈞座前：櫟聞之：周公徃，百世無善治；孟子没，千載無真儒。無善治，聖賢之道不行；無真儒，聖賢之道不明。道不行而猶明焉，以其講明見諸推行，道猶有可行之日。道不行而併不明焉，則人心昧昧乎莫知所之，而道終無可行之時。所謂百世無善治者，如漢之蕭曹丙魏，唐之房杜姚宋，非不可佐天子相天下，而事業終有愧於古。所謂千載無真儒者，漢儒莫如董仲舒，然言正心而不及誠意，唐儒莫如韓退之，然言誠意而不及格物致知，是以雖能著衛道之功於一時，而無以任傳道之責于萬世。故孟子而後，能爲徃聖繼絶學而任傳道之責于萬世者，曰近世之周子、程子，而集周、程子之大成者，有朱子焉。朱子之學，初明于東南而未明于西北，恭惟先正魯齊先生，鍾乾坤之間氣，于覃懷而挺生，眞所謂豪傑之士，北方之學者，未能或之先者也。首宗朱子，心會身行，遭時得君，倡鳴道學，上而啟沃乎聖主，次而啟廸乎儲皇，又次而作成乎賢士大夫，其有功於斯道大矣！以不世之眞儒，佐聖世之善治，道不特明于斯世，且將行于斯世矣。天不憖遺，賫志以徃，善繼善述，有先生焉。孔孟周程之嗣子，未聞其家學繩繩如先生之繼先正者，天獨厚于先生，天其無望于先生乎？聖主繼興，緝熙聖學，開文明之運，爲科舉之行，贊皇猷，定科條，壹是以朱子之學，風勵海宇，以經明行修責望多士，先生之功居多。親勞徒御，策馬南來，江浙省闈躬爲董督，壹是以寬厚加惠多士，先生之功又居多。政聲洋溢，豈久外藩？不日召還，又闡相業，使道之未盡行于先正者，盛行于先生，繼孟子之眞儒，成周公之善治，天下蒼生不于先生乎望，將誰望哉？此不特天下蒼生之所望，聖天子之望也，而寔天之望也。有如櫟者，新安之晚學也，生文公之鄉，讀文公之書，少知留心，老尤篤志。學校縣府舉之以應鄉試，偶爾儌倖，近歲前十一月間，貿貿北來，將侍同行赴都會試，豈謂薄命，感冷途中，到此之初即已伏枕，是以雖欲首拜光範之門而不可得。至十二月初六日，衆皆舟行，病魔獨尼之。今療病理甫瘳，期限已迫，勢已不能前進觀國之光，則惟有退而守先王之道，以傳學者而已。然不一拜下風，望大賢之威儀，聞一言以自壯，則是將虚此生，全虚此行也。竊惟文公闕里乃古建、古歙二州；二州儒士，素盛于東南，寔賴父兄師友之教，耳濡目染，有素而然，所謂"魯無君子，斯焉取斯"者。年來老成凋謝，後學荒唐，寖不如前，良可慨嘆。而又任庠序之教責者多非其人，又所謂"以其昏昏，使人昭昭"者。今兹鄉舉，猶幸古歙掛名者有魯兩生，不至大爲文公羞焉。櫟二十年來，畧有編纂，不敢一毫不祖述乎朱子，又或就其臼窠中而發明之，于《語》《孟》有《口義》，于《易》有《讀易編》，于《書》有《書解折衷》，于《詩》有《述傳句解》，于《禮記》有《集義句解》，于史有《增廣通略》之類，貧不能刋，僅所刋《語孟口義》一書而已。羽翼先儒之書，以模範子衿之輩，雖自弱冠以來，不能一日舍筆耕而食，然及人者終有限焉。區區之愚，不無望于先生：先生矜其貧病而遣之歸乎唯命；其許之待後舉而赴都還試乎亦唯命；其或造就之任紫陽書院山長，或任徽州路學學正[一]，使得以朱子之學、廸後進以續紫陽之燈乎亦唯命。願先生歸相聖天子，繼先正以明此道于天下，櫟也不敏，亦可略助明時，使斯道略明于朱子之鄉焉。干冒威尊，下情無任惶懼之至。

【校勘】

[一] 或任徽州路學學正：州，文淵閣四庫全書本無此字，依康熙刻本。

上秦國公書 延祐二年

延祐二年八月吉日，學生鄉貢進士新安陳櫟謹齋沐裁書，百拜獻于平章大丞相秦國公鈞座前：櫟江南一寒士，望翹材館遠在九霄上，安敢輕以書瀆？若稽昌黎韓子，亦嘗以鄉貢進士上書光範之門，以此例之，或者其可。又以黃清夫相門之客，櫟之良友也，託其貢書，似非無因。而前是用忘其微賤，輕叩洪鈞，首祈相度天寬略垂聽焉。櫟聞之：姬公没，百世無善治；亞聖往，千載無眞儒。無善治，聖賢之道不行；無眞儒，聖賢之道不明。漢唐以來，往往坐此。恭惟國公大賢間世，遭時得君，可謂繼亞聖之眞儒，致姬公之善治，遠方寒士，雖不能盡知輔相大業，然海宇蒼生，沐浴于深仁厚澤中，豈非聖賢之道得公而行乎？科舉宏開，昭昭然以朱文公之學揭日月而行之，天經人理，復浸漑士心，聞多于公建白[一]，豈非聖賢之道賴公而明歟？櫟也幸際斯時，忝與士類，前歲應江浙鄉試，偶在選中。結友買舟，期應會試，亦既至古杭，行有日矣，倏爾遘疾，衆行獨畱，療經逾年，甫得痊癒，試期已迫，度難奔趍，然亦不敢擅自歸也，告狀杭州路録事司，勘會移關，始克還家，尋繹舊聞，以待學者。繼獲覩書坊所刋會試程文，內有科録程試，該載聖旨，內一欵如櫟等不曾會試病患來遲之人，亦許得與寸進。堯言遠布，信如四時，猗歟盛哉！眞激勵作成之大造也。櫟生于前壬子歲，犬馬之齒，于今六十有五矣，群材皆春，散木尚槁，豈造化之有偏，特未有聞于鈞前者耳[二]。櫟也生朱文公之鄉，學朱文公之學，自少有志，至老彌勤，發揮先儒之所未盡言，諸經幾遍，雖假館授徒，不能一日捨此以食，然其及人，終不爲多。倘蒙鈞慈，欽遵已降聖旨，照年六十以上例，除櫟一泮水近闕，使得及此已老未衰之年，以平生所聞于朱文公者與諸生講明而躬行之，作養成材，以待選舉，或使道略明于鄉郡，則未没之年皆感戴之日也。謹託清夫爲聲悃愊，惟國公垂憐焉。干冒威尊，恐悚無已。櫟再拜。

【校勘】

［一］聞多于公建白：文淵閣四庫全書本作“聞皆公所建白”，依康熙刻本。

［二］特未有聞于鈞前者耳：者，文淵閣四庫全書本作“已”，依康熙刻本。

上馮路教抱甕先生書

五月吉日，學生成德齋生陳某謹齋沐裁書，再拜申呈于路教翰相先生：某聞盧誕有言曰：“經師易求，人師難得。”所謂“人師”者，何也？非童子之命之師也，非一卷之書之師也，非家有塾、黨有序之師也[一]，道高一時，名重一世，家傳文獻淵源之懿，身任人物權衡之責，夫是之謂人師之人也。生而時焉之不同，不可師也。時同而地焉之不近，不易師也。其時同其地近[二]，而其勢分之大相遼絶，雖欲師之而不得師也。若夫經師者，由百世之後，等百世之儒；以方寸之天君，對方策之聖賢，一開編而可得也。奚其難？今夫求馬必于冀北，求木必於鄧林，求學問文章，必于鄒魯也。漢之淵雲、宋之范蘇，皆以蜀珍雄天下，今先生寔以之。今夫後稷之孫無倩穡，伯夷之兒無奪席，其所耳濡目染者，有素也。是以論其世也。故衣冠之家有閥閲，豈惟衣冠哉！學問文章也亦然。聞先生家自鴻碩先生以來，世傳學問之燈，世擅文章之錄，則先生眞學問文章家之有閥閲者也，而又刻苦以世其傳，沉酣以飽其蘊，腹萬卷書，足萬里路，以老其得此，正櫟所謂道高一時、名重一世，家傳文獻淵源之懿、身任人物權衡之責者[三]，非乎？櫟也，以時論，則幸與先生並世而生；以地論，則先生適來教于吾州；以勢分論，則先生師也，櫟亦可備弟子列者也。以人師之難遭而幸其機之適遭，不求師之，將何時哉？此櫟之所以來也。抑又聞先覺者教人，後覺者教于人。教于人者而不遇名師儒，是求珠玉於鶉衣而怨其不吾予也；教人者而不得才子弟，是授珠玉于無指而責其不吾受也[四]。故後覺之心，每患名師儒之難遭，而先覺之心，亦患才子弟之難得。昔薛公奎至成都，得范景仁，曰：“吾喜得一偉人。”朱文公至臨漳，曰：“某來漳州，獨爲吾道得一陳安卿耳。”前輩之喜得才子弟甚于後輩之幸遇名師儒也。櫟也生五歲而讀書，十歲而能文，十五歲而僭爲童子師。始也科舉之法行，于時文之外，知有窮理之學，不屑于時文而已也。繼也科舉之法廢，于吟詠之外，猶不變乎窮理之學，不專于吟咏而已也。今也學不前人，年不後人，悠悠磋跎，進寸退尺，犬馬之齒，且三十有七矣，先生倘以爲可教而辱教之，雖不敢自詭于蕪門之晁、陳，亦必不敢叛去爲韓門之藉、湜也。此又櫟之所以來也。抑又聞先正鴻碩先生之《春秋通解》，胡文定嘗採取之，櫟願學焉而未之見也。昔有欲讀書不能得，而爲人傭書以讀之者；又有欲傳《龔氏易》而挾餅代食以求傳者。櫟也竊有志焉。先生倘矜其立志之勤，而慨然肯以家傳之學傳之，是又将因人師而得經師也[五]，此又櫟之所以來也。惟研是田，無稅可役，其來也寔異乎衆人之來，是以先陳此書，叙其所以來之意，惟先生其幸教之。干瀆師嚴，惶恐無已。

【校勘】

[一] 非家有塾、黨有序之師也：序，文淵閣四庫全書本作"庠"，依康熙刻本。

[二] 其時同其地近：後一个"其"字，文淵閣四庫全書本作"而"，依康熙刻本。

[三] 以老其得此，正櫟所謂道高一時、名重一世，家傳文獻淵源之懿、身任人物權衡之責者：其得此正櫟所謂道高一時名重一世家傳文獻淵源之，文淵閣四庫全書本無此二十二字，依康熙刻本。

[四] 是授珠玉于無指而責其不吾受也：授、無指，文淵閣四庫全書本分别作"投""暗路"，依康熙刻本。受，原作"授"，據文淵閣四庫全書本改。

[五] 是又将因人師而得經師也：将，文淵閣四庫全書本無此字，依康熙刻本。

上張郡守書 延祐元年

延祐元年正月吉日，路學成德齋生陳櫟謹齋沐獻書於總管大學士相公尊先生台座前：櫟嘗讀昌黎《鄆州溪堂》詩，知東平爲山東巨鎮久矣。近歲以來，中原文獻萃于東平，表表奇偉，有先生焉。先生把麾姑孰，以德行文章爲政事，有古人風，今之士大夫無是也。嘗恨不得以拜下風，廉頑立懦，居無何，而先生爲吾郡來矣。某一介晚學，附籍郡庠，累重家貧，假館苟活，每一至泮，裹糧倩僕，良不爲易。兹聞先生下車方新，士民胥慶，前日欲拜而不得者，今何幸將得而拜之，所以勇于一行爲吾郡士民賀，亦以自賀，并將鳴其私焉。某生朱子之鄉，學朱子之學，性膏理髓，嚅嚌迄今。竊嘗編述發明朱子之説爲《論孟口義》，編《書解折衷》《詩述傳句解》《禮記集義句解》等書，鑽研探討，捨朱子之書不好也。幸遇聖朝肇新科舉，一以朱子之書風勵多士，緬生平生所學，庶幾少可自見學校，公舉以充職員，某也雖愚，何敢自棄？固宜聞之踴躍，以期無負聖天子教養拔擢之盛心，奈何極貧無資，莫能自致學校。體例諸生年六十以上者，給以月糧，某犬馬之齒六十有三矣，例當有請。前時以館寓瓠繫[一]，未之敢請，今兹幸遇先生學道愛人之賢師，苟不仰首一鳴，復何時哉？倘蒙指揮學校，給以三五月耆儒糧米，使得少助徃來之費，寔拜生成之賜不淺鮮也。某平生編述僅刋《口義》一書，字細紙惡，不便台覽，冒昧謹獻一部，或可以呈之舍人焉耳。又有感于《溪堂》之詩曰："謂吾公父，孰違公令？"吾郡士民以之。又曰："公無斁遺，此邦是庥。"先生以之。干冒威尊，無任戰栗俟命之至。

【校勘】

［一］前時以館寓瓠繫：時，原作"是"，據文淵閣四庫全書改。

賀鄧祭酒書

七月吉日，契家學生陳櫟謹齋沐裁書，百拜申賀相公匪石先生鈞座前：某自别先生，亦既累載，聞先生得時行道，超遷不一遷，亦當修辭貢書，特賀不一賀，竟墮魯人之稽皐者，以萬里寄書，恐遭洪喬之浮沉也。今兹乃敢餝尺箋、瀆丈函，以遇便極的保無石頭驛事，惟先生垂聽焉。先生自廉車而翰苑，自翰苑而祭酒，固古今儒者之至榮，寔今日儒臣之尤重。自建祭酒以來，責莫重于今日，而先生身任之，甚盛甚休，多賀多賀。竊惟祭酒之名，其來尚矣：古者主有盛饌，賓推老者一人舉酒以祭，故以"祭酒"稱。昉自荀卿，爲齊三老，稱祭酒焉。漢之侍中、魏之散騎常侍，功高者並爲祭酒，其名重矣，而猶未也。漢置博士十二人，推聰明有威重者一人爲祭酒，謂之博士祭酒，官漸重矣，而猶未也。晉咸寧中立國子學，置國子祭酒，國子之名，見于《周禮》。師氏以三德三行教國子，保氏養國子以道而教之六藝，則國子祭酒即成周之師氏、保氏，其官又重矣，而猶未也。齊建元中，置國學祭酒，有改國子學爲國子監，仍置祭酒。而唐因之，又改祭酒爲大司成，未幾復舊，領國子學、太學，置祭酒一人，專掌監學之政，且令儲君受業焉。執經講説，必以儒學優重者爲之，其官愈重矣。方之今日，則彼猶未也。恭惟先生世擅蜀珍，望隆時棟，備君子所教之五而模範賢關焉，推天下尊達之三而羽儀朝著焉[一]，愚前所謂古今儒者之至榮，亶其然矣。所謂見當今儒臣之尤重，果何謂也？太學、國子祭酒，前朝有是官矣，重是選矣，爲太學生、國子生之宗師而已矣，其于啟沃上心、贊襄聖學，未之及也。欽惟聖天子聰明天縱，緝熙月將，俾祭酒之臣，進陪講讀，發明帝王心傳之懿，講貫修齊治平之本，于以紹道學於既往、開太平于方今，皆責之于祭酒，是合經筵、賢關爲一官，而委重于先生，愚故曰"見今日儒臣之尤重"，葢謂此也。此葢即唐朝儲君受業之意而充廣之，非近世太學、國子祭酒專任學政之比也。先生何以稱此尤重之任哉？愚知之矣，不出先生前所提調校刋之書而已矣。《大學》一書，君天下者之律令格例也。眞文忠公《大學衍義》一書，儒臣毗贊聖學之根本龜鑒也，如有用我，執此以徃，先生平昔所有志而未得行者，今得行其所志，不在此書，其將焉在？上而啟沃，下而訓誘，竊料必已熟講乎此矣，愚猶不能忘言者，亦欲先生之知其知我心也。贊襄聖學，其本體也。佐興聖治，其功用也。有本無用，非學也。以耆壽俊爲社稷臣，愚將大有望于先生焉。近江東僉事郭公會間談及先生三日一進講，積誠感動，研精敷陳，可謂致主澤民，千載一遇矣。近世明經筵講義，必推廣經義以達于治道，不徒空談道理而已。東南民力吏治之利若病，先生之所熟知，昔欲爲一道之，福星不得專焉。今雖未沛天下之霖雨，將有待焉。陰滋潛潤，本于沃心，昔唐令儲君受業，所以預培他日治平之根基；今兹俾贊襄聖學，可以立見當世治平之效驗，豈直教雨沾濡于館下諸生而已！學顏子之學，志伊尹之志，使是君爲堯舜之君，使是民爲堯舜之民，此尊先正覺民生，先正之有志而未酬者。善繼其志而酬之，不在先生乎？先正之所以期望于後之人者，其不在兹乎？愚此書之賀，寔爲先正賀，爲天下賀，寧惟太學、國子諸生賀而已！北望賢闕，與星同拱，惟先生鑒而恕之。不備。

【校勘】

［一］推天下尊達之三而羽儀朝著焉：尊達，文淵閣四庫全書本作“達尊”，依康熙刻本。

與胡雙湖書

《啟蒙通釋》中揲蓍五四爲奇、九八爲耦處，初學者或不能通。昔嘗思之：五去一而爲四，九亦去一而爲八，固也。然四何爲而爲奇哉？意者揲之以四以象四時，四時具而後爲一年者。一其四時，一年之象也，此四時所以爲奇者。兩其四時，兩年之象也，此八所以爲耦。先生《通釋》中意必以易曉而未之及，愚謂曷若明白爲後學言之耶？高明以爲何如？

答胡雙湖書

三代以後，年數易考，有甲子。哀、定以前，年數難考，史與《稽古錄》世多抵牾，恐難一一以《稽古》爲定。《通略》説“克明峻德”處，以爲修齊治平，此説出于溫公，朱子述之耳，不意此老已見到此。今見《稽古》中，可考《大學》宗祖之説，出真西山《衍義》，其第一章即載《堯典》一章，説秦世變升降處，其説出尹起莘《綱目發明》，此外雖不無祖述，今亦難一一盡述，此其大者，却不可掩爲己有。論明帝崇儒之虛美，不足葢召佛之寔禍，批教抑之大過。愚謂不過虛美耳。渠之崇儒，先儒于“富之教之”章已略及之，未是十分美事，畢竟邪正不兩立，既有召佛入中國之大過，則雖有崇儒十分好處，不足言矣。序文未作，終必須作，向有一族弟見《通略》，謂當春秋戰國時説及孔孟，後來未及增此。先生《纂要》如已及之，甚好，如未也，請添入，然後以一大議論包括之，意欲謂三代以上治與道合、經與史合，三代以下治與道分、經與史分。朱子謂吕伯恭不合先看史麄了眼，只當先看經，此後世經與史分故也。二帝三皇時，治統與道統合，聖賢達而在上，道明且行，此時經即史，史即經也。帝王徃矣，治統與道統分，道統寄于孔孟窮而在下之聖賢，道雖明，不行矣。是後經自經，史自史也。史雖有司馬遷、班固以降諸人及司馬公《通鑒》，其畔于經者多有之。今吾輩《纂要》《通略》之作，提起伏羲爲道統之祖，而又提掇"克明俊德親九族"章以修齊爲治平根本，自可以斷盡三千年君德相業，以經之道，斷史之治，史即經也，且可爲宋三百年事張本，將述周程張朱，以俟他日續下筆，又何看史粗了眼之患哉！先生苟不下此筆，某明年當爲之，大掃一片議論，以洗近年一種鄙薄道學謂與晉人清談同科之謬論，先生鑒此意否？

又答胡雙湖書

癸巳之冬，先辱謙翰，隨即齋沐修答，未知其得達矣否？今年夏，書坊之所有刊《易本義》，亟不論錢買之，研朱焚香，每一展玩，每一景仰。方此梅邊細讀，見梅見《易》，如獲見君，而謙翰復翩其飛墜矣。亟爲展誦，乃知乙未柔訥午夏方徹紫石稜[一]，一以不墮浮沉爲幸，一以寄書難達爲嘆也。以多問寡，抑損勤渠，某也何人，可以承此？此葢執事學愈高，心愈下，不自知其辭之謙耳。附注《詩傳》此一段大事，前歲聞有此舉，甚以未得一聞緒餘爲歉，繼而似山、玉甫二丈相見聞，皆謂左右釋《詩》，多有可疑，讀《詩》之功，不逮《周易》。因叩其説，皆謂如"崇墉言言"，不當訓爲"言議"之類，他却不能舉。今讀來教，誠有此説。某切謂文公於六經，惟《易》《詩》特筆成書，自謂《易》被前輩説得道理多了，恐翻這窠臼不轉，至于《詩》無復遺恨，後有楊子雲者必好之，其訓釋亦云當矣。今欲附《語録》纂諸家述已意，但存他説以互相發明，或發其餘意之未盡者足矣，不必過求異也。今承來示，謂《詩解》見謄數段去，復注其旁云不暇録。惜乎某不得親見其説，徒以條教大略及所聞于人者想像蠡測而管窺之，當于何許而考核其眞是之所在哉？"牛羊腓"字之"腓"，引《易》"咸其腓"證之極當。"崇墉言言"之"言"，引"于時言言"證之，恐未當。"于時"乃虛字，又有"于時語語"相連，其爲

“言語”無疑。“崇墉”乃寔字，以上下文“閑閑”“連連”“安安”及下一節“茀茀”“仡仡”文意稍詳之，此不過言其高大之貌耳，不如只依文公說爲當。此等連字，據古人出口叶韻爲是耳，兼古字多通用，兩“言言”各自爲一義，不相妨也。“不顯不時”等“不”字只依舊說以爲“豈不顯豈不時”，似不可易。大率詩人之詞緩，反其詞以逆其意而讀之，味在言外。後來人多如此下“不”字，今人開口亦多如此，直訓爲“不顯”，未見其得。“履帝武敏歆”，此乃古事之荒遠可怪難明者，先儒釋之，大槩有兩說：毛注則謂姜嫄躡帝嚳之步武，鄭箋則謂姜嫄履天帝之指拇。毛說似寔，鄭說似怪，然惟其怪也，不由人道，忽爾有娠，是以三棄之而卒收之，遂名曰“棄使”。只如毛說因祀高禖，夫唱婦隨，由此有子，此乃事理之常，復何怪？何棄乎？文公取鄭說，非好怪也，蓋以神聖之生，異于常人，容或有之，如天命玄鳥降而生商之類耳。故取鄭說冠于前，以蘓、張二記證于後，考究至此，他亦說不去矣。今存毛、嚴之說，以互相發明，亦自不妨，但不可必是此說而疑于前說也。要之，如此等處，姑存而勿論可也，纵巧爲之說，亦有何益？據愚之見，左右于《易》，不十分自立說，其附己見者，不過十之一二耳，今釋《詩》亦須如此，前輩之說，灼然未盡未明；而我之說，灼然穩當明白者，則出之，不然不如其已，不必過于求奇以來云云也。兼聞入閩之期已的，恐一刋印後，改正便難，幸聞有熊先生老成宿儒，相與參訂，必無輕易。如見熊公後，千慮之得，倘與之符，願左右勇于删削，只存其穩當者，稍涉奇異、不契公論則棄去之，使正大光明爲無纖瑕之拱璧，與《本義附錄纂註》久遠並行，不亦善之善者乎？未板行間，已聞異議，一板行，後使果有受人指點處，悔之何及？大槩朋友間，樂美服義者少，嫉妬背非者多。某平生無他能，頗酷于樂善耳，以左右下問之盛心純寔無僞，知其必能服善，故敢直以所聞所見爲告。若夫嫉妬背非[二]，萬萬無之，但懼或者之不免也。外承寄示《易辨》，極感極慰。陽虛陰寔之謬，左右謂與佛老異端之學何異，愚直謂此與兒童之見何異耳！闢之甚不難，但盡裒一部《易》中說虛寔處而與之辨，能如此詳明的當，則非精熟于羲經者不能也。正論日揭，異說氷消，盡美盡善，敬嘆不暇，某受賜宏矣！某十三日午方得解初九所惠書，外批索報甚急，且又聞道存歸期在十五日，恐蹉此便，欲寄良難，是以亟亟匆遽治復，只據一時愚見述之，直突覼縷，恐竦曷勝！何日一拜下風，少罄所藴。未見，惟厚自珍嗇。伏干台照，不宣。

【校勘】

［一］乃知乙未柔訥午夏方徹紫石稜：乙，原作“巳”，文淵閣四庫全書本作“乃知旃蒙協洽午夏方徹紫石稜”，旃蒙協洽即乙未年，故改“巳”爲“乙”。

［二］若夫嫉妬背非：背，文淵閣四庫全書本作“皆”，依康熙刻本。

答胡雲峰請考評書

昨賓暘行，僭厓略數行字以請，兹領教墨三復，如侍典刑。大槩人之作文，自是者多，服義者少，非純不服義也，亦多有自知不明而不知己之爲非，知人不明而不知人之爲是者。彼有一等私小之見橫乎胷中，耻己之失，惟恐勝己者又不論也，此所以易于召鬧也。二三先生納之鬧闌中，亦既解命矣，鉅帙六，謹以緘付來使，前數名外，其餘不欲嚴于去取，要亦無以大相遠，其雜排之以附于後，惟命。其截斷不使太泛，亦惟命。至于銓次之間，某管蠡之見，豈敢自以爲是？不契尊意處，聽自高下置之，更唯命。秉卓然之見，以持公論之衡，鎮喧囂之辭，而立吾道之幟，不能不于先生有望焉。經疑前六篇，寔欲作者主名，知其文不知其人，亦理所不可也。其餘諸經古賦俱乞于後，便中寵示全榜，批教姓字，卷上多撰他名或代名，不可以爲據。敢乞拜意玉湖相公：先生尊賜，皆出雲峰之吹噓，感戢感戢！已修謝書，并及之矣。回仲儀郡博一緘，併此附去，頤指呈達爲荷。楮短心悠，未究忡悃，惟高明鑒之。未見間，更望珍嗇，以壽斯文。不宣備。

答胡玉湖請考評書

某自一二十年來，側聞執事先生允恊輿情，丕承先志，以明經一脉，倡率士類，佐闡人文，甚盛甚休，由是歸心門墻，積日如髮，第未獲一拜下風，常用悒悒，以爲此生欠事。詎啚今者會友以文，巨帙累重，諉以銓次，嘗解托雲峰先生力爲辭之[一]，雲峰不特不善爲我辭，且勾引先生賜之剳翰，于是乎黽勉披賞，不敢辭矣。甫得竣事，謹以授之秦綱，望賜台電一矚之，未知能愜高見、契公論否耳。竫惟先生于玉比潤[二]，與湖俱清，振起斯文，是亦爲政。後舉不過一再秋風，迓續文公丁卯之氣數，機闗所繫，未必不由于斯，櫟也預以爲賀。至于憫熱惱之瘴，衣之以疊雪之輕，解粧寒之圍，飫之以松明之紅，此意厚甚，下拜之餘，附此以謝。未知何時掬湖中玻瓈玉以洗昏花，以快披覩？臨楮不任拳拳。

【校勘】

［一］嘗解托雲峰先生力爲辭之：解，文淵閣四庫全書本作“轉”，依康熙刻本。

［二］竫惟先生于玉比潤：竫，文淵閣四庫全書本作“恭”，依康熙刻本。

答王仲儀書　至治元年[一]

櫟去歲聞琴書寓考川，川泳雲飛，良深健羨。今春方以未詢履祥爲欠，而雲錦天落矣，三返五復，何快愜如之！明經課評荷雲峰、玉湖二公舉以見諉，老病荒疎，懼不任此，方控辭間，執事又從而慫慂之，亦既黽勉拜命矣。或以召鬨，公能爲之解嘲否也？貴州髦士如林，得諸公又從而鼓舞之，其雪去秋庚申之耻，而迓文公丁卯之運，近在後秋，轉瞬見之耳，全在雲峰老師與吾仲儀老友領袖後進，以爲文公闕里增光，區區不無望焉。何時得握手劇談，以豁愁思？

【校勘】

［一］至治元年：“去秋庚申”爲延祐七年秋，故此書當作於至治元年。

答胡雲峰書

近齋心价者捧至教字，披誦方知有八月半之翰而未領，隨即虔答索及《四書發明》四小帙，附齋心回便拜呈，今不知已到未？此月望，賓暘方遞示前翰，連張累紙，詳縝謙厚，雖得順下而聽[一]，何以過之？快甚慰甚！賜報諸作姓名，明經人才之盛，足見師友淵源，敬嘆久之。王葵初聞其名矣，董季真以乃翁所編《蔡傳附錄纂疏》來，竭力與删定補註，内其葵初批字删除處，見其學識不凡，因附書達葵初，不蒙一字之答，想是季真匿之。其説甚長，他日有會晤緣，當及之。拜問《本義》二條寫去之後，隨即悟《文言》乾九二，夫子明有"乾德中正"語，已悔所疑之過，今蒙詳教，頓覺豁然。以程子"中無不正"及《未濟》九二證之，了然矣。朱子曰："九居二本非正，以中，故得正也。"此亦《易》"不可爲典要"之一。知正例而不知變例，固不可也，惕厲亦是至疑，蒙批教詳明，尤幸尤幸。朱子曰："無疑處却要有疑，又要無疑。"使我之有疑得以無疑者，先覺之賜也，感刻感刻。賜報《本義通釋》外，尊著不一，既未板行，又難盡借。又賜報《四書通旨》之著，前信方謂未成書[二]，以今尊論覘之，書成矣。坊中四種，《附錄》爲最，《纂疏》多不滿人意，《集註》依樣畫葫蘆而已，不堪視覽，故不得已而有發明之編。今蒙批論謂《纂疏》《集成》多有差繆，可謂先得我心。又報《集成》外添得數家，亦難得也。《大學》有盧玉溪《通義》，最不易，想亦在一家之内。若夫北溪之《學庸講義》、陸坦之《木鍾集纂疏》已略取之，但未盡善爾。前信欲拜觀《通旨》，數十板以見規模大槩，賜教爲幸，顒望顒望。

【校勘】

［一］雖得順下而聽：順下，文淵閣四庫全書本作"前席"，依康熙刻本。
［二］前信方謂未成書：方，原作"將"，據文淵閣四庫全書本改。

與張純愚書 皇慶元年[一]

某嘗讀龍溪諸誌銘及碧梧所爲《龍溪誌銘》，知德興之張甲天下。又嘗讀伯東、伯大之程文，知其文可示法天下[二]，未識其後人若宗人也[三]。二三年來，偶于胡兄所見《顯叔字説》[四]，固知有純愚，猶未悉。繼于地理楊兄所見葉氏《牧隱吟卷》[五]，作者無慮百人，獨純愚一説超然傑出，亟錄之，敬服焉，然猶未悉。然料此必德興之張也，謹識之心，意謂何當得見斯人而交之。今年携書此來，與二程君交，偶談及《牧隱説》，二程曰："是吾鄉中雲人所作。"繼而蘭叟此來，又及之。蘭叟方曰："純愚本德興人，乃徙而占籍于婺源耳。"愚然後方自喜聞弦之能賞音，而所料果不謬也。知蘭叟將有考川三役拜會之期，遂于臨岐祝之爲寄聲于純愚先生，非不欲書，未敢書也。蘭叟再至，則荷寄聲，且曰："欲寄以書，以冗未及寫。雖未得拜讀，已領盛心。"某何修而辱先生先施之哉？夫然，前後之不敢書者始敢書矣。所以有《牧隱説》之云云者，蓋如老泉所謂"亦欲執事之知其知我"也，若夫不肖，則以何者求知于執事哉！某自少頗知經之當明，今老矣，犬馬之齒，六十有一矣，而經猶未易明也。嘗謂仄仄平平之詩，俗下應酧之文，儒家事業，詎止乎此？而一望茅葦，盡疲精神于此，常心非之。聞考川有明經書院，司教事者，雲峰胡丈執事與爲僚其必皆注意于此，而寔能稱乎此，多賀多賀，健羨健羨。庚寅識雲峰于郡城，今二十有三年，無由再見，請談次得一唾名問興居，幸甚。某三十年繆作俗下應酧之詩若文，去秋東屏不戒于火，俱燼焉，不足惜。有一《增廣通略》，乃因雙湖胡丈所刋《史纂通要》而再訂正者，無他本，亦燼焉。《書解折衷》《詩述傳句解》《禮記集義句解》《語孟口義》等，未審何時得執以北面求印正于先生乎？所抄先生《牧隱》册子，亦燼矣，先生窮微臻奥，是惟無出，出必超邁，似此者何限？嘗一鸞想全帠，因風可賜教一二否？願也，不敢必也。問先生之年于二程君，皆不能記，因筆不妨批教。拳拳及此者，亦老泉《張益州画像記》之意也。冒昧奉書，不覺覼縷，惟高明鑒之。不備。

【校勘】

［一］皇慶元年：文中陳櫟自稱"犬馬之齒且六十有一矣"，皇慶元年，櫟六十一歲。

［二］知其文可示法天下：其，文淵閣四庫全書本作"具"，依康熙刻本。

［三］未識其後人若宗人也：若宗人，文淵閣四庫全書本作"何如人"，依康熙刻本。

［四］偶于胡兄所見《潁叔字説》：所，原作"許"，據文淵閣四庫全書本改。

［五］繼于地理楊兄所見葉氏《牧隱吟卷》：所，原作"許"，據文淵閣四庫全書本改。

與汪竹溪書

不得冰雪相看，忽忽兩載。向嘗以惡詩附某呈似，筆凡墨陋，今猶愧之。近雖以故友雙溪之役，以往返匆遽，竟莫能一造竹所，然嘗步吾藤溪之湄，嚮仰寸心，未嘗不與此水俱泝流而上也。某介恃宇宙襟度，僭有稟懇：靖惟其斯文北斗，吾道春風，一字拔人，今之山子某敢僭以此爲左右瀆：某純粹典雅，處某之門者，亦既數載，善教善交之聲藉甚，先生其亦聞之，倘聞之而未的，不知其人，視其友足矣，某决不敢誤先生之舉人，使先生誤族之擇師也。某今以此干大造者，將得伯樂一顧、卞和一睨以贊其决耳，倘沐主維，如某受賜。

答朱澄潭書[一]

憶今春傳儕叔掃松楸[二]，道經仞墻，因獲下識荆之解[三]。雖老成典型，時見清夢，然以無謂，不敢數動閽人。詎畐謙尊忽賜誨示，乃以諸令孫彬彬玉立，特有西塾之招，非老先生緣先曾大父燈窗之世契[四]，愛召棠之甘而忘戎李之苦，何以得此？矧重以諸族多方吹嘘，左提而右挈之，某也又奚説之辭？黽勉拜命，矯首凌兢，謹此占酧[五]，伏干尊照。

【校勘】

[一] 答朱澄潭書：文淵閣四庫全書本作“與汪竹溪書”，依康熙刻本。

[二] 憶今春傳儕叔掃松楸：傳儕，文淵閣四庫全書本作“侍家”，依康熙刻本。

[三] 因獲下識荆之解：文淵閣四庫全書本作“因獲遂識荆之願”，依康熙刻本。

[四] 非老先生緣先曾大父燈窗之世契：緣，原作“孰”，據文淵閣四庫全書本改。

[五] 謹此占酧：占，文淵閣四庫全書本作“拜”，依康熙刻本。

與汪古逸書

今春領台翰，詳密殊甚。而持書人去急匆匆，僅拜答數字，不能道所蘊之萬一，當緘去《四書考異》一小帙，惜所刊不免有誤字，不便台覽，想能以意會之，不審合尊意否耳。答書初準，擬暇時從容作之，而匆匆無寧日，便鴻無我過者，迄今不能如願，愧甚愧甚。玆恃契厚，僭有欲言：同邑梢雲吳兄萬頃，翩翩佳公子也，屏山先生大尹之孫，松所都巡之子，篤志學問，詩文俱工。有令子年方志學，欲從明師以玉成之。某素與萬頃託交，以此見詢，亦聞先生大名，非一年矣，小生遂力以先生爲薦，玆拜此紙以達其意，萬頃亦自作先生書，萬望曲從其情，慨然諾之，不特萬頃賢父子飽領誨益，小生亦可時時請益。萬頃且有容小生詣其仞墻之美意，若得償此願，以慰生平未得會晤之懷，尤幸也。亟亟拜字，一生常苦匆忙，有王半山之獘，先生一笑而鑒之恕之，幸甚。

答吳萬頃書

疇昔之歲輕抵鄭公鄉，辱賜汲引，僕輩急歸，不果拜命，迄今愧之。繼以惡詩道謝，又辱寵和，突過黄初，壓倒元白，不足以言之也。自後無謂不復，嗣音悠悠，迄今常切崇仰斗山，忽出台翰，所諭敬悉。小生與古逸汪交，書不一而未之一識。此丈壬戌生好學好問，朋儕罕見其比，每心服之。玆體台意作一書達之，申之以台翰，可謂知己，又復篤教，古逸必幡然應聘也。自行之日，必自酌之得宜，小生不敢出位而言也。匆匆拜復，不能治擇言語，來使鶴立不可稽之故耳，伏祈台恕。不具備。

答曹弘齋書

某去臘三緘，蒙濆而辱嚮答之：一是謙光十七日先拜領十六早尊翰，至次月初九日尊翰始至，整肅披誦，一一如侍，深以所代懇蒙允諾爲至幸。閭端新歲，方颙佳音，而首翰又翩其天落矣。亟展亟讀，且審壽履康勝，何喜慰如之！行狀示教，仰荷重勤，真是無一節不包括，無一字不研覃，馬遷史筆、韓柳文法，允謂兼之，非老于文學，其誰能爲？只如“姿貌凝重，意度粹夷”八字，已是画出一梧山翁矣。“良工心獨苦。”老杜所謂苦，即先生所謂勞也，必具隻眼而後能覺之。已即授觀竹君，感慰之深，口莫宣述，但令先代聲謝，臆俟三虞之後，專恪修書，以既悃悰。其長嗣仲煒，亦附此引忱，惟先生鑒之。達虛谷書謹領，俟遣杭僕併發。纔有報章，專當申納，劉生適亦至矣，即令下手，春丁以前，恐難得便，勢只可如此行[一]。拜省之後，以摹本拜呈也。畫之一教，真如耳提而面命之[二]，感激何可云喻。

【校勘】

[一] 勢只可如此行：如，文淵閣四庫全書本作“於”，依康熙刻本。
[二] 真如耳提而面命之：耳，原作“再”，據文淵閣四庫全書本改。

與吕存方書　大德二年

司馬公有言：“某與景仁范鎮兄弟也，但姓異耳。”余于存方亦雲。少而密，壯而疎，勢也。跡雖疎，情則密，義也。戊戌十一月初十日訪存方，偶值其先尊伯大祥，建齋在次日，整辦怱遽中，存方力留之，不容其去，樽酒細論，不以冗奪。待我之義，豈不益于此可見？而余竊有愧焉。先君與先尊伯交，真是莫逆，某故人稚弟也，乃没不及哭，祥始及拜，《記》曰：“既除喪，而後越人來吊。”得無近之乎？一語譏愧，存方其教之乎？

異姓連行雁[一]，少時同隊魚。膠投情最密，梗泛迹因疎。下榻匆忙際，論文應接餘。幽冥負父執，來拜廹祥除。

【校勘】

[一] 異姓連行雁：行雁，原作“雁行”，據文淵閣四庫全書本改。

答金滄洲書

櫟憶去秋道鳴珂，暫簪盍，自後雖坐嵇康之懶，不書不面，然僕心似江水[一]，日夜向滄洲，未嘗暫違也。昨辱觀萬先生枉顧[二]，道美意，出華緘，何修而得斯于滄洲？欣幸無斁。櫟唯秺侯之門，先君、先叔俱嘗游焉，不肖何人，俾繼此躅？雖出觀萬愛念之意，汲引之勤，然自非滄洲羲娥其觀人之眼，溟渤其容人之量，亦安能于總總客處中知有所謂陳櫟者？又詎肯于故人下客之子而期以愛、必兼愛也哉？櫟行四方，得此于人蓋寡，此正願擇所從而未之得者，矧重以觀萬稱道誼雲之高不容口，此而不從，其將奚從？以此言之，聞命即拜，疇不謂宜？然自今客他方則可，在父母之邦則未可。見主人館我今五載，略無間言，義合控辭，然後拜命。及力辭之，而主人苦留之。形留神馳殆兩浹旬，進退維谷，將如之何？方欲修不能拜命之報章，候伺觀萬到館，耑人申納，而觀萬又此來矣。苦辭求決，而主人終苦留不放。“輕帆好去便，吾道付滄洲”，昨雖屢哦此詩，今牽掣其事乃爾。舟近蓬萊，風輒引之，分也。夫還珠淚垂，可勝凄斷！負觀萬、滄洲二先生之深知，非意也，勢也。事會無極，豈必終無効驅策之期哉？肅此修謝，萬冀赦原。治報魯皋，臨楮慙汗[三]，伏干穹照。

【校勘】

［一］然僕心似江水：僕，原作“懶”，據文淵閣四庫全書本改。
［二］昨辱觀萬先生枉顧：萬，原作“方”，據文淵閣四庫全書本改。
［三］臨楮慙汗：楮，原作“猪”，據文淵閣四庫全書本改。

答汪竹溪書

某早歲侍松坡老師坐，知群從多典刑，嶺雲隔之，尚欠立雪，不啚今遠貽音書庇賤姓名[一]，誰誤聽熒，胡嶺雲不能隔之耶？巡簷聳觀梅花，與有德色；令孫森森立竹，方就師模。如某迂疎，掄選見及，不由介紹，特達相知，樂莫樂兮固已心許，矧重以朱丈昆季之慫恿乎？然某于梧山賢周魯託世契依劉已十餘年，詎敢不告而去之？戀戀綈袍，尚有餘意，坐是欲遽拜命而未之可。謝蘭寶桂，正晉子野所謂好學如日出之陽者，授受緣法，天苟相之，少緩歲年，安知暫睽之不終合？今日之不輕去河南氏者，即他日之不輕去浮溪翁者也。別楮不敢留，謹璧歸之，記室眎人，萬幸。令小阮提領郎卿，不及另幅聲謝，附此引忱，惟是有辜嚴命，非意也，勢也，伏告穹照。不備。

【校勘】

［一］不啚今遠貽音書庇賤姓名：庇，文淵閣四庫全書本作“及”，依康熙刻本。

與徽學屠教授書 名約，字存博

某頓首加拜，謹呈路教提舉月汀先生師席：某隆冬逆旅，獲瞻師模，語未終，別去。鷁退蠖屈，天乎？人也何尤？扶憊而歸，過郡城，不敢以藍縷見，意謂繼必可以從容請教。豈期三載竟隨魯臯，非先生鑒之以日星之明，容之以江海之寬，某也寧免于戾？徽泮積弊如蝟，先生以嚴正公廉一洗之。昔枵然而不足，今霈乎其有餘。惜也斂此經綸整頓之手，僅施之一斅學而未大用也。雖然，嘉聞美譽無翼而飛，豈無能以轉聞者？先生自此升矣，預此多賀。某散材也，自度無所可用，惟致力先儒之書，發其未盡發之藴以啚不朽而已[一]。去冬編《蔡書傳附錄增註》已成，已與番陽一董兄謀刋之閩坊矣。見編《四書章句集註發明》亦將過半，未得求印正于先生，殊以爲恨也。干冒師嚴，無任戰汗顒徯之至。

【校勘】

［一］發其未盡發之藴以啚不朽而已：未盡發之，文淵閣四庫全書本無此四字，依康熙刻本。

與吳子靜書

久不奉問，惟有尊仰，中間疊辱頒餉，不及一字聲謝，簡慢之咎，奚以自文？然無心之感爲咸，乃感之真；不言之説爲兑，乃説之至。即辰歲聿云暮，伏想合宅尊大之眷，均受福祉，荒涼四壁，蔑表餽歲之意者，寸芹遣前，物微意全。仲文好學有進，深可爲喜。吾儕人家，但如山谷所謂“勿令書種斷絶”，其成功則天也。如肯見過，不必以歲暮爲嫌。

與吴執敬書

某遙睇宗衮公遨嬉處緬想高風，無謂而書，焉以爲恭？瀆也，因以不敢。襟度明豁，必鑒此衷。仲文來，知尊履壽康，良切贊喜[一]。去冬之杪，辱令似桂山上舍盟書，有收録兒曹雅意，雖乏便未及令具遵稟狀，然已心領，恃有老成典刑，必覆燾訓誨之也。區區本意，欲令長稚一出，仲文之意，以爲長稚故疾，恐或不免有發時，不如令小姪勲孫解命[二]。此子雖教之十數年，然未嘗出，雖仲文以爲可，而某不敢必其可也。所恃者先生以眷家祖行提撕綱維之，但令伴令孫相與習句讀，務相去其不是、不及處，不以客待之，而以孫教之，則庶乎其可。先君之孫，即先生之孫也，倘沐以先君之故，施及其子孫，俾得由此漸漸稍慣，可以悠遠藉庇，某也未没之年，無非感恩啚報之日也夫[三]，豈寧惟兒曹而已哉[四]！末由拜侍，敢乞厚自珍嗇，躋登上壽。臨楮不任拳拳。

【校勘】

［一］良切贊喜：贊，文淵閣四庫全書本作“欣”，依康熙刻本。

［二］不如令小姪勲孫解命：解，文淵閣四庫全書本作“應”，依康熙刻本。

［三］無非感恩啚報之日也夫：夫，原闕，據文淵閣四庫全書本補。

［四］豈寧惟兒曹而已哉：寧，文淵閣四庫全書本無此字，依康熙刻本。

與子勲

我本未欲遣汝出，偶遇機會，故如此。汝須是自卓立、自爭氣、自求長進、自做取成人，不可如前日悠悠見笑于人。今幸遇親家執敬老師，重厚典刑，可以親炙取法。姊夫子靜先生博淹修潔，可以資問請益。好文字、好説話隨手錄取，歸日要觀。仲文非特益友，寔足爲汝師，渠之言，一一謹守之，不可一毫違之，按渠之言而力行之，永永無失。今受人子弟之托，須是且以教人爲急，自己事且放緩。然教人讀，即是我讀；教人做文字，即是如我自做；教人解書，即是我自解；教人熟而記得，即是我自熟自記得。教人便是自學。如此力行，不特人有長進，我亦自有長進。又，教人讀書，今雖不必與人盡解，然我却不可不自曉得，須是每日隨人所上之書，逐段自檢看，解得曉得[一]，不可徒讀其句讀而不曉其道理，如和尚念經也。每日早起晏眠，除登厕外，莫妄出一步，不可與人閑説一句惹是非。待學生必正色端莊，如此，决不遭侮。夏楚人家多不樂此，不宜施。須是勤而有常，謹審而不敢輕易，能守得“勤”與“謹”二字，萬萬無失。言語要簡而當，從容而分明，最不要誇張妄誕。學生事業，與主人商量，各人具一日程而日日謹守之。

【校勘】

［一］逐段自檢看，解得曉得：前句末字“看”與後句首字“解”原倒，據文淵閣四庫全書本改。

答吴仲文甥 凡十四首

近與曹公交信報，中全出示乃尊《八十老人嘆》，末章及弘齋。弘齋和一篇併尊文欲抄示，以匆匆未果，次第再信索之，得之，當錄去也。弘齋《石假山》詩曾見之，因戲成一首，大意謂：木山可言假，石非假也。“一卷石之多”，卷石即山之具體而微者。且天下大小無定在，莊生云：秋毫爲大，而泰山爲小。使有摅鹏背而上九萬之上，其下視泰山亦卷石耳。“假”義有二：有真假之假，有假借之假。凡有形于天地間而爲人所受用觀翫者，皆假我也。名僧有偈云：“百年借汝閑觀”，孫仲益嘗拈掇以爲尺牘，見之註中。雖泰岱“齊魯青未了”者，齊魯之人亦不敢認爲真己物。自羲黄以來，泰岱亦幾换山主人矣，爽鳩氏不能終古常樂之也。今德父爲今季子，知在德不在山。石小山己物而不認爲己物，不過假借之以適吾之樂，其德自可以不朽。縱渠夜半有力者，不計也。以此竟成古句一首，不曾带歸，匆匆亦記不全，未及錄去。又恐中間或者不察，以爲含譏，遂不欲發。要之，不過說正當道理，末段嘗說得德父好處出矣，吾甥以爲何如？賢甥之說，後篇“五峯九峰”之說不爲佳，不如前篇。吾文自有意，深淡不妨[一]，不必爲俗人遷就也，如何？如何？令弟處留下《杜詩選》半册，乃律詩，望索以見示。近見劉須溪《杜詩註》，杜詩本平易易解，而劉批反艱深，其辭却解不得，可怪！見之否？然亦間有好處。有暇欲盡註之，但不知有力可成否耳。

《石假山》詩曰：木山可言假，石山何假爲？一卷石即具山體，山之小者逾怪奇。若謂卷石不是山，撮土與地有二與？秋毫爲大泰山小，大小定在誰究之？倘騎鵬背高九萬，下視泰岱應有兹。吾謂假字有二義，以假借言端有意。人生宇宙間，形聊百年偶。凡所受用莫非假，欲專一壑毋乃蔽？田廬山園併貨寶，借以閒觀了兹世。倏來忽去或終身，氣聚有之散斯棄。粤從羲軒昊項辛，泰岱幾換山主人。芳林崇土艮岳石，力爲兒戲堪笑嗔。泰岱真山青未了，齊魯亦難認爲真。爽鳩雖樂豈長樂？但視爲假常欣欣。延陵德翁今季子，小山已物呼假耳。元和在德不在山，德意不朽山意閑。適吾人樂聊爾假，不妨夜半有力者。

又

弘齋《雜作管見》內有吾輩所自能見到者，有舊已面得之者，其能廣人見聞者亦不少。近見答一書，甚詳盡敦篤，末書一絶云：“孫曾鼎立淡壵扂，年歲珠聯寅卯辰。或抱或携無不可，老天照覷這閒人。”晚福真樂，可羡也。視虚谷將死五律之可憐，過之萬萬。吴恕齋《講義》于朱學儘不差，亦無大過人者，皆不肖所能知能言，當擢錄之[二]，後便歸納。

又

承索放翁詩，見遣去。其詩甚典雅工博，極好學。南渡後，乾淳以來詩人如此公者，不可及矣。承和詩“肯將圓行應圓物，但以古心傳古人”，好。“周易”二字，不過周家所作之《易》，三《易經》卦皆八：《連山》，夏《易》也；《歸藏》，商《易》也；今之《易》，周《易》也。伏羲之《易》，唯有卦名而無辭，自文王作卦辭，周公作爻辭，方有今之《易經》。孔子作十翼，乃《易》之傳耳。易，交易也，變易也。交易爲體，變易爲用，朱文公論之詳矣。虛谷《桐江續集》有《先後天吟》百首，多好。惟其中說《周易》一首不是，以周爲周流，大不是。此不知何人好奇之論，而虛谷誤信用之耳。

又

承錄示尊先吳端翁《正詩序》及摘聯，極感。摘聯俱精絶詩壇。律起結小不滿人意，而兩聯絶佳。舊傳全詩數篇，豪壯工巧兼有之，但不似蘓黄一輩之渾厚耳，諒于中原文獻之正脉，有難以一槩論者歟？誦其詩不知其人，可乎？是以論其世也：楊尚書名傑，字次公，號無爲子，其名見于坡詩。吕成公《文鑑》選其詩文，近傳其爲婺源胡氏作《綵衣堂記》。此《詩序》高于《記》，相去十餘年，筆力之進如許，可敬畏。近示册子，胡餘學《復卦講》篇詳明不可及，何其中有云“孟子謂‘伯夷太公盍歸乎來’，斯朋來無咎之證歟？”此引證失之巧矣。齊魯瞻，沈毅齋高弟，名興龍，寶祐丙辰文榜《易》義過省許。許山屋名月卿，以《易》魁别院，所答魯瞻問《易圖》一書恐非山屋，山屋文學不類此，看《易圖》亦恐未如許精到。畧果其答，想是初年清明在躬之時。但得魯瞻發問之書一觀，方極分曉，否則尋此《本義》前所列諸圖及蔡節齋《易傳》後所説參看，亦好[三]。然此書中亦多有徒詳而欠下語精妥處，亦恐其誤處[四]，大勢自好。

又

福姪授所惠字已悉，喻及《孟義》諸眞者，誰乎？甥舊自相爲知己，可也。近日光姪至，見《記解》，必欲借《曲禮》上下去，已付之。所編述甚欲以傳知己，庶廣其傳，但在發去者見體早了換[五]，不失墜元本，失之則拔本塞源，抱恨無窮矣。高作一册遣下，《環秀亭賦》摭方公《秀亭記》之餘意，辭甚明暢。《多景軒記》末因以箴之可取。《望遠樓記》雖得之《心境記》，然亦不當用全善[六]。《三石説》自虛谷《千佛閣記》來，亦佳。《逸老園記》模寫工，意趣佳，斷制之法從弘齋《南山道院記》來，“以逸老人之餘年”，“餘年”只可自言，不宜施之于親，當作“高年”。《祀社文》甚佳，無鵠形矣，“幾以充人形也”，“充人”二字，當改作“踐其”。《得心亭記》《月齋記》《石假山説》《拙菴説》全善，勉旃勉旃。

又

前遣去《孟子口義》，看後于盛意如何？人回試一二語及之。老舅初十日歸，十一日便下手解《禮記》，今早奉先祀，午後讀之至晚，亦了却《内則》一篇，四日共十七版。高作一帙，筆力大是長進，咄咄逼前輩不止，目前所罕見。第一篇賦意有所祖述，漸漸看至中間，漸入蔗境，老夫當避路。但勝是麗勝淡，辭勝理，年漸高，筆漸老[七]，他日不患不成。霜降水涸，未可即遣回，當選寫數篇，留以示人云："吾家亦有此宅相也。"老舅不能如山谷萬一，賢甥殆過三洪、師川遠矣。開春晴得好，過我少欵，但恨無可以欵留者。閔仲叔、周黨相過，惟飲水相視而已，恐不免此爾。統祈孚亮。

又

人至首詢椿桂消息，知俱錦還，各遂綵侍，甚喜。讀所惠字，稔尊祖老先生以次並納福[八]，老姊康健，尤慰。近來無以遣日，擬作《禮記句解》，已畢十二篇，見至《内則》。日無寸暇，此爲骨朽後生活，他日當與賢甥細商之。亦自憐其自苦不能閒也，念之否？適閲所問至《孟子》首章"仁義""義"字之疑，昨歲所成《孟子口義》已及之矣，不可不傳之吾甥，先遣前册去，自謂稍能得朱老之意，望作急抄之換後册去。有一《後序》，内專及此[九]，半作而止，吾甥勉我成之它日看也。此無他藁他本，萬告而珍之。

又

伏承椿萱重疊之賜，毋乃如文帝賜張武以愧其心耶？兼尊孃安人貴恙如許，何必稠複講此？却則不恭，受則重愧，感激之餘，繼以嘆服也。侍邊千萬爲道謝意。前日所發示文字，亟此歸納。此一宗文字，虚谷遠矣，以下諸人之作何敢望其萬分之一[一〇]？虚谷之作切于小桃源，尤切于今日進士之難之弊，末出作序者與本人之名，有手段。且前純述志隱子之言，後方爲之作歌，正用《送李愿序》家數。番陽張仲良一絶句亦可取："廬山千仞歐公賦，盤谷兩山韓子歌。險語奇文世常有，高風清節士無多。"隱然有諷誠意。下此而作者尚當于"志"字立議論，諸人皆無發明得

“志”字有力者。匹夫不可奪志也，若志立得，定灼見世。當隱而隱，莫説三徵九辟，雖千徵萬辟亦不可奪吾之志，方足以稱志。隱之名，若販賣雲壑，邀射虛名，如盧藏用之終南捷徑，李渤之少室索價，此而謂之隱，豈知隱耶？恐所謂程堯者，亦不過借此爲虛聲耳！設有貲可求仕，有媒可進仕，未保其不奪志也。以此箴之，或可奪其膏肓。

又

胡仲虎《四書通》，庭芳委校之，且令是否之。好處儘有，但鷄子討骨頭處甚多，最是不以祝本爲定本，大不是。文公適孫鑑庚三總領題《祝氏附録》云“後以先公晚年絶筆所更定而刋之興國者爲據”，今乃不信其親孫之言，而信外人之言。只看《中庸》首一節斷語，諸本與祝本疎密天地懸隔，乃隱而不言，而專以《爲政》篇“德之爲言得也，得于心而不失”一節來辨，謂“得于心而不失”爲定本，而非“行道而有得于心”之説。“得于心”何必加以“而不失”？得于心是得何物？不比“據德”云：“據德是道，得于心而不失”，乃是因“據”字而下“不失”字耳。似此之類不少，只是纏辨。數年前與之交，信信皆具存云云[一一]。

又

前日不曾戒甥一事：夏秋之交，最難將理。將理之法，第一要不多飲水，不特冷水不可飲，雖熟湯亦不宜多飲。如遇小渴，不如忍之，忍之而慣，自不思飲。如遇大渴，不得已而索水，不若只漱去煩熱，略略嚥些入胷膈，不宜引滿大吸，快意一時，以貽日後脾寒瀉痢之患也。渴時閉口卷舌，揷上牙之內，自然有津液來，候滿口，細細嚥之，自不渴。此學仙妙法。

又

照病且嬾，勲亦不用心，皆不可望。能傳吾學者，其吾甥乎？冬末上來，望帶取紙筆，文字當傳者作急了之，若悠悠半年僅傳一二，何時是了？近日某借人《朱子語録》，昨日一日抄一十二板，不過循循寫，未嘗汲汲也。十詩甚感，但稱奬過情，自家舅甥，只貴用寔意，不要如此。啟事甚妥帖工緻，起八字妙，但“宫居”二字不好。吾甥好學好問，故一髪不貸如此。甥所作比近時所見又進矣，可喜可喜，勉之勉之。

又

承惠字，甚喜。所言言言允當，可謂愛之之深，使其能一一謹守，則吾何慮之有哉！勲兒既見之後，仍賴苦口戒飭之。姊夫家祗以自家子姪待之[一二]，有不是，直戒切之，尤所願望。見之只令在中門外，不必令入中門一步，此一件，不妨以客禮待之也。見令具榜子去參諸尊長，但見二令叔祖，不可無榜，又不好下，只得下"眷姪孫"三字，如何？所當見之眷家前輩，望一一引之進見，教其不及，扶其不至，包其不能，是所願望。舉業一件，今日相尚不做舉業，往往只理會作詩，眞寔詩不易作，簡不可不作。想子弟漸長，此等亦漸作，《對簡》《詩口義》之類，皆所當習。然詩且當作絶句，先五後七，未要便作律詩。做絶句三兩月，見蹊徑，方可問津于律。向來老成而能作得詩成者自少，況初學乎？先易後難，漸進法也。勲孫字畫未成，不可寫本，見付去黄字、顔字，令摹以授同牕。某小年編錄太早，致終身寫字不好，雖教學今三十有六年，未嘗爲學生寫一幅本[一三]，不過摹本而已。日間不可一刻放過，燈下只宜立定程限，讀日間書，每般讀幾遍，讀足便就睡。子弟精神有限，不可徒久坐而瞌睡，徒損其明日之精神，無益也。

又

初九得家報，方知邑中有公移到來，賢甥宜與説：作此冤家，有何寔益？其子學于吾者五載，今反以德爲怨。平昔自恨薄命不偶，動遭反噬：以爲芝蘭而滋植之，變爲荆棘；以爲鸞鳳而卵翼之，化爲梟獍者往往而是。孝友睦婣，人之行也，令叔一房上而事父母，次而待兄弟、族人，外而待師友，于此四字如何？天理人倫有是乎？沉毒陰狡，最損人福；平白善淑，最增人福。甥其開譬之，若十分難言，望勿吝一行，面盡其委折，尤好。

又

此回之事，亦是宅中房下一項大變折，得一番大禍。近聞犬屢升屋，蹲而吠此妖也。仲耆一病，此怪證奇疾也，此誣興而病遂愈，豈非破財折災乎？甥宜以順處逆，以待天者之定，于此事拋棄之，不要留在心胷。吾所望于甥者甚遠，宜以公平正大爲心，不可一毫效彼也。回宅時千萬過吾家，詳細言之。塞上翁曰："安知非福乎？"尊祖厚德，所以待吾甥一房者不薄，其面以喻我之意甚好，容面商之，然後力贊其決。吾于甥所闔繫付托非小事，甥切宜克己自强，以慰老懷，吾于此當拭目以覘。甥之遠業，初聞必不平，以古君子之事觀之，以理遣之，未有不平者。相愛之深，慮其因此饑寒或生疾也，切望自愛。

【校勘】

［一］深淡不妨：妨，原作“放”，據文淵閣四庫全書本改。

［二］當擢錄之：擢，文淵閣四庫全書本作“摘”，依康熙刻本。

［三］亦好：亦，原作“只”，據文淵閣四庫全書本改。

［四］亦恐其誤處：恐其，文淵閣四庫全書本作“容有”，依康熙刻本。

［五］但在發去者見體早了換：了換，文淵閣四庫全書本作“送來”，依康熙刻本。

［六］然亦不當用全善：當用，文淵閣四庫全書本作“能”，依康熙刻本。

［七］筆漸老：筆，原作“必”，據文淵閣四庫全書本改。

［八］稔尊祖老先生以次並納福：稔，原作“承”，據文淵閣四庫全書本改。

［九］內事及此：此，原脱，據文淵閣四庫全書本補。

［一〇］以下諸人之作何敢望其萬分之一：之，原闕，據文淵閣四庫全書本補。

［一一］信信皆具存云云：文淵閣四庫全書本作“頗信吾言，凡所云云，皆具存也”，依康熙刻本。

［一二］姊夫家衹以自家子姪待之：衹，原作“姊”，據文淵閣四庫全書本改。

［一三］未嘗爲學生寫一幅本：爲，文淵閣四庫全書本作“與”，依康熙刻本。

與梅屋叔

某有小事，仰瀆尊聽：近日與可叔面，言要割稅入敝户。此若出于戲言，則付之勿言。若或果有此意，乞賜一言力止之。敝户惟其無稅錢，所以可與學中打捱，若纔有貫百錢稅[一]，便爲所牽持矣。五城者七兄嘗笑黄麟哥，謂："先祖通判做一世官，不肯受親戚族人一文稅錢寄附，見得一介粃矢[二]。儒户而受人稅錢，今日但見小利，未覩他日之大害耳。"此可謂名言。若夫包納本户一二百文稅，則尤利之小者，便是貼之以七十分，亦不願受此小利以貽他時之大害。割來易，割去難，某人之事可鑒也，可戒也。謹以直覆，千賜以仁人之一言。瑣瑣冒瀆，恐悚恐悚，伏乞尊亮。

【校勘】

［一］若纔有貫百錢稅：貫百，文淵閣四庫全書本作"百貫"，依康熙刻本。

［二］見得一介粃矢：粃矢，文淵閣四庫全書本作"懦夫"，依康熙刻本。

與春塘叔

日昨領尊翰，爲曹學録求贈行詩序引，嘗匆匆奉答，殊愧草率。繼而思得其説，奮筆一揮而成，議論頗精，切不可移之它郡它人。節節照映，句句工密，字字秤量，知良工心獨苦者，其惟吾叔與二三知心乎？番陽名士如林，所謂作文要可張吾軍[一]，然後可以出手[二]，不然是辱吾徽，亦自辱吾鄉貢進士也。諸公贈行詩章亦宜彼此互相指摘推敲，不至貽芝山羞爲佳。劣姪行年七十有三，老矣，其言雖苦而味頗腴，聞者當不罪之。秋崖《耕緑堂詩録》示人以爲記，尊翰亦以爲記，非也。此詩恐不可出以示人，内有"諸人讀書不如睡"，又云"者也之乎助何事"，譏斥鄙俚，似非其得意之作。後一首可以出手，必元自有眞蹟，奚以某之再寫爲哉？此説不及奉命，非懶也。敘引繕寫呈似，過尊目，以授曹君。

【校勘】

［一］所謂作文要可張吾軍：吾軍，原作"子布"，據文淵閣四庫全書本改。

［二］然後可以出手：然後，原作"須責"，據文淵閣四庫全書本改。

復寔卿姪 名光

近日作答信後，某日高一哥來，方知所寄還程松谷文字挾以自隨，將歸後送還之，未幾到與可處，今必歸矣。見發程君可大所求之文到敏求兄處，《遺像記》頗自愜鄙意，道理亦寔是如此。《輓章》不爲好，却見盡其家世、平生履歷及壟地，亦一字不可移用于它。人所贈言，則不可言序，序必送人行乃可言。呉丈與夏放皆謂之序，恐無此體例也。夏放最亂道。汝何人？敢大言無當！將與卿大夫上之司徒，初見即擲之非之[一]，不擬來取也。此人乙卯生，邑市無人，鬪推此等無狀無識之物[二]，可哀也哉！今亦死矣。康節云："還知虛過死萬遍，却似不曾生一般"，此物足以當此。漫及之，可發一笑。賢姪看後或有所見，不妨見喻，亦望報公論以爲如何。明年，賢姪所寓渠宅多好書，半年數月後，可以逐旅借看，亦一大好事，預以此賀。吾曩歲見好文字必抄或摘，每歲必進得一兩書，嘗自笑與老婦言之："今年又買得一件書田矣！"自到瑠溪後，便不能及。子西摠管亦頗有好文字，初自江陵回，得文公《儀禮》，全書七十册，嘗妄意欲抄取一部，繼亦成悠悠。今年老眼昏花，不能償此願，遂爲終身之恨。亦謾及之，言此者，勵吾侄可爲之時勿磋過也。

【校勘】

[一] 初見即擲之非之：擲，原作"施"，據文淵閣四庫全書本改。

[二] 鬪推此等無狀無識之物："鬪推"，文淵閣四庫全書本作"推薦"，依康熙刻本。

與高四叔翁

去年，婺源胡雙湖數相勉，將《蔡氏書傳》編附錄纂疏，勉從其言，成得三分之一。繼而海口董養晦又挾雙湖書來，欲借所編，采入其叔父董深山所編中，以不見深山所編拒之，不發。今夏養晦之來，携乃叔所編四册見示，遂亦發數篇授之。葢深山之子季真將携入閩，板行甚堅，彼中已有刋主矣。近季真貽書，盡發全書共十一册來諉以删定，但其所編多泛濫不切，自家議論尤泛，使人不滿。其書先已經王葵初及雙湖删之矣。葵初丙午生，好見識，遂因其已删者而痛删之。《秦誓》以後者與董相叅，次第將畢。却將董編叅取，自《堯典》以至《微子》合爲一編。葢此原有《書解折衷》，故成之頗不甚費力。近以十餘篇凂高一哥錄取一本爲底本，高一哥亦自錄一本，不審畧曾見之否？如未見，則高一哥解盟時必可携歸共看也。今番此書覺無餘藴矣。老來自苦，東坡所謂"頗利前賢予骨朽，後人眼目亦自憐"也[一]，因有餘紙，偶及之。餘需後便，切冀心亮。

又

《蔡傳集成》亦聞置一部。此名亦大言無當到何處，謂之"集大成"？初與約並名而刋，爲改乃父之序文，外面書套之語亦商量寫定，到後一切反之。今刋者却是元序，何等猱談。初焉，用半年之力，授以成本之時，震哥云："彼拐先生耳！至彼必自刋乃父名。"予對以未必其然。我之忠厚，不逮後生之明了遠矣！此不緊要也。愚謂其中有精切而遭去者無限，逞其懂儸之辭，易其擔當之語，往往有之。奪吾說以畀新安胡氏者五十許條，雙湖在，必不容其如此。內他人名字差錯者不少，字畫差錯無限。初授之本外，添熊氏之説，無一而是："《禹貢》中有大亂道之語，'由南而窺址'等是也"，與《禹貢》初無毫髪干涉，徒爾大言以見其博。此子不識，妄加去取，令人憤悶，不得爲完書也。已改定成六卷，近日方畢，非一紙所能盡，其詳自述一刋《蔡傳》本末。當携歸與高一哥一觀，庶怡及次之[二]。

又

十五日廹晚，僮來，領惠字，已悉，虞、夏《書》已有，玆不發，盡發商、周《書》去。董之罪，不在畔盟不並名以刋，而在妄删節割裂，使看不得，有遺恨。中間胡雙湖寔無一字，凡"新安胡氏曰"者，皆吾人之説也。雙湖至公平，使其在也，必不肯如此，董亦不敢如此。因筆及之，仔細將此本與刋本點檢，便可見，楮筆不能盡也。《字說》昨早方成，亟亟書去，餘需嗣便，心亮爲荷。

【校勘】

［一］東坡所謂“頗利前賢予骨朽，後人眼目亦自憐”也：“前賢予”三字，原脱，據文淵閣四庫全書本補。

［二］庶怡及次之：及次，四庫本作“然賞”，依康熙刻本。

與黄求心

不面不書，忽忽數載，兒姪輩來往，幸得略聞起居，然終恨不得親承博約之爲快也。去冬聞今歲携琴書爲汪溪游，甚喜，當易于盍簪，豈兩各匏繫？倏閲一兩月，一見尚難。偶外甥吳仲文過我，謂特欲造函丈進拜，遂拜此字以問近況。此甥乃某女兄之第二子，自少頗篤志于學。數年前館于歙，因得見弘齋先生，甚蒙稱賞，回其一啟，頗期待不薄。繼嘗以其詩藳呈虚谷先生，亦蒙其賜一跋，期待尤不薄。試一印之可知。今歲先定向杲一館，以意見不合，力去之。偶見過，聞梅結有一館未有人，試爲一詢之，偶一言而合。初不知其詳，及其至也，乃又有不愜其意者。年來吾道固厄，而此甥之厄又甚焉。亦嘗多方開解之：順而安之可也。某于兄長託深契，故略及之，兄長有可提撕警誨之者，幸勿吝。㒰吕來歲仍館于長干滄洲金丈，暇時當必有此行。桐岡自杭回，滄洲必見之，兄長得暇與偕行一游，亦好。但主人留外，踐迹不欲假，如何偷閒先一省見，亦不敢落後也。楮盡只此，切丐尊照。

與金滄洲

久不簪盍，多相燕鴻。近聞台候稍稍違和，天相吉人，想已平復。兹有少禀：外甥吳仲文，後一輩行之可望者，方、曹二公皆稱許之。今歲爲梅結游，某自悔其輕于一言。此甥素聞先生斯文北斗、吾道東風，意欲下荆州之拜，遂拜此字爲之先容，有可賜提撕者，乞勿吝。其詳見求心信中，兹不贅。桐岡自杭回車，後當必過此[一]，又可飽聆誨益也。乏楮，修字不謹，伏干恕督。

【校勘】

［一］後當必過此：後，原作“從”，據文淵閣四庫全書本改。

與中澤程氏

去冬晋邑郛獲晤，語豺狼不問、麟鸞受誣，徒爲左右嘆憤，蔑如之何。别後啟處何似[一]？乏便不及書，每切馳情，最是失禮，尊兄昆季、令姪昆季，其不以薄誼咎我者幾希。兹有白事，未言先慚：昨歲兩薦塾師，兩蒙聽納，竟皆爲反覆者所誤，遂誓不復言此事。今兹有言，恐尊兄亦笑之厭之矣。然尊兄見超凡庸，當亦鑒某非故欲相誤，特爲人所誤耳。舍姪名光字實卿，戊子生，從小問業質疑于某，學識頗正，筆端亦俊，性行甚純，字畫儘楷，現亦習應舉之文，近寄《經疑》十篇，加之淬礪，儘可應試。兄能見聽置之西塾，令姪令嗣不爲無裨。某非如王氏有譽兒癖，知心之前，不嫌其直也。

【校勘】

［一］别後啟處何似：似，原作“以”，據文淵閣四庫全書本改。

答考水胡盤溪 代子西

比貢柔緘，特壓答翰，光芒飛動，與二寶而三珍，感感。某前日以瑣尾細故，不獲已又修字爲記室瀆，發未二昕夕，而秦使突如其前，晉帖翩然而下矣，其何以當之！某材侔襪線，恩受言絲，上有七十歲之親，遠爲二千里之役，半山所謂“古人一日養，不以三公换”，有味斯言！趦趄久之，家嚴時勉之行。君親之命，俱有不容違者，遂方敢爲行計。避左里之險，道出九江，不獲稟違，政此自訟。詎圖誼雲郁穆，叢珍稠疊[一]，嘉而貺之，禮意勤鄭也如許[二]，卻之不恭，受之有愧。與其不恭也，寧愧登嘉勉受[三]，其何以報之[四]？外辱霜蹄，謂賜虞祖屈産之馬；似復晉歸，其不欲明言卻之耶？《禮記》所云“如斯受賜”，癡兒何敢不拜！

【校勘】

[一] 叢珍稠疊：稠疊，原脱，據文淵閣四庫全書本補。

[二] 禮意勤鄭也如許：文淵閣四庫全書本作“禮甚豐也”，依康熙刻本。

[三] 寧愧登嘉勉受：受，原脱，據文淵閣四庫全書本補。

[四] 其何以報之：報，原作“肯”，據文淵閣四庫全書本改。

謝送葚

某近者卜葚先君，過蒙尊慈，崇篤契誼，遠賜賁臨。范張交好，乃今見之。先君有知，銜茹必矣！況于其孤，其何敢忘？日欲躬走仞墻，以謝迂臨之辱，恐勞起居，以故不敢輕率。是以餚墨卿以代面謝，伏乞穹照。不具。

謝履襪巾幣

某昨者讚揚好事，慚愧善歌，曾微拍調之遏雲，遽賜縑繪之叠雪。讀所惠翰，知雅意已先于未將，以迹觀之，則似磚之抛、玉之引也。念舊怜貧，煦濡而濡濕之，在左右爲盛德事，其如老生之不遑秖受，“何一拂拭一步履，無非銘篆恩私時”也。亟此占酧，言不盡謝。何時簪盍？悉留面既。

謝星源王正山豬肝及酒

懶殘爐邊，六花誤約。孤負燈花，如此空樽何？青州從事，與公子彭生，携手同行，惠而好我。從事曰：“相與入醉鄉，可乎？”彭生曰：“吾平生吐出肝腸，豈曰豕交之哉！”二子辨不已，某捫腹而謂之曰：“此中空洞無物，能容卿等數百人。願借前箸籌之。”二子曰：“善。”竟歸心腹。

代達汪靜軒

某昨效麗公之入城，勤陳蕃之下榻，擾春風者深矣！揖別言歸，一步一感。渴教信宿，尊仰方新，待臘之柳露青，賓春之梅綻白，乘咸臨之，吉利迓開。泰之亨嘉，此其時也。仁者之靜，與松蘿俱凝定；仁者之壽，與椒栢俱延長。歌擷澗芹，以將此頌，惟尊慈不以其輔瀆而翕受之，則百斯幸。以序附此致意[一]，而下引誠惟均[二]，等祈尊恕。

【校勘】

［一］以序附此致意：文淵閣四庫全書本作“以序附，特此致意”，依康熙刻本。

［二］而下引誠惟均：文淵閣四庫全書本作“以達愚誠”，依康熙刻本。

答黄叔玉

某不見叔度，鄙吝久生；又得《山谷刀筆》，鄙吝亦掃而空矣。梅簷展玩踈花，與有德色。某玆棠親慈以寒家增累，特貽慶言，且有珍貺，此何足掛齒牙者。君家山谷《嘲小德》詩曰：“中年舉兒子，漫種老生涯。解著《潛夫論》，不妨無外家[一]？”此兒之育，適可似之，敢借此詩，歌之以謝。短帋占酬，不敵先施，統祈親照。

【校勘】

［一］不妨無外家：不妨，原作“何方”，據（宋）黄庭堅《黄山谷內集》卷一〇《嘲小德》改。

寄鄭時菴

某昨留都下，與君爲莫逆交，眞異姓兄弟也。英游時，乃坐他冗不克躬餞，迄今愧之。猝猝言歸，念欲即詣鄭公鄉以訊近履，寔沈祟之尚未脱然，坐是力不逮心，非意也，勢也[一]。即辰春和景淑，寅想榮侍萱親，婉容愉色，昔人所謂“壽觴舉，慈顔和”者不得專美矣，健羡健羡。少需賤體可以奔趨，即容問師潭途，伏謁墀下，以究所懷也。不腆芹藻，少寓寸誠，一笑領之，幸甚。

【校勘】

［一］非意也，勢也：文淵閣四庫全書本作“非意所料”，依康熙刻本。

答鄭時菴

某春間虔貢一箋，隨沐嚮答，繼餙蚓墨，方眾瀆是慚，未幾側聞大旆祈純嘏于星溪，滿擬回轅，可卜望塵之拜，詎意德星之聚，竟成參辰之不相比也。政玆渴仰，劃捧誨函，義榦情條，燦然十從事之内。燕山昨夢，居然喚醒。並轡連床，易得之半萬里外；握手論心，乃艱于纔三舍間。今之隔濶牽于人，前之會聚，相之者其天乎？靖惟執事宇宙一菴，時止時行，與道默契。止者，暫也；行者，分内事也。先爲時棟，榱桷或以次收焉[一]，予日望之焉。用佞多儀寵賜，充牣衡茅，卻之不恭[二]，勉拜雅命之辱。緬想德門仙輯[三]，倏然水晶宫中[四]，暑溽梅蒸，潛却無朕，采深歆羡。未見，惟劻毖蔗漿錦掤之適[五]，以畧殊綸[六]。不宣備[七]。

【校勘】

［一］榱桷或以次收焉：桷，原作“桶”，據文淵閣四庫全書本改。

［二］卻之不恭：卻之，原作“想貫”，據文淵閣四庫全書本改。

［三］緬想德門仙輯：門，原作“閱”，據文淵閣四庫全書本改。

［四］倏然水晶宫中：倏然，文淵閣四庫全書本作“逍遥”，依康熙刻本。

［五］惟劫毖蔗槳錦棚之適：惟劫毖，文淵閣四庫全書本作“爲憾幸游心”，依康熙刻本。

［六］以輅殊綸：輅，文淵閣四庫全書本作“待”，依康熙刻本。

［七］不宣備：備，文淵閣四庫全書本無此字，依康熙刻本。

答李泰宇

某兹承一札，遠餉多儀。絷雪天之玉貍，横冰泉之赤鱓。塵出麥岐之秀，意見李蹊之眞。有笏可拄耶？莫倒持否？無波相及者，如乾没何？

與戴廷芳

蒙台翰緘示寄府判先生佳章[一]，感激感激。怱怱未暇載賡，姑少俟之。前日邂逅季澄學正，嘗面稟欲附課稿還實卿姪，已荷留聽。昨晚携至摠管宅，則知入長干。今早問已回轅矣，兹敢附去，轉爲左右。瀆得附示，此姪不至沉浮，多感多感。屢許以虚谷續詩寵假，尚未示下，得終假惠之，幸甚。不敢汚損，當珍護以歸奎府也。

【校勘】

［一］蒙台翰緘示寄府判先生佳章：寄，原作“隱”，據文淵閣四庫全書本改。

答汪景初教諭

近得盍簪，别來倏兩閲月，兹領妙墨，如接晤言。保舉一事，魯兩生不肯行，寔以年未及格，亦理當然，非有他謂也。荷再諭及，足仭誘掖之盛心。賓暘侍其尊翁在邑，見心則以其尊翁亦在邑，未敢聞。斯行之所達總管書敬留于此，俟歸投之。如有令兩生行之意，尚當具年甲藉貫以聞。止軒之文，幾忘之矣，近有目疾，不欲苦思以甚之，俟有佳思，則綴緝呈似。不具。

代金赫翁答季澄

伏辱誨示，以先人襄事，特加問勞，足見篤叙之高誼，劇切知感。彼時自合走報，蓋以路遠且春雪連作，不欲重勞，是以欲報而不果。今謙翰拳拳，雖親辱執紼，亦不是過，謹拜此以謝嗚謙之辱。不遑它及，切丐穹照。

又

春首詣仭墻，展履端之慶禮也，既而冗奪。至于紱麟令旦，親稱觴致椿松之祝，尤禮所當然，又以冗不克造前[一]。于是簡慢之咎，愈不可宥矣！過期之餘，甫能擷溪毛以見區區，公其謂某何如人哉！謹拜此以鳴其所以然，亦首罪之一端也。惟尊慈鑒其隻影而貰之，則百斯幸矣。

【校勘】

[一] 又以冗不克造前：造，文淵閣四庫全書本作“趨”，依康熙刻本。

與汪季澄

不侍誨論，一瞬許時。箋敬區區，亦以無謂不敢穹遡寸忱，則不以書問疏數爲恭慢也。玆恃寬度，僭有禀瀆：此月朔日，承本縣文書，爲路學儒人不陪拜事勾喚且罰鈔。小生自甲辰秋丁及甲寅五月拜朔，十五年間，外皆蒙前任諸學官寬恕，今忽例遭勾罰，此必學司袞同呈上梅先生[一]，未必注意及小生也。玆拜梅先生一書懇之，書中辭語婉曲[二]，當蒙矜體。玆不揆爲高明瀆，如達，乞頤指左右爲遞上；如不欲自發去，則潘半村咼兄、石養蒙正兄二表兄次第浼一兄爲投之，亦可。萬丐必爲投達，不至沉浮，寔爲至幸。瑣尾塵瀆，非恃契愛不敢及此。不遠胥晤，當得面謝。伏干台照，不具。

【校勘】

［一］此必學司衮同呈上梅先生：衮，文淵閣四庫本作“混”，依康熙刻本。

［二］書中辭語婉曲：中，文淵閣四庫本作“之”，依康熙刻本。

答汪稱隱

比者不揆蚓竅蠅聲，僭賡《休官五詠》，過辱鳴謙，鄭重以謝，此奚以謝爲哉？前輩謂進之難，不若退之難，至以“放鶴出籠”“縱魚入壑”自喻其樂，可想也。今者先生全節而退，高矣。先年而退，尤高也。高之，故樂聞其詩而和之，此奚以謝爲哉！取于造物也廉，故造物之報之也永，取之不盡，故享之亦不盡。先正定齋翁不盡取之，留以遺公；而公又不盡取之，留以遺二季。位不滿其德，天之與平陽氏，豈可涯涘也哉！某不肖，方年六十有三，可以進而自棄不進，先生嘗廻顧之，期望之，負此知己，每竊自愧。今忽忽七十有五矣，猶不免傍人籬落，是亦不可以已乎？何當得脱此縛，從公于山之巔、水之涯以傾倒所懷也？未龜省謁，惟冀厚自珍護，以躋上壽，以儀鄉邦，謹拜此以謝先辱。伏楮拳拳，不宣。

與程材仲

某昨日蒙耑書招致之，爲一二日之留，叙十四年之別。飲食之錫，予之賢昆季之于故舊得之矣，老拙無以當之，如愧何？揖別言歸，彈指頃忽忽數日，感戢未渠央也。面諭令薦進名術，嘗以嚴陵項君松山對。歸之次日，適會之于族叔與可家，與之言，適値其將經過鄭里之的便，遂以隻字爲之先容，或即偕之歷覽，以訂所擬，或與之約而需後期，一聽裁酌。此丈游諸公間，多敬信之。昔年子西之葬親三田，松山與焉。去年之葬内赤丘，松山專焉。以賢昆季之高，一見之餘，必自能賞識之，何待愚言之贅哉？以拳拳壟親之心，適召地仙之至，似亦有緣法焉。未見，願清心養氣以輅多祐[一]。令兄處不及别字，稟不殊此。松山行，速拏楮拜此，殊愧草武[二]，惟高明恕鑒之。不宣。

【校勘】

[一] 願清心養氣以輅多祐：輅，文淵閣四庫本作"迎"，依康熙刻本。

[二] 殊愧草武：武，文淵閣四庫本作"率"，依康熙刻本。

慰曹濟之 延祐三年[一]

某頓首拜申慰濟之教授學士尊契家兄大孝：某近三月間抵邑，詢尊祖老師近履，知無恙，方以爲喜，留宿數日而未歸。未幾，忽有風傳老師訃音者，驚呼惶惑。驚者，恐其眞也；惑者，疑其非真也。未幾，呉觀萬歸自邑，方知其傳眞矣。嗚呼！平昔泰山北斗之仰，今其已矣！恭惟老師判簿先生乾坤間氣，海宇偉人，方爲程文，闞舉子之口而觀之氣[二]；及爲師儒，炳紫陽之燈而傳其心。全節無瑕，上壽有永，何可憾者？二賢嗣之先没，數也。伯魚先孔子卒，雖先聖不能免也。六賢孫之善繼，理也。子思續道脉之傳，賢昆季所當勉也。某自聞訃音，即已動念，謂辱老師之知，自丙申迄今二十年，平生無知己，知己惟老師一人耳，苟不親往以哭以吊，于心安乎？即與觀萬商之，擬以少暇同觀萬、黄求心問葉舟之途[三]，面慰有日。五月又抵邑，則聞諸菊存先生，謂昆季或它出，恐小生輩之行或參商不相値，盍尼斯行。小生思之，有如黽山所言，"於心終有打不過者"。無以寓意，謹致鷄酒之敬，撰一奠文，以寫拳拳，惟兄爲焚白焉，萬幸。令弟諸兄長一一呼名，尤幸。諸兄荷祖父道脉之傳，而尊兄承重之責尤重，惟節哀順變，以遠者大者自期，至望至望。玆拜字托菊存逓呈，伏干台照。

【校勘】

[一] 延祐三年：文中載"自丙申迄今二十年"，陳櫟僅曆一丙申年，即元貞二年，此丙申後二十年爲延祐三年。

［二］闞舉子之口而觀之氣：觀，文淵閣四庫全書本作“奪”，依康熙刻本。

［三］擬以少暇同觀萬、黄求心問葉舟之途：舟，原作“有”，據文淵閣四庫全書本改。

答汪古逸

某自去冬復書後，今春有傳先生今歲携琴雁塘者，爲之甚喜。喜也者，喜其有拜識之機也。忽又傳先生遭齊衰三年之變者，爲之大戚。戚也者，想其同我三十四年前劬勞之痛也，又恐因此未必遂拜識之願也。度老病必不能往吊，則欲附一書以慰，探便無從，迄今耿耿。戴兄廷芳連日留外家，謂其居距雁塘可十里，可附書，正欲今早作書，而昨晚篝燈時領先生所賜誨翰矣，感甚愧甚！靖惟壽母太孺人年垂及百，躋登高壽，雖未知垂帨的何年，以尊年六十六，則太孺壽數可以想見。人間世誰有以六十六之子，而得事幾百歲之親乎？老天于先生厚矣！生也有涯，數必有盡，今日之變，可無憾矣！先生于禮已在“不毁”與“惟衰麻”之間，當體母氏之心爲心。母氏之心，豈欲垂白之子致毁過哀，以戚我冥冥之懷乎？先生念及此，可以酌居喪之禮矣。先生知及仁守，何待愚言？欲持服于家，思親之仁也；今過卒哭之期，以勢而赴館，亦交友之信也。交友不信，亦在非孝之科，先生處之是矣，又何待愚言？然猶不能忘言者，蓋欲先生因愚言而寬旅中之懷耳。

慰程前邨

近董季真行，嘗附答書。方掛漏是懼，江照磨至，又辱寄聲。時前書想未達，今想已達矣。照磨未幾言先生近罹壽萱太夫人之戚，某聞之驚嗟失聲，徐問太夫人之年，則上壽九十。年登九十，百千萬億人中，誰能有之？以先生年六十有七而上有母，在百千萬億中人，又誰有之？天之厚太夫人至矣，厚公尤至矣！自他人觀之，足可無憾。公孝誠天至，新罹此變，恐不能堪。然證之《禮》：“六十不毁，七十惟衰麻在身”，以“衰麻在身”言，雖少不及，以“不毁”言，則已過之，願酌其中而處焉。向者畢梧山之母徐生于文公夢奠之年，年九十三而没。梧山甲申生，年已六十九。乃母初病時，丁寧梧山云：“我年九十以上，已大幸。汝年垂七十，宜爲我自愛。汝若過于哭泣，我冥冥中亦不懽喜，汝宜深戒之。”想太夫人之見，亦必如此。《禮》書公所自悉，言之似贅，敢援梧山之母之言以爲公告。某久客梧山門，此語寔錄也，願公深體焉。前輩云“萬人叢中，一人曉性理文章”，萬人叢中，如公者敢無一人。望公爲太夫人自愛，爲吾道自愛，儀州里，以幸後學。某三十六而喪父，四十三而喪母，家貧不能養，欲養親不待。以公之家，甘旨必不缺，且親享高壽，仰視之，愧死！對照磨署言之，不覺涕泗横流也。願公鑒此而自覺焉，至懇至懇。

慰友喪父

某久不交書，則亦有以中間聞執事有何憂戚而未詳，兹會廷芳，方深知之，始敢虔修此紙，首惟鑒察。某比者不意慶門兇變，有尊翁府君之戚。府君，横舟老師之嫡嗣，聞名久矣，而未及識。於癸酉，鶚薦之文嘗得伏讀之。甲戌，混補回途，得叅覿之，人物頎然玉立，今猶隱隱心目間，不謂纔償識願而遽仙遊也。《禮》：爲人後者爲之子，執事罹此，與所天同哀悰，何以堪？然又聞之：在《禮》有“不言而事行”“言而事行”“身親之而後行”之分，况不免任人子弟之托乎？此其不可爲一槩之哀也明矣。執事熟知《禮》意，何待愚言？想三虞之期已近之或過之矣，願以遠者自期，此區區下交之所望于心契者。老衰道阻，不及面慰而以書，惟孝子仁恕察之。兹因廷芳回，附此以寬台懷，匆卒不具，再拜申慰。

慰戴時敏

比者不謂慶門兇變，尊翁堂錄大卿老先生奄棄明時[一]，始者風聞，疑而未信。夫以尊先太師後學山斗、昭代蓍龜，縱不爲衛武之九十入相，亦何妨如伏勝之期頤傳經？乃今天不憖遺，奪此大老，使後生于何而考德，時廵於何而就問？識與不識，皆爲流涕。矧足下純孝天至，其何以堪？然有一説可以舒足下之深悲：老子有言“死而不忘者壽”，“不忘”何也？死且不朽之謂也。古有三不朽，曰立德、立功、立言。老先生德爲人師，言爲世範，著書立言，部使者已轉而上聞矣，行將垂世，千古不朽。尚父天命之壽，與臧文仲身没言立之壽相維于無窮，視相如之且死而以《封禪書》獻諛者，過之萬萬。昔吳人謂孫仲謀曰：“此豈孝廉？”哭時願以遠者大者自期，勉進久大之德業，扶持先生所著書，章章永傳，其視僅以一至之哀自任者爲何如？某不揆僭越，以慰以期，惟足下抑哀順變，不鄙其狂愚而幸聽之。禮合躬詣繐帷，一瓣一慟，于以哀死而吊生，顧影自憐，有願莫遂，慰唁紙又墮魯皐，惟高明恕而察之，不宣。

【校勘】

［一］尊翁堂錄大卿老先生奄棄明時：大卿，文淵閣四庫全書本作“太師”，依康熙刻本。

慰胡濟㝢

某兹者不意慶門兇變，壽母太安人奄棄榮養，執事孝誠天至，愛敬兩全，考叔之羹，將有待而遺，孟宗之鮓，將有待而寄，一旦遽遭此變，何以堪諸？自兹以往，返哺而烏何在？卧氷而魚空肥！甚爲哀慕，葢可想見。自耳兹聞，傷悼曷勝？即欲一詣繐帷，以哭以唁。家事如蜩，酧應不遑，外奔內馳，日不暇給，忽忽嵗蛇赴壑矣。既躬造之弗獲，又隻字之復稽，縱寬度不督過之，愚獨不愧于心乎？是用拜此以代面慰，更望節哀順變，勉進饘粥，以顯揚自期，是所願望。令昆季翰學至孝，不果別狀，意不此殊，統祈親照。

慰曹弘齋

某不修箋敬整整經年，非於師門簡慢也，不欲無謂徒瀆尊也。近此月初，吳甥過邑郭會仲玉學正，知次令嗣希文抱恙，問何證，謂胃弱不納食。某雖不敢言，固已竊隱憂之，無從問訊，日徯平復之音。忽社后之四日，竹牖寄聲見報，謂希文竟不起矣，驚駭痛悼，無以爲懷，有是哉！慶門之兇變，一至此哉！先生與判閫安人俱以八十之高年，而罹此倒置之大故，其又何以爲懷？昔人爲陶士行言，“越騎酷没，天下痛心”，何况人間父子情乎？自聞此變，即欲奉慰，然亦無説以寬先生之憂，恐秖以重先生之戚耳。要之，人稟受符直二五之氣數，或厚或薄，或長或短，天也，非人之所能爲也，亦惟順天而已。莊生曰：“孰使我至此者？非天乎？”况希文懿行奥學，高文妙畫，種種出人，又且諸郎俱佳，不惟克其家，而且世其學，而又有孫竹立矣。年登五十有五，已不爲夭，如東坡所謂人“有文爲不朽”與“有子爲不死”此兩言者，希文足以當之。所使人不滿者，以八十之親，而繼哭五六十之子，則爲逆耳。此爲理之所不可解，要亦數之不可逃。先生高明有素，處常達變，必有可以自寬自釋者，何待愚言？天下禍變，亦要人當，夫子萬世宗師，早哭伯魚，僅有子思爲之孫，亦待曾子而成就之，先生今兹事體不高于宣聖數等乎？願先生順天所命，加慎眠食，以躋登伏生、高允以上之壽，是所願望。兹因便風，附此拜慰，不覺覼縷，惟尊慈鑒之。不備。

卷十一　啟疏文

發解謝路總管張公啟　并辭會試

學生陳某啟右某：伏蒙頃給省府解據，叨中鄉試第一十六名者。伏以鳳詔天頒，初試紫薇之省；鵠袍星列，兆分丹桂之枝。若僥倖然，有綱維是。竊惟科目久行於歷代，獘端莫甚於邇年。經穿鑿而不根，文浮華而過實。士鮮學問，國奚取於若人？世蔑事功，衆遂疑于吾道。誰謂昊天之不復，必待聖人而後行？洪惟我皇，作新多士，舉祖宗欲舉之典，豈惟發第以決科？善海宇本善之心，教以明經而脩行。鳶魚飛躍，鵰鶚橫翔，戰藝江浙之鄉闈餘三十路，登名賢能於天府纔廿八人，自笑衰頹，敢儕英彥？如某者，箕裘舊業，簪紱寒宗，心繹《四書》，何待今日？腸搜千卷，已廹暮年，本無一毫欲進之心，忽際千載難逢之會。庠序不令其知覺，名遽報於廉車；縣路遂見之施行，據例申於省戶。無僕而挈子以往，乏輿而行陸以還。嗟樗櫟之散材，勞桑榆之晚景。艱辛萬狀，病足甫瘳，驚忝一名，驚心愈甚。單薄敝緼，敢言觀上國之光？羞澁空囊，何以涉脩途之阻！顏駟已老，揚意徒逢。加孟德頭風之忽纏，似王式遏地之時作。茲蒙敦禮，亦既優隆，分今膳學之資，倣古續食之意。然癃病之勿遣，具載《漢書》；雖俊造之同升[一]，有慙國士。况衆人方勞於競進，而小鳥獨倦於知還。是惟不聞，當蒙見憫，知感知自，以謝以辭。茲葢伏遇總管大叅相公先生政比龔黄，名齊召杜。親迂熊軾之貴旆，特出於邦郊；俯憐鮒轍之窮恩，不垂于江水。豈忍下士之危苦？願申大府以保全。倘沐矜存，曷勝欣幸！某敢不隨其未没之齒，欣兹尚在之心？雖不能如晁、董、公孫芹君父而廣千言之對，或可以紹周、程、朱氏模弟子以綿一脉之傳。感德罙深，脩辭祇淺。謹奉啟事躬詣台階塵獻，伏惟台慈俯垂鑒念。不宣。

【校勘】

［一］雖俊造之同升：雖，原作“難”，據文淵閣四庫全書本改。

答黄求心賀發解啟

眷契弟陳某右某啟：伏以試紫薇省，浪戰千二百人之場；分丹桂枝，濫滿一十六相之數。未謝切磋之益，先厘慶問之貽，衮褒過情，主復增愧。恭惟府博翰林求心先生，江夏望族，紫陽碩儒。州麾制閫之世科，早宜青氊之繼繼；季考月書之都選，纔立赤幟以頻頻。此行偶魚漏於網中，高舉仰鴻冥於漢外。新聞長道價而倍收實效，豈比冒文聲而徒竊虚名？因傳末交，亦與後榜，諒爲吾徒而增喜，亟令子墨以騰緘。君實、景仁，有如同氣而異姓；王陽、貢禹，何當在位以彈冠[一]？好切于心，如出其口，不覺脩辭之過，遂忘執禮之恭。某壯志已灰，衰髯盡白，近既行而中悔，懼冬仲而遠征。旅館之題欲塗，烏本心可見？文卷之成僅塞，白同志所知。餅不可餐而雷殷于中，衣雖徒掛而日逼其上。初殊苦甚，後略如之。蔑春蚕食葉之從容，騁渴驥奔泉之迅速。使力嘗盡，復吉不分。未必癩頸之陳三，遂遠舉首之王十。今亦幸矣！尚何言爲？然汗顔浹背之時，至越南而尚病；當墮指裂膚之候，詣燕北而豈全？兄尚爲憂，我寧不懼？惟冀斜日，得保餘年。其讓諸子以步瀛州，踵晁、董、公孫之對；尚與先生而宗洙泗，翼周、程、朱氏之書。摧謝臯稽，鑒融榮幸。謹奉啟事申謝，伏惟尊慈俯垂鑒察，謹啟。

【校勘】

［一］王陽、貢禹，何當在位以彈冠：陽，原作“楊”，據文淵閣四庫全書本及《漢書》改。

代竹所賀吴教諭南窗發解啟

伏以司泮宫而發解，歸去來兮；謁吏部而超遷，自此升矣！喜初回於繡嶺，信增耀於錦鄉。交忻游從[一]，矧蒙造就。恭惟州來季子之裔，紫陽闕里之英。倚元亮之南窗，卓然素志；仰退之之北斗，賴此群心。起長泉壑之堂，兼教桑梓之郡。望近乎于青佩，聲遠播於金臺。又據皐比乎兩州，凡新鳳曆者十載。處士星照，少微之閣既書棨之分光；嚴灘月流，子陵之臺復詩囊之爭響。博士凡三爲矣，天池其一飛乎？雖墨綬，雖朱幡，徒發勞人之嘆；必粉省，必黄閣，始究真儒之功。庶幾可文學之鄧元侯，遠紹若敵國之大司馬。敢述輿頌，豈曰私言？某樸樕微材，葛藟同本，實三生之厚載，荷一見而垂情。久慕客星，因束書而來訪；蒙庇宗老，葢倚席之懷慚。孤金鑄而倏去倏來，伏玉成而善終善始。豈無他人？不如同姓，非徒藉提挈于今兹；先收楝梁，次拾桷榱，殆将賴帡幪于他日[二]。其諸贊慶，罔既敷敭。

【校勘】

[一] 交忻游從：文淵閣四庫全書本作"足爲深欣"，依康熙刻本。

[二] 殆将賴帡幪于他日：将，文淵閣四庫全書本作"又"，依康熙刻本。

賀吴竹所授本邑教諭啟

伏以花縣比子男之國，有序有庠；木鐸振父母之邦，善教善諭。剳頒薇薇之省，譽馳芹藻之濱。位雖淹于三年，歡已騰于萬口。恭惟儒林先覺，侯泮名流。華冑遙遙，世不乏于季子；竹香細細，日何可無此君？推經笥之素充，羡筆鋒之最鋭。圓文媲陳君舉，讀之若盤走珠；講篇肖陸象山，聞者將汗流雨。衆瞠其後，多瞻在前。沿泝紫陽《四書》之源，漫潤嚴陵七里之瀨。業講魯齊之會，聲在梁楚之間。盍自此而横飛？乃不屑乎躁進。兹受知于當路，遂職教于家山。喜氣播殷雷之聲，迷塗望標月之指。皐比肆展，新青衿多出舊青衿；麈尾重揮，昔絳帳宏爲今絳帳。矧初新于品式，值首餙于冠裳。手板雖槐，璧珪攸始；身章方褐，金紫所基。更兼襆角之横烏，换却深冬之立鵠。觀瞻聳若，模範偉然。竚聽横經之精微，頓洗倚席之塵陋。新孅士習，不愧盤洲之學碑；大振家聲，盡發端翁之詩藴。某蘭交素托，相悦尤深，僭成四六之鄙辭，畧寫萬一于盛事。先生自此升矣，將收爲明堂之棟梁；小子其何述焉？更願紹中林之蘭蕙。鋪棻罔極，悃愊徒增。

寄馮伯田先生啟

伏以清新庾開府，久慕詩聲；聰明大馮公，今瞻道貌。不得拜於席下，殆虚生于世間。謹脩函丈之恭，略紓方寸之悃。恭惟路教察判秀石先生儒林老宿，喬木故家。由鴻石以來，接東魯淵源之正；自蚕叢而出，禀西州流峙之英。文章鎮于東南，學問根乎家世。紛若麒麟，煊幻海市以誰存[一]？詭然蛟龍，翔歸靈光之獨在。莫施所藴，大肆厥詞。平生幾千篇，近不屑西江之派；挽回數百歲，直遠追唐世之豪。萬户可經，三公壓盡。妙哉吟卷，長流天地之間；偉甚聲光，若引星辰之上。聿敦棠棣，言觀泮芹。遂令萬仭之屏，盡識二南之範。天開幸會，人賴作成。向者味先生之詩，僅得諸虚谷之序。芬芳一脔，何如列鼎之全珍？清泠半瓢，孰愈飲河之充量！今願竊有請也，不識可得見乎？某硯鉄未穿，鬓霜已染。假鄒君之館餘二十年，補魯泮之員才三兩載。幸入大聖爐錘之造，略聞中原文獻之傳。塤篪之吹式和，金石之音復振。子由之爲陳教，適復遇坡老之來；文潛之事黄門，要亦爲長公之客。倘與其進，敢昧所傳？

【校勘】

［一］煊幻海市以誰存：煊，文淵閣四庫全書本作“楥”，依康熙刻本。

寄吕教授求移籍啟

伏以效顔淵之潛心，素知尊於聖道；如子春之傷足，恐或戾于齋規。謹殫拙訥之辭，仰致圓融之懇。竊惟州縣立學，雖有遠近之殊；國家待儒，初無彼此之異。惟自嗟于困頓，難常窘于奔波。必將適百里而宿舂糧，始能每一月而陪釋菜。貧寧辦此，病復謂何？如某者，少也不如老之將至。禿鶖可笑，久如韓子之頭童；鸊鵜見憂，復類叔山之趾兀。名久掛于學校，身樂就于範模。業在芸人，事難由己。無東家蹇驢之可借，惟南阮犢鼻之自慙。與其默默而遭譴訶，孰若拳拳而聲悃愊？謁殿稍近，姑願附于邑庠；醫療隨常，容再還于郡泮。尚冀蛾子之時術，豈終鷁陣之退飛？矧在邇年，爰多舊例，如金同舍、葉同舍之有請，蒙楊先生、鮑先生之見從。引援以言，凌兢曷已？自非明哲父師之在上，孰養疲癃弟子之不中？兹蓋伏遇允矣儒宗，蔚然壽俊。鍾奇廬阜，傳道學于一燈；擢秀橋門，振文聲于六館。屢趍泮水，聿來富山。鋪張白鹿之遺規，訓廸紫陽之闕里。遂令礦質，亦累鑄爐。今兹憂病而憂貧，幾若自踈而自外。然異世能啟洙泗之堯舜，而一時難化唐虞之共兜[一]。豈邇之云乎？亦心親而已。倘許其便，寧昧所傳？某敢不鏤骨銘膺，啣恩報德；益加鞭策，不負甄陶。豈必朝夕于旁，在楚猶在晉也；誓將心目常見，于墻復于羹焉。罙罙有懷，詹詹罔既。

【校勘】

［一］而一時難化唐虞之共兜：一時，原作“唐虞”，據文淵閣四庫全書本改。

謝曹弘齋撰族譜序啟

伏以族泠如氷，名愧舊爐之鐵；文華於衮，價增敝帚之金。聿降錫類之仁，辱敦敬宗之義。榮實均于同派，感豈獨于私衷？竊惟本支所貴于有圖，文行豈容于無紀？故族譜法明允，自先世而已傳；然事狀效履常，亦後人之當務。不量輕率，略效編摩。非印正于名公，難灼示于來裔。因輙過門而弄斧，豈期閉戶而造車。兹蓋伏遇某允矣儒宗，蔚然壽俊。爲貞元之朝士，不愧初心；聞正始之遺音，樂傳晚進。致令狂斐，獲遂依歸。悔不早于擔簦，詎敢云于傾葢？謁臯比而蒙倒屣，揮麈尾而許對床。因出汗牛之書，俾遂窺豹之願。乃知家乘正續三編，爰篤宗祊已先一著。自厚葛藟，庇本根之愛；

因興草木，同臭味之憐。不吝溫辭，增輝寒族，褒嘉過矣，慙竦若何！拈策第之相仍，使其知本乎祖；悼决科之悠邈，勉以不慚乎天。藥石意深，珠璣辭溢。某敢不益加刻勵，期稱奬題？不亢身，焉亢宗？惕若綿力薄材之懼；自成己，以成物，侈哉殘膏賸馥之霑。感刻何窮，鋪棻罔既。

賀金滄洲六十啟

恭審欣遇壽辰，有殊常歲。六十花甲，從頭喜于又新；八千椿年，僂指延于惟永。稱觴莫遂，揮楮以陳。香雲想繞于滄洲，歡聲更殷于京兆。族茂而貂蟬熾，競觀戲綵之重重；春歸而櫻筍來，且樂傾盃之灔灔[一]。芹贄良眇，莞頓爲榮。

【校勘】

［一］且樂傾盃之灔灔：灔灔，原作“豔豔”，據文淵閣四庫全書本改。

賀山泉汪氏娶溪南吳氏女啟

蘭階喜溢，梅實吉臨。在户三星，光照山泉之下；盈門百兩，來從溪水之南。召不果于鼂趍，誠略將于燕賀。延陵禮樂，已先傳世世之芳；内翰文章，定永紹奇奇之譽[一]。甚慚輶瀆，所冀莞存。

【校勘】

［一］定永紹奇奇之譽：奇奇，文淵閣四庫全書本作“猗猗”，依康熙刻本。

復襟兄賀生女啟

昨之甥館，幸親炙于譚私；茲辱竿曹[一]，特遠貽于谷札。剝封莊誦，隱几懷慚。乃以蝸廬，遂符虺夢。既殷勤而慶問，復璀璨以寵頒。下拜周章，中藏感戢。彭澤慰情之語，雖則云然；茶山少盗之吟，寧無可笑？亟兹展謝，尚需嗣陳。

【校勘】

［一］兹辱竿曹：竿曹，文淵閣四庫全書本作“管城”，依康熙刻本。

賀趙巽齋生曾孫啟

恭審于門善積，謝砌瑞重。托橘頌之曾枝，孫又生子；表萱叢之豐本，高遂見玄。三日氣見于食牛，盈月標覘于峙鵠。某莩盟有忝，相悅惟多。采彼香芹，列諸副楮。聊申燕雀之賀，用慶鸑鷟之奇。逾九衺，望百齡，頻稱觴而上壽；誇一門，聚五世，想含飴之開顔。盛事誰肩？斐辭難罄。

賀吴南窗授婺源州同知啟　名夢炎

解篆花封，疏恩芝檢。牧文公之闕里，風月平分；比彦章之鄉州，城郭至重。民方歌于來暮，公暫賦于閑居。某初忝莩盟，尤深相悅。謹脩尺牘，用表寸衷。衣錦何殊？本新安郡之疆域；把麾甚樂，紹江南守之治平。

賀汪溪金清父孫成婚啟

兹以震子成婚，冢婦協吉。自延陵之華閥，兩小無猜；配滄洲之聞孫，二美允合。花燭燦燦，桃葉蓁蓁。禮漫存羊，賀已幾于後至，傳誇占鳳，昌必應于先占。輶瀆甚慚，莞存斯幸。

賀古墩嫁女啟

玉愛之歸及時，桃華正灼；金屏之開有日，蓉褥將門。矧肺腑以連姻，宜手抃而交慶。夫以月上之宜室，何殊靈照之在家？遇采鸞之仙，想沸歡聲于韓土；得乘龍之壻，應多喜色于吳門。寓敬茶香，儌榮莞粲。

賀吳子靜娶冢婦啟

恭審二陽之月，三星在天。詩詠摽梅，属長子之主器；禮嚴采藻，迎爾相以承宗。向平之畢債將新，蔦賈之稱賀敢後？竟肩初解，巽羽先鳴。有嬀遠育姜宗，婦道豈殊于臣道？吳氏世生季子，今人何遜于古人！期望頗遙，涵容是幸。

答呂竹窗納幣啟

窓繞子猷之竹，市隱甚高；居同謝安之墩，山棲自適。好允諧于二姓，盟實定于一言。伏承魚書之雲絢，鴛錦之霞明。味叶蘭金，榮深葭玉。申國教法嚴甚，定成令子之達材；處默嫁具蕭然，敢援昔人之佳話。權謝不恪，揆叙未央。

賀汪覺翁授府判啟

恭審芝檢榮膺，竹符分佐。江西地千里，推吉水爲名州；斗南公一人，枉高材而俯判。勅書星耀，喜氣雲蒸。賀敢後于常倫？分況居于世契。莫將尺楮，爰采半芹。以斯道覺斯民，志本同伊尹之志；佐天子相天下，堂期新伯産之堂。贊頌冞深，涵容是幸。

楊學正啟

載道脉于南紀，濟美龜山；續詩派于西江，齊芳誠叟。喜正始遺音之尚在，嘆貞元朝士之無多。漫仕而不擇官，分數而屑爲正[一]。

【校勘】

［一］分數而屑爲正：文淵閣四庫全書本作“分符而居爲正”，依康熙刻本。

趙學録啟

大雅不群，英材無敵。演迤天潢之舊派，公子翩翩；壯觀星水之新州，人物表表。將縉紳于朝著，姑領袖乎儒流。發軔仕塗，弭節鄉校。

謝送蟹啟

伏辱郇雲，特貽郭索。好詞媲白，既誇虀臼之辛；半殼含黃，雅稱橙醯之釀。居然蒙此，何以報之？愛公子之無腸，固合蹣跚于湯帛；非吏部之左手，安得拍浮于酒船？得之若驚，言不盡謝。

約族人葺鬲山祖墓疏

伏以人本乎祖，年代遠而易忘；精至于神，祠墓存而可攷。惟我陳氏，實望他宗。粤從唐末之時，來自嚴陵之郡。居藤溪里，歷世熾昌；壄嘉善鄉，一方尸祝。爲穎川之始祖，號鬲山之府君。廟貌雖嚴，丘墳漸圮。夫以總總林林之里社，尚致敬于鷄豚；豈有繩繩蟄蟄之子孫，乃不如于豺獺？雖歲年之已久，然地里之非遙。今當大德甲辰，議就季春穀雨。

敷青蚨之現鏹，標白蝶之寓錢，因葺眠牛之岡，瞻遺像洋洋如在；庶生下馬之敬，覘吾宗世世常興。凡預茲行，請題于後。

脩築貯水塘疏

伏以復鴻潦之波，兆朕應繇黄鵠；灌鱗圖之畝，脩築須頒青蚨。惟茲延充塘素，爲亢歲備。中因廢弛，久莫支吾。是以當炎官火傘之張，欲救禾苗焦卷；此乃類海洋尾閭之泄，惟見泉脉乾枯。枉怨天時，坐失地利。今將效甓浮圖之起廢，其可令巧媳婦之擎空？期協衆心，規增舊制，加塍圍白虹之隱隱，儲水灔緑鴨之粼粼。弗爲胡成？有備無患。凡今番出費之户，即他時承溉之田。詳具于前，幸題于左。畚若雲，杵若雨，興工行見一新；稼如茨，庾如京，獲利定應十倍。

新塘嶺施水菴疏

伏以一間佛屋，與白雲分；幾盞義漿，如甘露美。惟此新塘嶺，實爲古路頭。宜建亭憩足力之疲勞，將施水潤舌根之枯涸。雖略經始，誰與成終？證盟藉普陀觀音，質慈悲而無愧；圓覺投檀那施主，信福壽之有歸。

星洲寺疏

伏以星化石而羅洲渚，寺已半于千年；木經火而飛烟埃，工欲施于一旦。夫豈小力量，能成大規模？將悉憑月斧風斤，盡與新寶坊金地。頂禮檀越，心發菩提，化筆大書而特書，景福已至而益至。認祖師西來意，象教莊嚴；符莊子《南華經》，鵬程奮迅。勤拳誦《波羅蜜》，報答結歡喜緣。乾靜專，坤動闢，實上祝聖神萬萬之年；革去故，鼎取新，豈但庇前後三三之衆！

心田菴上元疏

伏以珠緯躔十二官，萬民司命；璧月明三五夜，一歲上元。當天官賜福之辰，正人世奏星之日。受籙者乘兹而閱籙，有生者期至于長生。災曜伏，吉宿臨，斡神機于道域；脩禮耕，陳義種，分善果于心田。祈壽華年[一]，請書初度。謹疏。

【校勘】

[一] 祈壽華年：華年，文淵閣四庫全書本作"年華"，依康熙刻本。

休寧縣重修文公祠上梁文

兒郎偉，紫陽羽翼洙泗，功在十書丹詔。鼓舞寰區，祠新一旦。實有大氣數，豈曰小規模？況新安公父母之邦，而海寧古子男之域。棟而宇，尸而祝，久附采芹之宮；雨斯剝，風斯摧，幾爲茂草之地。至巖巖之貌像，乃棲棲于廊腰。俯而拜焉，仰應愧只！曷稱聖朝表章之意？莫繫群儒嚮慕之誠。惟我宣差相公管領土流，提綱學校。念黌序關政事，豈肯視爲弁髦？凡戟門與講堂，既復還于跂翼。功將以次而及，心宜有感而同。教諭提舉，身爲百里之師；才過千人，曰俊春秋大復古。肯堂孔子之堂，大學在新民；端覺阿衡之覺，以時表唱。不日翚飛，總管承事，過而興懷，願焉出力。名非同于學籍，不與免司徒之征；幼久誦于公書，亦嘗從大夫之後。無待勸率，自爾樂爲。爰命工師，亟揮斤斧。惟初行科舉，純尚性理之諸書；而久莪儒冠，可尋口耳之故習。矧悉蠲于徵役，俾專務于講明。相與蒙成，若爲稱塞。豈惟朔望跪起，瞻睟面盎背之容；必將朝夕討論，究研精覃思之蘊。行見舉子乘風雲之會，不負先生立天地之心。氣象一新，歌聲六偉：

兒郎偉，抛梁東，入從大學户庭中。格致洞明公補傳，治平起佐國成功。

兒郎偉，抛梁西，洙泗言仁賴指迷。夫子文章異芻狗，仲尼日月發醯雞。

兒郎偉，抛梁南，�書叅透匪虚談。事功不下平洪水，氣象端如聳泰山。

兒郎偉，抛梁北，學門中廳臻閫閾。慎獨工夫入聖塗，篤恭效驗扶人極。

兒郎偉，抛梁上，文公詩傳方崇尚。正聲全只在吟哦，小序不令爲礙障。

兒郎偉，抛梁下，本義爲書寶無價。夢見編曾三絶人，凑成說到七分者。

伏願上梁之後，士知尊仰，人副作成孔道；期于大明朱書，加之深究。横秋風而薦鶚，化北海以搏鵬。豈徒以一身受皇恩，以全家食天禄，端能爲往聖繼絶學，爲當世開太平。

卷十二　記銘贊賦

謙齋記

謙之象見於《易》，謙之説見於《書》。伏羲畫卦於艮下坤上，名之曰謙，未有辭也。人未知謙之益也。伯益贊於禹曰：“滿招損，謙受益，時乃天道。”雖非論《易》，謙之益明於此。文王爲彖辭，始曰：“謙，亨。”周公爲爻辭，始於謙上三爻皆吉利[一]，餘六十三卦，則六爻未有純吉利而不凶悔吝者。夫子爲彖傳，始曰：“天道虧盈而益謙”，純用伯益之辭之意，不過以“虧”代“損”，以“盈”代“滿”，而謙之益於是大明。謂非祖《書》之説，以贊《易》之象，可乎？同邑謝君益字謙甫，儒家稚弟，以儒習吏，退食燕坐之書室扁曰“謙”，謁記於予。予辭謝久之，請不懈，則諗之曰：謙之理，具見《易》與《書》中，先儒發明無餘藴，何用後學重下註脚？君其書伏羲之卦、伯益之贊於齋壁，而潛心焉。漢名卿自酇侯而下，多由吏進身，君能心謙之理而充之，無一念不謙，無一事不謙，今日之習爲吏，謙之卑而不可踰也，他日之由吏以進身，謙之尊而光也全受。謙之亨吉利而無他卦爻凶悔吝，受益孰大於是？謙，人道也。益謙，天道也。人道盡，天道見矣！謙甫以此爲予之言乎？非也，予聞之先儒，先儒聞之伏羲、伯益、文王、周公、孔子，伏羲、伯益、文王、周公、孔子聞之天。

【校勘】

［一］始於謙上三爻皆吉利：吉，原作“言”，據文淵閣四庫全書本及文意改。

養心堂記

養心之義，於軻書屢見：“養心”二字，於“寡欲”章特見。周子究極孟子所未言，至矣。婺源王君澤遠，揭二字扁其堂，寄聲徵記於予，予學素昧，重以存菴胡公不一言[一]，敢不勉爲之言[二]：竊謂寡之又寡，以至於無，周子不欲學者，僅至寡欲而止，故以大賢以上之無欲望之。無欲故靜，尚包涵說。無欲則靜，虛動直，遂究極説，非可泛責之學者也。孟子欲學者之養心，必自寡欲始，故以寡欲而心存望之。存即養也。心爲性之郛郭，欲爲心之蟊賊，養心不自寡欲始，不可也。《孟子》本章辭不待贅，竊謂“寡欲養心”，在《大學》屬“誠意正心”“盡心知性”，在《大學》屬“致知格物”，非知性盡心以致其知，誤認人欲爲天理者，有矣。其於欲也，雖欲勉強以寡之，東窒而西流，朝薙而暮茁，求寡其欲，戞戞乎其難哉！必知性盡心以致其知，則見善既明，用心必剛，更加誠意正心之功，庶幾欲可得而寡矣。勉勉循循而不自已，寡之又寡，以至於無，未必不由此而進者。點雪不容於紅爐，氷澌自釋於旭日，非寡焉，而猶留其根也。蟬脱人欲之私，春融天理之妙，是心也，始焉操之而後存，今焉不待操而自存矣。堂不在堂，此心即堂，升高明正大之堂，入藴奥精深之室，是由孟之寡進周之無，於以養心，其至矣乎？既以復王君，且以自勵云。

【校勘】

［一］存菴胡公不一言：不一，文淵閣四庫全書本作“之”，依康熙刻本。

［二］敢不勉爲之言：敢不，原作“之”，據文淵閣四庫全書本改。

朝陽樓記

朝陽樓，子西金侯之所創也。其先君子桐岡公捐館之一月，侯聞訃，自江陵官所奔歸，水陸三千里，以十有一日而達。又二月，即其祖宅之東建爲樓三層[一]，高明宏敞，不二三月竣事。亟爲之者何？承先志也。其名若何？標先字也。祖居西澗，澗之東可一樓，其地數十弓，犬牙入隣壤，樓幾無地起，兩世數十稔欲之未得。侯以大義交相感[二]，樓址甫完。《書》所云"若考作室"肯構者[三]，此樓之所創也。"朝陽"之云，見於《卷阿》，桐岡公字，實本諸此，自雅號熟齒頰，字鮮克知。樓巋然宅東，大明東升，樓先受日。公之音容，日遠日忘，登斯樓也，旦旦寅賓，思親而不得見，見朝陽如見其親焉。揭而彰之，示不忘親，此樓之所名也。澗之西瀕澗舊有亭，侯咼新之。夾澗有梅，益增植之，取其尊先大父主簿公之舊扁曰"春先"者扁之。主簿公遊國學，登上第，春先事業，受用未盡，標以遺後之人。侯不忘祖訓，復揭以期子姪。"朝陽"之樓，不忘父也。"春先"之亭，不忘祖也。雖一樓一亭，而倫紀關焉。斯亭一澗隔之，欲登樓，由宅門度壽安之橋，百舉武不翅始克蒞[四]。乃横一橋屋其上，爲舟形，以通之，扁曰"横舟"。雖狀形紀實，亦不無意云。

【校勘】

［一］即其祖宅之東建爲樓三層：建，原作"可"，據文淵閣四庫全書本改。

［二］侯以大義交相感：以，原作"歸"，據文淵閣四庫全書本改。

［三］《書》所云"若考作室"肯構者：文淵閣四庫全書本作"書所雲考作室厥子構者"，依康熙刻本。

［四］百舉武不翅始克蒞：文淵閣四庫全書本作"不翅百舉步"，依康熙刻本。

等慈菴記

休寧於新安爲縣，縣之南有黄原，原有等慈菴，菴之僧有碧菴上人。永寧以其出倫紀人而其事關倫紀，可尚也已。菴肇基唐貞觀間，實臨溪方興寺支流，久爲祝聖道場。燈燈相傳，宗風克振，今菴主心菴潛上人，碧菴師也。碧菴出率溪何氏[一]，先世宗博公昂爲時名卿，其後仕者相踵。父原清文學世其家，享年六十有二。母程氏，合美媲德，享年八十有四。碧菴生官宦儒家，十有三歲出家等慈，二十六而祝髪，附方興南院籍。身出家，心不忘家也，葛藟之本根，蓼莪之生育，切切於衷。苦心劬躬，銖累分積，買田十畝。以兄次子本中純孝嗜學，可託也，祝之收所入，永爲烝嘗資。又買田入菴之常住，預其徒爲奉先世祀，畝數亦如之。僧俗表裏，期交爲悠久[二]，其用心亦密矣。自大德九年秋九月肇此謀，至十年春正官有旨僧續置田土許歸併元籍中，甫克立文册，謂竟其志。詎知事有不然，志猶未竟，延祐元年春閏三月，不戒於火，庵燼焉。二年夏午檀施重構規模，視前益崇，以敞衆緣，所不逮倒鉢囊足之。又自建鍾樓於門之東偏，妥何氏神主其下，前所云囑其徒爲奉先者，始有定所。又懼久而易泯也，將鑱之石，而属筆於予。奉先之田，皆詳諸碑陰，庶竟其志。吁！其用心亦遠矣。予竊謂凡佛所宫，一是皆祝萬壽爲本，尊君也，君身所自立也。鮮聞以報親爲務，如碧菴者親身所自出也。謂事關倫紀，非與？此固儒家説也，而實亦佛家説。按，《四十二章經》有“人事天地神祇不如孝其親，二親最神也”，旨哉言乎？儒佛有異教，教以孝無二理，天典民彝，人孰外哉！然不於他寺若菴乎見？惟見諸等慈，何以故？碧菴儒家子故耳。昔墨者夷之壅其親厚，孟氏質之，引儒道以對，先儒謂其援儒而入于墨。予謂非儒家子濡染倫紀之教，不能因墨而通於儒。碧菴何宗博之裔，其墨名儒行也亦宜，予故曰“以出倫紀人而事關倫紀”，可尚不可尚哉？表而出之，非徒爲學佛者勸，亦使儒名墨行者媿矣。事勒堅珉，世謂不朽，然石可泐，碑可仆，其文章不可磨，文豈不壽于石矣乎？若予者，非老于文學，且自棄於時，其能壽於石以垂不朽乎？抑昔東坡與維琳同生，寄之詩曰：“與君皆丙子”，今予於碧庵有劉白同壬子之宿緣，此遂不復辭云。延祐五年六月十日。

【校勘】

[一] 碧菴出率溪何氏：出，原闕，據文淵閣四庫全書本補。

[二] 期交爲悠久：文淵閣四庫全書本作“相交期爲悠久”，依康熙刻本。

星洲寺記

星洲寺，以地名名寺也。溪南涯數鉅石，怪奇突兀，旱不跐露，漲不頂漫，寺門面之，相距約百舉武。嘗聞地之石，天之星也。證之《春秋》傳、邵子説地理書，靡不合。金華仙之詩尤切，曰“星宫著地，化爲寶坊”是也。今寺獨擅此勝，非得地歟？寺始創於唐太宗貞觀十年丙申，立公開山僧也。三代而下，最稱太平未有及貞觀者，此寺之建，首逢此時，非得時歟？始建迄今六百八十有九年，嗣而堂構代不乏人。寺僧一榮，自咸淳癸酉祝髮，劬躬節用，爲寺出力：三門寢堂，土地神祠，咼新爲之；佛殿鍾樓則蠱壞，而葺之；他如塑繪、圬鏝、鑿築、甃砌等殆不勝書，亦既完美。延祐甲寅不幸於火，僅存藏殿寢堂，又能硬着脊梁，心弗退轉，經始于乙卯，陸續於累年。佛殿重營，厥費頗夥，倒己囊，鬻己田，用潰于成，塑像制噐，種種漸備。用鈔以錠者千計，持鉢所獲者居什之一。其徒大椿則創鍾樓，永慶則創齋廳，皆與有勞焉。所未有爲者亦既規度，且將不愆於素。今夫千金子、萬石君，世豈無之？一再傳之，或三四傳，王承福不免歎爲墟，則李師道欲贖其所質矣。今寺隨燬隨創，金地清淨，木天高明，赫奕如昨，何以故？有人如榮公與其徒者乎！非得人歟？昔溫彦博與馬周俱告太宗曰：“願常如貞觀初，則善矣。”《易》曰：“神而明之，存乎其人。”有人焉，則地以人重，時以人來。苟非其人，地猷是弗再[一]，恐不免鐵爐步之嘆矣。榮公紹往開來，燈燈相賞，常得其人[二]，則此寺常如貞觀初[三]，豈非善之善者乎？又况寺將崇成，國家改元方新，重逢今之泰定，即如初逢古之貞觀也，榮公將匹休立公焉。抑榮公所可書又不止是。撥己田若干畝入常住贍其徒，詳於碑陰，慈也。榮公本藏溪汪氏，二親壟長干，創屋一區于墓傍，近墓田亦若干畝，屋則往來居之，他日付其徒繼居焉，又孝也。孝于其親，亦《四十二章經》所教也，事關倫紀，尤所宜書。予幼家五城，經寺門望荼烟，粲矣。今委紀之，倘續後游償金華仙書吟山，入座之願，庶不爲寺中生客。榮公者，叢林老宿，嘗爲都綱云。

【校勘】

［一］地猷是弗再：再，文淵閣四庫全書本作“興”，依康熙刻本。

［二］常得其人：常，原作“嘗”，據文淵閣四庫全書本改。

［三］則此寺常如貞觀初：常，原作“嘗”，據文淵閣四庫全書本改。

昝壽菴記

歙石門静軒，吾宗也，構菴於所擬壽藏，許扁曰“昝壽”，述生平大概得吉始末，徵記於予。予隳括潤色書之：公幼嗜學，長益淹該，亶爲克紹箕裘。歷江湖，持門户，露宿風餐，鮮有寧日，宜其蟲裕先疇，咼新石庫，增鄉閭壯觀。望粹珪璋，氣凌雲霓，胡可涯涘？乃能鑒老氏知足知止之戒，超出世之沉溺不休者。其於先世窆事，孜孜不能怠，固異乎漫不警省者。庸術是聽，而但苟簡，尤異乎覬覦榮達者。膚學陰陽而墮因循，天誘其衷，地呈其寶，祖若考若妣之吉兆，壹是逢之不寧。惟是公配程氏媲德偕老，亦預獲擬藏雙劍之所于戴邨，流抱峙環，朝揖天造。雖獻者名術相寔自天，何以證之？公效傅脩期司空表聖自營藭室，由經始迄就緒，動罔不吉，此豈偶然哉？諏所以名菴之義，則曰：“天其鑒我夫婦方寸契造化，而錫以齊昝朋壽乎？”按，《詩》曰“昝壽”，以表壽證，今取其辭，異其義，此公所願也。又以田三百而嬴，永入菴中贍守菴人，戒子孫無違辭，併詳田畝勒碑陰，此公所慮也。予謂公仁孝人也。仁莫大於愛親，孝莫大於襄事以報親，公於祖、考、妣，允爲仁孝之子孫，天必生仁孝人以爲公子孫，此理昭昭，可信不誣。公所心得躬行，子孫將是則是效，謹守先業，又可大焉。公夫若婦齊昝朋壽，此福之在其身者，佳城之應。如羊叔子之登三事，陶士衡之督八州，此福之在子孫者，不待必之天，而必之此心之天。朱子曰：“天即理也。”以理知天，公之所願必遂，其所慮者必無。心即天也，天豈遠哉？公名一德，静軒號也，又號梅窗，生前丙辰，今年六十有五，配生前庚申，今年六十有一，其壽方隆未艾云。

重建忠孝坊記[一]　延祐六年

旌善以坊，蓋古者式閭表里之遺意。新安郡合城坊二十有六，其關君親大倫足以示勸者，惟東南隅“忠孝坊”爲然[二]。坊始於前太守魏公克愚，爲諫議盧公臣忠暨諫議六世孫郡學掌儀鍔建之也。按郡志，諫議公，黟人，政和間上舍及第。高廟南渡，以右正言扈蹕至金陵[三]。寇逼御舟，公瞋叱之，蒼皇踏兩舷[四]，溺而卒。泅水求者見其拱立江底[五]，儼若奏事狀。上憫焉，賜錢並衣以斂，贈右諫議大夫，葬黟之盧村[六]。端平間，詔立祠，賜號“褒忠”。子孫逮今猶蟬聯世其家。其一支居郡城，掌儀則尤馳譽者。母唐病危，藥莫療，刲股食母，隨以安。郡守嘉嘆，上泝世美，由掌儀之孝推諫議之忠，標其居，榜其坊。厚倫美化，天下國家要務也，庸人慢之，賢守慎焉，魏公可謂知務者矣！證之昌黎伯、朱文公，皆言刲股事。然發一念之誠，天且鑒之，人胡得而議之？子之事親，平時之孝，人鮮克知，履變如掌儀，而後孝之名彰。臣之事君，平時之忠，人亦鮮克知，履變如諫議，而後忠之名顯。爲臣子者，豈願變故而求名聞哉？上之人贈之、表之，將以勸世之爲人臣子者，盡忠孝於平時，而不轉移於履變之際。褒贈旌表，非諫議意也，亦非掌儀意也。坊燬於元貞元年九月，逮皇慶元年十有一月重建，歙縣尹張侯某身任之。嗟夫！事有曠百世而相感者，天典民彜，時有古今，人心天理無古今也。掌儀之子顯祖，誠慤敏練，能世其業，請予記之。辭不獲，爲摭實書之如前[七]，系以詩曰：古來忠臣[八]，孝子之宗。能世其孝，必世其忠。名以變彰，不變者理。匪私其廬，篤勸臣子。延祐六年八月二十二日甲辰陳櫟記。

【校勘】

[一] 重建忠孝坊記：是篇未見於《陳定宇先生文集》與文淵閣四庫本《定宇集》，輯自明弘治十年刻本程敏政《新安文獻志》卷六四《重建忠孝坊記》，校以清嘉慶十七年刊本《黟縣志》卷一四同名文章。

[二] 惟東南隅“忠孝坊”爲然：南，嘉慶本《黟縣志》作“北”。

[三] 以右正言扈蹕至金陵：至，嘉慶本《黟縣志》作“幸”。

[四] 蒼皇踏兩舷：蒼皇，原作“蒼黄”，據嘉慶本《黟縣志》改。舷，原作“船”，據嘉慶本《黟縣志》改。

[五] 泅水求者見其拱立江底：泅水求者，嘉慶本《黟縣志》作“鶩沒來者”。

[六] 葬黟之盧村：盧村，嘉慶本《黟縣志》作“雷罔”。

[七] 爲摭實書之如前：書，原作“言”，據嘉慶本《黟縣志》改。

[八] 古來忠臣：來，原作“求”，據嘉慶本《黟縣志》改。

洪氏閒雲堂銘

水泉雨雲，坎象所共。雲爲雨體，雨爲雲用。未雨之雲，似閒非閒；既雨之雲，閒也真閒。出雲降雨，學非忘世；雨齊雲歸，學非狥世。君雲其心，坐閒雲堂。休時閒閒，與雲行藏。

書燈銘

義所讀書檠令予銘之，因書其罩。銘曰：

雪平跧牕，月仄踞屋。昔人無燈，如許勤讀。今我有燈，篝幕熒熒。不顯其光，用晦而明。非雪而炤，不月而曜。陋彼囊螢，徒千其爝。敢有不勤？籟沉更深。燭奸雄膽，洞聖賢心。

家傳祖研銘

族姪孫贊子襄捧其高祖十九省元所畱付佳研求予銘，謹序而銘之：

吾祖通判公以《詩經》擢鄉舉，官終三山倅。貢元公，公其親弟也，亦以是經冠鄉舉，復“會諸侯于東都”至“駕言徂東”之題，其文至今膾炙人口，所謂“自東其駕以東諸侯之駕”者，謂之絶妙好辭，非歟？將赴南宫，不幸賫志以逝。平生用一龍尾佳研，東坡所謂“無田食研”者，用之不盡，畱以遺後之人。有二曾孫，學紹祖鉢，文傳祖燈，迨其玄孫，亦好學不倦，猗歟美哉！食硯田而不墜，有能四五傳而繩繩者，豈非世之所鮮有乎？余甚嘉之。言之不足，申之以銘。銘曰：

無田食研，東坡有云。高祖一研，五世所珍。學鉢文燈，繩繩善繼。永言寶之，欽于世世。

敏齋銘

三衢徐南塘登楊龜山之門，番陽明善程公實師之。星源王拙齋登朱文公之門，明善之孫可菴實師之。今敏齋君名時敏，以“敏”名齋者，明善之六世孫，可菴之曾孫也。父雲岩以數名儒之後志道，據德依仁，而遊於藝，精工醫術，敏齋繼之。儒家閥閱，穹崇如是。誰能或之先？以儒餙醫，匪業岐黄之術而已。世居饒德興之程邨，雲巖始遷婺之中平。敏齋今寓歙城，予未之識，族姪實卿與之稔，轉爲求予一言，錄示董盤澗所爲《明善堂銘》，且云：“斯堂也，程去華實記之。”予於諸公師友淵源，聞之久矣，遂爲作《敏齋銘》云：

程朱之學，上泝孔孟，南塘拙齋，其傳也正。敏齋之先，實師徐王，儒學承承，纍世昭彰。雲巖繼之，志道游藝，迨至敏齋，匪專方技。六經學字，始見傅岩。遜敏與懷，三義相參。學自遜入，濟之以敏，豈徒謙退？汲汲勉進，勤敏不已，允懷不失，修者乃來，來者乃積。顔實若虚，進未見止，拳拳服膺，脗合乎此。豈惟儒學？醫學亦然。真積力久，藝宜精專。匪直良醫，可達良相。以敏啟沃，時來毋讓。

處善齋銘

邑居劉長卿以《處善齋記》文等求予文。予閲之，有張士元一記儘平正，略云：善之所在，先知所擇，而後安所處。知行之學，自有次第。紫陽闕里，講貫已熟。劉君于行處用力，不患不知所擇矣，余不復架屋上之屋也。餘皆閒言語，緊要只此十數句而已。餘人之作，皆可無也，余爲作一銘。銘曰：

安于處善，天人策語。先師《語註》，亦嘗採取。善雖本性，未易審處。處且未易，安尤難遽。處之云乎，止而不去。不先明善，善在何許？明善伊何？必自學始。學以明善，見善明矣。擇善處焉，故士得已。居之而安，純熟方爾。元善之長，曰仁是已。終當處仁，爲安宅主。明善其初，處仁而止。處善而仁，善斯純至。處仁而安，希聖地位。忠愛長卿，諆吾所止。作此銘詩，卿其勗只！

族譜贊

“九族”之云，昉於《堯典》，釋者謂父族四、母族三、妻族二，歐陽文忠取斯説，朱子韙之。昔齊晏子不隱君之賜，固猶是也。世之譜族尚矣，未聞兼譜異姓之親，今伯英爲高曾世譜，而解、吳、王三氏皆有記焉，其惇九族、厚彝倫之義尤篤敬，爲贊：

禹疆徐州，姬祚徐土。族蕃括蒼，班班綬組。哲人伊何？錢塘歙浦。覿光用賓，奉母視女。月溪令子，曰伯英甫。學紹箕裘，筮仕孔膴。養終者代，敬宗尊祖。自流泝源，江淛脩阻。昭穆益遼，塗人胥覩。取則歐蘓，聿親乘譜。次圖懿親，若姑若母。卓哉伯英，親仁好古。九族義明，由兹惇叙。奕奕雲仍，繼志繩武。拭目華編，豈云小補！

畫馬贊

驄青其質，龍文在脊。匪渥洼産，胡爾神特！冠帯緋衣，懿何人斯？鞠履揭裳，徐引長羈。豈伊僕臣，職典天廄。馭馬千里，敬供萬壽。龍馬不世，良御應星。妙寫天真，何代丹青？

孤竹贊

見墨竹二軸，其一孤竹，上有贊，云“倉山老人題孤竹君”。其一雙竹，上有題，云“清獻公《雙竹吟》”。因和其韻：

竹，竹，孤竹國君，此其遺族。獨立亭亭，與誰同緑？龍想單吟，鳳難雙宿。應契特立獨行者之心，不動群趨旅進者之目。千畝不見其有餘，一竿不見其不足。竹，竹，似魯狷士，不見親厚之涼涼；如衛君子，斐然有文之郁郁。月來影自伴琅玕，風至聲能戛珠玉。特操何假于依附？高節了無所阿曲。嗟彼朋邪之徒，豈不有愧於孤竹！

宋彌章自號蓮舟贊

異哉蓮乎！生華峰頭。飄十丈花，爲一葉舟。廣平苗裔，太一之儔。帆無盡風，泳餘波流。吾道正派，紹孟者周。愛蓮誰同？心今與侔。身艘心柁，聖涯是游。由濂泝洙，勿虛勿浮。風月無邊，穆穆飀飀。良不偶然，來從吾游。頌中有規，子領以不[一]？

【校勘】

［一］子領以不：以，文淵閣四庫全書本作"也"，依康熙刻本。

澄潭贊

長汀聖公上人號澄潭，今年夏五邂逅瞻其頂相，惜忽忽未及交箭鋒機。玆承寄聲，需余爲下一轉語，思韓之于文暢、柳之于浩初皆爲下筆，今亦何忍答以不語禪乎？因爲《澄潭贊》寄之。贊曰：

傳燈要妙，性海心源。有澄斯潭，淵淵其淵。禪定有素，湛然止水。如珠在盤，盤定珠慧。澄不在潭，而在心珠。現水月中，寂熠空虛。惟千載心，秋月寒水。儒釋同處，我聞朱子。

扇　贊

昔張無垢，紙扇三年。自誇其儉，我將倍旃。人無好事，我無長錢。一裘閱世，可希此賢。

和不求人贊　至治三年

《不求人贊》，曾大父唱之，通判和之。唱者不可得見矣，幸得見和者，而知曾大父之嘗爲此贊也。曾孫不肖，想像先世意而僭補之。癸亥十月初四日晡時成。

疴癢切身，倩誰搔之？斲木爲手，具體依稀。天賦風騷，芒刺背負，一搔一快，勝呼醜婦。噫！報落金釵兮截盛金盤，思麻姑仙爪兮豈不利夫麻頑！孰若此手兮木居士女，借名李衡家兮木奴以命汝。噫！雖不求人兮，未免求木奴之指，孰若反掌以自搔兮，君子求諸己。

和五六公不求人贊

梓人揮斤，刻木成指。雖乏纖纖，可侍君子。搔我疴癢，及我背膂。爾力所至，不仁者止。我有旨酒，只可養氣。我有詩書，只可適志。予美亡此，誰侍巾櫛？醜婦之功，賴有爾爾，尔予相親，俾不求人，無忝名義。

婺源李復初字贊　大德十一年

婺源李復初兄館寓頗相近，淳雅可敬，然過從亦疎。丁未冬十月晦來言別，索字説甚勤。予念坡潁名説，老泉自爲之。晦菴冠子祝辭，屏山爲之。非父非師，誰其僭之敢？請益堅，予曰："説之不可也，贊之可。"贊之曰：人同此性，性同此初。性者安焉，奚以復爲？聖降而賢，復焉不免。復之奚在？曰在明善。明善屬知，復之屬行，舜曰"精一"，思曰"明誠"。聖門善復，莫如顔子。不遠之復，能復于禮。孔博以文，知之于先。又約以禮，行之次焉。以復其初，至於亞聖。沙澄水清，塵磨鏡淨。復初學顔，亦顔之徒。入百聖域，守三字符。

庭芳字贊

戴兄蘭字庭芳，雲坡公之曾孫，震齋公之孫，杞山公之子。好學不倦，翩翩佳公子也。嘗從予遊，屢以其字求説。竊謂名二子説，老泉爲之；文公冠子祝辭，屏山爲之。予不欲僭，以贊易説，辭美之之中，寓勉之之意云。

騷集衆芳，首蘭是稱。晉人謂蘭，宜生階庭。託根幽深，無人自媚。欲秘其香，風不汝秘。根培愈固，芽茁愈萌。培根安在？重席帶經。揚於王庭，自家庭始。侍中裔孫，流芳無已。

程與京草蟲手卷贊

艸卉昆蟲，造化生成，精微奇妙，豈力所能！一以貫之，實大巧流行。爰有良工，妙奪造化，若艸若蟲，逼眞非画。小巧云乎哉？天機精[一]，寳無價。體仁主人，手卷横陳，能事擅塲，出戴子淡雲。雲行無心，淡然任天眞。偶泄天巧，不彫琢，謝鋤耘。采芣苢，菁莪在中沚。芥菜方紫，納須彌，待其子。虋麥亦著花，亶謂四美。蝶洵有情，蜂如有聲。雍容閒雅，可尚乎蜻蜓。蜥蜴昂首，若寄奴所驚。蚱蜢折臂，蛾子臘遇之，將舁以行。我聞周子，庭艸交翠，觀生物氣象，謂同自家意思。張子厚聞驢鳴，亦謂如此。又聞詩家，以画爲真，今諸艸諸蟲，生意津津。勿微小視之，囿大化無垠。體仁主人，一披翫之，養胷中生物之仁。

【校勘】

［一］天機精：精，文淵閣四庫全書本作“呈”，依康熙刻本。

夏君文藁贊

文氣所形，尤貫道噐。氣信豪放，道更精詣。集義生無[一]，無配道義[二]。道氣合一，文響天地。

【校勘】

［一］集義生無：無，文淵閣四庫全書本作“氣”，依康熙刻本。
［二］無配道義：無，文淵閣四庫全書本作“氣”，依康熙刻本。

風雩亭賦

判縣先生創風雩亭，弘齋曹先生記之，至矣，盡矣。然昔張宣公《風雩亭》詞之餘意，猶有可言者。里晚學陳櫟敢發宣公未盡言之蘊而賦之。

雲屋趙公，風雩有亭。家世琴鶴，其風最清。不此焉以爲足，上泝沂水之曾。慕彼舞雩之風，適樂意之春容。觀點也之所懷，與三子兮不同。龍見而雩，壇壝聿崇。爰有茂樹，蔭蔚可棠。當春和氣，風景恬融。見天理之流行，欲無芥乎其中。風來自天，風之者人，淡蕩適至，偶披其襟。風此春風，宇宙吾心，宜聖師之所與，獨喟然其賞音。點也雖狂，其心不泥。春風無窮，千古常新。坐風雩以乘風，諒何古兮何今？大儒先生，椽筆作記，窮深發微，已詣其至。今復賦之，毋乃或贅？辨不厭明，敢獻所疑；點之見處，深契聖師，行有不掩，以狂獲譏。既曰“與之”，曷又狂之？始超出于由、求，卒僅儕于牧、皮。昔子張子，已慮及兹。初新岳麓之亭，特繫風雩之詞，謂尋點心之所造，當究顏氏之深工。防外誘，務敬恭，浸私意之脱落，斯樂意之内充。今究顏氏，深又安在？非在乎他，克己復禮。點見處之雖高，惜行處之未實，使徒慕其氣象，而未知所用力，寧不荒于過高，致有體而用虚？必以克復之學，補曾點之所無，克去己私，復乎天理，匪徒見此地位，必實致其踐履。倘私欲之蟬蜕，得春融乎理趣，迨顏樂之不改，庶風雩之無獘。惟雲屋公，卓哉先覺，豈惟風曾點之風，葢以樂顏子之樂。亭扁“翠侍”，克已晞顏。翠不于其蛾于其山，侍不于其人于其巒。不復陽臺雲夢，興入蒼翠之間。已克兮禮復，欲淨兮理純。儼儀刑之相對，爲樂山靜壽之仁人。吹面而受和風，披予襟兮欣欣；臨風雩兮長嘯，如唳鶴而鼓琴。

木貓賦

惟木貓之爲噐兮，非有取于象形，設機械以得鼠兮，配貓功而借名。諒哉貓之字彖貴兮，實依人以寢處，豈貓之偏可愛兮，見鼠之深可怒。鼠罪不可勝數兮，大罪在害夫吾書，聖賢所以心天地命生民兮，多噬嚼而無餘。外嚙衣與毁噐兮，并穴倉而盗肉，難僂指以盡其惡兮，惟良貓漸可殲其族。奈良貓每難畜兮，食不可以無魚，或鈍庸而不捕兮，遂謀設夫穽機。外匣板以四周兮，柱雙峙而梁横，懸重木其若砧兮，下簞盛夫羶腥。妙在分釐梗之活繫兮，微有觸而轟擊，鼠冥行而冒入兮，危機動而微命畢。聞響而再設兮，或一夕獲禽之三四，策奇勳其若兹兮，名木貓其奚慚？然我以機心爲彼械兮，彼亦因機械而觸夫機心，海鷗之閑雅而防猶然[一]，豈黠鼠之不能？初用之多中兮，再三用之則否，毋乃指禍穽以相告語兮，儘機張而餌誘。木砧暮懸而詰朝兮，群黠跳梁于外而不入其中，得非機械之有窮兮，豈若良貓之有常功？或者因貓之難畜兮，遂抑貓而揚此，使木之貓果能盡用兮，則貓可以盡死。患彼不捕之罷鈍兮，豈不可易夫喞嘽，譬之因望庸人之失職兮，乃遂併衆君子而舍旃也耶？

【校勘】

［一］海鷗之閑雅而防猶然：防，原作“然”，據文淵閣四庫全書本改。然，文淵閣四庫全書本作“深”，依康熙刻本。

梅花主人賦

古舒牧伯，耶律相公，禀受間氣，生于遼東。鴨綠平壤，地靈所鍾。期梁棟乎宇宙，榜一軒兮以松。松之所友，允矣梅花。以髯龍之鬱鬱，盟玉葩之横斜。與素兄爲主人，免其羈孤於天涯。搜清吟之千首，盡發舒其英華。梅見詩書，實焉是取？公取其花，豈同兒女！惟此梅之嘉實，與商鼎以和羹。何以有雨肥之紅綻？花乃實之所由生。三冬閉塞，萬木韜精。獨此花之先春，耿冰雪而惟馨。似君子之特立，殊弱植之彫零。公取其花，乃待其實。豈作牧之能奄？行作相而爰立。森萬松于軒外，棟明堂而當屹。摘梅實以調鼎，蓋權輿于今日。斂大惠於一州，豈獨私乎舒民？寄語灊岳與皖公，汝安能久留此梅花之主人！

春先亭賦

溪山種德，與梅俱深。亭扁“春先”，延佇清吟。吟不足而酣賞，炤踈影以頻斟。陋茅亭兮儀曹，媲蘭亭兮山陰。有善繼之賢孫，念大父之手植，每見此而敬恭，忍等之於枯栫？冀紅葩之有實，取白賁之無色。儼若面乎公槐，匪直同于卿棘。一枝具一乾坤，陽動根于太極。慨彼有唐，幾昧履霜，貌肖蓮花，惟愛六郎。豈知愛梅？臨風一鶚。廣平一賦，不忩者壽。年方廿五，秀發華滋，見已卓然，挺特不疑。陪立樹花，厭厭醉夜，笑彼江總，何哉僕射！尚此孤根，陽回凝閉，偶點宮額，豈屑街髻？見魏徵兮嫵媚，鄙令德兮溫柔。宜曉角之悲壯，任吹笛於高樓。當高齋之索笑，異成蹊之不言。仁權輿于微酸，認生意之存存。玉堂何喜？竹籬何怒？貫榮悴于一視，恬窮達而默悟。玉質兮盼倩，遠違兮鶯燕，日遶樹兮千廻，朝廵簷兮百遍。暨作相於開元，搜杞梓與棫柞。鼎和傅說之羹，籠儲梁公之藥。贊化調元，燠寒時若。接詔使而談默，辭瑺宴而疾託。儼如斯梅，隆冬不瘘。力能斡乎造化，香不隨乎變衰。衆木方槁[一]，橫枝獨妍。早占魁于春覣，忩司冬之執權。特立萬物之表，覺在群蒙之先。嗟襄美之與元輿，賦艷葩之啾喧，豈若公之賦梅，大音希聲而鳴自然之天。刻之屏間，妙擅奇絕。廊廟之姿，豈淹巖穴？振七葉之貂蟬，將主知之早結。觀我尚之如斯，不愧文貞公之節。既增光於大父，尤景行乎先哲。想後山翁神遊，而喜之曰子孫德興；萬物氣吐，實與梅兮同素。相時來兮則爲，輔皇圖兮鞏固[二]。

【校勘】

[一] 衆木方槁：槁，原作“稿”，據文淵閣四庫全書本改。

[二] 輔皇圖兮鞏固：輔，文淵閣四庫全書本作“奠”，依康熙刻本。兮，文淵閣四庫全書本作“於”，依康熙刻本。

大禹惜寸陰賦

昔者聞之：乾道行健，一息萬里。君子法乾，自强不已。自古列聖，罔有不勤，堯兢兢，舜業業，所以爲聖人。舜之稱禹，以克勤于邦耳。克勤于邦之實，尚且惜乎寸陰。惟聖希天，固自强以法行健之運。惟賢希聖，所以有惜乎分陰之心。賢哉陶侃，孳孳不息，以勤自勵，朝暮運甓，俯視寸陰之移，實有同于尺璧。紛紛學者，不知自惜。惜青春之不再，忍悠悠度夫白日？嗟夫，視寸陰而猶競，此聖人之所以益聖；等光陰之隙駒，此愚人之所以益愚！

黄山堂賦

維大好之山水，昔專美於新安。大好中之尤者，孰有大于黄山？峙古歙之西北，高戛日而摩天。四千仞之蒼翠，三十六之峰巒。上峻極之絶顛，下無底之深潭。既白懸于布水，亦紅盎于砂泉。信山靈之都會，嘗此煉乎神丹。峰標名之各異，事稽迹而猶存。曰容成與浮丘，更昭揭夫軒轅。奇名六六之内，此鼎立而爲三。黄帝二仙以嘗游，宜姓山以黄而永傳。欲識山之眞面目，奚必親履夫巉巖？凡宦遊于此邦，惟閑眺而遐觀。擇郡治之勝地，搆高堂之數間。納遠翠於軒楹，數天際之烟鬟。憑闌干而俛仰，若再生于雲端。自清濁之既判，何山不屹于人寰？孰以此山當三皇之世，來神聖之躋攀？繇皇而帝與王霸，孰能廻世運之濤瀾！睠新安之古郡，欲醇古而弗諠。鮮嚚訟之珥筆，多岌嶪其儒冠。以静重而涖之，將臥治兮非難。惟字民之良牧，又觀風之大賢。登斯堂而送目，見太古之山，如見太古之人焉。彼葢公之明黄老，猶避堂見舍於曹參。何如黄山之在望，常若挹黄帝與群仙？法黄山之作鎮，仁心静而常淳涵；法黄山之興雲，仁潭霈而藴悍鰥。儼威刑之静對，送萬古以無言。存古意於胷中，心見山而常安。噫嘻！降古而今，時固爲之；返今而古，理可固然？嘗望黄山而無愧于黄帝，坐見太古淳風之挽還。

漢林賦

予聞《周南》之詠六州，王矣乎，德化有源；修身刑家，厥所廣及，江漢之涯。宜廣漢之詩人，必推廣而讚美，謂德廣之所及，能感化乎遊子。世有豪傑之士，雖無文王猶興。苟欲適乎正道，何可外文德之純？文所以文，純亦不已，德廣所及其用兮，之德之純其本體。維南兮喬木，德化兮膏沐，喬木兮參天，森森兮林麓。豈果漢濱之木眞寒緑成林？自有不林之林兮，種德末茂而根深。彼儒林與書林，非眞林木之可見矣，所種之林林兮，蔚盛德之符驗。吳君本市隱兮，當覽焉而山棲，今又舍山棲而市隱兮，此林隨此身之所之。十年計種以木兮，百年計種之以德，德愈廣而林愈茂兮，身所至即江漢之域。

燕山八景賦

粵自昔之京師，稱爲衆大之區。今大業之覆燾，亶亘古之所無。建皇都于燕山，信廣大而超卓。稽載籍之所傳，跨亳殷與京洛。仰景致之佳絶，殫泓頴而難窮。味綺名之有八，恍莫措其形容。仙凡隔于苑墻，邃深而瓊其島。天未縱夫春陽，花命長而鮮好。池雖仍于古稱，木葉艶其佳色。與景秋而最宜，涼颸生夫粼碧。瀦爲瓊玉之漿，幾萬斛之珠滴。崴釀萬壽之觴，横晴江之下垂。愛一壺之天成，金知出于誰鑄？待夕陽之炤出，色黄明而自媚。山屹峙于兑方，席花種而崢嶸。市烘黄綿之襖，天現白玉之屏。津趙北與燕南，鷄呼兎而澄澈。銀蝃蝀之高臥，玉狻猊其如活。軒轅裔之薊封，雨飛門而河翻。妙勝廬阜之瀑，高出龍門之灘。史嘗紀夫居庸，名列三關之一。山雖皺而萬疊，翠欲滴于一色。是爲八景之略，愧其詳之未知。彼瀟湘與鳳翔，亦人題之昭如。兹偏方兮下國，景何一二而數[一]。眾大古莫擬之[二]，豈八景而但已？山水自于西北，景清淑之所鍾。地廣漠而深厚，極域闕之宏崇。合官府兮市里，暨民物之富庶。孰非可觀之景？顧觀光之猶未。將究極而論之，曰在德不在景。山川以人而重，德與景而悠永。亳殷京洛之區，今視昔而依然。謂愚言之不信，何一盛而莫肩？如宋玉想像夫高唐，蘇子親見夫處境。雖鋪張恐涉于虛無，知初詠未得其要領也。

【校勘】

［一］景何一二而數：文淵閣四庫全書本作“何皇都之足齒”，依康熙刻本。

［二］眾大古莫擬之：文淵閣四庫全書本作“中涵蓋其無極”，依康熙刻本。

卷十三 試文 講義

賀立太子表

伏以青宫肇建，天方耀於前星；黄屋尊居，人益瞻於北極。慶綿宗社，喜溢寰區。中賀臣聞：宗子維城大，所以固邦本；震男主器重，可以繫群心。以聰明睿知之君，得恭敬溫文之嗣，重明麗正，天下之化由之。一有元良，萬國之貞，以此福延無盡，幸豈斯今！恭惟皇帝陛下，道極高明，計定悠久。瓜綿而瓞，視周業而匹休；李盤其根，笑唐基之未大。視膳愛篤，主鬯位堅。臣幸值邦榮，属分省寄。龍樓問曉，想歡洽於奉承；鷺序班晨，愧阻陪於舞蹈。

賀瑞芝表

伏以聖皇御極，物説兑秋。造化發祥，芝彰賁治。特産虞庠之域，將開孔道之符。夫豈偶然？必有召此。中賀臣聞：世珍靈草，品異凡荄。漢作房歌，猶薦揚於九廟；唐生陜府，尚頒示于百僚。豈如臨炤之初，預兆聲名之盛。教嚴于淑胄子之地，瑞應于祀素王之庭。卓冠古今，歡傳遠邇。欽惟皇帝陛下，天資睿知，帝學緝熙；接統緒于千齡，道能傳道；茁芝莖於三秀，和以召和。臣某幸際休徵，曷勝喜氣！必大書于信史，實可並堯蓂之呈；期永壽於斯文，豈但邁莊椿之筭！

道不欲雜論

論曰：聖人以一心貫道，非深於道者未易知也。夫道之體，一而已矣，而其用則散於萬殊。雖萬殊也，而實不外乎一本也。天下無心外之道，聖人之於道，亦惟以一心貫之。道之萬殊，不外乎一本，聖人以一心貫道，則一本可該乎萬殊。以一本言，無雜也。以萬殊言，亦不可以雜言也。道本無雜，可雜非道也。而奚以不欲雜爲哉？莊生述仲尼答顏淵之問，而以“道不欲雜”爲言，此殆莊生之寓言，而非夫子之言也。雖其末焉，要歸之，論能究極于心，欲以心之虚集道之實，若于一貫之旨有見者，其論似焉而實非也。吾故曰：非深于知道者，未易言也。請因莊生之言而辨之：聖道其天矣乎？天之道，至誠無息，其爲物不貳也。不貳者，一也，無雜也。而萬物自爲之，各得其所焉，不過于一中分。造化雖萬也，而實一之。散，殊也，亦未嘗雜也。蓋至誠無息者，道之體，萬殊之所以一本也。萬物各得其所者，道之用，一本之所以萬殊也。天地以生物爲心，亦惟以一心貫通而已[一]。天之道，猶以一心貫之，孰謂聖人之于道，而不以一心貫之乎？聖人之道，其泛應曲當，用各不同，若雜然而無倫也。然聖人之心，則惟渾然一理之貫通而已，曷嘗有一毫之駁雜者？故曰：“吾道一以貫之。”而曾子所以深契於一唯也。曾子猶然契于一唯，而況顏子乎？夫子于回，終日與言，博之以文，凡于斯道之萬殊，無不言矣，其以一心貫萬殊而歸一於本者，則博之之餘，未嘗不約之以禮也，夫豈務博而陷于支離分雜者？若莊生述孔顏問答，則異是矣。顏子雖王佐才，志在爲邦，然未嘗汲汲焉。陋巷簞瓢，終身自樂，安有之衛之行哉？謂衛君年少行獨而輕其國，或者曰：衛君，蒯聵也。或曰：蒯聵方以魯哀之末年復國，時顏子已不在矣，殆出公輒也。吁！周子之兄之前，果可與談莊周之化蝶哉？使誠有之，二君者，一得罪于父，一據國拒父，悖于三綱大倫，道之大本已絶，奚論其行獨而輕用其國哉！莊生之説，謂夫子欲止其行而首以道不欲雜言，且謂雜則多且擾，而憂隨之。嗟夫！是非夫子之言也。聖人之一本，散爲萬殊，以一心貫通之。其萬殊者，不外于一本，一而萬，萬而一，無所謂雜也，亦正不必言不欲雜也。天下同歸而殊塗，一致而百慮，天下何思何慮？何患其多？何患其擾？而又何憂焉？夫子博顔子以文，而約之以禮，博則廣之以萬殊，而約則貫之于一本也，是真夫子所以與顔子言者也。今是言也，無乃莊生之于道，略見其體之一者，反覆數千百言，而未有攸當也[二]，未歸之于心齋[三]，而曰“唯道集虚”。虚者，心齋也。不求道于道，而求道于心，似矣。若欲以心之虚集此道者，則實非也。蓋道不外于心，心之外無道。道也心也，本一也，而非二也。豈道爲心外物，必有假于集之而後有所得哉？且又先之曰：無聽之以心，而聽之以氣。舍心之本，而求之氣之末，何始言道之不欲雜，而終焉之論求道如是其雜哉！愚故曰：非夫子之言也。莊生爲是言，似是焉而實非也，豈無所見而敢云爾哉？噫！聖道本無雜也，而異端欲雜之。莊周之于聖道，非愚者之不及，殆智者之過也。凡其書載夫子之言，與夫譏議夫子之言，大率皆過于荒唐之論[四]，無一如《魯論》之可信可稽者，是聖道本無雜而周欲雜之也。夫子嘗曰：“攻乎異端，斯害也已。”異端且深爲聖道害，豈徒雜之而已哉？噫！莊生非深于聖道者，宜其于聖道未易言而反雜之也。謹論。

【校勘】

［一］亦惟以一心貫通而已：已，原作“以”，據文淵閣四庫全書本改。

［二］而未有攸當也：未，原脱，據文淵閣四庫全書本補。

［三］未歸之于心齋：未，文淵閣四庫全書本无此字，依康熙刻本。

［四］大率皆過于荒唐之論：荒唐，原作“高荒”，據文淵閣四庫全書本改。

九五福一曰壽論

疇止于陽數之終，故知慶尤備于聖人。壽立於陽數之始[一]，當知年尤永于聖人。夫福壽爲基疇，該聖人之全有此福，必首願聖人之長有此壽也。疇終於一書，聖人之福，固有必俱有；數始于一疇，聖人之壽，實有必久有。乃知壽聖人以享此全福者，天也。聖人之長享此壽，乃所以全享此福歟？此箕疇至九而言福，明疇必于一而言壽也。且《洪範》之疇有九，而五福之疇居其九。是福也，葢持衆美而效之君者也。《洛書》之數，至九而全，聖人之福，亦至五而全，以此五者之福，總於五福之疇。福者，備也，固全備于聖人矣。然全享此福，必壽則可以長享此福，宜箕子以一曰首明之。謂天生聖人，豈偶然者？天命長久，是曰壽焉，壽爲福之基。天所以壽聖人，乃常以全福福聖人歟？衆疇有所終，固願聖人之全得其福；一疇有所始，首願聖人之必得其壽。必得其壽，始可以全得其福，五福以壽爲先，厥有旨哉？請發暢厥旨：嘗謂人生之福，以備爲貴，尤以久爲貴，故叙疇中之福，至於五而全。福以久爲貴，故明福中之壽，居于一之始，論福必先論壽，其諸以得壽則有其基以得福歟？何以言之？“洛出書，聖人則之”，《洛書》終於九數，而《洪範》之則之也，五福終于九疇，治天下之大法至此而全。故享天下之大順，惟聖人爲能全之，全不歸之聖人而誰歸？然何莫非福也？聖人以一身備諸福，亦何莫非所以享此福也？而君子之明疇，必以壽居衆福之先，夫豈强爲是之次第者？豈不以五常，理之備者也，而非仁無以包之，故言五常者必先于仁。五行，氣之備者也，而非水無以生之，故言五行者必先于水。五福者，福之備者也，而非壽無以享之，故言五福者必先于壽。天之生聖人也不數，洪麗碩大之氣、悠遠久長之數，其逢之也猶不數。聖人之身，實洪碩之氣之所鍾，固宜其全享此福也。聖人之生，悠遠久長之數之所屬，尤宜其長享此壽也。天將以多福福聖人，則必以上壽壽聖人，故品第一定，其疇而福皆該焉，權衡以定，其論而壽獨先焉。以多福歸聖人，而先以上壽願聖人，得非福固足以該夫壽，壽則永可以享夫福？其壽如山，則其福如川；其壽如松，則其福如茨。壽等箕翼，則福齊岡陵，君子誠非强爲是之次第者。然則《行葦》不惟言“介爾景福”也，而必曰“壽考惟祺”；《甫田》不惟言“報以介福”也，而必曰“萬壽無疆”。詩人以壽爲福基，其與箕疇。該五福于衆疇之中，而首曰壽，於一疇之終始者，葢亦相表裏者歟？今夫履一而載九者，《洛書》數也，始于一，五行而終于九。五福者[二]，聖人則《洛書》之數也。《洪範》大法至是極備，聖人治功至是成終，于是備大順而享全福，亦可以無愧矣。疇之九于斯而終，福之五于斯而萃。降年有永，壽之福也；充積有餘，富之福也；安静無虞，康寧之福也；樂善不倦，而好德之福備；修身以俟，而考終之福備。此所謂五福也，非聖人信不足以全享之矣。然備于九疇之終者爲福，而歸夫疇之始者爲壽。人生天地中，莫難備者福。人于衆福中，尤難得者壽。得此壽，則衆福享之百年而不難，不得此壽，則衆福享之一日而未易。此當然之理，必至之符，閲千古而不易焉。所謂接千齡而聖人生，天之所賦，山川之所鍾靈，實天地間最高厚之氣，最悠長之數，其超越等倫，冠絶庸衆，不知其幾也。常人如蟪蛄之不知春秋，其于諸福，不過寵利之幸邀耳。聖人之壽等龜鶴，則所以享此全福者，何莫非安富尊榮之日？凡人如朝菌之不知晦朔，則於諸福，不過榮華之飄風耳。聖人之壽邁松栢，則所以受此全福者，何莫非優悠怡愉之時？聖人闢天地而出，享有道之長，葢將與日月兮齊光、長千古而不老者。壽綿于千萬歲，則千萬歲此福也。壽歷于億萬年，則億萬年此福也。壽延于無窮無極，則此福亦無窮無極。福以壽而久，壽爲福之基，明疇君子，其以長享此壽願聖人者，葢將以全享此福歸聖人，夫豈諛乎哉？抑論之：聖人無心于福與壽，天自有心于福壽乎聖人。然聖人非聽之天而已，《語》曰："仁者壽。"《易》曰："有大德者必得其壽。"好德之中，自有有永之壽、有餘之福焉。壽居福之先，壽之福，豈出於好德之福之外哉！觀箕疇之論福者，又當以是而求之，昔嘗攷之矣。九疇之序，雖至五福而終，五福之本，實自皇極而出，曰"皇建其有極，斂時五福"是也。五福之斂，本於皇極之建，然則皇極者，五福之根本，五福者，皇極之效驗歟？然箕子之明疇，不以他爲福之先，而獨于壽推先焉，抑又何也？豈非以天下無壽外之福？綿此壽，則能享此福。壽聖人者，天也。則願聖人壽以全有此福，君子之願，葢同符于天也。《洪範》九疇，始于五行，中于皇極，終于五福。武王之壽，葢與五行相胚胎、皇極相終始，善必先知，九齡見夢。天之壽武王，實畀之以五行正氣之永長，而使之長爲皇極至理之宗主者。由是以此上壽基此全福，富有四海，身其康强，富與康寧之福也，以壽享之也。勤用明德，高朗令終，好德、考終之福也，無非壽享之也。長有此壽，以全有此福，箕子明疇之深意，深乎旨哉！抑又有説：福有基，以壽爲之基，豈惟聖人爲然哉？自天子以至于庶人皆然。斂時五福，錫厥庶民。是福也，聚之武王之一身，而散之于百千萬億人之身。葢一人有慶，而兆民賴之耳。君之壽，即民之壽；君之福，即民之福。華封之祝，祝聖人壽。堯之上壽如彼，故堯之民多仁壽，而壽域開於唐，則萬邦協和之福，壽之餘效也。德爲聖人，必得其壽。舜上壽如許，故舜之民多仁壽，而壽域開于虞，則萬邦咸寧之福，壽之餘慶也。豈特建極斂福之武王爲然？猗歟休哉！何幸爲壽域中之一民，而願聖人壽。

【校勘】

［一］壽立於陽數之始：壽，原作“言”，據文淵閣四庫全書本改。
［二］五福者：五，原脱，據文淵閣四庫全書本補。

擬唐處士陽城除諫議大夫誥

古者諫無專官。上而爲相，復於王以從諫；下而爲工，亦執藝事以諫。官無高卑，人無貴賤，皆以諫納忠。漢以來有諫大夫，始以諫爲名，則專以言爲責，任亦重矣。至我有唐，有拾遺，有補闕，又有諫議大夫，其任固不尤重歟？在廷之臣，或以選直，或以序進，未有以處士起家居是官者。處士陽城，濳德弗耀，化其鄉人，大臣以爾名聞。安有能善其鄉而不能正其君者？是用擢爲諫議大夫。官以諫且議爲名，宜直諫讜議，以奉其職，予違汝弼，汝其懋哉！毋蹈漢人所謂處士純盜虚聲，則予汝嘉。

忠恕經疑一道

問：曾子曰：“夫子之道，忠恕而已矣。”《中庸》曰：“忠恕違道不遠。”同一“忠恕”也，而聖人、學者異焉，先儒謂迹雖同而心實異，其論確矣。然此直爲“施諸己而不願，亦勿施于人”者言之爾，至若“我不欲人之加諸我也，吾亦欲無加諸人”，則與“勿施于人”異矣。使子貢果及此，可謂與聖人之心不異乎？其猶有間乎？毋率爾而對，將以觀深造焉。

對：“夫子之道忠恕”，言聖人之道也，動以天者也。《中庸》“違道不遠”之“忠恕”，言學者之于道也，動以人者也。朱子《集註》曰：“盡己之謂忠，推己之謂恕。”又曰：“中心爲忠，如心爲恕。”聖人之道，安而行之，何待于盡己、推己哉？惟曾子能悟一、貫于一，唯門人則不能矣。曾子之答門人，所以必借學者盡己、推己之目以著明之。“忠”字在聖人爲誠，“恕”字在聖人爲仁，聖人之道，本不當以“忠恕”言也。《中庸》所謂“忠恕”，方是正言學者之忠恕爾。違猶去也，朱子《章句》

云“如‘齊師違穀七里’之‘違’”，言忠恕之去道不遠也。所以程子于《語》之“忠恕”曰：“忠者體，恕者用。忠者無妄，恕者所以行乎忠也。”此與“違道不遠”異者，動以天爾。豈非“夫子之道忠恕”自然而然，以動以天者言之；《中庸》所謂“忠恕”勉而行之，以動以人者言之乎？先儒謂迹雖同而心實異，迹之同者，同以忠恕言也；心之異者，動有天人之分也。“施諸己而不願，亦勿施于人”，雖繼“忠恕違道不遠”之後，乃獨以恕言，而不及乎忠。蓋忠、恕如形與影不可相離，單言恕則忠行乎其中矣。所謂無忠做恕不出，必忠而後，所如之心始得其正耳。至若子貢所謂“我不欲人之加諸我，吾亦欲無加諸人”，與《中庸》之“施諸己而不願，亦勿施于人”辭若不異，而夫子以爲“非爾所及”，何也？此以仁言者也。朱子嘗以對“終身可行之恕”章而辨之曰：“無者自然而然，勿者禁止之辭，此所以爲仁與恕之别。”至矣盡矣！今明問惟即《中庸》之“勿施于人”與子貢之“欲無加諸人”對言以示疑，而不及夫子對子貢所謂“己所不欲，勿施于人”者，毋乃欲窺見學者之所藴歟[一]？聖門雖自顔子以下，穎悟莫如子貢，子貢自謂何敢望回？顔子于仁，尚不能無違于三月之後，况子貢乎？夫子明謂“非爾所及”，則子貢之不能及此可見矣。使其晚年得聞性與天道之妙，而庶幾及焉，亦恐守之也，非化之也。愚敢斷之曰：“無加諸人”，流出于心，不待勉强，自然行仁之事也，其自曾子所謂“夫子之道忠恕”動以天之道而爲者歟？“勿施于人”，以心度心，勉强行之，强恕求仁之事也，其自子思所謂“忠恕違道不遠”動以人之道而推之者歟？

【校勘】

［一］毋乃欲窺見學者之所藴歟：見，原作“承”，據文淵閣四庫全書本改。

文行經疑一道

問：“子以四教：文、行、忠、信。”又曰：“行有餘力，則以學文。”行先於文歟？文先于行歟？

對：“子以四教：文、行、忠、信。”先文而後行，弟子記夫子之教也。“行有餘力，則以學文。”先行而後文，夫子之言，所以教爲人弟子者也。《集註》於“四教”章曰：“教人以學文修行而存忠信也。”於“行有餘力”章曰：“文謂詩書六藝之文。德行，本也。文藝，末也。窮其本末，知所先後，可與人德矣。”愚竊謂“文行忠信”之“文”，與“君子博學于文”“博我以文”之“文”同。凡天地間事事物物之理，皆文也，其所該甚廣大。先文而後行，其先博文而後約禮、先格物致知而後誠意正心脩身之意歟？“則以學文”之“文”，不過指詩書六藝之文而言，乃文藝之末耳，其所該不及“文行”之“文”之廣大矣。蓋有感于時之爲人弟子者，徒事文藝之末，而忽德行之本，故欲其先孝弟等而後文藝歟？以爲學之大端言，則當先文而後行；以文藝之輕重言，則當先行而後文，意固各有攸在也。

爲師經疑一道

《論語》曰：“溫故而知新，可以爲師矣。”《記》乃云：“記問之學，不足以爲人師。”《孟子》曰：“人之患在好爲人師。”《師説》又云：“巫、醫、樂師、百工之人，不恥相師。”其義如何？毋隱。

對：師道在天地間，不可一日不立也，尚矣。人生三事如一，三者何？君、父、師也。人非父不生，非君無以治其生，非師無以善其生，師道之重，與君、父等。是師也，本爲道成而上者言也。道成而上者有師，藝成而下者亦因謂之師，是殆師其所師，而非吾所謂師矣，奈之何？藝成而下者反知所師，而道成而上者，乃或有愧于所謂師乎？《論語》《學記》《孟子》之言，謂爲師者也，以道成而上者言也。《師説》之言，謂相師者也，借藝成而下者言也。爲師者，不可有好爲師之心，彼爲師者而好爲師，是未知溫故知新始可以爲師。而記問之學，猶不足爲師焉，則方汲汲于義理之無窮，而不敢沾沾于記問之有限，于師將有所不暇爲矣，而何好之有？彼從師者而恥相師，是未知巫醫樂工之猶知師、藝成而下者之猶不恥相師耳。使知巫醫樂工之猶知有師、藝成而下者之不恥相師焉，則方將因蕛稗之有秋，而悟我黍稷之未植，于從師將有所不暇息矣，而何恥之有？請詳言之：夫溫故知新，與記問之學不同。溫故知新者，時習舊聞而每有新得也。記問之學者，無得于心而所知有限也。天下之義理無窮，學問之工夫何盡？能溫故以無亡其所能，而每知新以日知其所亡，則所學日新，而其應不窮，始可以爲師矣。夫子言此始僅可以爲師，以明未溫故知新者之未可以爲師也。若徒以記問爲學，則拘于口耳之舊聞，而無心思之新得，以在我有限之記，何以應學者無窮之求？所以不足于爲人師也。《學記》言此猶不足以爲師，則夫併記問之學而無之者，其不足以爲師，又不言可知矣。先儒"可以爲師"一章而引《學記》之語，以爲經義互相發明[一]，有旨哉！若夫孟氏以好爲師爲人患者，亦以人之爲人師學問有餘，人資于己，不得已而應之耳。若有好爲師之心，則自足而不復有進矣，此人之大患也。愚謂好爲師者，是未知師道之爲重，師名之難稱者也。彼知新者，始僅可以爲師，記問猶不足以爲師，而我乃敢好爲師乎？能知新而不徒爲記問之學，則雖不好爲師，而人必將師之。不能知新而僅爲記問之學，或不能爲記問之學焉，則雖好爲師，而不足師矣。孔孟之時，師道猶立，猶未重可慨也。孰謂時世愈降，師愈微，如韓愈氏之處唐者也。時至中唐，師道不立，甚矣！獨一昌黎奮不顧俗，唱《師說》以鳴，人已蜀日已越雪之，尚望其知有師者乎？獨不思士大夫之族，其自視何如？其高自標致，視巫醫樂工又何如？今于身則恥師焉，視彼之不恥相師[二]，乃甘心遜而弟之，以道成而上者自居，而智反出藝成而下者之下。以從師爲恥，而不牛馬襟裾之恥，以事師爲恥，而不羊質虎皮之恥，其恥殆終身不去矣！巫醫樂工之師，爲其徒者，猶能如畏壘之尸而祝之，師友淵源之師，則泛泛乎如浮萍之相值于江湖，可恥孰有大于是者！是則韓子之所憂也，是則《師說》之所以作也。要知性者，萬物之一源，非有我之得私也。以在我學問之有餘，而應學者之不足，此公天下之用心耳。孔子"有朋自遠方來，不亦樂乎"，孟子曰："得天下英才而教育之，三樂也。"學廣問多，道隆望重，不待溫故而始知新焉，不徒僅爲記問之學焉，則以我覺覺彼後覺，不私理義之悅心，使均得以悅于心，方且弘樂育之造，尚安有好爲之患者？若夫恥于相師，則其恥自有矣，爲師者何與焉？師道立則善人多，善人多則朝廷正而天下治，爲弟子者，何幸順下風而立！謹對。

【校勘】

［一］以爲經義互相發明：經，原作“仁”，據文淵閣四庫全書本改。

［二］視彼之不恥相師：不，原脱，據文淵閣四庫全書本補。

小學大學經疑一道

人生八歲入小學，而教之以灑掃、應對、進退之節，禮、樂、射、御、書、數之文。十五而入大學，教之以窮理正心、脩身治人之道。此爲學之序。或有偶失其序，寖是年長，奈何？即欲進而躐等于大學之事，則時過後學，不無勤苦難成之憂。又欲退而俯循其小學之事，則與先生並行，必不屑爲將命之童。外而師友之講明，內而父兄之教詔，使之入小學、大學，各得其宜。何説而可？

由小學而進于大學，尚矣。或有其年寖長，未由小學而遽進于大學者，豈惟今日憂之？先儒已憂之，其説具于《大學或問》，可考也。愚默覩今日爲學之弊，歷察古人爲學之宜，嘗因是而酌之曰：年之寖長者，遽進于大學，不當以年之已長而自居，力補乎小學之缺遺。年之方幼者，方進于小學，必當以年之寖長者爲鑒，而力培乎大學之基本。何也？小學所以培大學之基本，大學所以收小學之成功，二者之學，相爲終始，其序不可紊，其功不可缺也。久矣！先儒之序《小學》《大學》二書也，必兼舉而互言之。序《小學》則曰：“小學之方，洒掃應對，窮理脩身，斯學之大”，是因小學而要終于大學也。序《大學》則曰：“人生八歲，皆入小學，而教之以洒掃、應對、進退之節，禮、樂、射、御、書、數之文。及其十有五年，則入大學，而教之以窮理正心、脩身治人之道”，是因大學而原始于小學也。可見學大學者，必由小學以爲之入門，學小學者，當知大學以爲之標的，初非截然爲二而不可以相入也。循序漸進，固當然矣，不幸偶失其序，而年之寖長者，初未有小學之工夫，遽自躋于大學之等輩，衹見其躐等凌節，終發望洋向若之嘆而已。然則如之何？亦惟尺璧寸陰，汲汲兢兢[一]，忝之《小學》，以補前日未爲之功，講明《大學》，以盡今日當爲之業。敬以涵養，敬以致知，而復敬以力行。讀書次第，爲學工程，謹守先儒之遺訓而從事焉，毋以年長自居，毋以俯就自恥。人一己百、人十己千以學之，則雖愚必明，雖柔必强也，何勤苦難成之足憂哉？能如此，則將自知長幼之有序，而與先生並行，非所患也，亦不必拘于使之爲將命之童，而屑不屑不必論也。吁！此爲年之既長而失其序者言之也。若方幼者，可以其幼而忽諸乎？八歲而後，十五以前，七八寒暑倏忽間耳，苟不力加之培養，漸與之發明，則一轉盼而十五矣，總角丱兮，突而弁兮，後之視此方幼者，即今之視夫寖長者也。然則如之何？曰：天下無不教之資，惟在得所以善教之道。幼學之士，性情之竇未開，知能之良未遠，培養其氣質之美，第一義也。開發其性質之明，第二義也。孟子曰："其子弟從之則孝弟忠信"，雖不止爲小學言，而于小學爲尤切。何也？孝弟忠信之質，所以蚤培而豫養之者，莫急于此時也。陵犯虛僞之根，潛伏于此而不自知，則少成若性，待其長而責之以孝弟忠信，難矣！若夫性資有敏有鈍，鈍者姑謹守夫小學之法，無以議爲也；其稍敏者，當隨其所見而開發之，《小學》之書之外，如《語》，如《孟》，如《大學》，皆可以漸而誦習講明之，使之先識其標的之所在，待其長而精熟焉，終身鑽仰而造詣焉，而其基本則已此焉立矣。夫如是，庶不蹈寖長者之覆轍乎？不然，吾懼其及也！嗟夫！天下事，履之而後知，身自嘗焉而後驗，遙度意決，皆非也，而况相與論小學、大學之宜乎？爲學之獘，愚也三折肱於此矣[二]，終不敢外先儒之説以對。《小學》之序有曰："以培其根，以達其枝"，味哉斯言！"培其根"指小學言也，"達其枝"指大學言也。譬之木焉：方其始生，枝雖未達而根苟先培，則異日上撓青雲、下庇千人之枝，其本體皆具于此矣。苟非培之爲深根，爲蟠根，異日欲望其枝之達，胡可得也！由此言之，則《大學》綱三目八之全體大用，其根盡在于《小學》，所關甚不小也，審然也，則今日之入耳出口僅皆誦焉者，小學之教，果在于此而已乎？是果能培其根以待異日而達其枝乎？內而父子，外而師友，其加之意焉。

【校勘】

［一］汲汲兢兢：兢兢，原作"兢辰"，據文淵閣四庫全書本改。

［二］愚也三折肱於此矣：肱，原作"股"，據文淵閣四庫全書本改。

聞詩聞禮經疑一道

伯魚過庭，聞《詩》聞《禮》。孟子，學孔子者也，乃曰：“君子之不教子。”古者易子而教，何耶？

對：古人之于子也，有親傳之教，有師傅之教。親傳之教，仁之至也。師傅之教，義之盡也，亦仁之至也。師傅之教，蓋所以濟親傳之教，而親傳之教，亦所以助師傅之教，所以道並行而不相悖者也。孔子之教伯魚也，不以師傅廢親傳耳，曷嘗以親傳廢師傅哉？易子而教，古法也，亦孔氏家法也。孟子學孔子者也，孟子之言，未嘗悖于道也，謂孟子之言教子，異于孔子之所以教其子，疑之過矣。請詳陳之：父子之道，天性也。而父子主恩責善，朋友之道也，而朋友以義合。人倫有五，而父子居其首，朋友居其終焉，而師不與。非師不與也，師也，朋友之尊者也。人生于三，事之如一，君、父、師是也。天生時而地生材，人其父生而師教之，四者君以正用之。是師也者，上忝乎君父之尊，而下爲朋友之倫，中之最尊者也。使君子必盡親教其子，而不使之從師，則師道不立，而師可廢矣。父子主恩而責善，則義得以賊恩，故易子而教之，使主恩之仁全于己，而以責善之義望之師。玆道也，所以濟此仁也，以師傅之教託之師，而或有當。抽關啟鑰、身率言傳者，亦不容不以親傳之教喻其子焉，此亦天理人情之至而不容已者。三代之隆，法教寖備，王宮、國都以及閭巷，莫不有學，家之塾，黨之庠，術之序，國之學，必有師焉。《記》曰：“生子十年，出就外傅。”穀梁子曰：“羈貫成童，不就外傅，父之罪也。”未聞必親教其子也。孔子之教伯魚也，今特無以考其所從何師，而其必從師可知矣。不徒證之他書，只以“過庭聞《詩》《禮》”一章證之，自可知也。若孔子自親教其子，則《詩》《禮》之終始，孔子自耳提面命，口講而指畫，其所以學未學，了然心知之矣，何待問其嘗學《詩》學《禮》乎？陳亢又何爲而曰“君子之遠其子”乎？吾故曰：孟子之言，未嘗悖于孔子也。教子以親傳之教，仁也。教子以師傅之教，義所以全此仁也。伯夷之兒無奪席，后稷之孫無惰穡，耳濡目染之化，身率言傳之功，自有不容以師傅廢親傳者，豈盡以教之責付之師，而純以姑息之愛、禽犢之愛待其子，噤不以一語教之，而後爲合于君子之教子哉？請證之朱子："或問朱敬之：'有異聞乎？'曰：'得一日教看《大學》。'"此即陳亢之問、伯魚之對之意也。敬之，朱子第三子也，今雖未知敬之所從何師，然公之長子塾特命之遠親傳之教，而求師傳之教，不遠千里由建而婺，以師小東萊先生吕成公焉，可見文公教子之法矣。其遣塾之婺也，親書數千百言，細大不捐，詳曲必盡，末策警數十語，深切著明，終之曰："夙興夜寐，無忝爾所生，勉之勉之，在此一行。"曷嘗以從成公師傅之教而盡嘿嘿于親傳之教乎？吁！孟子學孔子者也，朱子學孔子、孟子者也，其于教子也，仁之至、義之盡也，一而已矣，而有二乎哉？謹對。

危微精一書義一道

"人心惟危，道心惟微，惟精惟一，允執厥中。"

對：心，統性情者也。執中，則以精一而能性其情者也。人心生于情欲之私，道心原于性命之正，心之所發，雖有情與性之殊，能精且一。而明誠之兼盡，則性其情而情其性，而無過不及之中，在是矣。此舜所以發明堯之一言以授禹也。夫心之虛靈知覺，其本一而已矣，而其用之發，則有人心、道心之分。雖上智不能無人心，以人不能無情欲之私也。雖下愚不能無道心，以人無不稟此性命之正也。然情欲之動，易危而不安，性命之發，易微而難著，危者愈危，則微者愈微，而天理之公，卒不能勝人欲之私矣。誠能精以致其明，而察夫情與性之間而不雜；一以致其誠，以守夫性情之正而不離，則危者安，微者著。道心之正，足以宰制夫人心；人心之發，無不聽命于道心；情之發，皆性之正；人心之動，皆道心之純，是所謂性其情者也。雖不規規然求以執守夫中，而動靜云爲之間，自無過不及之差，中道不期其合，而自無不合矣！聖人之所以爲聖，自安然而行之，而合于中焉，其曰"允執"云者，蓋聖人不自聖之盛心，雖無待于執，實自謙而謂之"執"云耳。堯以是傳之舜，惟曰"允執其中"而有餘，舜以是傳之禹，非加以"微""危""精""一"則不足，得非舜之聖不異于堯，故堯之授舜惟止于一言，禹入聖域而未優，故舜之授禹不容不益之以三言歟？此非道心之外他有所謂中也，自心之發于此理者而言，則謂之道心；自道心之形于事爲而無過不及者言之，則曰中，無二致也。惟心之發，有情與性之分，是以必貴于精一之功，能性其情而無過不及之差。蓋無非精一之驗，其執中也，豈如復焉執焉之賢，拘拘持守而謂之執哉？歷觀前聖之書，繫乎道統之傳者，莫要乎三聖授受之言，而脗合乎斯言者，有子思之《中庸》焉。喜怒哀樂即人心也，率性謂道即道心也，"明善"非"惟精"乎？"誠身"非"惟一"乎？"君子時中"，又何異于"執中"乎？中之一言，不特三聖傳心之要道，百世相傳，實不外此中道焉。"允執厥中"，《書》以此始；"咸中有慶"，《書》以此終。吁！旨哉！

經史時務策一道

問：經史所載，皆時務也。讀《虞書》，則知堯舜之務；讀夏、商、周之《書》，則知禹、湯、文、武、周公之務。讀史亦然。至于史，則時與務靡然俱下，何歟？無乃知爲務以救時，而不知稽經以爲務歟？欽惟皇上聖神冠倫，嗣大歷服，衹若祖訓，以科舉取士，豈徒務以經術變前代設科之陋而已，蓋務得真儒而用，使風移俗易，臻至治也。混一以來，垂四十年，草創因循，至于今日，官冗吏污，民嚚俗敝，有矣。欲致隆平，當去太甚，然則官冗不可不汰也[一]，當如漢光武吏職減損，十置其一歟？吏污不可不懲也，當如隋文帝使人遺以錢帛，受者加罪歟？民嚚而爭訐相尚，當如趙廣漢者鉤距求情，痛繩以法歟？俗敝而奢侈無節，但令如賈誼者太息于庶人帝服、倡優後餙歟？自古一法立，一弊生，弊生則又爲之法，于是法如牛毛，弊如蠭午，時與務靡然俱下，由此故也。然則使人何以無倖爵之心而不壅銓曹？何以使吏消黷貨之念而不干邦憲？何以使民知遜悌？何以使俗知禮節？古之治天下者，經具焉，而何務爲之本？知經之要，明務之本，逢今之時，平天下猶運之掌上耳。魏徵論五帝三王不易民而化，封德彝非之曰："魏徵書生，豈識時務？彼不知教化乃時務也。"魏徵言焉，太宗納焉，是以有貞觀之治。嘗聞"取法于上，僅得其中"，使皇元之治止如貞觀，而不進于唐虞三代之隆，果有真儒出焉，將其心愧恥矣！諸君欽聽明詔以來，念此至熟也，其稽經以對，副聖天子側席真儒之意。

對：恭惟皇上聰明天生，緝熙聖學，行聖祖神宗欲行未行之事，肇新科舉，一是以經學訓多士。執事先生欽若明詔，發策鄉闈，析經與史、時與務，而以官、吏、民、俗四事貫穿經史，責真儒之用焉。大哉問也！愚竊謂經所以載道，而道非有體無用之道也，道之體必達于事之用；史所以載事，而事非有用無體之事也，事之用必當本于道之體。惟道能制乎時，而今可返之古；徒事則制于時，惟見古寖降于今。清官冗，滌吏污，化民嚚，移俗敝，皆事也，即所謂時務也，惟以道之實行之，則事無非實事，有唐虞三代之得，而無由漢迄隋之失矣。讀虞夏商周之《書》，則知堯舜禹湯文武之道。知堯舜禹湯文武之道，則知堯舜禹湯文武之務。由今考之，唐虞官百，夏、商倍，周三百六十，允釐董正，皆責以實也，官奚由冗？九德及于簡廉，三風列夫殉貨，諭遷戒其貝玉，皆訓以實也，吏奚由污？嚚訟雖徧，子猶非之，頑嚚不友之凶，必罪焉，皆警以實也，民何患其嚚？禹之克儉，文之卑服，商俗之服美矜夸，至于風移，皆化以實也，俗何患其敝？唐虞三代聖人，皆以道之實、時務之中教化，與焉有體有用稽之經者然也，茲其爲帝王之時乎？自漢以下，具見于史，所載時務而已矣。事多不本于道，是天下有無體之用也，徒知爲務以救時，而時卒不可救。漢光武併省州縣，減損吏員，無可議者。隋文患吏之污，使人遺以金帛而陷之罪，自爲欺而責人以廉，豈爲君之道？趙廣漢爲缿筩事鉤距發姦，擿伏一時，若可快，終非循吏所爲。漢文帝恭儉朴素，爲天下先，而庶人帝服，倡優后餙，尚有如賈生所云。執事枚舉四事，謂官冗不可不汰，吏污不可不懲，民嚚當去其訐，俗敝當戢其奢，是皆以事言之，而未及道之本也。一法立，一敝生，一敝生而一法又立，豈非徒知時務而不知教化者爲之乎？時務，事也。教化，道也。不徒時務之末，必本之以教化之道。于平天下乎何有？土廣則民稠，民稠則事夥，事夥則官不得不冗，僥倖者爭奔兢焉，愈冗矣。豈不可擇其可汰者而汰之，而嚴銓選之法歟？然此猶事也，必欲革其倖爵之心，非得教化之道則不可。徒知吏之道，當重祿以養其廉，而制官刑以警其貪，或糾之者自犯之，是漢人所謂姦法與盗法也，必痛革此，則污吏庶可懲。然此猶事也，必欲化其黷貨之心，非得教化之道則不可。珥筆當禁，譁訐當懲，今禁權豪亦嚴矣，然或上下相蒙，而嚚訐未可變，毋乃徒爲其事，而未脩教化之道，以生其遜悌之心歟？服色之僭當限，奢靡之習當更，如銷金珠翠，嘗禁矣，猶視爲具文[二]，而僭奢未遽變，毋乃徒爲其事，而未崇教化之道，以使其自知有禮節之心歟？事必本于道，道必本于心，惟在于正心以正人心而已。今國家薄海内外悉主悉臣，唐虞以來之天下，未是有也，得其道以平天下，真猶運之掌耳。治天下具于經，而何經爲之，要其《大學》一書乎？經言平天下務具焉，而何務爲之本？其絜矩乎？朱子之《論絜矩》有云："所操者約而所及者廣，此平天下之要道也。絜矩之大者，務在與民同好惡而不專其利耳"。與人同好惡者，用人之事也；不專其利者，用財之事也。今輔相大臣皆臯、夔、周、召其人，衆錯天下，爲邦伯皆龔、黄、召、杜其人，民之所好好之，民之所惡惡之，用人允合"平天下"章之旨矣。生財之道，前世未及，藏富于民，而不徒藏富于國，得無尚有可思者乎？絜矩者，平天下之要道。正心者，又絜矩之要道。透格物致知之夢覺關，而理無不明；透誠意正心之善惡關，而心無不正。心之正，即心之可以爲矩者也。正一心以正朝廷，正朝廷以正百官，正百官以正萬民，正萬民以正四方，正四方而天下平矣！官之冗，吏之污，民之嚚，俗之敝，一丕變之，易易耳！魏徵以行仁義勸唐太宗，而以當今爲鬼爲蜮者，非封德彝是矣。使徵能以《大學》平天下之要道進其君，則貞觀之治，豈止如今之所觀而已！不屑爲貞觀，而躋世于唐虞夏商周，愚不無望于今之致君者。謹對。

【校勘】

［一］然則官冗不可不汰也：後一"不"字，原脱，據文淵閣四庫全書本補。

［二］猶視爲具文：視，原作"是"，據文淵閣四庫全書本改。

大學之道全章講義

《大學》全章之經，詳分之，其節有七；略分之，其節有二。前列三者之綱，本末終始之説，所以結之也；後列八者之目，本末厚薄之説，又所以結之也。"明明德"者，大學之體；"新民"者，大學之用；"止至善"者，明德新民之準則；自"知止"以至"能得"，所以言"止至善"

之次第也。“格物致知”“誠意正心脩身”者，“明明德”之條目；“齊家治國平天下”者，“新民”之條目；物格知至則知所止，“誠意”而下則得所止之序也。凡此，皆先儒之所已言，亦學者之所通知，辭不待贅矣。愚嘗摘二本末之辭而味之：“物有本末”之云，以明德新民而分本末也；“本亂末治”之云，以身與家國天下而分本末也。以明德新民分本末，則明德爲本，而新民爲末矣。以身與家國天下分本末，則格物致知、誠意正心脩身者爲本，而齊家治國平天下爲末矣。本者體之謂，末者用之謂，由本而末，其體立而後用行之謂乎？于三者之綱而論，其體用必當極其所止以爲歸宿之地；于八者之目而論，其體用必當知其所始以爲從入之塗。何謂極其所止以爲歸宿之地？止于至善是也。何謂知其所始以爲從入之塗？格物致知誠意是也。明明德者，明己之明德，新民之體也。新民者，明民之明德，明明德之用也。然明明德、新民皆當止于至善之地，以爲歸宿之準則，然後有以盡天理之公，而無一毫人欲之私，使明德、新民而不止於至善，則所以脩己治人者，終苟道也。故必知其所止，而漸進以求得其所止，則明德、新民之體用始無遺憾矣。于三者之綱而論，其體用必當極其所止以爲歸宿之地，此之謂也。格物致知、誠意正心以脩其身，明明德之事也，《大學》之體所以立也。齊家治國平天下，新民之事也，《大學》之用所以行也。身苟脩矣，齊家以下，舉而措之而已。然身則未易脩也。脩身之事有二關：致知爲夢覺關，誠意爲善惡關。能格物以致知則爲覺，否則夢；能誠意而意誠則爲善，否則惡。透過此二關，則知至而知以明，意誠而行以達，由是而進進不止，心以是而正，身以是而脩，則體立矣；家以是而齊，國以是而治，天下以是而平，則用行矣，其孰禦焉？于八者之目而論，其體用必當知其所始以爲從入之塗，此之謂也。抑又嘗有味于“明明德于天下者”之辭，以爲篇首之言“明明德”與“新民”爲對，則《大學》之體用猶二。此言“明明德于天下”而“新民”在其中，則《大學》之體用非二矣。“明明德于天下”，其貫《大學》之體用而一之者歟？故《大學》一章之經、十章之傳之綱領也。篇首三言八者，條目之綱領也。要而言之，則“明德”一言，又三言之綱領，而亦《大學》一書之綱領也。博學而詳說之，將以反說約也，讀《大學》者其思之。

天命之謂性三句講義

此爲《中庸》首章第一節，雖有命、性、道、教之分，一以貫之，仁義禮智之理而已。天以是理賦于人，謂之命。人受是理于心，謂之性。循是理而行之于身，謂之道。品節是理以善天下，謂之教。天能與人以是性，而不能使人皆全其性，是故不可無聖人之教也。天與人以性，而人不能皆全其性，何也？以氣質之稟有不齊也。人皆以此章所云爲天地之性殊，不知已兼氣質言之矣。天以陰陽五行化生人物，氣以成形，而理因賦焉，所謂命也。理何理也？即太極之理流行，而爲元亨利貞者是也。元亨利貞，天道之常；仁義禮智，人性之綱。天人非二理也。人未受而爲性，則惟可以元亨利貞言，而未有仁義禮智之名耳。得天命之元，在人性爲仁；得天命之亨，在人性爲禮；得天命之利與貞，在人性爲義與智。天所賦之命，即爲人所受之性，此所謂"天命之謂性"也。率，循也，循其性之自然而行之於身，即道也。循其仁之性，則自父子之親以至仁民愛物，仁之道也。循其義之性，則自君臣之分，以至于敬長尊賢，義之道也。循其禮與智之性，則恭敬辭讓之節文，是非邪正之分別，禮與智之道也。率，非用力之謂，順其所受之性，而行其所當行者耳，此所謂"率性之謂道"也。使人皆全其天命之性，而共由其率性之道，則何待于教哉？惟夫性道雖同，而氣質有異，太極動靜而爲陰陽，陰陽變合而爲五行，而人生焉。太極之理，已不能離乎二五之氣之中，人稟太極之理以成性，稟二五之氣以成形，天地之性，其能離乎氣質之中乎？氣清質粹之極者爲聖人，故性焉安焉，而氣質不能拘焉。自聖人以降，則氣有清濁，質有粹駁，隨其分數之多寡，而智愚賢不肖于是乎分。賢智之于道，不免于過，愚不肖之于道，不免於不及，過不及皆差也，其不能全天命之性一也。斯人也，何可無聖人之教哉！聖人之道，亦非外立一道以爲教也，不過因人所率循之道而品節之以爲教，使過不及者有以取中焉耳。辨親疎之殺，而使各盡其情，則仁之教立矣。別貴賤之等，而使各盡其分，則義之教行矣。爲之制度文爲，使之守而不失，則禮之教得。爲之開導禁止，使之有別而不差，則智之教明矣。品節仁義禮智之道，以爲仁義禮智之教，使不能知其性之所有而全之者，今皆不拘于氣質，不蔽于私欲，而無過不及之差，以復全其仁義禮智之性焉，此所謂"脩道之謂教"也。常人之性，不免拘于氣質清濁粹駁之雜，故不能全其所受于天者，而有待于教。聖人之性，超然于氣質極清極粹之表，故其功能有助于天而爲天下以立教。有降命之天，不可無立教之聖人也如此夫！噫！此子思子之言也，亦嘗知其所自來乎？六經言性自《湯誥》始，子思之言性實自《湯誥》出。"惟皇上帝，降衷于下民"，以天賦之命言也，"于下民"之三字[一]，已畧見人所受之意矣。"若有恒性"，以人受之性言也，"若"之一字，已略見率性之意矣。"克綏厥猷惟后"[二]，猷即率性之道而后之，克綏厥猷，即脩道之教也，謂子思之言不自成湯來，可乎？下文所謂大本之中，性也；達道之和，道也。"自誠明，謂之性"，性焉之聖，無待于教而爲人立教者也[三]。"自明誠，謂之教"，復焉之賢，已不能無待于教，而况愚不肖乎？篇首之"天命"始乎言天，篇末之"上天之載"終乎言天，夫然後知道之大原出于天，深矣乎！

【校勘】

[一]"于下民"之三字：字，原作"辭"，據文淵閣四庫全書本改。

[二]"克綏厥猷惟后"：綏，原作"脩"，據文淵閣四庫全書本改。

[三]無待于教而爲人立教者也：爲，原作"無"，據文淵閣四庫全書本改。

好名之人一節講義

觀人之法，當於名實誠僞之間辨之。慕其名而爲之者，僞耳，非實焉而誠也。故或矯情于其大，而不覺露真情于其小，知此，則可與講《孟子》此章矣。夫讓千乘之國，惟聖賢能之，然好名之人，亦有能之者矣。聖賢所以真能者，誠也，實也，故徹表裏，貫小大，一于誠實而已。其安然而讓千乘之國者也如此，克勤其小物而不忽于其小也亦如此。好名之人能之，非出于誠實也，徒出于一時之釣名干譽而勉强爲之耳，非本能輕富貴之人也，乃僞也。惟其僞也，故于大處雖勉强，而于小處不覺發露。是以千乘之大國，能矯情脩飾以讓之，而于一簞食豆羹之小，不覺其情發露而較之。其心葢以爲千乘之國辭受之間，萬目瞪之，不止十目所視而已，近可以盜名于一時，遠可以眩名于千載，故爲之。然名也，非實也；勉也，非安也；表也，非裏也。簞食豆羹得失之際，則微矣，必謂人何暇注目于斯焉，所以不覺鄙吝之真情實態，乃發露于忽易不虞之地也。葢好名之僞，不及僞爲于此焉之表，而鄙吝之誠于中者反露焉，忽之故也。是以聖賢觀人之法，不于其所勉，而于其所忽，然後見其所安之實也。蘇氏嘗曰："人能碎千金之璧，而不能無失聲於破釜[一]"，正此意也。或曰："是則然矣，聖賢之真能讓國者，其于食羹之小之類，亦克勤不忽焉，有可證乎？"曰：有堯、舜、泰伯能讓天下，尚矣，不待言矣。真能以國讓者，其夷、齊、季札乎？夷齊讓孤竹，季札讓吳，皆誠也，非名也。故夷齊則聞加富二等、就官一列之盟[二]，相視而嘻笑之，卒能食薇而餓焉。季札則一劍之微，心許徐君，卒掛于其墓，至于舍室而耕以食焉。大者固純全，于小得失，亦何嘗漏綻乎？是葢徹表裏，貫小大，一于誠實者也。其與好名之人，僞于表而非誠于裏、勉于大而不覺露于小者，所以不可同年而語也。或又曰："人之度量，相去甚遠，有斗筲之量，有江海之量。好名之人，能以國讓，此江海之量者，如鄧彪、劉愷以國讓弟，使弟受非服而已厚其名者近之。苟非其人，則簞食豆羮見于色，此斗筲之量者，如羊斟之羊羮不與而敗華元、劉殷之鵝炙不得而怨庾悦者近之。葢謂兩等人也，奚必以是論哉？"曰：斯意也，廣漢張氏之説也。然較之《集註》之説，則味不同矣。且朱子《答問》嘗有曰："苟非其人"，"其人"指其能讓國者，非指好名之人也，其説章章明矣，講學者其能深繹之否乎？

【校勘】

［一］而不能無失聲於破釜：無，原作"不"，據（宋）蘇軾《東坡後集》卷八《黠鼠賦》改。

［二］故夷齊則聞加富二等、就官一列之盟：等，原作"寺"，據文淵閣四庫全書本改。

子貢問爲仁一鄉之善士两章講義

人之大倫有五，朋友居其一。友也者，所以輔仁，所以責善者也。師、弟子云者，其名雖不列于大倫，然朋友之尊者爲師，其幼者爲弟子，皆朋友之屬也。孔門之教，莫大于求仁，孟氏之教，莫大乎性善。子貢問爲仁，而孔子以“友士之仁”答之。孟子言性善，而今以友士言之。蓋以友所以輔仁，所以責善，欲資之以輔我之仁，責我以善，則不容不友其仁者，不友其善者也。然取友之道，安有限量哉？勢有貴賤，道無貴賤；時有古今，道無古今。孔子言“友其士之仁者”，而必先之曰“事其大夫之賢者”，豈非欲人之取友，不當拘于勢之貴賤歟？孟子言“友天下之善士”，而必繼之曰“又尚論古之人”，豈非欲人之取友，不當限于時之古今歟？孔子答問仁者多矣，若“克己”，若“敬恕”，若“先難後獲”，或直指全體，或明示切要，獨于此以“事賢”“友仁”言，何也？程子曰：“此爲仁之資也。”藝成而下者之工，欲善其事，猶必先利其器，豈有道成而上之君子欲爲仁，而可獨學無友，不廣其爲仁之資乎？十室之邑，必有忠信，豈有居是邦也，而無大夫之賢、士之仁者乎？賢以事、仁以德言，非大夫賢而未仁，士仁而不賢也。大夫已仕，而其仁已著于事業，士未仕，而其賢方蘊于德性，故曰仁。“子謂子賤：君子哉若人”，然必謂魯多君子，故子賤得資取之而爲君子。今以君子而居是邦也，安有不友士之仁而能資之以輔我之仁者？然使拘于友士之仁，而不知事其大夫之賢，則取友之道狹矣。事之爲言師之之謂也，比之于友，則有尊嚴敬事之意，又加一等矣。大夫之于我，勢雖不同，道無不同。士之仁者，固我爲仁之資也；大夫之賢，亦我爲仁之資也。大夫之一言一行、一政一教，其德可師，其行可法，我能尊而事之，資而取之，則于士之仁者，有相觀而善之益，于大夫之賢者，有下觀而化之工，而爲仁之助弘矣！此孔子答子貢問仁之大意也。孟子道性善，朱子嘗謂：“學者能體會孟子之意，則七篇之中，無非性善之理”，誠哉是言！《孟子》此章雖主取友言之，然善之一言，諄諄凡數言，無非性善之意也。人性本無不善也，今曰一鄉之善士，則以善蓋一鄉言；一國、天下之善士，則以善蓋一國、天下言。以人性之皆善，而此有蓋一鄉、一國與天下之善，豈其性獨與人異乎哉？均此賦予之善者，雖人性之所同，能不失于賦予之善而充極之者，則善士之所獨，此所以有善士之名也。然善士之善，雖蓋乎一鄉、一國與天下也，善士之心，則未嘗自謂其善之足以蓋一鄉、一國與天下也。善士之善雖充其極，善士之心則無紀極，是以貴于取友也。一鄉之善士，曷嘗謂其善蓋一鄉而不友一鄉之善士哉？一國與天下之善士，曷嘗謂其善蓋一國與天下而不友一國、天下之善士哉？一鄉之善士，而能好善不已，資責善之益而不已，則進進而爲一國之善士矣。一國之善士，而能好善不已，資責善之益而不已，則進進而爲天下之善士矣。能爲天下之善士，非自爾也，以其能友一鄉、一國與天下之善士，故能兼一鄉、一國與天下之善而爲我之善也。士而能爲天下之善士，性雖充其極矣，而其心則安所極哉？使止于友天下之善士，而不尚論古之人，則取友之道，猶未免于狹也。古之人于我，時雖不同，道無不同，以友天下之善士爲未足，又尚論古之人。古之人不可得見矣，然古之人之德行、事業、言辭則載于書，詠于詩，未嘗不可于今之世而見古之人也。人之好尚，各以類合，或曠百世而一心，或同堂席而異意，何也？有心中之善，而後能取古人之善。有方寸之古人，而後能知方册之古人。我能爲天下之善士矣，豈有誦詩讀書而不知古人之爲人者乎？是以必論其當時行事之迹也。行事之迹也者，考其托之行事與詩書之載諸空言者合也，是尚進而取友也。上進而取友者，不徒取今人之善，必等而上之，而取古人之善也。善無終窮，取友以爲我之善者，亘今古而無窮，至于此，豈獨爲一世之善士而已乎？此《孟子》“論友”一章之大意也。

卷十四 考評 祭文 祝文

明經書院文會考評

考場屋之文易，評課會之文難。鵠袍戰藝，不持寸鐵，各專席舍，一影無儔，寸晷風簷，忙無善步，落而落耳[一]，莫知其所以落[二]。司衡鑑者，出大府公差，秉青銅鏡，持玉界尺，以黜陟多士。多士倉猝應試，高者信有之，其不能記憶、不得要領、不善摛繪者，往往十人而九。考者且數十人，有初考，有覆考，有主文衆智互參，優劣易見，落卷試者不得見，賢者不怨勝己，不肖亦不能尤人，夫奚難？今以文會友，何書不可閱？何師友不可資？旬鍛月磨，大肆厥辭，考評之責，强諉之一夫且病者，力孱懼壓，膽薄懼譏，與童生吾伊、來客頮印，餘閒葢無幾，合經疑、經義以卷計者三百五十，若之，何能以一夫之目盡之，況司盟、司糾名卿老儒，尤未易出手，小有謬誤出，惟衆口難齊，寧不負兹隆委乎？辭之不獲，窮日夜、洗眵昏讀之，没川采珠，鑿石求玉，戛戛乎其難哉！初讀賦既懼，繼讀諸經義又懼，何懼也？懼無以塞責也。最後讀諸經疑，不覺驚喜過望焉。炤乘連城，頓獲三數，恨賞不足酬之耳。嗟夫！此豈場屋寸晷之所能爲哉！何當刋之書肆，可爲天下作經疑者之式。既以自賀，且爲同會獲歷觀之益賀，而尤爲司盟、司糾二公賀云。

【校勘】

［一］落而落耳：文淵閣四庫全書本作“失而失耳”，依康熙刻本。

［二］莫知其所以落：落，文淵閣四庫全書本作“失”，依康熙刻本。

燕山八景賦考評

“燕山八景”之名，其昉于何時何人乎？以“瓊島”“太液”二名觀之，想起于中統以後，黄氏賦所謂：“因内海以爲池，即瓊島而爲圃”者是也。名出何人，未之能詳，意其倣瀟湘、東陽、鳳翔、古虔等處而標此名。京師衆大之區，凡山川、疆域、宫闕、觀寺、城池、苑囿、倉廩、府庫，天下之巨麗大觀咸在焉，何往非景？何景非勝？今以景標非七非九，恰亦曰八，愚意其有所依倣也。舊聞方公詩：“重行易水三關路，爲欠燕山八景詩”，求其詩，無有。及聞此賦題，訪之久遊燕山之君子，訊其説既未詳，訪其圖亦不可得。登高能賦，親登覽而後能也，然且難能，矧未嘗登覽而欲賦之？不過想像焉耳。宋玉想像而賦《高唐》，乃述夢境，本無實事，徒肆虚辭如画鬼神，孰從而究詰之？今欲以虚辭賦實景，識者苟摭實景以非虚辭，不待離婁子吹毛議之，而知其不可矣。昔東坡據孔宗翰《南康八景圖》而詩之，後得親覽，方知前詩未能道其萬一，此不過謂按圖不如親見之的，必不差也。今兹八景，一景自是一題，乃合八景而總賦之，親見尚難，况臆度乎？遍閲諸作，幾于遭困，雕虚画空，喙喙爭鳴，想家家自謂升屈宋之堂，人人自謂入楊班之室矣。一樣手段，誰分優劣者？凡數卷，謂超出耶？無可點。謂不逮耶？無可疵。賞僅五名，棄捐不可也，前列亦不可也，反復參校，難得一魁。“磏”字號效晉問體者，氣雄識高，辭騁力贍，惜改“金壺”爲“金臺”，白璧之瑕，端在乎此。愚聞“金壺夕炤”本曰“道陵夕照”，劉太常此景詩曰：“陵前高樹樹前山，山外秋天日向殘。艸带餘暉侵石馬，水逢廻影下銀灘。平時只道雄圖遠，身後那知刼火寒。今古行人欲廣路，不堪回首重悲嘆。”又閲宋梅洞稾，賦燕山八景之六，缺不賦者二景，自謂“薊門飛雨”“道陵晚炤”懼涉悲慨，不足以鳴今日太平之盛。以是觀之，蓋如殽南陵、夏后臯墓之類，不過以“金壺”瞀“道陵”二字，而其地之勝景未始易也，何得自以“金臺”并其地而易之？燕昭之臺安得今尚畱遺跡？如相如琴臺比乎，强行指射，且圖好説，可不可也？又按，范公致能《北征集》有《盧溝》一首，註云：“盧溝去燕山三十五里。此河宋敏求謂之‘盧菰河’，即桑乾河也，今謂之盧溝河。”詩曰：“艸艸輿梁枕水低”，玩此語，則其時無今時之壯麗可知。又《燕賓館》一首注云：“至之日，適以重九，伴使酌酒相勸。西望諸山皆縞，云初六日大雪。”讀石湖此詩，方略得“盧溝”“西山”二景著落。遊京師者，必能如范公之辭章大家，有眼力、有考究，方得諸景之實。逐逐軟紅塵中，實未嘗著意觀覽攷究，而漫曰吾嘗遊嘗見，可不可也？躊躇累日，不得已仍以此號爲冠。如廣厦一區，材木、間架、規模、工夫實壓[一]，見屋中偶有窗壁不完好處，乃因此以次焉之屋完整者壓之，何以聳過者之觀瞻乎？此公能服義而勇改焉，斯爲無瑕之璧矣。其次“碩”字號音調擬《騷》，良不易得，非靈均之賦千回萬轉于胸次口角，未易辨此，拔以爲次。然後以次品第之，極知僭踰，惟諸公恕察焉，幸甚。

【校勘】

［一］材木、間架、規模、工夫實壓：文淵閣四庫全書本作“材木間架規模實壓諸屋”，依康熙刻本。

黟川會友吟盟考評　泰定四年

休陽東阜叟陳櫟，辱小桃源君子寄聲，謂將興詩盟，求一詩題併委以考評，辭不獲，見今秋滿眼，有豐稔意，遂以“大有年”爲題以復命，蓋爲今日之願也。按，春秋二百四十二年，而“有年”僅一書，見于桓公之三年；“大有年”僅一書，見于宣公之十有六年。公羊氏曰：“‘有年’何以書？以喜書也。‘大有年’何以書？亦以喜書也。曰‘有年’何？僅有年也。曰‘大有年’何？大豐年也。僅有年，亦足以當喜乎？恃有年也。”何休註：“恃，賴也。若桓之行而元年水、二年耗，賴得五穀皆有，使百姓安土樂業，故喜而書之，不足于桓公微意已見。”至泰山孫氏著《春秋發微》，始有紀異之意，實自公羊之傳而發之耳。伊川《春秋傳》遂明言之，胡氏傳又申言之，是固然也，而不必泥也。朱子效《春秋》爲《通鑑綱目》，一千三百六十二年中，大統之世，以“大有年”書，前纔一見于漢顯宗之永平九年，後又見于唐太宗之貞觀四年，亦以爲紀異，可乎？以是知大豐稔之祥，自虞周盛時，土穀維修，綏萬邦，屢豐年，以後真天地間希濶之逢，不常見也。不常見而獲見，心天地、命民生之大君子，安得不深喜而樂道之？此蓋願豐老杜之心，未易與區區事仄仄平平者言之也。兹承示及吟盟一宗，以篇計者二百三十有七，披閱連日，惟重嘆嗟。豈不欲體主盟君子之盛心，多拔其尤，尚凜凜于一名之難得，而况其餘乎？詩以時言，未易言也，陸山陰得之曾文清曰：“律令合時方妥貼，工夫深處却平夷。”今求妥貼平正者何寥寥，而粗鄙疵纇者何紛紛也。就中銓次凡如干篇，各見于後，幸有當行詩翁如存菴胡先生相與同考評審訂之，庶幾免于戾乎？惟平心服義之君子恕察之。泰定四年丁卯閏九月書于瑠溪寓館。

丁祭孔子大成至聖文宣王文

恭惟道統，遠自羲軒，集厥大成，允属文宣。立天地心，太平萬世，學校通祀，聿嚴牲幣。春丁釋奠，禮嚴故常，教行淮甸，烈烈罙光[一]。

【校勘】

［一］烈烈罙光：罙，文淵閣四庫全書本作“耿”，依康熙刻本。

丁祭顔子兖國公文

聖徒三千，疇居其一，惟吾顔子，好學無匹。樂在陋巷，生窮一簞，没胙兖國，上公萬年。春丁從祀，公爲之首，誰云絶塵？瞠若其後。

丁祭曾子沂國公文

單傳聖道，卓哉沂國！省身則三，貫道以一。想當童冠，從浴乎沂，没逢聖明，胙土享之。從祀春丁，公居其次，有司告虔，籩豆之事。

丁祭子思成國公文

大學户庭，始師曾子，《中庸》閫奥，卒光先祖。玄聖聞孫，道賴以傳，錫土郕國，從祀萬年。是祖是孫，相爲悠久，齊明承祀，洋洋不朽。

丁祭孟子鄒國公文

洪惟亞聖，道繼闕里，言必稱堯，功不下禹。生爲鄒人，没封鄒公，謂没不傳，傳永無窮。丁祀先聖，四公並配。公踵三公，洋乎如在。

祭越國汪公文

惟公秀鍾乳溪，生稟間氣，保鄉井也以仁，歸有唐也以義。生爲英雄，作牧六州，宜其没爲明神，而恩封八字也。惟吾古歙，公父母邦，功德所單，厚於他方。烏聊之外，行祠相望，苦竹叢祠，威靈孔彰。有禱必應，在上洋洋，吾里焉依，多壽而康。合兹四民，降之百祥，衆心蟻慕，其何敢忘！兑秋奉迎，厥有故常，神馭遍遊，爾界此疆。成始成終，豐年穰穰，有牲在俎，有酒在觴。七獻既備，明德薦香，我民報事兮歲復歲，自今兮欽于世世！尚饗！

祭曹弘齋文　延祐二年

延祐二年歲次乙卯五月戊申朔越十日丁巳，契家姪陳櫟謹以絮鷄之奠，致祭於判簿弘齋先生曹公之靈：嗚呼！吾郡鉅儒，方公萬里，疇其亞之？曰曹夫子。三百餘年，沚莪豐芑，長育涵濡，式克有此。止齋之大，晦菴之理，萬選萬中，刄游肯綮。己未别闈，以次名擬，官題小誤，暫尼芳趾。戊辰高科，筮士方始，使早十年，明堂杞梓。豈近鼎革，勾稽而止，此何足言，言聊爾爾。倦仕養親，蘭膳嘉旨。僅長紫陽，爰淑多士。

元祐全人，無瑕可指。方之方公，節尤奇偉。不爲公惜，翻爲公喜。學者宗師，斯文統紀，永棟孔堂，願何窮已。忽乃風傳，公疾不起，驚呼失聲，吾願已矣！年開九袠，壽筭誰比？孫枝六人，家聲演迤。立言不朽，名垂千祀，知足不辱，公無憾只！櫟也仰公，眆自稚齒，四十有五，始獲望履。一見賞識，極辭褒美。昔人悔恨，無一知己，知己有公，一焉已侈。奉書必答，答書盈几。僅僅去年，疎奉尺紙，一再留札，疎此之以。念欲哭公，香㲉一縷，羈縶未前，愧汗如洗，除喪來前，越人可恥。徐稚絮鷄，誠哀其菲，公乎如生，奠觴應主。嗚呼！尚饗。

祭胡雙湖文

嗚呼！儒者明經，莫難於《易》，先生家學，《易》乃世習。《易》百十家，不輕所宗，《啟蒙》《本義》，獨宗晦翁。晦翁十八，以《易》薦鶚，先生亦然，可覘家學。晦翁著書，以身之退，先生著書，以身之聱。大肆其力，幾絶韋編，《附錄》《纂註》，海內廣傳。玉齋爲父，雙湖爲子，《啟蒙》《通釋》，並傳濟美。景伯父子，俱註《左氏》，名傳書亡，豈公家比！又以餘力，明晦翁《詩》[一]，雖未拜讀，以《易》可知。晦翁忠臣，先生其一，以儒明經，功孰與匹！方壽斯文，棟孔子堂，訃音忽傳，有淚其滂。嗚呼！我侍先生，自丁酉歲，邇年以來，罕得聚首。泰山北斗，心常瞻仰，自京南歸，書問屢傳。近者秋孟，先生賜訪，留僅七日，莫淹歸鞅。期以秋季，爲我再來，詩一月留[二]，方賦歸哉。僅辱遺書，賜一經紀，匆匆奉答，尚邀再至。十月下旬，董君走伻，報公捐館，臨没寄聲，欲托以孫，來我家塾。平生于人，諾無敢宿，蓋恐來春，之官古荆，尚俟商略，方報芻靈。鬆漆之諾，兹用掛劍，表平生好，將以薄奠。嗚呼！先生之壽，垂及古希，先生之書，千古昭垂。乾坤若毀，大《易》方已，名與《易》俱，可無憾矣！下見玉齋，心事昭彰，父子相繼，爲脩文郎。吾文不文，寫先生心，先生如生，褒如欣欣。尚饗！

【校勘】

［一］明晦翁《詩》：原作“晦翁明詩”，據文淵閣四庫全書本改。

［二］詩一月畱：詩，文淵閣四庫全書本作“將”，依康熙刻本。

祭倪元甫文

昔倪公寬，西漢名卿；近倪公思，詞科之英。千乘名家，久望吾邑，潛而未躍，世有隱德。惟君之生，鄉稱善人，當躋上壽，以庇族姻。壽僅中年，天不可必，日月逾邁，祥琴倏及。君身雖去，君家自昌，北堂主婦，成立諸郎。久潛將耀，天終可必，君之家聲，當振他日。芻靈之徹，先罔聞知[一]，庶饈欲奠，已恨後時。蔬素一觴，率焉是愧，寄哀斯文，用開君意。

【校勘】

[一] 先罔聞知：聞，原作"問"，據文淵閣四庫全書本改。

先妣撤几祭文　元貞二年

維元貞二年太歲丙申六月戊戌朔越七日甲辰，孤哀男櫟暨媳婦朱氏、孫炤、姪孫勲、女孫某娘等[一]，謹以薄奠敬祭於先妣孺人汪氏之靈，而言曰：嗚呼哀哉！甲午二月，母棄其兒，二十七朔，倏忽遇之。世人處兹，追薦凡幾，悠悠癡兒，乃止如此。固吾家法，世不用僧，子孫謹守，不敢不行。然念吾母，一生行善，可必逍遙，奚事追薦！所以此等，一切掃除，惟極哀慕，遽越居諸。奉親居鄉，迨今無屋，廹窄隘陋，容膝不足。以故几筵，無所於安，雖强安之，衝突弗嚴[二]。擬于今秋，建廬墓側，不免先時，几筵是撤。高祖之墓，考妣祔藏，餘地可廬[三]，或云允臧。先考存日，謀居此地，今焉卜居，實承先志。几筵更留，能幾何時？指日廬墓，朝夕瞻依。吾母陰相，使即就緒，畢世守墓，報親其庶。撤几薄奠，母舉斯觴，附我祖考，百世蒸嘗。嗚呼哀哉！尚饗。

【校勘】

[一] 孤哀男櫟暨媳婦朱氏、孫炤、姪孫勲、女孫某娘等：女，原作"嬰"，據文淵閣四庫全書本改。

［二］衝突弗嚴：衝突，文淵閣四庫全書本作“褻慢”，依康熙刻本。

［三］餘地可廬：餘，原作“徐”，據文淵閣四庫全書本改。

先考卒哭祭文

嗚呼！父棄諸孤，若昨日耳，日月迅速，百日倏臨。以日辰言，雖曰盈百，此心哀慕，則如初焉。聞之《儀禮》：古者士三日而殯，三月而葬，葬而三虞，遂卒哭。以此知百日卒哭，士喪禮也。今皆知百日卒哭之期，而鮮察三月而葬，始行卒哭之禮。去古既遠，古禮不明，非一日矣。吾父之生，允爲吉人，天實相之，宜得吉地，三田之葬，明年始宜。厥今三月已逾，雖未能襄事，然將以下元後一日祗奉靈柩出殯新亭，是亦酌古禮而權行之也。蔬素一奠，惟吾父鑒之。尚饗！

小祥祭文

嗚呼！人子喪親，期而小祥，練冠縓緣，《儀禮》昭彰。雖腰絰之猶在，而首絰之已除，蓋其除也以漸，此古禮也。去古既遠，禮制不明，其除之也以頓不以漸。雖按小祥之期，不復請練冠之禮[一]，惟追薦而已矣。恭惟某鄉稱善人，備全衆善，力行終身，其生也逍遥，其化也亦逍遥，理之必然者也。日月迅速，轉盼期年，時序雖遷，哀慕罔極。無沉淪之于下，奚假于薦拔？自臨之在上，奚待於超昇？蔬素一奠，以表哀悰，惟鑒之。尚饗！

【校勘】

［一］不復請練冠之禮：請，文淵閣四庫全書本作“講”，依康熙刻本。

大祥祭文

嗚呼！某居廬讀《禮》，有感于《戴記》之言曰：三年之喪，二十五月而畢。先王爲之立中制節，賢者不得過，不肖者不得不及。又二十五月之外，加禫服二月，此《禮》家所以有二十七朔之説也。今諸孤遭先君之喪，亦既二十七朔矣，雖猶不忍除，而不能不除者，實以幼妹之于歸故也。古禮：女二十而嫁，遭大故則二十三而嫁。幼妹年亦既二十有五，摽梅及時，可復緩乎？此先君存日所切切于懷者。今兹所以黽勉於祥除，葢欲盡先君未終之事也。又有感於《戴記》之言曰：直祭祝於主，索祭祝于祊。不知神之所在，於彼乎？于此乎？先君既没，爲神爲靈，新宅祖宅，俱安几筵。今即《禮記》之言，求古人制禮之意，幽明道隔，不審先君神靈其的在新宅歟？抑的在祖宅歟？此孝子求神所以不厭其備也。所以既祭于祖宅，又祭于新宅[一]，雖蔬素之奠不一祭，其表哀誠則惟一耳。尊靈不昧，其終鑒之。尚饗！

【校勘】

[一] 又祭于新宅：原脱，據文淵閣四庫全書本補。

祭社祝文

天下通祀，實惟社稷。古禮僅存，此乃其一。枌榆壇壝，何里不然？簪纓之族，况我藤川！《詩》歌《載芟》，又逢春戊，牲肥酒香，告虔敢後？祈穀本意，願大有年，更祈神休，福祉綿綿。

正初拜墓祝文

竊惟善積餘慶，德盛流芳。祖宗之燾乎後，既垂裕而愈昌；後人之承乎前，宜永久而不怠。惟我高祖，與妣同藏，鬱鬱佳城，數世相望。前巨石之對峙，媲日月兮齊光；子孫近乎百人，迨九世而無疆。歲初拜掃，厥有故常，醪羞將誠，明德薦香。

春社祝文

時惟孟春，雨露既濡。履之怵惕，遠焉是追。恭惟祖宗，流家德亨[一]，子孫綿綿，先訓克守。實藉餘慶，宅宅田田，四時祭祀，敢有不虔？享于克誠，粢盛葷茹，錫兹福祉，春風和祭[二]。尚饗！

【校勘】

[一] 流家德享：享，文淵閣四庫全書本作“厚”，依康熙刻本。
[二] 春風和祭：祭，文淵閣四庫全書本作“舉”，依康熙刻本。

秋嘗祝文

匙翻白雪，秋祭曰嘗。先祭後食，獻豐年香。恭惟祖宗，締創已久。子孫所殖，先疇田畝。殆無一飯，非先所遺，秋必嘗新，何敢忽諸？啄黍雞黄，浮觴蟻綠，永言無斁，千秋徼福。

臘祭祝文

古者歲祀，在冬曰蒸。士庶報本，此尤匪輕。祖宗積德，以有今日。謹身奉公，何敢不力！三時勤勞，幸及歲終。陰相默扶，賴吾祖宗。粢潔牲肥，薦兹祀事。無怠其始，欽于歲歲。

藤溪社迎新祝文

歲且肇新，禮宜謹始。遵迎景貺，仰藉神庥。兹爾上辛，用昭常祀。牲酒既備，詞祝謂何？一歲之內，一鄉之中，願無水旱、無蟲螟而農事以登，無灾沴、無疾疫而户口以寧，俾畜而繁，俾求而遂，俾謀而成，俾作而利，俾幼而慧，俾學而明，俾士而達，俾祿而壽，俾閨門之怡怡，俾族黨之秩秩，俾子孫之繩繩，俾福嘏之穰穰，而神其長享！

卷十五 陳氏譜略

陳氏本始

《記》曰："武王克商，封舜之後於陳。"則陳虞帝之後也。始封之君曰胡公滿，自是以國爲氏。魯莊公二十二年，陳公子完奔齊，子孫爲齊卿，因得其政。其初，卜辭曰："有嬀之後，將育于姜。"筮辭曰："此其代陳有國乎？不在此，其在異國，必姜姓也。"春秋之末，陳爲楚所并，而姜姓之齊，果爲陳所代。陳成子之曾孫曰大公和，遂改姓田氏。則仍陳姓而不改者，其在陳國之子孫乎？

前代姓陳人

自古姓陳人，按《史記》《前漢書》有陳杞、完、涉、餘、平、萬年、咸、湯、遵；《後漢書》有陳俊、元、寵、忠、禪、龜、寔、紀、蕃、重[一]；《三國志》有陳登、群、矯、震、武；《晉書》有陳騫、輿、頵、壽；《儒林傳》陳邵；《南史》有陳武帝霸先、慶之、昕、暄；《北史》有陳建、子康、茂、稜；《儒林傳》陳奇；《隋書》有陳孝意；《唐書》有陳叔達、子昂、元禮、諫、夷行、君賓、京、希烈、少游；宋朝有希夷先生陳摶、江州義門陳旭、蘊、古聚居二百年，家二千石。陳堯叟、堯咨、堯佐。前乎此而雜見他書與後乎此者不可勝紀，今姑略之。類出潁川、汝南、下邳、廣陵、東海、河南六望世之拘譜其族，往往强附于前代聞人以侈大之，世代悠遠，實不可詳，今不取。所以述諸史陳姓人者，欲兒輩知前代吾姓有如許人耳。吾家藤溪之始祖，自桐廬而遷新安，二郡皆揚州之所統，則吾宗望出廣陵，意其或然云。

【校勘】

［一］《後漢書》有陳俊、元、寵、忠、禪、龜、寔、紀、蕃、重：蕃，原作“審”，據文淵閣四庫全書本改。

始祖鬲山府君

始祖鬲山府君諱禧，唐僖宗時，避廣明之亂，自桐廬郡泝流而上至新安郡，休寧之西曰藤溪里，愛其谿山之清奇，因家焉。其後子孫益蕃，一村無二姓，故人稱是村曰“陳村”。府君之始遷也，泛宅浮家，託于漁釣，積德敦義，鄉稱善人。没，葬於縣之南地曰鬲山，歲益久，一方之民神之，乃創廟墓傍，尸而祝之，凡水旱必禱焉。東作不祀府君，不敢興；西成不祀府君，不敢食。子孫之祀之，有不如鬲山之民之祀者，視桐鄉之於朱邑，庶幾焉。且諸鄉大姓之祖有廟食者矣，程忠壯公是也；有墓祭者矣，孫王墓是也。彼其生也，或貴爲大將，或南面稱孤，没而爲神，固其所宜也。若府君生無位于時，託爲烟波之釣叟，没乃神于後，永爲樹藝之田祖，其亦靈異也已。民報事兮無怠其始，自今兮歆于世世，鬲山成塵溪水絶，府君之祠始應歇耳。《傳》曰：“盛德必百世祀。”虞之世數未也，府君爲虞之子孫，其亦蒙盛德之餘澤而百世祀者與？

本房先世事略

先高祖之祖諱天寵，字德承，行第三，娶金氏。公勤儉慈愛，該博練達，田疇甲一鄉。紹興二十三年徽行經界，公爲一鄉首，今簿書契券四至，列公名者無數。發廪遇雨，必糶穀之乾者，凡可及人，唯力是視。娶源王公炎之初年，客公塾，創一簿，題曰《待問》，王公遇書有不通、事有可疑，悉條列之，候伺公出而問焉。按，社籍紹興二十六年丙子，陳福政爲社師，記其年八十八，公爲社宿，年必亞之。三十二年壬午，公始卒，相傳謂公年七十餘，信矣。高祖之父諱嘉謨，字少皐，行第六，娶同邑渭橋吳氏。公以錫類恩授廸功郎，能世其學。某嘗見翁一帖《答新淦宰》，字呼之曰“信臣”，其字画遒勁，詞語典古，曾祖以下之字，皆不及焉。高祖諱有章，字朝美，行第三，娶渭橋吳氏。中年納後房王氏，杭人，生先曾祖。公好善而文，世濟其美，其生也，祖視之曰：“保家之主也。”遺文可見者僅祝文一篇，今見社籍中。卒于淳熙五年戊戌十有一月七日。高祖妣卒于紹熙四年癸丑九月二十有七日，王氏卒於紹熙五年甲寅六月二十有一日。前是族譜未用老泉蘓公條例，故高祖以上享年幾、某日卒俱不備知，可知者曾祖以下而已。曾祖諱伯仝，字仝叔，行第六五，娶渭橋吳氏。公天性樂易，於生業不屑爲。祖居叔氏居之，曾祖妣出所藏當三錢，創屋三重别居。時里之惡少曰“横八包”者，盜人之牛，將屠之，公執里役陳之，邑給榜戢其姦。惡少恨焉，持屠刀欲害公，一忠僕曰陳簡，奮身衞公，斃惡少於一杖下。卒全此僕，罪僅編管。公嘗語人：“吾遭此横逆，巾未嘗去首也。”先業爲始破，自是家漸落，屋亦他售，數世之業墜焉。然公詩酒自娱，不爲芥蔕，善歌詞，且善填之。先考嘗以公《詠火種》古詩教櫟于髫齡時，今猶記一詠曰：“一點若星眇，傳薪遍寰海。”味斯言，似若借以自喻且有望于後之人者。嗜藏書，分析遷徙，散亡殆盡，今猶有存焉。生于紹興二十二年壬午，卒於淳祐元年辛丑二月二日，享年八十。曾祖妣生於紹興二十五年乙亥，卒于嘉定十七年甲申十有一月二十有三日，享年七十。先祖諱慶大，字士俊，行第六八，娶渭橋吳氏。以姪女從姑，自祖妣以上，三世則然矣。三子：長先考；次先叔，諱履正，字德之；次諱晉，出繼歙潘氏。先祖遭家中否，將變通於既窮，售祖妣奩珥以買田，以贏子錢。鄉人朱氏子貸以乘桴，桴漂人逝，錢以烏有。近族居鄉南五城，當孔道，欲依以開肆。紹定元年戊子，祖妣又倒奩珥之餘，相先祖遷焉，力可買屋，且嘗有赢錢貸人買屋，而己終僦屋以居。開肆如韓伯休，售藥以謀什一。曾祖晚年始就養，故曾祖、先祖、祖妣皆歿於五城，慕返葬於周之義，皆葬於陳邨，從先志也。祖妣慈惠敏明，自幼知書，《孝經》《語》《孟》，皆誦甚熟，且能記歌行雅詞。櫟之幼也，未嘗學前，祖妣已口授之《孝經》《語》《孟》矣，故櫟五歲已能背誦《論語》及歌行、古文，實祖妣之訓也。先祖生于淳熙九年壬寅，卒于寶祐四年丙辰十有一月四日，享年七十有五。祖妣生于淳熙十年癸卯，卒于咸淳二年丙寅九月十有九日，享年八十有四。先考諱履長，字復之，晚年更諱源長，從學者號之曰“復齋”，行第五十，娶同邑旌城汪氏。先產二男二女，皆不育。曁生櫟，先考年四十有二矣。二女適吳惟深、葉應宗。先考之幼也，遭家否極，篤志勤學，年十七從諸叔游淮，因假館焉。歸則先祖遷矣，家益落，故終身假館，凡六十年，從游二百餘人，父子兩世，從之比比。櫟年七歲，先考則挾以自隨，教之靡不至。年十五，已爲饑所驅，束父書以出。年十六，始請舉子課於黄常甫先生，固賴先生點化之，而父子自師友，實爲之本也。先考少習《書》，外家諸舅有《春秋》學，因改習《春秋》，熟于《春秋三傳》，於《左氏》尤熟。櫟每問事不休，應口輒答某公某年也。櫟年未三十時，嘗倣柳子《非國語》體作一書，是非《左氏傳》，以首數條質之先考。先考謂曰：“汝未洞究《春秋三傳》《國語》，未可爲此。歐陽公曰：‘著述須待老，積勤宜少時。’汝其戒之。”櫟聞言汗流，亟秉弃炎火，至今不敢爲。凡先考所以成其子者，類如此。平生待人平直，畧無城府，鄉稱善人。先外祖汪公諱煇，有學有文。先母舅諱定老，資俊甚，弱冠工舉子業，今其遺墨尚存。不幸早世，先考哭之極哀。歲癸丑，外祖歿。其將歿也，先考往省之，告之曰：“公不幸無孫，今幸有外孫，某當世公家祀，詔外孫無忘公，其勿以餒而爲慼。”外祖頷之。故先考世必修外祀，櫟奉治命惟謹，不以非廢禮焉。先考事親孝，養祖妣也，力不逮心，諄諄以缺甘旨爲愧。祖妣開譬，婉而真誠，所謂啜菽飲水盡其歡者。歲丙寅，祖妣歿。己巳，謀葬事。是年，先叔以力不能辦，欲緩之。先考曰：“葬親何事也？吾當力樽節以辦此。”自買舟以往，一切以爲己任，毫髮不以諉先叔，卒襄事。平生好傳藥方，有疾，或以問，必以已驗者教之，不少靳，多以取効。既歿，鄉人感小疾者多追思之。凡此皆一節一行之可紀者。先是，歲乙亥，孔道軍旅擾擾，先考始挈家自五城歸祖里，距先祖之遷，五十有八年。天道六十年必復，意者其有數乎？始歸無所於居，得屋不容膝，然先考安焉。素耐勤苦，年高矣，視不昏，編寫無虚日。卒之前數日，燈下尚蠅頭細書。卒之前一日，尚自作《客問》。時櫟館中澤，見家問，知先考小風寒，亟走歸省。歸至，先考已不能言矣，實至元二十四年丁亥二月二十九日申時也。先考生於嘉定四年辛未十一月冬至日丑時，享年七十有七。先妣蚤多疾，灼艾黄逾千，壯晚彌閑健，慈愛平直，始終以之。生於嘉定十三年庚辰五月十一日申時，歿於至元二十一年甲午二月二十八日巳時，享年七十有五。凡吾先世之事，大略如此。嗟乎！自始祖府君，十有八世而至櫟。他房有以儒學顯者，而本房獨無有。然《洪範》五福，貴不與焉。數世以來，壽皆八九十，無下七十者，祖與妣偕老無再娶者，父子皆親傳無祝螟者，皆稱善人，無一爲人所指者，良可表於道曰“處士陳君之墓”。有儒學而不顯，安足計哉！又自曾祖以上，世潤其屋，降是寠殊甚，然家雖空而行頗實，口雖羨藜飯糗之不給，而經炊史酌之味無窮，貧亦安足計哉！所大懼者，氣薄蚤衰，兒輩才下志怠，或隤其家聲焉耳。《記》曰：“其先祖無美而稱之，是誣也；有善而弗知，不明也；知而弗傳，不仁也。此三者，君子之所恥也。”謹因續編族譜而略述祖考遺事以示兒輩，使知予家數世儒學之相繼，庶幾其能善繼云。吾家四世以來，得古意者又有一節：先曾祖平生不好佛，故治命命先祖曰：“如我死，喪葬其略參用古今禮，謹毋作佛事。”先考、先叔所以喪先祖、祖妣，不肖所以喪考妣，皆不敢變焉。大抵此說，儒者知之者多，而能行之者寡[一]，不搖於俗論，則奪於婦人。先考之歿也，來吊者見勉曰：“縱不齋佛，亦必聲鍾。”應之曰：“升屋而號告曰臯，某復此儒家之聲鍾也。欲聲佛家之無常鍾也，何爲?”又有曰：“縱不爲佛事，亦必填受生。”又應之曰：“民受天地之中以生，夙興夜寐，無忝尒所生，此儒家之填受生也。以紙寓錢填受生也，何爲?”此不肖所以不搖於俗論者也。吳氏女兄，明敏知書，習聞家法，固無異論。吾婦朱，其父兄信佛甚，亦化之，無異論焉。此不肖所以不奪於婦人者也。昔程子曰：“吾家治喪，不用浮屠”，洛中亦有一二人家化之。近年同邑求邇范公、歙邑古梅吳公之家皆然。然程子大賢，范吳富者，人無敢非之。吾家三世不幸皆貧，流俗不過曰：“是貧甚不能爲，故立異耳。”嗟乎！安得家肥屋潤，更酌古禮行之，以一洗流俗之言哉?又嘗聞士友之言曰：“平昔非不知佛事不足，爲古禮所當用，一旦不幸，至于大故，則族姻交以不孝責我，雖欲不爲，不可得已。”嗟乎！“佛入中原祭禮荒，胡僧奏樂孤子忙”，後邨劉公，嘆之久矣。孝也者，其作佛事之謂與?流俗之所謂不孝也，乃我之所謂孝也；流俗之所謂孝也，乃我之所謂不孝也。兒輩聽之，不守家法，非吾子孫，吾豈惟望爾之不敢變哉？將世世望子孫無變也。櫟謹書。

【校勘】

［一］而能行之者寡：而，原脫，據文淵閣四庫全書本補。

福州通判

公諱慶勉，字志問，應城尉親兄之子也。以《詩經》應甲子鄉舉，紹定五年壬辰徐元杰榜第三甲出身，調廬州舒城縣尉、監浦東鹽場、韶州推官、鄂州蒲圻縣丞、福州簽判兼西外宗寺簿、湖南轉運司主管文字、武岡軍通州，不上，换福州通判，未上，卒，累官至宣議郎。生於淳熙十年癸卯，卒于景定二年辛酉，享年七十有九。公學正文粹，誠而謹畏，儉而廉勤，櫟猶及見之。與貢元公應午兄弟自爲師友，貢元公遂亦以《詩經》中甲午鄉舉，四方從學者衆，亦有平林之遺風。其所授於人者，皆其受于兄者也。公擢第年已五十，及宦游，深受知于信菴趙公葵，于仕進澹如也。以清白遺子孫，六藝之學，三世不墜，其孫尚有聲士林云。遺文不暇詳錄，略見于後。凡有官入仕者二十二人[一]，入大學者十人，請舉不中第入仕入官者七人。

【校勘】

［一］凡有官入仕者二十二人：凡有官，文淵閣四庫全書本无此三字，依康熙刻本。

雜　識

吾宗以儒學略自見者，亦既書于前矣。聞之：方陳氏人物盛時，村無二姓，合族稅錢以貫計者一千三百有奇，讀書者比屋，各家之老，遇風月良夜，杯酒相叙，飲罷步街上聽子弟絃誦聲，自邨首至尾，聲東西相震，以是快愜爲樂事。每歲秋賦終塲，可讀之卷幾七十，以故方解額窄，時連數舉無脱計偕者。此外有齒有德而潛隱不耀如餘姚宰之曾祖珪，年餘九十，漫翁謂鄉人號之曰“佛”者，尤多有之。顧愚之生也晚，未及搜訪而備録焉，謹開其端，存一條于此，以俟同宗之君子。凡先世之有一節一行、一善言善事之可書以爲訓者，各以所聞續録之云。

陳郉里名騰溪，非也。百川沸騰，詩人所傷，溪何取於騰哉？洪野處士書爲“滕溪”，亦非。按，吾里有山曰藤溪嶺，舊多産青藤，嶺巋然溪傍，溪實遶其麓，故嶺曰藤坑，溪曰藤溪，信而有證。又村名陳郉，實以吾姓姓是郉也。按，是村吾宗未居之先，實名洪郉，洪其姓者居之，今田地文簿“洪村”二字班班可見。家中舊居，土人猶以“洪村坎頭”目之。洪氏子孫後微爲隸，愚之少也，猶見一家，今併此一家無之矣。唐末以前，以姓姓其村三四百年，後子孫無噍類焉。吾宗中否，異姓有來居者，而陳氏子孫終較多，陳村之名亦永不磨。噫！昔爽鳩氏始居齊地，而後太公因之。太公之子孫，固不能常如小白時，其視爽鳩之影響不存者，大有間矣。同宗有志之君子，盍亦勉自樹立，張吾家聲，以求稱此村之名也哉！

雲萍小録 大德四年

陳櫟字壽翁，小名佳老，行第三[一]，住休寧縣千秋鄉之陳郉[二]，生淳祐十二年壬子三月二十七日寅時。曾祖諱慶大，字士俊。考諱源長，字復之。妣同縣旌城汪氏，荆室同鄉回溪朱氏。子男二人：照，字仲明，己卯五月十一日未時生，行第得一。勳，擬字仲成，甲申五月二十一日寅時生，行第得三。先叔之子棣早世，無後，先嬸石氏命勳後之。一女許適吴氏甥彬仲文。家世居陳郉，先六世祖諱寵，即洪野處士誌尚書程母夫人墓所謂處士與之親兄也。田産甲千秋一鄉，三傳至曾先祖，家益落。至紹定戊子，先祖以從弟運管一房，居同鄉之五城，當南五嶺孔道，可開肆略謀生，遷依之，故櫟生于五城。至乙亥歲，笳鼓數驚，而祖里稍僻靜，先君遂自五城遷居陳郉焉。櫟自七歲至十四歲，侍先君遊學。年十五，飢驅之，僭爲童子師，自此竟不能舍，堅苦蹉跎，無從質正。歲辛卯，年四十矣，僭和虚谷方公《上南行》詩，偶得轉聞于判簿弘齋先生曹公，聞先生頗稱嘉之。櫟于先生自少景慕，不啻水之江、星之斗也。丙申二月，入泮，道過長林橋，因納謁拜館下，先生欣然與進降，屈年德，如平生歡。自此相奬借訓誨者甚至，雖察父哲兄之我愛，良不是過。自丙申至庚子，無歲不見，無月不書，愛之有加焉，無替也。近秋丁一再上謁，其還也，㧾力留之館中，且云嗣歲確佚老於家，嗣春未必可會晤，可不留一惜别乎？因不敢辭。入夜縱談，忽出一紙，首題曰“雲萍小録”，乃叙述家世及平生及賢子孫以賜教者也，且令櫟亦書世家以呈。櫟思之，《雲萍小録》所以叙交好、示久遠也，非敵己不當書，非稍有可書不敢書。雖今者先生忘年而下交之，先世自唐末由嚴陵遷陳邨，迄於今登科者一族凡六人，而櫟一派，累世不仕，櫟也自揆晚末，上交何敢僭？不足乎揚雲萍之至，又何敢僭？然念先生謙恭之盛德，出于真誠，有如夫子之于人常俯而就之者，既忘其尊而以是先施之，櫟苟輕愛不述以報，則真頑冥不靈也已！因敢忘其卑，而書以呈焉。併以呈希仁、希文二兄長，其無曰“是子是録，多見其不知量也”，則幸甚幸甚！大德庚子八月二十一日契家姪陳櫟百拜謹呈。

【校勘】

［一］行第三：“第”字後原衍“一”字，據文淵閣四庫全書本删。

［二］住休寧縣千秋鄉之陳邨：住，原脱，據文淵閣四庫全書本補。

卷十六　詩　詩餘

五言古詩　二十三首

自咏百七十韻

祖宗世種德，生我異群兒。憶當五歲前，教者祖父慈。未識蒙孝字，先誦蒙孝辭。詹兄曰梅哥，厥母吾母姨。先父加之冠，專爲脩百芝。句讀熟魯論，徹章葢冬初。冬仲大父歿，舅翁吊繐帷。愛我撫我頂，聽我誦學而。琅琅盡鄉黨，繼誦尚忘疲。舅翁謂之止，稱是天上麒。六歲所從怪，飯罷出遊嬉。謂我頑如石，不教專朴笞[一]。七歲侍先父，三載臨溪湄。辛酉從仲黄，五月學破題。進進待解盟，小冒漸能爲。壬戌至甲子，隨侍東復西。詹溪友四程，英才推一時。幸甚相切磋，愛我深相期。朧山謂有子，延我爲塾師。初聞賦戲言，馬耳東風吹。先父習麟經，授我孔壁書。謂徽後洙泗，四書教令披。丙寅年十五，遽爲饑所驅。東書團圓山，童生八人隨。孜孜不敢怠，夜檠逮鳴鷄。次年館湖干，老稚荷提撕。請題草窗翁，許我文鮮疵。朱書勉精看，程文教力追。是年槐花黄，祖母服未除。先父不及試，族叔同旅厨。一筆了三塲，不遭曳白譏。庚午亦失解，鋭氣能不萎。故鄉處族館，族弟汗血駒。麗澤用其名，先登螯弧麾。四經卷卷悉，清孫書巍巍[二]。鉅公汪溪陽，文衡省監持。氣象許宏濶，辭意稱豐腴。謂雖在廣場[三]，亦當先列龜。此文與此批，見者誰敢非。自此有餘力，書外兼寄詩。小敵見必勇，輩儕避旌徽。癸酉書題難，立説及耆希。考官勾龍户勾龍震子，一批擬指予。御數不數數[四]，斷題無可疑。但分前後聖，不合襲省闈。次年赴混補，萬人場並馳。二十三後生，難得人信諸。吳君託以卷，日中文摠擒。非此三百緡，何以贍其歸。壁流既問津，謂將濶步趨。豈意三百年，科目止於斯。屠龍成無用，躍鳳蔚何施。昨雖舉業習，畢力不在兹。古文壯氣骨，性理窮淵微。乙亥館江潭，諸友交見推。刺口謅吟哦，閧如喧蜜脾。我獨默其間，掩葉寒蟬如[五]。不屑涉淺流，尋源浩無涯。風雅騷選降，唐宋星秋輝。凡諸大家數，一一加嚌嚅。然詩有别才，天分終較卑。經膏與理髓，聖賢示我規。精力詩中盡，毋乃一生癡。心不能兩重，此昂彼必低。定見下退轉，江潭而詹溪。朧山踐前言，聘幣及吾廬。所幸有子姪，皆有受道資。一坐閲八年，膠漆久不渝。藉其綱維力，數畝買山畬。惟此八年中，哭父衰厥衣。終喪采泮芹，泮師林岩居。其人數傲睨，見我加稱譽。月書季考文，許我白衆眥。以啟贄兩馮，交答壎應篪。繼此諸教官，見待略等夷。殿謁不我責，羹墻見宣尼。辛卯客梧山，一紀方别栖。厄哉舘渠口，書衣焚無餘。壬子否欲泰，燠身陽岡曦。甲寅科詔頒，鳶魚均躍飛。科停四十年，壯晢已老黧。行年六十二，可喜亦可吁。甲戌别西湖，一舫重漣漪。簪筆漫入場，誰識兀孤羆。已過田光年，老醜亦如之。理精文亦熟，執餅啜茗甆。游戲日中了，跳出門限危。吾友謂必中，不答笑支頤。歸過菊節後，風傳鶚横飂。是時未揭曉，無乃兒揶揄[六]。既而果介中，厠我濫吹竽。一朝省檄下[七]，初欲推病軀。勸駕者張矦，自枉五馬車。敦請上長林，急下亦筍輿。下馬握手語，滿面春熙熙。次日燕之泮，禮意逾勤渠。刻日再詣府，歸辦衣糧齎。豈謂不後先，主有鼓盆悲。行無或使者，止泥莫陽機。筍輿官給送，杭解姑委蛇。謀之鄧與王鄧善之司業王誠甫書吏，雲雅退何居[八]。進難退奚難，稱病告録司，坊正騐然否，執牒還鄉閭，一一如所教，衆人皆笑嗤，同榜有六人，買舟浮泗沂。二黄林盧王，張子最後期。五人恬是我，平山獨嗟咨。謂公機難逢，自棄與人殊。彼如翔雲鴻，我如墮泥鴟。作序送之行，命兒餞解維。得者惟黄張，失亦恩不虚。我倘與此試，一得如摘髭。萬一或失焉，横經亦臯比。然亦何足恨，一笑返釣磯。念彼得馬者，箠辱嚳無肌。何如天爵尊，玉返遭涅緇[九]。青紫耀目前，老矣竟何裨。退無治生計，耕經培根基。丹鉛畢此生，初志酬桑榆。糠糜從自飫，道義甘前肥。

詩非吾所長，世自有人奇。亦嘗印老方，屬和枯彖噓。謂讀陳君作，如見上天梯。和公上南行，選刋尾瓊琚。方公《上南行》詩，予嘗和寄弘齋，弘齋達之方公，公選五首附刋于集，吳甥伸文曾見刋本。亦如岑高作，得附杜拾遺。終焉小剞劂，巨刄自有宜。朱書天地心，泝洙沿濂伊。顯固日行天，奥難氷釋澌。坊本纂諸家，動是醇雜醨。後生爲所衒，望洋入無蹊。不用聖賢力，天大難井窺。不用朱子力，海深測以蠡。十五已勵志，熟誦精思維。鑽研五十年，熟考洞毫厘。不獲一時用，遂欲百世垂。四書精發明，妙處繭抽絲。如舉標月指，出彼黑暗迷。纂疏蔡書傳，饒董編區區。厥子以委我，搜羅加補苴。成書付之刻，謬妄删支離。附益諸異説，秋蘭著蒉葹。四海有具眼，喜想繼以嘻。樂善胡雙湖，愛我志朱思。我有廣通略，史纂彖摘奇。宋略摘最多，亦欠如貫珠。此外所編述，盈箱困毛錐。詩記皆句釋，記尤其思攄。十翼與四傳，二經究麟羲。近撮六典要，略如孔孟姬。嘗以夜繼晷，古文圈點批。杜詩亦寫註，鑿鑿皆有稽。吳某借不還，執以爲己私。五子節註評，散落無依稀。四書與書記，群玉之璠璵。三者倘行世，豈曰小補與。無力可辦此，有力將投誰。生者不我重，歿也應我思。朽骨相後日[一〇]，東坡豈吾欺。知更幾寒暑，了却老頭皮。間氣更誰鍾，我亦自惜之。當爲百世士，何但今布韋。骨朽此心傳，腐寧艸木俱。從彼啄腐鼠，舉頭嚇鵷雛。年忽及先聖，七十加二朞。使其止于此，藉手見先儒。使不止於此，天錫何敢辭。三山林樂天，談命當杭衢。許我八十六，此言倘契繻。教有最幼孫，亦當挺梧枝。到此反其真，大笑與世違。

【校勘】

[一] 不教專朴笞：朴，文淵閣四庫全書本作“撲”，依康熙刻本。

[二] 清孫書巍巍：孫，文淵閣四庫全書本作“言”，依康熙刻本。

[三] 謂雖在廣場：場，原作“惕”，據文淵閣四庫全書本改。

[四] 御數不數數：文淵閣四庫全書本作“清才不易得”，依康熙刻本。

[五] 拖葉寒蟬如：拖，文淵閣四庫全書本作“抱”，依康熙刻本。

[六] 無乃兒揶揄：兒，文淵閣四庫全書本作“鬼”，依康熙刻本。

[七] 一朝省檄下：檄，原作“據”，據文淵閣四庫全書本改。

[八] 雲雅退何居：雅，文淵閣四庫全書本作“子”，依康熙刻本。

［九］玉返遺湟緇：遺，文淵閣四庫全書本作“避”，依康熙刻本。

［一〇］朽骨相後日：朽，原作“利”，據文淵閣四庫全書本改。日，文淵閣四庫全書本作“人”，依康熙刻本。

上白湛淵提學　名斑，字廷玉

東坡慕香山，今古不並世。幸今遭人師，演迤香山裔。湛乎靚深淵，淵源入節灘[一]。匪直紹長慶，殆將登社壇。豈曰詩中傑，道脉紹先哲。手提斯文柄，模範示江浙。侯泮幾芹宮，邑校幾花封。書院又凡幾，於公統有宗。卓哉儒宗主，非公誰玉汝。教雨而豈徒，行將霈霖雨。

【校勘】

［一］淵源入節灘：文淵閣四庫全書本作“淵深漾微瀾”，依康熙刻本。

次馮秀石遊水西詩韻

人生無東西，所歷貴適志。辦與客遊山，便是仙行地。謫仙所經過，景物猶嫵媚。穰穰爲利往[一]，寂寂誰肯至。蜀珍非九流，水西亦名寺。人景盡雙清，古今端一致。文取意氣合，年忘少長異。詩囊索高古，理窟探幽邃。麈尾屑霏微，兎絲墨漸漬。諸友武庫森，一老靈光巋。戰忿大敵勇，見匪小巫懦。安知馮長公，非即李十二。快飲頻張頤，高吟時擁鼻。鍛鏈指獨敲，曠望足雙企。汲古綆垂深，抽闗鑰開閟。如聽簫韶鳳，肯比蘭苕翠。于時桐始花，纔社秧半蒔。幽尋客正閑，勤動農將勩。花光目懶寓，松陰身所庇。山僧氣如玉，野樵色俱瘁。倦坐席或爭，佯入舍肯避。茶甌時復啜，困魔詎能祟。飽遊可無詩，分韻各有字。是則摩詰画，何必柳州記。我雖塹曾唯，亦頗發顏喟。朗誦敢辭頻，把玩不忍置。實多句中眼，兼審象外意。靜閱神已馳，忩言必有醉。僭和白雪調，難抽亂雲思。恨不尾清遊，吟成祇自愧。

【校勘】

[一] 穰穰爲利往：穰穰，文淵閣四庫全書本作“壤壤”，依康熙刻本。

和方虚谷上南行十二首

虚翁《上南行》，寔庚寅十二月詩也。辛卯六月，客有自曹君菊存所來者[一]，始傳而誦之。絜羙久要之義，聚星過從之勝，漢人不得專美于前矣。雖恨不獲親聆其一時談塵之詳，然聞風興起，亦可於此詩具姟兆之一二焉。二三先生中，某所識者惟北山王先生，玆敢不揣愚陋，僭賡元韻賦一十二首，寫其平生景慕之私，奉呈王先生，或可以轉聞于方、曹二先生云。

濟世萬古航，乃今橫野渡。
由此訪故人，勝著沙隄步。
我傳紀行作，冠珮與薇露。
何當叅詩禪，一湰石頭路。

【校勘】

[一] 客有自曹君菊存所來者：所，原作“許”，據文淵閣四庫全書本改。

右古航渡

又過分流岑，行行足聊休。
流品分良難，感此胡分流。
大雅久不作，梁棟儕薪槱。
蜩鳩笑鵾鵬，一是逍遙遊。

右分流嶺

南山得宣平，名字可千載。
世無死仙人，花瓢今定在。
家山有此逢，何必跨瀛海。
下視白雲衣，蒼狗須臾改。

右過南山

疇昔飲雙橋，獨木寬法程。
如今過雙橋，無復糟床聲。
橋外吏人稀，飲徒常二更。
追詠承平事，略此記西京。

右過雙橋

舊官榷酒，去城十里始飲村醪[一]。雙橋酒稍佳，今復無有。

扁舟泛古航，昔常閱此奇。
盤屈公詩中，眼明再見之。
二孤恐飛來，或乃巨靈移。
甚勿訛爲姑，又須訂荄茲箕子二孤。

【校勘】

[一] 去城十里始飲村醪：去，原作“或”，據文淵閣四庫全書本改。

右岑山渡

杏花富趙邨，佳名昉唐代。
酣酣紅雨春，芳葩誰不愛。

轉眼鐵爐步，發問莫能對。
杏村無杏花，趙村亦安在。

右過杏郵

坡覓牛矢路，公渡牛矢嶺。
遂令汚穢地，居然化清境。
今代曹子方，陳三延癲頸。
何時躡吾履，迢迢山路永。

右過牛矢嶺

我未讀公詩，久矣知葉有。
地非産此人，人知此地否？
當與君子鄉，俱傳千載後。
風饕闞春陽，高節且堅守。

右過葉有嶺和方虛谷二首

後漢袁與楊，世公五或四。
衮衣苟有愧，不如安楚製。
我不識斯人，聊復視其世。
不有此翁賢，安得賢主器。

又

天壤一虛叟，見之夢寐中。
豈必真及門，私淑恩何窮。

易說曉櫺白，詩編夜檠紅。
終然欠叅請，小草依松風。

寄曹弘齋

我不識弘齋，識之文字間。
古風久蕭瑟，一筆獨追還。
恨如東魯人，未得登東山。
振衣不自勇，路亦非阻艱。

寄王教授

書堂名博士，得見未恨晚。
發揮紫陽論，登峰造其巘。
仕得四十强，程方九萬遠。
北山勿移文，秋桂芳風遣。

送汪希道入都　并引

浮溪遠孫汪希道，嘗爲海北海南道廉訪司照磨，沿檄鞫洞蠻獄，察註陷賊黨者千七百餘人，直其枉，悉縱之。幾以失出獲譴，阻仕進餘十年。今本心雖獲辨明而歲月坐成晚矣。抑又聞之，古人“一日養不以三公換”，希道家貧親老，以八十餘歲之壽母，將待柳下小官之寸祿以養之。今將犯寒暑，走萬里以求之，豈得已哉。司銓衡之諸貴人，仁也，明也，公也，必將鑒君之本心，怜君之不得已，君之得除、得歸也有日矣。臨別，哦古詩十八韻以餞。

行行觸秋暑，勇往觀國光。倏途或濡滯，一瞬北風凉。不仕餘十年，養親竈罕煬。將謁吏部選，寸祿願少償。庶略助甘旨，贖其不遑將。不仕果何因，憲幕嘗翺翔。驅馳海北南，訊獄主慈祥。詿誤陷賊黨，詰問加精詳。活千七百人，解縱還善良。幾以失出譴，究竟靡濫臧。久之天日開，歲月坐荒荒。濂溪范參父，議獄俱慨慷。殺人求媚人，毋乃欺穹蒼。活千人有封，君後必當昌。安得當吾世，而不蒙薦揚。當路願鑒之，萱艸癯北堂。俾得早言歸，爲養及壽康。臨期重叮嚀，白雲遙在望。

次吴子靜韻　惟深

霜葉色偷韶，風林聲借商。
秋清挾春熙，君詩宜可方。
唤醒十年夢，栩栩延陵鄉。
富貴來徐徐，春秋去堂堂。
魯鄒二祖師，身世猶遑遑。
吾道行何時，魚目爭夜光。

次韻子靜破靴

待漏靴滿霜[一]，履聲振雙闕。
行映火城紅，不用掛殘月。
得意彼何人，步雅視亦濶。
豈知失意者，糾糾履霜葛。
君其但固窮，祝阿迹將發。
破靴不須恥，此恥會可刷。
朝靴三尺脚，穩向雲梯躡。
聽履上星辰，押班晨賀雪。

【校勘】

[一] 待漏靴滿霜：滿，原作“漏”，據文淵閣四庫全書本改。

雙竹吟

瑞竹非凡物，猗猗超綠綠[一]。
昔者清獻公，家園有雙竹。
雙竹比兄弟，永歌嘆不足。
因念世之人，詡詡相笑逐。
誰似孔融讓，誰似姜肱宿。
鴒原與鴈行，人反愧禽畜。
箕豆同根生，相煎如泣哭。
豈復念兄弟，同氣出父族。
何如此二竿，驚雷拂雲速。
雙清儼夷齊，對立空洞腹。
墨君有此奇，可使食無肉。
大勝雙頭蓮，不減同穎穀。
豈不見明皇，遊園感雙竹。

【校勘】

［一］猗猗超綠綠：猗猗，原作"奇奇"，據文淵閣四庫全書本改。

文丞相

三百年社稷，痛哉尤此公。
偷生皆負媿，既殺即褒忠。
不屈夷箕並，罹殃巡杲同。

題梅菴圖　即汪御史

詩書暨春秋，於梅着其實。
捨寔多言花，後世富篇什。

花耿氷雪面，實藴乾坤仁。
獨步衆芳中，允矣菴中人。
勿徒於其花，名媲花御史。
實謂相君𪨊，天下歸仁裏。

贈葉君訥 泰定三年

定山葉君與余同生于淳祐壬子。君侍其先君子游學五城，余已識之。既而，君館東閣，余館葉村，相距密邇，交好不薄。聞其有賢嗣，尚未之識。余子忽得其所贈言，來徵余一言，忍付之默默乎？泰定三年丙寅日南至。

放言易欲訥，力行難欲敏。
孔訓朱子箋，辭簡義淵永。
得祿自有道，言行俱當謹。
敏而濟以訥，當言豈終隱。
取信在言前，何待矜口吻。
君子慎樞机，相可冠班筍。
君家顒與𪨊，前後作繩準。
發軔吏警曹，勉旃推素藴。

四美堂詩 爲悠山宗人作

壽富祿皆福，壹是可言美。
意願本何極，分限貴知體。
嘗聞魏中梁[一]，太倉一稊米。
天莫限量我，惟在此德耳。
德則仁而壽，德則富於義。
德則祿在中，德則福順止。
德爲衆美基，如堂必有址。

悠山吾宗秀，厚德與山擬。
樂山壽如山，由壽享福祉。
富蓋不待言，飢人望公庾。
祿爲仕者奉，鯤化程萬里。
溢美公飫聞，贅言述其理。
吾聞諸詩人，箕子子思子。
愛助良區區，山甫已能舉。

【校勘】

［一］嘗聞魏中梁：魏中梁，文淵閣四庫全書本作"海中國"，依康熙刻本。

七言古詩　九首

題春先亭

春先亭初成，胡脩存篆宋公《梅花賦》於其上。櫟嘗和宋韻成賦一篇，今數年矣。茲同敬存觀梅亭上，復賦古句。

贔贔寒威薄穹昊，搖落千林跡如掃。受命獨秀除松栢，餘木僵立疑枯槁。犯此祁寒敢着花，先天下春梅獨早。姿冰質玉面嚴冷，我見魏徵殊媚好。爲花作賦宋廣平，鐵石心膓本堅貞。胡爲乃作流麗語，欲踵庾信肩徐陵。聞有此文莫能得[一]，僅見皮子加褒稱。近世李君使交州，得諸塵壁輕連城。未壯之年能賦此，字抵珠璣辭綉綺。老宋賞其善體物，比況會粹古群女。襲美傚之賦桃花，前作後述工摹擬。繁華而有妖艷姿，方之女子亦宜尒。我觀梅花如大賢，天地閉時全其天。羣表獨立超衆甫，高標孤絶無比肩。孤竹伯子聖之清，聞風凛凛頑皆廉。獨步戰國性善翁，次庶幾焉魯仲連。衆醉獨醒湘纍屈，苦節雪窖蘓属國。三國無儔葛武侯，有晉徵士陶靖節。作者七人梅花徒，賦中曷不勤招呼。賴有永保貞固語，宋公相業茲爲符[二]。

【校勘】

［一］聞有此文莫能得：聞，原作“間”，據文淵閣四庫全書本改。

［二］宋公相業茲爲符：“爲”下原有“四字”二字，據文意删。

寄鄭耕岩

昌江鄭君耕岩，戊申歲託余妹壻葉子轉詢《舂閏說》，余研精寄似，今九年矣。延祐丙辰二月甲申，客至自古舒，出一緘，不省爲何人寄，久之，方知耕岩也。耕岩，小阮子謙，僕忝同榜。今耕岩索詩題其《岩石柳陰》卷，誼不容諉，因賦柏梁體三十韻應命。

古來隱士多躬耕，身將隱矣焉用名。巢由以降名著稱，皆違本志非真情。真隱充隱分僞誠，終南捷徑招譏評。隱而無名妙不勝，詩之衆聵將驚霆。君家子真當何平[一]，五侯霧塞黄冥冥。此何如時可軒騰，宜哉掉頭呼不應。遂使谷口聞西京，名掛法言聲鏗鍧[二]。君其裔耶良錚錚，幾載龍舒以道鳴。岩居高尚追芳馨，時哉不同逢文明。胡忍被褐韜連城，鄭公鄉想多豪英。仲容方奮青雲程，曷不彈冠濯塵纓？天風再秋鶚孤横，春浪紅暖翻飛輕。皤然堯舜君與甿，他年身退當功成。法疏廣受辭恩榮，明農岩下相携行。世有画工傳丹青，與今手卷雙合并。

【校勘】

［一］君家子真當何平：何，文淵閣四庫全書本作“哀”，依康熙刻本。

［二］名掛法言聲鏗鍧：鏗，原作“鑑”，據文淵閣四庫全書本改。

呈吕雲石提舉

在地爲石天爲星，乾文爛然石之精。
一卷石山亦一體，况茲盤石雲倏生。

斂爲膚寸舒彌大，看作兜羅錦世界。
時時敷布吐芳心，靉靆崔巍相映帶。
相門出相世有人，暫司茗課槍旗春。
起爲皇家壯柱石，出雲爲雨蘓民生。

答汪静齋

北辰所居環衆星，動中閑静義尤精。
浮溪先生富孫子，名齋以静惟先生。
天地中間理最大，理欲須當明限界。
無欲故静參濂溪，窗艸不除緑書帶。
且陪嗜學賢主人，搜腸千卷憑先春。
起佐明時開壽域，願在域中爲一民。

黄山水閣画壁爲金子範作

自有宇宙有此山，相傳黄帝嘗躋攀。
山以黄名端自此，標出六六奇峰巒。
太古名山鎮吾歙，連跨三州里三百。
縱能多辦謝公屐，費幾光陰幾跋涉。
何如圖向素壁間，隨意臥遊仍坐觀。
俛仰之間如登峰，胷吞雲夢同寛閑。
容城浮丘古仙子[一]，揖之爲賓軒轅主。
對山如接太古人，勝與俗人相爾汝。
主人樂山希仁人，識此名山面目真。
何山又復古於此，三王之世傳斯今。
六六洞天何足數，此六六峰最奇古。
日觴佳客此亭中，醇醴陶陶盎淳風。

【校勘】

［一］容城浮丘古仙子：城，原作“成”，據文淵閣四庫全書本改。

蠟梅

梅屋叔長示順安劉公《蠟梅》詩軸，且令續貂。伏讀，啟發多矣。謹賡韻拜呈。

蜜蜂三生有花癖，獵遍梅兄與礬弟。
釀花爲蠟蠟作花，吐向梅梢真蠟底。
蠟梅有詠首蕭黄，絶唱後人誰敢詆？
今代胡曾劉禹錫，唱予和汝吟毫泚。
春風吹來玉應篇[一]，嘗咼知嗣元和體。
恍然生我梅香前，有味如醺百花醴。
折花因復細端相，山麝臍熏薇露洗。
萬木如槁梅獨春，太極初呈品彙柢。
此又梅中别出奇，滴蠟緘封春信啟。
翫花又復誦公詩，喜佩服矣勤拜稽[二]。
非花毋乃真蜜脾，我將求古君臣禮。
蠟是真耶却又非，别花有眼眼幾眯。

【校勘】

［一］春風吹來玉應篇：玉應，文淵閣四庫全書本作“珠玉”，依康熙刻本。

［二］喜佩服矣勤拜稽：佩服，原作“輩伏”，據文淵閣四庫全書本改。

呈董掌書

董公仁義陳兩言，基開漢劉四百年。
仲舒天人對三策，格心正論千載傳。

公家家聲塞宇宙，江右儒林推海口。
蘸黄帖刻志君堂，晦翁新授盤澗叟。
以儒飾吏固可人，願推家學蘸生民。
豈惟近效著廉幕[一]，行將大用垂朝紳。

【校勘】

[一] 豈惟近效著廉幕：廉，文淵閣四庫全書本作“蓮”，依康熙刻本。

次韻吕周翰教授景濂亭觀蓮附仲文呈之

春桃飛盡紅雨繁，夏槐更禪緑雲屯。此時泮宫蓮萬柄，一一生自七星根。愛蓮夫子振絶學，道脉灰冷還以暄。甑花扁亭景濂字，一洗紅粧象緺裙。大者錢塘十里湖，小者齋外一瓦盆。看作六郎見何猥，此曹毋乃迷禽門。子非愛蓮愛君子，一寸膠清一寸渾。對此水光晚色静，如挹光霽醒神魂。高出太乙真人舟，坐祛太暑酷吏寃。如使徒于蓮景濂，見道猶隔幾塵昏。景濂真處在何許，夫子自有圖書存。文公訓釋揭日月，價重趙璧并魯璠。池蓮窗草皆寓爾，圖書難盡意與言。我徽文公舊闕里，派濂泝泗窮淵源。君豈不見后山叟，尚於六一稱嫡孫。宗朱祖周在吾黨，景濂當作如是論。甥其呈似吕先生，何當叅請師模尊。

夜聞織

東隣西舍織燈明，萬籟無聲此獨聲。
我何安逸彼何苦？軋軋未終雞已鳴。
目似鰥魚因不寐，安知我暖因彼成？

五言律詩 三十三首

和汪監察梅菴詩

間氣所鍾聚，兼由積善餘。
身閑知地勝，神動覺天隨。
自謂幽居好[一]，人疑大用遲。
浮溪家集裏，盡與和諸詩。

【校勘】

[一] 自謂幽居好：自，文淵閣四庫全書本作“日”，依康熙刻本。

賡放翁有叟韻

有叟居東皐，辛勤亦數椽。
文燈空照古，筆耒不逢年。
我已窮愁慣，天無賦予全。
校讎與評議，猶秉一朝權。

悼萬一叔[一]

壬辰十月初十日，聞萬一叔以九月五日死于淮，出涕之。餘賦此：

邂逅遇所識，歸來不奈愁。
時聞前輩死，轉覺此生浮。
世界空花夢，乾坤落葉秋。
追思黄父語，今日淚空流。予少居五城，叔每以苦語鞭策之。

【校勘】

[一] 题目以意擬補。

枕上用子靜冬夜韻

夜今六十刻，熟睡若爲謀。
髮秃已無本，情恬忩莫愁。
樹雲空憶李，茶月孰驚周。
不寐集方感，心期墮繆悠。

古　禮

古禮荒來久，江南祀總涩。
金穰雖望歲，木偶豈爲神。
不辨幽明理，無非褻瀆心。
堯灘二壇記，篤信竟無人？

次韻俞崇節和乃弟飲酒詩

有酒身無事，多君與弟斟。
老猶具慶子，閑作太平人。
讓果同初意，燃箕異慘吟。
終身思聽雨，富貴不如貧。

孫次臯寄示呈方公三詩用韻奉寄三首

學海渺烟浪，泳游無盡期。
誰非鑽蠹簡，鮮有辨鶏碑。
力量公誠到，聲名後必垂。
孟張匪韓子，定有不卑卑。

又

石鼻彌明老，可孫劉與矦。
年光弦外急，景物卷中畱。
高渺蘓門嘯，雄空赤壁舟。
吟邊風韻似，一詠一消愁。

又

我與公相識，俱當綠鬓初。
蒿微僭松倚，枏槁愧陽嘘。
徃慨悠悠别，今方續續書。
箋馳當簪盍，自此不宜疎。

次韻酒限二首

濡首起濡唇，初慳後絶倫。
勿耽雙玉酒，遂溺萬金身。
豢豕流生禍，烝豚已泣神。
古人多惜福，惜福始全真。

又

寧自三緘口，從渠九醖觴。
道中臻樂地，酒裏覓仙鄉。
勿以清明在，而云發出狂。
卿卿我自我，醒醉兩相忘。

次韻月卿侄藏曾祖硯

幸異元賓硯，傳爲子敬氊。
一生曾受用，四世尚磨研。
玉喜在山潤，雲因不雨全。
文章無極盡，餘澤及曾玄。

遷新居

遷新居，有桃符曰：自樂巷無陋，由勤屋不華。十餘年矣，炤壁未漆，堦簷未砌。丁未春，始克爲之，乃足前十字成一律。

自樂巷無陋，由勤屋不華。
桃符今幾載，藜徑只貧家。
唐世土階是，虞時漆器奢。
門髹簷復砌，於我事何加？

哭方虛谷先生　丁未歲正月十四日卒于杭

目深窺理窟，身獨據詩壇。
偏得古猶少，兼全公不難。
槐柯千里幻，椿筭八旬寬。
癖愛湖山好，郎君侍闔棺。

壽達觀　五月五日

初度天然巧，端陽不後先。
良辰逢五五，壽筭祝千千。

不羨宫衣賜，懃鋪角黍筵。
安期蒲九節，更可引高年。

穿井

按官曆，十二月某日，宜穿井。是日，開日也，且井宿直之。吾家用工，巧逢此日，深二丈餘而得水，喜而賦之。戊午歲作。

井宿值開日，逢兹應再難。
真能九仞及，頓覺百憂寬。
地冷冬方煖，冰湍夏更寒。
子孫又孫子，啜飲有餘歡。

有賦假儒真儒者今賦二首

儒立三才命，其何以假爲。
但矜麟作瑞，已昧虎爲皮。
氣見大巫索，才非男子奇。
誰司人物柄，明辨勿遭欺。

又

世固伸知己，真儒始識真。
學將開百聖，才可進千人。
卜夏毋爲小，賈山猶未純。
卞和明著眼，席上果何珍？

挽畢觀竹三首

家學淵源接，人豪湖海稱。
問津遊璧水，從宦到金陵。
蟻夢焰千幻，燕詒明一燈。
方將儀後進，仙去理難憑。

又

相觀惟有竹，竹外懶凝眸。
早播無雙譽，高交第一流。
裕齋明藻鑑，虛谷並英游。
知己陂龍化，公宜不復留。

又

我忝登門客，悠悠十二春。
鯉潭隨步屧，馬鬣忍攀輪。
域近從先正，神安蔭後人。
天晴表公福[一]，雨點不霑塵。

【校勘】

［一］天晴表公福：天晴，原作“堅情”，據文淵閣四庫全書本改。

挽洪簿二首　名炎祖

歙城虛谷後，猶幸有斯人。
學問師鄉老，勾稽子邑民。
丹鉛充庋閣，朱墨泥車輪。
壽僅幾重卦，遺文賴不泯。

又

抱甕教多士，于時識景星。
多年嗟判袂，幾度聽横經。
郡乘椽揮筆，男邦乂發硎。
賢郎專行狀，不朽慎鑱銘。

代石養蒙挽周醫教

達豈爲良相，君今達以醫。
祖宗興自我，杭歙迭爲師。
二豎迯無處，三皇祀有基。
蒙成并盛德，誰不涕漣洏？

寄吴子静

君家吴季子，炳炳著麟經。
繼世誇倉白，持身尚鬢青。
字能齊逸少，才更媲玄齡。
翰苑揮椽筆，垂紳步帝庭。

羡子西造朝陽樓

氣勢薄蒼穹，樓高百尺雄。
屏維山聳翠，鉦掛日升紅。
真可臥餘子，端如見乃翁。
胷中梓人傳，相業在胸中。

汪氏雲林堂

雲林朝市遠，恐負一生豪。
不仕疑無義，隱居何自高。
作霖膚寸合，搆厦斧斤操。
科第湖州始，超宗紹鳳毛。

芸　儲

芸壁書魚蠹，爲防魚蠹書。
須將雙眼看，匪直萬籤儲。
磊落腹能載，昏迷心悟除。
金根猶恐悮，負訓惜居諸。

用韻贈別隆興劉君

眉宇挾翠氣，西山簾轉晴。
未嘗前日識，似有故人情。
醇比周瑜酒，和如傅説羹。
相逢遽相別，去去大忙生。

賀金桐岡生日

七十古稀有，公今尚一年。
君心安以樂，家政老而傳。
隱逸雖三逕，恩封自九天。
勲名付蘭砌，閑適壽綿延。

挽李高甫三首 祁門浮溪人

李愿隱盤谷，古今名並垂。
箴能規冢嗣，贊自許男兒。
兩世壽高甚，八旬年近之。
外山埋玉處，執紼總漣洏。

又

庚癸濟民餒，豈求榮子身。
大朝交止信，初命報行仁。
咬菜戒持己，思尊尼省親。
詎知成永訣，哀慟徹穹旻[一]。

又

李愿盤旋處，名虽隱更張[二]。
大才真濟世，小用僅征商。
救斂富公弼，息爭王彥方。
遺言遵古禮，踰月即謀藏。

【校勘】

[一] 哀慟徹穹旻：旻，文淵閣四庫全書本作“旻”，依康熙刻本。
[二] 名虽隱更張：虽，文淵閣四庫全書本作“微”，依康熙刻本。

五言排律　三首

經訓乃菑畬　試題

學用菑畬比，精由粗乃成。
譬諸農父事，訓以聖人經。
習戒成紛白，披毋舍殺青。
情田加種耨，性地即郊坰。
倘匪道耕熟，翻慚畝稷馨。
金根校讐誤，詩禮愧趨庭。

賀戴庭芳誕男

譙國家祥應，充閭消息眞。
掌圓珠的歷，頭峙玉嶙峋。
肇始中元節，真元會合辰。
鳳儀先鷟鸑，駒駿必麒麟。
九畹芽初茁，一枝芳正新。
乾成來豈偶，震索積方臻。
祖德潤彌浩，孫謀蟄更詵。
他年重坐席，有日搢傳紳。
親爲含哺悅，賓沾分果均。
此郎騰踏早，郎罷尚青春。

挽郡城周醫教

姓與平原共，相良醫亦良。
少嘗宗孔孟，長始世岐黃。

救命光宗祖，仁心起瘝尩。
杏林何足擬？淳意足相方。
神效誰能企，陰功詎可量。
帥連居兩郡，殿首祀三皇。
復户爲人計，論堂傾已藏。
校官成赤立，道貌想清揚。
創始君無斬，蒙成後敢忘[一]。
德高天必鑒，位下我何傷？
竹野自標雅，棣華相並香。
頃田今友愛，斗粟古慚惶。
何啻千人活，行看五世昌。
蒙莊埋玉處，送者淚應滂。

【校勘】

[一] 蒙成後敢忘：成，原作“城”，據文淵閣四庫全書本改。

七言律詩　八十四首

次金滄洲病中九日韻　丙辰

縱不龍山孟萬年，合如陶令醉籬邊。
雖云物物皆詩料，誰解時時與酒錢。
我輩白頭多間闊，菊花青蘂劣芳鮮。
喜公勿藥將簪盍，同泛金英倒玉船。

次滄洲喜晉弓手韻

塵土弓刀未是癡，紛紛刻木久難欺。
王恂時復揮椽筆，樊噲從渠飲斗巵。

絶異一兵新解甲，併袪二監好舒眉。
出群老鶴雲天濶，啖蔗光陰日日詩。

汪靜軒木假山

嘉祐集中知木山，蛾眉盤屈小烟鬟。
三峰想墮虛無裏[一]，一記長流宇宙間。
巒岫遊魚今突兀，豪酋蟲蟻久躋攀。
老泉坡潁皆人傑，古意蕭蕭力挽還。

【校勘】

［一］三峰想墮虛無裏：裏，原作“理”，據文淵閣四庫全書本改。

擬呈張郡守

中原文獻接前脩，毓粹鍾和自鄆州。
金馬玉堂真學士，花屏練帶古諸侯。
近爲姑孰規模在，遠紹曲江功業優。
宰相青氈應可復，徽民有幸且淹留。

與黟尉王長卿　名元

少府河汾夫子後，小桃源裏日吟詩。
錦囊儘富句皆好，綵棒雖懸威不施。
平易近民民父母，謙恭待士士宗師。
體仁未展長人志，庭滿槐陰會有時。

與黟簿楊雲海

蜀珍從昔重乾坤，三鱣家聲尚可言。
朱墨勾稽今弛擔，紫清凌遡即騰軒。
嵞山焦木秀重萃，黟邑甘棠恩永存。
鄰壤書生辱多問，何當一見以文論。

奉答齋諭先生

俄驚耳順過三年，顧後瞻前愧昔賢。
自笑説鈴辭枉費，誰云經笥腹空便。
歸鄉漸慨交朋少，爲客焉依行輩先。
多謝新詩過期待，悠悠歲月謾推遷。

次劉知事和荀廉訪見寄詩韻 知事名德溫

斯人磊砢更英多，廉善廉能志若何。
劍氣懾姦鋤故態，丹心救世起沈痾。
且添集上詩千首，不愛車前印幾窠。
凛凛道將風烈在，真如清濟貫黄河。

賀金子西誕第二子 十一月十三日

天知欲益讀書子，第二雛今得得來。
家世孝忠爲命脉，扶輿清淑所胚胎。
存心耕雨一犂地，積德凌雲百尺臺。
三日食牛氣如許，貂蟬當復映公台。

和竹山月臺韻

我今想像賦高臺，超出塵寰亦快哉。
人物風前臨玉樹，朋儕月下倒金罍。
但疑夜種白榆少，豈必秋延丹桂來。
斟酌嫦娥四時好，眠遲何惜與徘徊？

次韻贈王竹庚　竹庚精青烏之學

天地儘寬行路難，何如不出户庭間。
家雖棲鳳多栽竹，身却尋龍飽看山。
到處爲賓省造次，數竿誰主自蕭閑。
青囊囊取青蚨去，歸氈穿苔虎豹斑。

上鄧善芝提學

仲華不遇劉文叔，所志願爲芹藻師。
苗裔今提江浙學，風霜待相聖明時。
萬家夜月燈俱炯，滿座春風物自熙。
教雨行將濡霖雨，召歸當軸未應遲。仲華，鄧禹也。

上焦總管

棠蔭前曾芘武林，馮熊展布蔭逾深。
東坡通守無爲守，黄霸初臨喜再臨。
豈但州麾持皂蓋，會當鼎鉉鑄黄金。
孰先一郡後天下，卷起西湖大作霖。

上倪杭教 湖州人

湖學生平蘊蓄奇，聲馳杭泮據臯比。
定知遍受諸公賞，豈但專爲儒者師。
洙泗淵源歸誦課，湖山景物入歌詩。
家聲善論中和極，歸贊明時封禪儀。

上浙西道廉訪使

去天萬里遠乘驄，寄命司存肅政中。
廉吏清汚湛秋月，訪民疾苦盎春風。
鎮浮德與吳山重，鑒試明還浙水同。
攬轡何須外庸記，秉鈞終屬黑頭公。

和王宏翁韻二首 似山子

傳家有子端不死，恍惚王充疑再生。
君擅詩聲如伯起，我慳飲量似公榮。
相逢客裏自多感，各在貧中更愴情。
王粲陳琳如可作，歲寒氷雪眼雙明。

又

馬異盧同孰異同，年雖逾壯似成翁。
芙蕖尚喜不朝日，松栢何嫌經朔風。
網掣珊瑚滄海底，篙撑舴艋急流中。
吾言雖直不無意，何惜乘時急用工？

次汪稱隱府判退休言懷五首　并序

士大夫仕而能致高矣，七十而不得謝，雖賜之几杖以安之，然不得遂其高，於心未必安也。年及而致仕者循其禮[一]，不待年及而先焉者，尤見其高。今府判稱隱汪公去七十尚七八禩，能先告老，且得遂焉。上以褒表其親，下以成立提携其孫若曾孫。愚也傳其休官言志五詩，讀而高之而慕之，遂僭繼其聲，奉賀五首。

早歲先彈貢禹冠，喜公早退謝身還。
三千水擊溟茫外，七十車懸感慨間。
自覺飲氷纔冷淡，如何啖蔗儘清閑。
宣尼也發歸與嘆，幸也詩書得定删。

又

公負文章錦繡心，祗須蓮燭賜恩頻。
退歸期不慙先世，大用姑將付後人。
陶菊一籬存晚節，傅梅二季俟陽春。
文宜爲誥席珍待，藴美浮溪代出綸[二]。

又

逸軌超然遠市塵，畏愁回首幾悲忻。
形同鵜鰈不期合，顔異鶚鸞定自分。
對越心還昭若日，舒徐迹似懶於雲。
易陳九卦稱而隱，額手公能尊所聞。

又

無事出門適意行，忘機安得遣鷗驚。
笑渠拄笏看山色，容我扶笻聽水聲。

萬百八塲惟日醉，三千成刻幾春晴。
不拘年及方辭祿，試授歐公自細評。

又

竹馬翩翩娱放翁，美哉異代與同風。
一門四世福良實，萬户千鍾事亦空。
人自風波鳧上下，我能味道蜜邊中。
玄孫得見無難者，十載曾孫花炬紅。

【校勘】

［一］年及而致仕者循其禮：禮，原作“省”，據文淵閣四庫全書本改。

［二］藴美浮溪代出綸：藴，原作“趾”，據文淵閣四庫全書本改。

和程伯玉遊普陀韻

櫟兒時聞諸五城黄提幹公，謂大丞相訥翁先生程公，事母至孝，與黄公同肄業郡庠，見其每日行朝供之餘，必一歸奉母，未晡又至。此説藴諸胷中七十年矣。兹蒙季澄教諭逓示槐府伯玉程君謁普陀大士爲母祈禱一宗詩案。知君，訥齋從姪孫也。孝行如此，無愧家風。良用起敬，因和韻奉寄。

侍母何須羨洛濱，訥翁純孝世持循。
普陀瞻望鄭花曉，東野符同寸艸春。
寶婺壽光寧有極，白虹玉德本無塵。
海中仙果千年實，採獻知君已問津。

晋汝南王亮兄弟三人侍母，伏太妃祓禊洛濵，並持節鼓吹，一時榮之。東坡詩：洛濵侍從三人貴，京兆平反一笑春。山礬花，即鄭花，觀音宴坐處有此大樹花，見山谷《山礬花詩註》。

題歙人程叔固字説後　乃槐堂丞相吉國公曾孫

騷人橘頌説曾枝，相國曾枝有此奇。
固守一貞能用易，頌兼四始必興詩。
滔滔桃浪春還透，鬱鬱槐陰晝尚遲。
志學有常致而力，丙辰衣鉢竟傳誰。

戴廷芳立尊人南山公碑用高四叔祖韻

一生不被北山移，隱德俱登羨道碑。
揮染筆鋒推逸少，雕鏤文采羨公垂。
孝誠永永終身慕，盛美彰彰百世知。
既固既安尤利後，必然何待問蓍龜。

送畢永仲遊姑蘓省親兼訪虚谷二首

永翁氷蘖仕蘓州，玉潤今兹省侍遊。
綠浪紅瀾多勝槩[一]，清風明月一扁舟。
在家雖好閒非計，行路良難謹自謀。
須念椿萱頻僂指，歸期莫待近新秋。

又

四海九州虚谷老，見之不用覓階梯。
父書呈徹能求教，世契敦崇定指迷。
非過南京忝待制[二]，是圖北斗仰昌黎。
片言隻字如相贈，歸袖光芒萬丈霓。

【校勘】

[一] 緑浪紅瀾多勝槩：瀾，文淵閣四庫全書本作“欄”，依康熙刻本。

[二] 非過南京忝待制：京，原作“經”，據文淵閣四庫全書本改。

賀汪稱隱壽藏五首

少壯幾時俄已翁，速如馬耳射春風。
槐庭縱極三公貴，蒿里終歸一穴同。
生也有涯那免盡，死而不朽豈真空。
地行仙舍公誰是，只合衣冠貯此中。

又

自述公真善自知，我生觀處孰觀頤。
耆英初過馬君寔，銘筆早逢王獻之。王仲儀爲作生前誌銘。
着脚家山真覺穩，回頭宦路始經危。
先時不利後人好，永宅脩期畢自爲。

又

栩栩蘧蘧夢不驚，退藏於密漫經行。壽藏，名退密菴。
歸來松栢非無徑，仙去芙蓉豈有城。
九卦三陳深易學，萬家千户擅詩聲。
誰能得與公家似，五世文庭震遠聲。

又 以下二首，借韻自述

也知難久愛吾廬，自卜生壙去歲初。
五患但遵程子戒，一毫不泥郭君書。

桐棺似趙貧非病，石槨如桓密反疎。
死後不忘方是毒，太虛如室了空虛。

又

自笑那能免罰觥，古稀過此竟無成。
此君辱與偃松友，太白尚分殘月明。
客燕尋巢嗟寄託，老蚕作繭自經營。
率然未覺摧頹甚，青眼猶因綠醑横。

呈鄧匪石

名文原，字善之。庚申年五月，分司自黟過婺源，屢問賦跡于子西，因同迓于溪口柯邨渡。

廡車兩度過山城，攬轡澄清素志行。
學道愛人春块北[一]，詰姦刑暴月分明。
貔貅斂戢知嚴律，雞犬安恬免震驚。
甘雨隨車契天意，政聲休洽聽歌聲。

【校勘】

［一］學道愛人春块北：北，文淵閣四庫全書本作“北”，依康熙刻本。

黄秋江母有孝節門之錫命贈之詩者盈軸索予賦一首

稱未亡人六十年，恩光褒表節通天。
栢舟堅苦母心遂，蘭膳甘飴兒志專。
九曻名端由相重，一絲風不被官纏。
事關倫紀非他比，宜入新安郡乘編。

丁未元旦試筆

雨當元日奈何天，甲子欣欣兩日前。
五十六翁成老境，百千萬輩望豐年。
癡繙竹簡心皇惑[一]，飢搗薇根生接連。
我不自憐尚憐彼，燈花如笑恰爲然。

【校勘】

［一］癡繙竹簡心皇惑：惑，原作“感”，據文淵閣四庫全書本改。

辛亥元日 至大四年[一]

分歲杯醺已遣愁，鷄聲呼起攬衣裘。
椿年浪説八千永，花甲今逢六十周。
白首惜春猶冉冉，朱顔愒日忍悠悠。
曰耆指使將誰使，愁亦徒愁一笑休。

【校勘】

［一］至大四年：詩中陳櫟自稱“花甲今逢六十周”，至大四年，櫟六十歲。

和東松菴岳王遺像詩韻

朱仙鎮上據全兵，萬里中原不足平。
棘寺唧冤真枉死，松菴遺像尚如生。
中興四將尤芳烈，大節千秋擅令名。
可恨張循阿老檜，却令同傳玷忠貞。

賀張玘齋得第四孫 并序

昔徐卿二雛，少陵歌之；穎濱第四孫，東坡詩之。今者，恭審祖德深培，孫枝又長，在令嗣，則爲徐卿之第二子；在先生，則爲穎濱之第四孫。森森蘭玉，衮衮公矦，良深健羡，賦詩爲賀，聊寫私忱。

充閭瑞氣鬱葱葱，蘭玉孫珠現掌中。
第四孫今似蘓子，無雙譽定媲黃童。
編傳圯上家聲遠，網舉儒流祖德豐。
復泰臨餘陽用壯，棟隆遠照曲江公。

次光姪詩韻

誤子窮途計已疎，擇棲所恨匪岡梧。
酉申乞捨傳書鴈，庚癸呼馳汗血駒。
儒術謀身慚杜甫，老農請學合樊須。
細思金亦何勞躍，陶鑄從諸天地爐。

次葉郎賀張仲白壽藏詩韻

應笑姚崇憂墓碑，生前枉費計謀私。
何如只付青烏記，未到同藏黃石時。
借箸待將陳八難，羡輪直可頌三斯。
内斅外歷多餘暇，安樂行窩儘賦詩。

賀仲白兩旬得兩曾孫 用葉郎韻

橘頌孫枝慶疊重，河清盛事有誰同。
客來且伴竹爲馬，母教期吞膽用熊。
連覿太翁兩旬內，會呼高祖廿年中。
壽過一百公家事，前有張蒼後有公。

次唐長孺兄見寄詩韻二首

海外馳神大九州，何如弭節且椒丘。
非熊尚父晚猶達，射虎將軍竟不矦。
朋友倫中交有信，山川阻處鬱相繆。
硯銘世擅筆鋒鋭，秋試朱衣定點頭唐子西有研銘。

又

世路風波不足驚，山林深密適吟情。
十洲三島果安在，一聖九賢能再生。
夜月明眸思菊枕，春風轉盼臥桃笙。
蟾宫有路君當往，筆陣縱橫在此行。

次鄧善之五月菊花詩韻 俗呼滴滴金[一]

窓前來伴蹙巾櫺，滴滴圓黄點徑幽。
不待臂萸添醉興，且隨腰艾動騷愁。
金明難辦一朝費，花早看成五月秋。
浥露掇英真菊否，名同實匪暫淹留。

【校勘】

［一］俗呼滴滴金：金，原脱，據文淵閣四庫全書本補。

吳甥爲程醉經求和孝隱堂詩

廬墓從來關大倫，人心萬古理常新。
隱餘夫豈更求顯，孝外元非别有仁。
天地範圍大郛郭，雲烟環遶近比隣。
須知心醉六經士，不是尋常横目人。

次韻祈雨

相公湖上老詩仙，一語纔聞便格天。
霡霂已蒙千畝雨，霏微方裊一爐烟。
潛憑象教小乘力，好紀麟經大有年。
田野歡聲入酧唱，周詩直見夢魚篇。

雨數日不止又用前韻

莫是陽臺行雨仙，未知民以食爲天。
半篙碧已添清漲，全幅練宜拖霽煙。
稻總低頭收有日，禾如生耳恐無年。
憑誰爲我箋天閼，喜雨詩成苦雨篇。

賀陳竹牖生孫　與令嗣月日時同

幾日名駒産有嫣，中秋圓鏡始蛾眉。
清鍾桂子初三月，秀挺桐孫第一枝。

舉世淡然如嚼蠟，於家樂甚自含飴。
魯莊生與父同日，不似今同日與時。

木犀珠

岩樹初開金粟明，纍纍如貫耀人睛。
非生蚌殼圓還皎，若比龍涎馥更清。
分種元從天上落，粉身今捻掌中輕。
莫言合浦光常在，斂袖歸懷夙有情。

寄黟邑胡伯翔 應薦

小桃源本是仙宮，先輩風流想像中。
文富固將儀瑞鳳，詩窮那肯吊寒蟲。
半巖烟雨梅花落，一夜陂塘春水雄。
若問近來成底事，箋詩註易夜燈紅。

次黟舒君濱韻

久悟文章爲小技，聊於詩律辨寬嚴。
巧思信斡無中有，至味須知淡處甜。
練帶索雲千里澗，筆鋒抽月一同尖。
何時得着黟峯屐，桐火松窗雨半檐。

呈徐學錄茂林 玉山人，與徐教同姓不同族

紫陽里得兩徐矦，分據臯比共細籌。
古歙書生宗北斗，上饒高士冠南州。

象山要旨期參攷，鷲寺遺言願講求。
老榦將收作欒楝，茂林豈但竹君脩。

次吳正夫賀余中鄉試韻　二首

聖代崇文科目興，鳶魚飛躍一機新。
楩楠喜得賢能士，樗櫟何須老病人。
天地正交雖遇泰，舟車所至未逢春。
仕途廣濶無能徃，畢世甘爲艸莽臣。

又

同志同經辱與遊，迂踈未到學而優。
敢言才過千人俊，安得詩輕萬户矦。
我似北溪老漳郡，君如季子重延州。
年當六十云遲暮，縱使爲公匪黑頭。

和愛山叔端午韻

方喜槐庭日影移，蕭蕭雨忽濕柴扉。
略傾蒲酒滋顔面，急倒蘭湯浴瘦肥，
湘水恨長騷尚在，綵符髪短髻難圍。
竹林安得頻相聚，坐對南山晩未歸。

金子西新創朝陽樓　三首

忽搆巍樓甲第傍，知公報本意難忘。
無邊秋色千巖列，不斷溪聲萬壑長。

面面玲瓏宜夜月，心心精爽在朝陽。
有時慨嘆憑欄久，如見前人舊草堂。

又

高敞崇樓面勢宏，遙瞻東日上蓬瀛。
故人把袂春如海，野客論詩墨作城。
幔捲山光飛瀑布，樽開檻外聽新鶯。
脩桐會見陰逾密，過者皆興仰止情子西尊人號桐岡。

又

朝陽高額聳觀瞻，登此樓臺意欲仙。
一面虛明先受日，三層兀突欲攙天。
從渠餘子臥其下，常若乃翁瞻在前。
東望扶桑如咫尺，藥欄花嶼自年年。

寄廻嶺汪景周參軍

龍魚芳裔閱千年，奕世生賢豈偶然。
景慕姬公勤握髮，遭逢漢武侍祥筵。
春風桃李門墻麗，晚節松篁籬壁堅。
疎略如予稀見面，幾時重叩五雲邊。

答張叔黎

笑談直欲覓封侯，投我新詩湛似秋。
不向夢中仍說夢，當于樓上更安樓。
學精要法斯文孔，道妙須参太極周。
雲影天光涵映處，方塘活水看源頭。

題洪氏西園隱微館　并引

洪君昭父袖詩過予，謂其家有隱微之館，旁闢西園，好事者多詩之。予謂隱微之義，實本于《中庸》“莫見”“莫顯”之旨，何詩之者之不一言也。昔君家文安公以小隱自命，彼不過謂得山林趣耳。自君隱微之旨視之，蓋有得于聖門之理趣，文安又讓一頭地矣。敬演此義，當必有印可之者。

隱微之義自淵然，標揭中庸在目前。
更闢西園供獨樂，肯隨北里漫爭妍。
窺人新綠深深隱，背澗殘花朵朵眠。
小隱君當超祖躅，鳶魚飛躍摠由天。

出　處

出處行藏豈偶然，機緣盡處自應遷。
浮屠桑下無三宿，博士虀邊偶四年。
外物未須多悵恨，中扃幸已略流傳。
一時不得如吾願，久遠相看不愧天。

次韻儒户蠲徭

蠲征芝墨幾番新，實慮陵夷賦子衿。
聖學相傳千載遠，君恩不隔萬山深。
蠹魚文字誰勤閱，野馬塵埃日暗侵。
好是自鞭勉其實，不然何以服人心。

和成此詩，無帋可寫。姑以此藁與仲文甥一觀，但後一截雖吾儕自勉之言，恐或者不察又不樂聞[一]，不必轉以示人也。

【校勘】

［一］恐或者不察又不樂聞：又，文淵閣四庫全書本作“人”，依康熙刻本。

吴執敬生曾孫 應午

盛事喧傳閭里中，古墩佳氣鬱葱葱。
一門四代孫生子，萬口詞同誰似公。
曾又復玄身易見，仁而能壽道無窮。
客來莫訝出迎懶，竹馬騣騣伴放翁。

次程鍾山所寄詩二首 淳所

雖闊鷗盟蝶夢通，不然何以見心同。
故人有感舊時雨，後學因觀前輩風。
安得一團和氣老，共浮百斛酒船中。
願公書勸歸來看，鬱鬱無云只欲東。

又

詩無斧鑿竟通仙，慣閲興亡休問天。
文字藏山河注海，功名葢世黍炊烟。
大槐爲國徒成夢，短策看花屢易年。
我欲携琴孤棹訪，堦前書帶已芊芊。

易巾偶與子静同日同樣同價戲成一首

與君同日换烏紗，愧我頭童髪并華。
難復脱來頻灑酒，祇宜籠去自煎茶。
側時嘗得詩中味，敝矣曾如足上靴。
貧不儉期頗類儉，屢將墊角謾相誇[一]。

【校勘】

［一］屢將墊角謾相誇：謾，文淵閣四庫全書本作“漫”，依康熙本。

再用易巾韻

隨處聊憑制漆紗，豈其官樣必京華。
竹皮最古今苴履，椰子稱奇亦貯茶。椰子可爲冠，亦可爲茶瓶。見山谷詩。
禿髮已知頭似筆，笑顏底用面如靴。
小冠子夏時方尚，岌嶪凌雲敢自誇。

三用易巾韻

緇布如今儉用紗，比升三十此非華。
尚玄何惜頻拖拂，滃白須防自磑茶。
存古鮮能端與甫，趨時誰不笠和靴。
誤身儂已悔無及，破帽多情莫謾誇。

四用易巾韻

人情反覆薄如紗，終歲清愁鬢欲華。
先苦半生真食蓼，回甘晚景異嘗茶。
無錢歲僅易新帽，有線冬猶補破靴。
如此兩窮詩作祟，尚拈句字向人誇。

五用易巾韻

月移梅影上窗紗，恰讀新篇對月華。
和似鵞黃盈盎酒，清於兎褐半甌茶。

金身漫説蓮生座，汗脚何妨霜滿靴。
選佛選官俱是幻，詩名不朽待人誇。

次子靜九日韻

良辰何事故遲留，知我臨風遠想不。
黄菊傲人籬一帶，紅萸入琖酒千籌。
衣裳暮染山雲白，樓閣朝開客路秋。
俛仰之間尚陳迹，今年宜不去年侔。

九日見流民又次子靜韻

節日登高眺八方，奈何蒿目竟荒荒。
覩渠蟻國民頻徙，感我牛山淚數行。
樂土可依宜嚮慕，愁城無計轉悽傷。
黄花似有撩人意，一笑相携入醉鄉。

呈曹弘齋 戊戌秋，丁參陪入城，别後寄之

麗西元自入城希，陪祀芹宫禮不違。
虚設肩輿惟拄杖，懶持手版只深衣。
前朝進士見高躅，南極老人瞻遠輝。
亦步亦趨我何幸，飽聆清論透精微。

答樵陽地理熊心泉 處仁

只道尋龍解識真，豈知詩亦盡驚人。
胷無塵俗方名世，心有淵泉可潤身。
相地眼高江月午，穿天句好野花春。

景純以外誰兼此，五字遊仙萬古新。

用前韻答婺源許屏山　士元

未識蒼屏面目真，名章先肯寄塵人。
長吟月琢風追句，想見泉流山立身。
蛟劍一揮那復怪，花瓢常在永如春。
神仙孫子非凡骨，尤喜詩成字字新。

次月卿侄韻三首

族祖當年負大名，如今願子振家聲。
語非泣鬼未爲險，義必入神方見精。
三徑梧桐雲影翠，一池荇藻夜痕清。
著書不少前賢樂，高閣研朱字字評。

又

贗挾清風送子詩，政當籬底採花時。
見山安得如彭澤，迷道方將問具茨。
更篤先賢前聖學，求爲幻婦外孫辭。
數聲漁唱斜陽外，定有人來説項斯。

又

萬樹松篁繞屋長，喜君座上墨花香。
夜鍾獨釣溪頭月，曉雨親耕圃外桑。
歷落詩篇秋更健，紛披菊瓣老仍黄。
年來異地悲萍梗，何日相携返故岡。

賀毅所生男　壬辰九月十日

六十年當天運復，祖孫恰遇兩壬辰。
只今有子萬事足，喜與當時一第均。
壽菊正花香未晚，蟠桃遲實景常春。
此人的是逢辰者，曾祖青氈付此人。

次韻吴義夫營壽藏　有引

義夫吴君，預卜壽藏于先隴之旁，不問陰陽拘忌，賦詩以袪諸郎之惑，徵和于吾甥仲文。仲文轉以示予。予謂：《葬書》之惑人，深矣。吾儕之勘破易，欲兒曹之不惑難，陰陽拘忌，自固不問。然未藏之前，或既藏之後，子孫惑于浮言，其若之何？此等皆非人力之所能爲，惟有面見先人于地下，畱方寸地，遺子孫耕于身後，以天感天，使其自不至于此可也。“載賡”一章，以當請益高明，其可之否乎？

壐室預謀身後居，誰能終始愛吾廬。
深長覺世伊川説，奇怪迷人郭氏書。
得覲先顔斯已足，但畱寸地便堪畬。
何拘白虎青龍説，走徧雲山問故墟。

題望遠樓

江天樓閣列遥山，雲物相期日往還。
心遠本超雙目外，身高聊寄一欄間。
王孫芳草當前出，遊子花驄到處閒。
欲送飛鴻忘久竚，從來俗慮盡行删。

圍　獵

昆蟲已是蟄藏時，獵騎紛紛繞翠微。
勿謂火攻爲下策，略同兵戰寓危機。
仁心誰去網三面，殺氣似環城四圍。
乾豆元來因報本，充庖豈但愛鮮肥。

寄題唐叔重敬養堂　名鉉，歙人，吏於休寧

菑畬經訓世其門，質肅公家幾葉孫。
駿驥寧辭聖路遠，靈犀肯受吏塵昏。
代耕雖鮮官中祿，敬養自怡堂上尊。
戴記旨哉思弗辱，守身慎重過璵璠。

七言絶句　二十首

贈項松山二首　嚴州人，精地理

嚴陵風物壓山陰，晦老遺言尚可尋。
最喜一翻新雨後，山南山北在君心。

又

久客天涯不計年，青烏妙術自仙傳。
景純去後唯君繼，滿室松風奏管絃。

送梅岩浙游二首

誰識梅花岩下人，香中堅坐十年春。
如今一出緣何決，瘦影横斜致自新。

又

吾道難行且試行，感今吊古眼雙明。
乘閒一訪孤山老，印我寒香半點清。

九月十八日立冬，是夜大雷電，繼以風雨

今日玄冥行令新，轟雷掣電駭人心。
天公想做開爐節，電是火光雷鼓音。

促　織

翠羽迎風清夜幽，催人機杼替人愁。
聲聲恤緯有深意，我唱新詩不勝秋。

晚　蟬

秋早梧桐颱晚風，鳴蟬無數樹陰中。
斜陽似假渠聲勢，只是斜陽不久紅。

秋後蠅

夏日營營遶案飛，秋來引類欲何爲。
從教羣集秋瓜上，落蔕秋瓜能幾時。

贈臨溪程玄玄子　名道真

同邑玄玄子程君，精專脩鍊，兼善丹青。伊川詩曰："我亦有丹君信否，用時還可壽斯民。"此君之家學也。君但畱意于伊川所有之丹而可矣。二十八字，用寫此意。

妙門深入造玄玄，游戲丹青不足言。
吾道真丹紹程子，遇時端可壽元元。

庚午歲七月讀離卦有感

日昃惟當鼓缶歌，餘年不樂更如何。
時行則行止斯止，隨處無非安樂窩。

屢有傳予死者戲拈二首

可笑人頻傳我死，其如天自永吾生。
惟無可用故能壽，豈苟然哉櫟字名。

又

生也有涯終氣散，死而不朽此心傳。
豈真無用大有用，羽翼聖經或勉旃。

壽汪盤隱四首 又號竹逸，戊午四月二十九日

首夏清和六月旸，蓂留一莢喜稱觴[一]。
延長氣象爲公祝，化日方長壽更長。

又

竹溪六逸是前身，固蔕深根保性真。
我謂大椿如竹茂，八千歲月益蓁蓁。

又

樓標盤隱在花叢，夭矯千松盡作龍。
一泒濤聲鱗鬣動，此君真箇有仙風。

又

桃花千尺有汪倫，李白相逢意最親。
今日竹間高逸在，十洲三島屬斯人。

【校勘】

［一］蓂畱一莢喜稱觴：一，原作“六”，據文淵閣四庫全書本改。

壽惠山二首 壬戌四月十二日

金佛浴來先四日，玉蟾圓處後三宵。
此爲岳降生申旦，鶴露添杯喜氣饒。

又

清和時景看將半，五福箕疇祝更全。
燕子日長方進進，瞳方鬢綠不知年。

青子亭　植梅爲亭，故名。以下二首爲悠山宗人作（今仅存其一）

摽實和羹今鮮知，爭吟水影月香詩。
似梅人既公家有，會見成陰子滿枝。

長春亭　植月季爲亭，故名

奇葩滿架月盈盈，不是臙脂態自輕。
寄語亭中讀書客，春光如許好聞鶯。

詩餘　十六首

浣溪沙　壽汪盤隠

盤隠誰云必太行，神交李愿躡遺芳。今朝南極一星光。
野處襟期尤順適，退藏滋味更悠長。歌中元説壽而康。

清平樂二首　寄惠山，壬戌四月十二日

惠山蒼翠，遠與毗陵媲。彼處錫泉標第二，此更鍾奇毓異。
年年初度浮觴，醉餘新瀹茶香。山下氷濡雪乳，淡中滋味悠長。

又　壽彬齋，四月二十八日

清和天氣，三莢蓂猶翠。恰喜先生初度至，近迓薰絲佳致。

幾年人物彬彬，文華質實惟均。壽宿臨之在上，龍溪文脉常新。

西江月　寄汪梅菴御史

御史乘驄剛直，廡車攬轡澄清。先聲應播五羊城。一道凛然尊敬。

菴外疎花破玉，枝頭佳實調羹。催歸不入秉鈞衡。豈但動公詩興。

玉樓春二首　和金滄洲

新篁搖翠添波綠。粧點瑠溪深一曲。青衫司馬緩來遊，卜夜清歡孤繼燭。

江心挑杖聊開束。更好着鞭馳駿足。樽前頗有遏雲聲，劣可纖纖扶蘂玉。

又

庭槐鬱鬱雲屯綠。新霽彩移階砌曲。麗詞入手可絃歌，想是咄嗟成刻燭。

牙籤高閣應難束。黄妳有時誇睡足。覺來課讀愛諸孫，他日登金仍步玉。

臨江仙　次月卿賀生日韻

吾族英才常接迹，年來似曉星稀。子言秀逸未嘗巵。老夫拍案起[一]，不覺漸舒眉[二]。

青佩次孫欣得與，樊川小姪名宜。香分甲午月宮枝。各當傳祖鉢，教養願觀頤。時奇孫從學于月卿。

【校勘】

［一］老夫拍案起：《彊村叢書》引裘杼樓藏抄《陳定宇文集》本作“先兄元不死”，依康熙刻本。

［二］不覺漸舒眉：《彊村叢書》引裘杼樓藏抄《陳定宇文集》本作“兒白馬良眉”，依康熙刻本。

滿江紅　賀金子西生日，十一月初十日

乾鵲鳴簷，殷勤報、主人生旦。端巧遇、迎長添線，的堪稱讚。律轉一陽葭已動，復來七日梅初綻。符羲經、□數迓新祺，綿高筭。

萱春永，斑衣絢。蘭房煥，琴聲衎。盎一門和氣，流霞深泛。世濟忠貞貂珥七，年登强仕鵬程萬。正小春[一]、佳候敵神仙[二]，閑遊翫。

【校勘】

［一］正小春：《彊村叢書》引裘杼樓藏抄《陳定宇文集》本作“未起家”，依康熙刻本。

［二］佳候敵神仙：佳候，《彊村叢書》引裘杼樓藏抄《陳定宇文集》本作“清賞”，依康熙刻本。

滿庭芳　送陳德翁

標格冲夷，聲名洋溢，德人泰宇春融。一團和氣，還與伯淳同。成就燈窗弟子，今陞擢、論鑄顏功。彈冠興，依稀貢禹，應聘教王宫。

公家梅澗老，臯比戚畹，聲振江東。矧詵詵胄子，得坐春風。自此先生升矣，班玉筍、文補山龍。充德量，薰陶宇宙，和氣一團中。

水調歌頭　賀汪覺翁受吉水州判

殿閣微凉廼，吹到勅書新。定知盤谷深處，草木煥精神。帝念水紋成吉，合得卷阿吉士，州政佐經綸。婉婉幕中畫，行矣細敷陳。

除書至[一]，喜氣溢[二]，列朝紳。志伊所志，將以斯道覺斯民。家有青氊鈞軸，□□□□□□□，振武接芳塵。自秉浮溪筆，書錦記逢辰[三]。

【校勘】

［一］除書至：《彊村叢書》引裘杼樓藏抄《陳定宇文集》本作“負公望”，依康熙刻本。

［二］喜氣溢：《彊村叢書》引裘杼樓藏抄《陳定宇文集》本作“行至此”，依康熙刻本。

［三］書錦記逢辰：錦，《彊村叢書》引裘杼樓藏抄《陳定宇文集》本作“繡”，依康熙刻本。

水調歌頭　壽金滄洲

天遣東萊吕，丁巳瑞南州。稅侯芳裔如此，生歲媲前脩。僂指六旬踰一，過眼流光兩世，花甲又從頭。浩氣塞天地，吾道付滄洲。

日未暮[一]，宴初列[二]，九霞流。齊眉偕老如願，桂子播芳猷。孫稟箕張雙宿，祖付詩書千卷，此外復何求。但願延椿筭，燕翼更貽謀。

【校勘】

［一］日未暮：《彊村叢書》引裘杼樓藏抄《陳定宇文集》本作“暮日望”，依康熙刻本。

［二］宴初列：《彊村叢書》引裘杼樓藏抄《陳定宇文集》本作“排日宴”，依康熙刻本。

金菊對芙蓉　壽金桐岡，九月二十五日

壽宿騰光，壽香裊碧，鬱葱枝上梧桐。記紱麟令旦，門掛弧蓬。今年東閣郎皆侍，懷章綬、拜捧金鍾。榮華富貴，眼前誰似，堪展眉峰。

秋高景物俱濃。正堦前金菊，巧對芙蓉。愛菊名壽客，壽與公同。醉蓉初瑩凝脂面，酣天酒、芳臉潮紅。何妨判飲，與花雙醉，醉似花容。金氏園有醉芙蓉。

滿庭芳　壽縣判梧山先生[一]

僂指中秋，齊頭十日，後庚玉兎初弦，當年此際，天恰生賢。自旦駸駸至望，清味永[二]、翻勝規圓。高掛在，碧梧山上，清絶緑生烟。

懷中梧月炤，天知心事，銖視貂蟬。綵衣無價寶，樂自無邊。此去古稀近也[三]，長生籙、世世相傳。慈萱側，金盃滿泛，梧月吸年年。

【校勘】

［一］壽縣判梧山先生：縣判，原作“判縣”，據文淵閣四庫全書本改。
［二］清味永：味，原作“咏”，據文淵閣四庫全書本改。
［三］此去古稀近也：古稀，原作“者希”，據文淵閣四庫全書本改。

滿江紅　送朱姓吏滿歸

只説琳川，精吏道、恢恢餘地。元來是、深衣儒者，將儒餙吏。傳世四書端實學，待人一縣皆和氣。及芳辰、美解賦歸來[一]，真堪醉。

肩已息，心無愧。青鬓在，蒼顔未。符君家翁子，朱買臣□年當貴。九十月終行鷟退，三千水擊搏鵬易。豈有材、如此不超遷，行知遇。

【校勘】

［一］美解賦歸來：美，原脱，據《彊村叢書》引裘杼樓藏抄《陳定宇文集》本補。

水調歌頭 壽朱子章

七十古稀有，今喜見先生。紫陽家學淵奥，場屋舊家聲。鶚薦西風早歲，豹隱南山晚節，天爵自尊榮。桂子蘭孫擁，南極老人星。

杜陵老，多酒債，羡脩齡。豈如壽富兼得，熊掌與魚并。八十老翁爲將，九十武公爲相，不足爲公稱。鶴筭與同久[一]，道重藐公卿。

【校勘】

［一］鶴筭與同久：久，原作“文”，據《彊村叢書》引裘杼樓藏抄《陳定宇文集》本改。

沁園春 壽張起齋，四月十一日

首夏清和，望前三夕[一]，天現壽星。恰先庚三日，釋迦浴佛，後庚三日，吕洞賓生。慈佛神仙，引前導後[二]，來作人間瑞世英。今耆艾，久提綱諸道，幾萬儒燈[三]。

金甌行覆香名。天再遣留侯佐太平。會榮封萬户[四]，編符黄石，筭綿千歲，經誦黄庭。從赤松遊，足知雅尚，好待他年功已成。如今且，向壽星明處，滿捧霞觥。

【校勘】

［一］前望三夕：《彊村叢書》引裘杼樓藏抄《陳定宇文集》本作“望三夕前”，依康熙刻本。

［二］引前導後：導，《彊村叢書》引裘杼樓藏抄《陳定宇文集》本作“從”，依康熙刻本。

［三］幾萬儒燈：幾，《彊村叢書》引裘杼樓藏抄《陳定宇文集》本作“凡”，依康熙刻本。

［四］會榮封萬户：户，原作“尺”，據《彊村叢書》引裘杼樓藏抄《陳定宇文集》本改。

卷十七　别集

胡容齋四書發明序　泰定三年

予夙聞新安爲朱文公闕里，學子必有能傳其學者。出守兹郡，聞属邑之士休寧陳君櫟，字壽翁，延祐甲寅，科舉初興，鄉試與選，將會試，以病不果行，遂老于家，得大肆其力於《四書》，一以文公絶筆更定之本爲正而發明之。儒學録山陰王君汝錫爲之校正，謂其所編能發宗旨精微，而蔑隻字冗泛，無坊本語徒詳擇不精之獘。造物尼之于前而昌之于後，不爲無意者。當今表章理學，啟廸士心，使盡得觀之而講習有助焉。提調學校，宣明教化，予職分内事也。將索而刋之，以壽其傳，其于世教亦豈小補哉。泰定三年丙寅六月朔旦，正議大夫徽州路總管兼管内勸農事邢臺容齋胡元序。

曹弘齋四書發明序

自朱文公《四書》行世，學者童而習之。或病其不能驟通也，爲《語》《孟》句解，取《集註》語，裂而附之，刋本如麻，數十年比比，然其體弗類，且於一章大旨闕焉。休寧陳君壽翁爲《論語訓蒙口義》以示曹涇曰：吾以是詔其子，若童子生句釋之。章旨亦具不敢繁，欲訓蒙也，不敢求異，一本文公之説。涇得壽翁于文字間，斂衽久之，恨未識其面，一見心降，亟讀之。其于文公之説，如李光弼代子儀軍，營壘、士卒、麾幟無所更，而氣象加精明焉。壽翁于是爲文公忠臣矣。《集註》外，元有《或問》，其後又有勉齋黄公《通釋》，壽翁疏而貫之，且不費辭，是其可尚也已。卷首“學習”“孝弟”二章，聯以警語，殊有理於上智下愚不移，謂是只言氣質，非言變化，氣質大是清峭。他皆此類。至“山梁雌雉”上下文一段，能坦然明白通言之，又可喜也。予所見僅九篇，窺豹一斑如此。壽翁寶之，豈惟可以訓蒙？將白首紛如者亦爲之醒然，涇其一也。安得併二十篇借抄一通，用自怡甑以授城南之讀。元貞柔兆涒灘之歲春上丁，里晚學曹涇拜手謹書。

曹弘齋深衣説跋

徽士自淳祐壬子歲魏公静齋克愚來爲守，始知服深衣，葢由特制賜紫陽生，涇在列焉。静齋之先君子鶴山先生精于經，是必合法，自是同儕轉相倣慕，人具一通，學校期集，用准襴襆，以爲簡便。然習而不察，一仰成于縫人。行之且五十年，而予亦六十七歲，耄矣，其不察猶夫人也。陳君壽翁以舊説見教，訓故叙次，若出于其自爲言，而未嘗不本之先儒，要其歸于經意，卒無背也。其爲説，字字研審，其大節目則曲裾圓裾之辨，衣裳幅數連屬之當，令人一見煥然。至于以二句十四字爲續衽鉤邊之訓，酷似孟子説《詩》例，比吕氏尤爲峻潔，而鄭氏之云，亦可因是推之，以還本旨。然微壽翁，鄭意晦矣。嗚呼！兹古大人格物之學也。人人于讀書遇事，平心而玩，觸類而長，如此亦何經之不可窮，何理之不可通，而何事之不可處哉？豈特深衣一節也。大德庚子秋八月，弘齋曹涇跋。

龍廬陵增廣通略序

新安俞子懋氏，典戎鞆于禾川之上，暇日出其鄉先生定宇陳氏所編《通略》一帙以示予，曰：“先生此書，明白簡要，將便學史者之初，今鋟諸梓以行于時，子爲我序之云。”惟司馬文正公《資治通鑑》一書，扶持人極，有光諸史至矣備矣，而朱文公《通鑑綱目》實據夫司馬公之書，且示夫書法焉。二書行世，炳若日星。然而學者非假以年歲之積，微辭奧旨亦孰見其涯涘哉？今觀夫《通略》之編，起于伏羲之世，迄子宋祚之末。其于歷代帝王之行事、世系之源流、人品之高下與夫治亂之跡、脩短之運，莫不撮其精要之語而繩貫之。簡則不至于脫略，易則不至于放失，使盈架之書，若可以探諸囊歷代之事，若得以指諸掌，于初學誠爲有補。雖然陳先生者，朱夫子里人也。子懋與先生又同里，而子懋以文士即戎于吾邑。當軍事從容之時，而獨能致力于史學，使君臣之道得以淑諸人[一]，鄉先生之書得以傳于世賢哉，子懋之用心也。吾邑有水窓先生劉益友氏所撰《綱目書法》若干卷，有功于朱夫子昭昭矣！其書行于海內六十餘年，鄉邑遘燬，煨燼相望，雲幸以老病歸山，不能爲水窓新其板籍、收其亡書，使得與新安諸書並行于世，惜哉！今雲爲子懋序之者，適有以寄愚之悵云。前福建等處儒學提舉廬陵龍雲謹序。

【校勘】

[一] 使君臣之道得以淑諸人：臣，文淵閣四庫全書本作“子”，依康熙刻本。

胡雙湖與先生書

日率易奉狀，隨領教答，三復無厭，垂報目疾，作楚張堪損，讀一方妙甚。某弗及知，誤投謬作，致使增劇，愧以萬也，今想洗光咸池之日月矣。尚惟刋曉，慰此拳拳，所和敬存詩大好末意，正得朋友相與之道。但青眼目成，莫敵其疑心，如何尚未附行也?《大成殿記》難看，文晦看出方妙，後生難與讀《通釋》，貼出見教者，“五行不得土，不能各成一器”，蓋以質言，“形而下之謂之器”是也，非指“器用”之“器”言。《河圖》言行合者，如一與六合，乃水行之類。《洛書》言位合者，如一北九南，乃方位之類。恐作者之意是如此分。今後惠書，告免“師席”二字。某與先生爲斯文至交，只當以兄弟之情相與。才過一字，便非所宜蒙也。至禱至禱。日來理會《史要》，每作一代看已分明，却一二日內不肯下筆。忽然得，勢成又不難，必數日方成，亦自莫曉，尚惟有以警策之幸甚。

又與書

某端肅加拜申定宇先生集賢尊契執事台座前：某癸巳冬，師易拜書納交于執事，甚懼僿略。甲午仲夏，甫得拜領三月初六所賜，還教披味，無慮十數，亟題其後曰：予讀定宇陳君所答書，繾綣之情，箴規之意，匡救之心，流動筆端，使人把玩不能去手。余朋友交際多矣，愛不忘規，未有如斯人也。孔子曰"益者三友"，今于定宇乎見之，何當决此。片雲抗手，奉呈大雅之編；考評叩擊，求爲真是之歸之爲尤决也。姑識之，尚猶他日。宿此意于腹臆兩年矣，今兹雅頌已成，所得益多，欲一携呈，莫果。前月半後，賀强翁提舉望艫堂僅餘一舍，極謀前詣，因循意莫能遂，願不通之咎，難以自文。奎璧麗天，惟加額首。某所作雅頌，一是本義，規模《集傳》之下，次以附錄，又次纂註，間又次愚，謂區區不堪泥毛鄭以來舊説，只是因本來字義涵泳其旨意，爲之訓釋。如"牛羊腓字之"，引《易》"咸其腓"訓之爲足肚，如"崇牖言言"引"于時言言"訓爲言議，如"有周不顯"與"不顯不承""於乎不顯"之類，皆只解作，不顯意味，似覺深長。如"履帝武敏歆"，意欲本嚴氏旅毛氏之説附于後，其間文義尚小有不同，于嚴氏此類尚多未易枚質之，得與經存，亦頗以爲通暢。獨恨未能一一求教于執事以定其可否耳。今决擬開正入閩，分付刋印。彼中幸有熊先生者可以相訂，决不敢輕易也。昨所賜高和，實爲絶唱[一]，第某不敢當，重不敢當耳。《圖書辯》細膩詳密，無毫髪遺恨，真可爲紫陽夫子吐氣，亦可少見吾《易》之有人矣。陽虚陰實之説，尤爲謬妄，何異老佛異端之學。某見亦作一辯以排之，恨無孟韓筆力，摧陷廓清，以羽翼吾聖人之道耳。謹此求教過尊目，後有未盡處，更乞爲之恊力以濟，尤妙尤幸。某詩解見謄去數段，如不合尊意，便干直以賜教，無回護、無隠黙是所望于吾定宇之賜也。即當改正，不敢諱疾忌醫，惟先生首肯之，立竢立竢，等干台炤。某頓首再拜。

【校勘】

［一］實爲絶唱：唱，原作"暢"，據文淵閣四庫全書本改。

胡雲峰與先生書

某頓首再拜路教聘君老先生定宇函丈：前月半間，嘗奉書相答，且再四囑之伯敬，毋致浮沉，今未審已徹尊覽否？惟是草率[一]，深虞不謹，老先生恕之可也。兹因族家遣人取齋心，聞之已更深矣。老眼燈前愈覺昏花，拜此彌覺老草[二]。然有此的便，坐失之，又不可。所呈前書請教[三]，切干一一批示。求借老先生所著《四書》，就付齋心以來，尤幸尤幸！或簡褻重大[四]，權且教以庸學可。緣某借閲爲《通旨》一書[五]，必欲得老先生者附于諸家之列，切乞勿外。某顒竢之。惟是年來老成凋謝，老先生斯文碩果[六]，某不得以時參請，是自棄也。幸而族家託眷名閩，往還不乏，尚干因風賜教，有一鞭其不逮[七]，是以願望[八]。或者不賜鄙斥[九]，惠然爲諸生一來，尤所願也。臨楮不勝拳切，菊花將開[一〇]，伏干爲晚節自重，伏丐尊悉。九月初四燈下，某頓首再拜。[一一]

【校勘】

［一］惟是草率：(元)胡炳文《雲峰胡先生文集》“是”下有“一時”二字，依康熙刻本。

［二］拜此彌覺老草：老，文淵閣四庫全書本及(元)胡炳文《雲峰胡先生文集》作“潦”，依康熙刻本。

［三］所呈前書請教：呈，(元)胡炳文《雲峰胡先生文集》作“以”，依康熙刻本。

［四］或簡褻重大：褻，(元)胡炳文《雲峰胡先生文集》與文淵閣四庫全書本作“帙”，依康熙刻本。

［五］緣某借閲爲《通旨》一書：借閲，(元)胡炳文《雲峰胡先生文集》作“僭越”，依康熙刻本。

［六］某顒竢之。惟是年來老成凋謝，老先生斯文碩果：此十九字，(元)胡炳文《雲峰胡先生文集》無，依康熙刻本。

［七］有一鞭其不逮：一，(元)胡炳文《雲峰胡先生文集》作“以”，依康熙刻本。

［八］是以願望：以，文淵閣四庫全書本作“所”，依康熙刻本。

［九］或者不賜鄙斥：（元）胡炳文《雲峰胡先生文集》"者"下有"臺車"二字，依康熙刻本。

［一〇］菊花將開：菊花，（元）胡炳文《雲峰胡先生文集》作"時菊"，依康熙刻本。

［一一］九月初四燈下，某頓首再拜：此十一字原闕，據（元）胡炳文《雲峰胡先生文集》補。

又與書

某伏自初夏辱尊翰，念欲奉書以報，乏便弗果。賓暘來，甚喜！謂此便最的。暨其歸也，又莫之知，以故凡欲言者鬱鬱不得吐。然而尊仰則不昕夕間也，此月薦承教墨，謹畫一拜復于左。

一、明經課文，煩目藻鑒揭曉後，遠朋競來觀録，莫不啃啃然稱嘆曰：年將七十而所評諸卷，自首迄尾蠅頭細字批過，何其眼力之老而明如此也！是是非非無一字差，前前後後無一卷舛，何其心力之精且健如此也！使鄉試、會試有考官如此，何患無奇材者出耶？公論如此，非某一人之私。此等處，正自用"諛"之一字不得，某不敢也。

一、預賞名姓，經疑第一，吳性初，鄉間羅田人，胡敬存高弟，亦嘗從游于炳文。第二名，胡德弘，某姪孫也，向者所取醉經兩次魁選即其人是也。第三名，王鶚，仲儀之子。四、五、六，陳子文、金復初、朱升。第七，胡仁壽，某曾姪孫。第八名，程興賢；第九，孫祖，皆鄉間人。第十，王伯翥，德興人。第十一，俞闓，此却饒州老儒王葵初之筆。去年饒有課試，卷子極多，某司評，此生《書》《易》居魁亞［一］，其人可知矣。今先生批其一問云：所見端的與區區寫註疏者不同。二問云：非有所見不能合二章而一之，于是知其所見與先生略同，私自以爲喜。王希旦，俞明、葵初，饒州德興人。有《易學摘編》。

一、經義前四名，皆從遊于明經者。一《易》、二《書》，皆王祖錫，雙溪七世孫。三《禮記》，胡仁壽，即醉經所取記魁者，即今所取經疑第七而賦第三者。四，胡德宏《詩》，即今經疑第二者。五，金復初《春秋》。六，張國瑞《易》，明經人。七，金升祖。八，葉大有。九，陳埜。

十，俞叔廣，即某前所謂王葵初之作也。

一、賦，吳性初又第一。夏德廣第二。葵初之友胡伯靜第三，伯靜，仁壽之子也。四，李明通，德興人。五，朱斌生，浮田人，餘不能盡録。

一、賞惟《通釋》，未有紙可印，今玉湖已買得紙矣，不數日間送去。[二]

一、仙鄉所發卷子，某恐尊見以爲疑，故有“撥出此數卷”之説。今考評至公至明，有何可議者？詳觀陳子文及朱兄經疑，雖置魁亦可也。前幸在郡泮[三]，得觀諸兄之文，懼其失之太多，今能簡淨如此，可喜可喜！有王伯麒者云此兄欲來訪，果然。尤幸尤幸！

一、所取真如稱上之稱過，銖兩不差。但經疑第一中有二句云：“曰時者自艮卦時止時行得之。曰權者自巽以行權得之。”某未免僭越，爲除去此二句。蓋謂權者，孟子意自夫子而得可也。若“時中”與“時止時行”，皆夫子意。雖是小疵，要必去此方爲無瑕之玉。況此篇無此二句，文義正自足。未審尊見以爲何如？乞報示爲幸。

一、承下問曰：《本義》“乾九二，剛健中正”。莫是“剛健得中”誤筆？作“中正”如何？某謹答曰：凡言“九五，剛健中正。六二，柔順中正者”，《易》之正例也。“乾九二，剛健中正”者，變例也。程子曰：“中重于正，正有不中，中無不正。”《本義》蓋取諸此，然又非特程子意也。爻之爲九二者，凡三十有二，乾九二，其始也。未濟九二，其終也。“未濟”云云，非正也。夫子曰：“中以行正。”況乾六爻皆言聖人事，九二龍德正中，《本義》以“剛健中正”許之[四]，恐非誤也。尊見以爲是否？乞批教。

一、承下問曰：“九三爻下”云云[五]。某謹答曰：按《本義》云[六]：“九，陽爻[七]；三，陽位。重剛不中，居下之上[八]，乃危地也[九]。”此全是解“厲”之一字，蓋以三之地位，言其有厲之象也。乾本是剛之純、健之至，九三居上下乾之間，又以剛居剛，性體剛健，所以有乾乾而惕之象也，三之象也。三之性體如此，而其地位又如此，故有乾乾之象，有惕之象、厲之象。《本義》于文只得揔此三句而言之，於“惕”若句絶[一〇]，正自不相關也。尊見以爲是否？乞批教。

一、炳文生後于先生一年，體力倦甚，兼有足疾，尊翰所謂“聞道之不深，信道之未篤”者，政爲某發。僭越作《本義通釋》外，常爲《啟蒙通義》，又爲《六爻反對論》及《二體相易論》，凡五十八篇，併序六十篇。但未得求正于有道，常以爲恨。年來老成彫謝，異郡有葵初，異縣有先生，不得以時參請。如之何？如之何？外又見《四書纂疏》及《集成》多有差謬，於是自習爲一書，曰《四書通旨》，較之《集成》又添得數家，恨不得先生發明編入一家[一一]。倘有的便，樂教幸幸。如沐不外，乞示庸學，容以次請領也。某至祝至祝！

一、秋高氣清，倘蒙先生不賜鄙外，特與降臨書堂，某當深衣率諸生立館下，以聽文公玉山之講，以聽象山白鹿之講，亦斯文一大幸也。玉湖于先生之意甚拳拳[一二]，特令某拜此以請。惟先生惠然肯來，幸甚幸甚！某下情不勝顒俟之至。

一、某每以尊墨，愧汗如洗。某拜答此書，欲謹而率，蓋體倦不覺其字之欹斜，眼花不覺其字之大而老草也[一三]，惟先生矜而恕之。尊墨已呈之玉壺、仲儀，皆同此附起居敬[一四]。明經諸生見某作此書，有望先生俯臨之意，皆預爲欣躍，惟先生惠然，幸甚幸甚！凉意方新，伏望爲斯文自壽並干尊炤，不備。

一、蒙問及族弟名字。此弟小名清哥，名醇父，字清父，少某六年，戊午生。十一歲從某學，七年而遇革命，醇而敏，讀書亦稍多，察理亦稍密，制行亦無可非。弟兄中可與斯事者也。因下問，仰見公好善求士之意，故詳及之。

【校勘】

[一] 此生《書》《易》居魁亞："生"字後原衍一"生"字，據文淵閣四庫全書本刪。

[二] 一、經義前四名，皆從遊于明經者。一《易》、二《書》，皆王祖錫，雙溪七世孫。三《禮記》，胡仁壽，即醉經所取記魁者，即今所取經疑第七而賦第三者。四，胡德宏《詩》，即今經疑第二者。五，金復初《春秋》。六，張國瑞《易》，明經人。七，金升祖。八，葉大有。九，陳埜。十，俞叔廣，即某前所謂王葵初之作也。一、賦，吳性初又第一。夏德廣第二。葵初之友胡伯静第三，伯静，仁壽之子也。四，李明通，德興人。五，朱斌生，浮田人，餘不能盡錄。一、賞惟《通釋》，未有紙可印，今玉湖已買得紙矣，不數日間送去：此一百七十七字，原闕，據（元）胡炳文《雲峰胡先生文集》補。

［三］前幸在郡泮：泮，（元）胡炳文《雲峰胡先生文集》作“庠”，依康熙刻本。

［四］《本義》以“剛健中正”許之：正，原脱，據（元）胡炳文《雲峰胡先生文集》補。

［五］一、承下問曰：“九三爻下”云云：三，原作“二”，據文淵閣四庫全書本改。

［六］按《本義》云：本，原脱，據文淵閣四庫全書本補。

［七］陽爻：“陽”字後原衍一“位”字，據（宋）朱熹《周易本義》删。

［八］居下之上：居，原作“在”，據（宋）朱熹《周易本義》改。

［九］乃危地也：乃，原作“九”，據（宋）朱熹《周易本義》改。

［一〇］於“惕”若句絶：（元）胡炳文《雲峰胡先生文集》作“於後有絕句”，依康熙刻本。

［一一］恨不得先生發明編入一家：恨，原作“幸”，據（元）胡炳文《雲峰胡先生文集》改。

［一二］玉湖于先生之意甚拳拳：（元）胡炳文《雲峰胡先生文集》作“玉湖之意，于先生甚拳拳”，依康熙刻本。

［一三］眼花不覺其字之大而老草也：老，文淵閣四庫全書本作“潦”，依康熙刻本。

［一四］皆同此附問起居敬：敬，文淵閣四庫全書本无此字，據（元）胡炳文《雲峰胡先生文集》補。

胡雲峰與先生書求考評

某頓首拜覆定宇先生尊右：伏自體仁堂相與問答，後不貢起居者餘兩載。暨明經小試，乃沐書教，亩之几格，每一展玩，如在春風中，喜可知也。此試應者甚衆，司評實難其人。葢能明一經者有之，兼明諸經者甚不多見。士林公論，皆以爲未有如老先生者。庸是玉湖總管特令拜此申懇，切干亩聽，蒙所發二十餘卷。若有可魁，不必嫌疑。祁奚舉子[一]，未有非之者，况此小試，不過友朋間相與琢磨[二]，有何疑焉？如必以此爲嫌，乞存此二十餘卷，某自當銓次，以附于先生所評之中。卷子見此發去，便乞過目。仲春月末，玉湖自得專緘以請以謝，其詳託賓暘面稟，切干勿外。未間伏丐爲斯文珍重，不備。

【校勘】

［一］祁奚舉子：祁奚，（元）胡炳文《雲峰胡先生文集》作“初應”，依康熙刻本。

［二］不過友朋間相與琢磨：友朋間相與琢磨，（元）胡炳文《雲峰胡先生文集》作“觀諸生之優劣”，依康熙刻本。

再與書

某廼者草草上狀，深虞不謹。先生非惟不督過之，且諄勤賜以回翰，讀之再四，愧感愧感！惟是玉湖皈依之故，胡辱峻却如此？且先生嘗爲醉經題品者再，獨不能一爲明經示教乎？玉湖特特拜書，萬告畱聽，竢考評畢又得再書以謝，某不勝至禱至禱。外，去歲賓暘之來，僭以《通釋》爲餽，不知過沐賜之尊覽。某思之，有二罪：先是不能上求是正，而遽爾公傳，過之一也[一]。及賓暘回侍時，不及拜書請教，二也。“宇宙間未有之奇書”，斯言謂之戲之則可耳，不敢當！不敢當！缺二板當俟後便印去，某所望于老先生者，其一字之謬，或一語之愆，悉望指示。一語聞則一病瘳，某非護疾忌醫者。楮有限，伏乞尊悉不備。

【校勘】

［一］過之一也：過，原作“道”，據（元）胡炳文《雲峰胡先生文集》改。

王仲儀與先生書 至治二年[一]

某頓首再拜定宇國博同年丈：去春承附問，極感記。存累欲奉書，不知郵，便遂契闊如此。近抵槃川，知玉湖主人以文字干藻鑑，此先生餘事耳，何多讓之。有玉湖見親拜緘致懇，便望奮筆去取次第之。此理至公，質諸聖賢而無疑。悠悠之談，無足恤也。何時展晤，以罄懷仰，惟厚爲斯文，自壽。不宣。

【校勘】

［一］至治二年：本册卷十有陳櫟《答王仲儀書》，作於至治元年春，稱“吾仲儀老友”，亦言及“明經課評荷雲峰、玉湖二公舉以見諉”。尋繹此信，中有“甚春承附問”“近抵槃川，知玉湖主人以文字干藻鑒”等語，可知此信實應系回復陳櫟《答王仲儀書》而作，書於至治二年。

胡玉湖與先生書

某頓首再拜學士聘君定宇先生：某属饜大名，無由忝覩。惟斯文先覺，學者範模。比以文會謄編，上下考正。家叔拜字，代伸拳拳矣。隨準回教，未沐慨然。雖仮謙尊而彌光[一]，實失仰高之初意。惟是潛修禀幅而固請之。鑑空衡平之下，妍醜重輕，孰能遁其毛髪？銓裁天下士可也，于此何讓焉。進退昭然，以示矜式。干瀆清崇，臨楮悚悚。

【校勘】

［一］雖仮謙尊而彌光：仮，文淵閣四庫全書本作“信”，依康熙刻本。

曹弘齋答先生書

某七月十六日拜狀後，頗擬上丁可以望塵，謹伺之，不值也。鰲峰之作，决無出其右者，其評如何决賞。曷以某七月七日來館後，整襟細讀，嘗信筆數句贊之，本欲以示兒輩。今不易一字，僭越舉似其語曰，引胡氏據朱氏，先泛引《春秋》前後，以開其端，次就《春秋》詳悉究竟，以伸其說，又次旁，次《周禮》以佐其辨，又次併就四代禮樂，放鄭聲一併以餘力及之，以足其理，遂以數句斷之，無疾聲大呼，而至論不可破。雖《春容》大篇，而一節、一句、一字不可删，學廣識高，思精筆健，足以行世傳後。鼇峰一魁，何足以酬之？某八月三日點書圈抹後，謹書于此，俟示兒孫輩復之、熟之，以爲窮經作文之法。以上語，可以表某敬服之眞。老泉曰："亦欲執事之知其知我也"，嗣有拜俟之便，此抄在手尚可呈，似兹不能改造綺語爲諛，却未知説得是與否耳，一笑頷之。此月十九日，舍弟緘至，賜文一宗[一]，專《書》一，語"義上"六篇，和詩一，并所惠舍弟和詩，亟拜并讀，如行山陰道上，應接不暇。感喜何可名，今書答如下：

一、語義之賜，豈惟可以示諸孫受讀。某與二兒亦得拭目以開心胷，千感萬謝，鷺股之刲，此願由中，兹前未能耳。

一、賤生之日，所追賦俚甚。舍弟敢以過匠目至厘属和，所押身、賓、孤、咨、陽、遲、詩等字，皆切本意而出人意表，所界舍弟者稱是，當重緹襲之，或示人以爲榮事，禮合用韻爲謝，兹且以報書爲至敬。

一、與點之作，大意雖通，尚覺文字輕淺，見褒良溢，嗣當請教。

一、《虚谷集》當從中全問帋數、工墨費，以報旌城，君子亦未至也。已上大略，答所問如此。中全，虚谷長子也。

就有懇某與執事生年爭不多，自量所挾遠不逮，而台翰一用事，師事父執之禮，實恐折福，嗣告裁緘，如雁行肩隨可也。某拜識若晚，而相好有眞，不異平生，至契區區性理之僻，曲謹之愚，似于執事有偶同者，似得窺斑，漱潤于文字間，又不異骨肉至好。藴源明曰："不幸生衰俗，所不恥者[二]，識元紫芝也。"某豈任榮艷注寄之，至歲事向晚，除日已前音問，盍且止此乎？梧山先生台候清佳，兹遂爲松蘿山中，貞元朝士獨員也[三]。敬羡敬羡！茶次引忱，不宣。

【校勘】

[一] 賜文一宗：文，原作"汗"，據文淵閣四庫全書本改。

[二] 所不恥者：恥，原作"勝"，據《新唐書》卷一九四《卓行傳·元德秀》改。

[三] 貞元朝士獨員也：士，原作"事"，"貞元朝士"爲宋時典故，指曾經參加改革的官員，故改。

胡玉湖又與先生書[一]

雨中有客來訪，藥香滿袖，徐出臺緘見示[二]，再三復之，如親聆藥誨不翅也，喜極感極。我輩居文公鄉，熟文公書，自是本分事[三]。今能使舟車所至、人力所通者皆家傳而人習之，斯道一大幸也！我輩之喜又當何如？某老矣！欲出而應，自覺山林之味長[四]、功名之念冷，欲不出，則四十年之抑鬱。今幸，一旦如此，深恐有負明時[五]，兼之文體當一變，庶可爲後學矜式，在先生與某輩恐有不能辭其責者[六]。何當胥晤，相與細商之也。昌黎所謂“惟吾崔君一人而已”者，先生亦未宜多遜。承諭及舊年賞試，常邀請石潭董丈來爲銓次[七]。董文，名秀實，年六十餘，舊常代人入太學謂鄉舉，前輩似此甚不易得也[八]。全榜錄呈六百卷中，僅取三十有九名，而先生所發至者已中其四，預賞者三耳，小學亦復居亞[九]。有開必先，是足爲鄉試之讖矣。近者鄉間諸友以二文字來求評[一〇]，某各爲作一篇，謾寫呈似。蘭叟回，千萬賜以台翰，庶慰拳拳。齋會後，自當遣人報謝[一一]，并送薄賞或者臺車不屑一來[一二]，則如此來則又幸幸也[一三]。天氣清和，猶未甚熱，不知執事者以爲何如？某脚氣發作，拜字殊覺不謹。胷中欲言何限，不能吐萬分之一。春季題并拜呈，來間切乞倍加珎嗇，以需魁擢，不備。

【校勘】

［一］胡玉湖又與先生書：（元）胡炳文《雲峰胡先生文集》作“答定宇陳先生櫟並辭求遺逸詔”，依康熙刻本。

［二］徐出臺緘見示：徐，（元）胡炳文《雲峰胡先生文集》作“隨”，依康熙刻本。

［三］自是本分事：（元）胡炳文《雲峰胡先生文集》在“分”後有一“中”字，依康熙刻本。

［四］自覺山林之味長：山林，（元）胡炳文《雲峰胡先生文集》作“詩書”，依康熙刻本。

［五］欲不出，則四十年之抑鬱。今幸，一旦如此，深恐有負明時：（元）胡炳文《雲峰胡先生文集》作“且有負先聖先師臨之在上”，依康熙刻本。

［六］在先生與某輩恐有不能辭其責者：與某，（元）胡炳文《雲峰胡先生文集》無此二字，依康熙刻本、文淵閣四庫全書本。

［七］承諭及舊年賞試，常邀請石潭董丈來爲銓次：承諭及舊年賞試常邀請，（元）胡炳文《雲峰胡先生文集》作“承委考評，近邀”，依康熙刻本。

［八］前輩似此甚不易得也：前輩，（元）胡炳文《雲峰胡先生文集》作“吾輩”，依康熙刻本。易得，（元）胡炳文《雲峰胡先生文集》作“多見”，依康熙刻本。

［九］預賞者三耳，小學亦復居亞：（元）胡炳文《雲峰胡先生文集》作“預賞者三，姪孫宗學亦復居亞”，依康熙刻本。

［一〇］近者鄉間諸友以二文字來求評：鄉間諸友，（元）胡炳文《雲峰胡先生文集》作“饒郡王友希旦”，依康熙刻本。

［一一］自當遣人報謝：報謝，（元）胡炳文《雲峰胡先生文集》作“報捷”，依康熙刻本。

［一二］並送薄賞或者臺車不屑一來：並送薄賞，（元）胡炳文《雲峰胡先生文集》無此四字，依康熙刻本。

［一三］則如此來則又幸幸也：則如此來，（元）胡炳文《雲峰胡先生文集》無此四字，依康熙刻本。

又答先生書

炳文拜覆路教定宇鄉先生尊右：前月十八日令嗣惠訪，袖示尊墨，披誦再三。愛我教我之意，藹然于言辭之表，欣感可知。令嗣粹然如玉，綽有父風，亹亹談論，令人聽之忘倦，於是兼歉。某豚犬之不肖耳，惟是得書之日，某不在明經，比其歸也，今早已回綵侍，以故不及拜答，某過矣。中間一一處皆不能滿某之意，某又過矣。叢是二者而誅之，某何辭。所恃者大度有容，交情有舊，炤以心，必不坐以辜。玆恃尊愛，僭有申覆。令嗣留敝曲時，嘗與舍姪子成乃尊玉山云鄉先生寓處有兩館，端可圖也。某聞之甚喜，于是遣兩姪孫詣下，求推轂之賜。姪孫一名宗學，皆性純而敏，屢年館于外。某區區欲其朝夕得侍典刑，讀書發明，當月異而歲不同，以是故拳拳焉。惟鄉先生其進而造就之，某幸甚幸甚。《發明》，某伏讀數葉，眞如文公先生之忠臣。《纂疏》《集成》必得此，然後可爲全書，何時會晤，容某卒業焉。尤幸尤幸。燈下拜，此言不能盡。乍寒，伏祈爲斯文自重，不備。

張純愚與先生書　皇慶元年

皇慶初元年七月下澣，晚學番陽張某謹肅拜致書于定宇陳先生秘書學士足下：某嘗聞四海神交，惟君曼一人，心切慕之，以神交爲不易逢也。及讀陳正肅公責沈篇，則知公不聞程伯淳大名，終生抱愧。矧孤陋如某，莫能神交當世奇俊，而又不自責沈諸梁，可乎？某德興吳園之張氏也，先忠定以來，紫樞黃閣帥節侯藩，代不乏人。自今視之，鉄爐步誌耳。而累世所以劬躬燾後，惟在志節詞華，不許子若孫少越繩準。至于不肖承先世讀書緒業，何敢少懈。僑居星源之中雲，今三世矣。郭外無田，牀頭有《易》，弟兄子姪不以非道去貧，寧携琴爲學。星源抵仙縣，僅二百里。朋友之客仙縣者不少，而定宇先生天下士，乃不相聞問，甚哉僕之羞也。近者蘭叟程君來訪，圖書所首傳，寄聲之勤且辱稱道鄙文。某何如人，蒙此齒録衮褒，不覺魂驚神悸，面熱發赤，其視足下之博雅好學，謙恭待人，愧死萬萬[一]。蘭叟太醫談足下文，行猶未悉，繼之希尹汪君、碧雲舒君先後相過，乃備道賢昆玉，以斯文自任，崇正闢邪，貫穿經史子學有舊矣。怡怡之間，誂誂蟄蟄之際，自爲師友。朝家舉遺逸，足下不得爲在山雲也。聞有《語解》行世，他所著述，必不下鄭夾漈之《二十略》。某何當羽身，即即恭拜，履絢請問讀書作文關紐，以豁吾塵襟哉。爰自科舉廢，士以詩爲習，倘能由黃陳遡李杜，上及《選》《騷》，以達《三百篇》之旨，則得風雅正傳，豈不可和其聲以鳴國家之盛。而多逐晚唐格調，間務爲奇怪，至不可以句，奚有于涵泳之趣乎？奚足以感良心懲逸志乎？外是則或綴拾先儒陳言，或自出己見，或作像圖動，稱著書將以釣名希爵，而于格致誠正脩齊治平之學茫無實得；或又鉤章棘句，彙嵬眼顱耳等語[二]，作爲碑銘序記，以能文辭自名，而音吐之中，不聞理致深長，徒覺語言棘人喉吻。有文句稍順者，又只循時文窠臼，無所建明，何以儲胸中之經綸，何益于後學。有益後學之道無他，開之以《四書》，實之以六經諸子史，續續而後略，不以雜書蠱其聰明，教以爲人必使爲天地所不可無之人，教以爲文必使爲天地所不可無之文。庶吾之積學及吾之所以教學者，斯無愧色。要知志節爲先，詞華爲後，實相源流，奈世之可與言此者甚寡，非足下其人不可也。親戚雲石昆仲今年托同寮，計所得于左右必多。適某出處與之參差，未得致緒論。今者蘭叟便，羽濡毫布，此聊謝寄聲，自叙責沈之愧，且恨不得之于神交也。挂一漏萬，底裹未罄。老天倘欲息吾黥，補吾劓，則拜函丈自有期。若問某平生，拙作以不可傳，俱不存稿。旦晚收拾數篇，求教葉氏牧説，不記一字矣。何以沐文章家，反推許之也。先生《語解》已刋，望惠一本，俾讀之汗出。幸甚幸甚。令東屏先生大名已耳熟之，但未下荆州之拜。小兒數年前訪雲石，辱止宿，計必參覿矣。茶次幸爲斥名。

【校勘】

［一］愧死萬萬：愧，原作“魂”，據文淵閣四庫全書本改。

［二］彙嵬眼巔耳等語：巔，文淵閣四庫全書本作“傾”，依康熙刻本。

又答先生書

某昨辱程太醫傳自寄聲，私心喜得此于素不相識之人，因欲奉書以誌責沈。程丈行速，繼托渠宅附達。蘭叟再來，則某所附書未呈，似而群鴻戲海之帖忽出御袖，盥手莊誦，筆畦墨徑，宛見典刑，喜而且驚，雖獲大具南金不翅也。雲石兄昆仲未記小生之先爲鄞邑人耶？伯東、伯大，吾兄也。族閒之工時文如二兄者不少，而共學共經能共志，同胞同舍作同年，二兄之分然耳。至不肖輩于舉業，越人章甫，何所用哉。然講明經學，乃家庭夙訓，未嘗不介介于懷，誠有如來翰之云者。吾鄉自式車姜介軒先生開其源，式車吳菊園先生、貢士沈毅齋先生浚其流，提斡許山屋先生、考亭山長朱小翁先生、式車齊怡堂先生兄弟、太常寺簿汪溪陽先生、主簿胡餘學先生，數老先後相續，不但文辭古雅，而以《近思錄》爲四子之階梯，以四子爲六經之階梯，必使人人習之。邇來雖有較競病弄平仄者，彼自彼，此自此，不相侔也。所以自今考川胡康國捐稼田，創精舍，聘宿儒，以主明經書院，皆前輩之流風遺俗。先生賜教，有《讀易編》《書解折衷》《詩述傳句解》《禮記集義句解》《語孟口義》，富矣哉。計平生所得于經學甚侈，發明經學甚精深，咼杵餘丹，可仙鷄犬。某舊習《書經》，然于諸經自幼聞之家庭及諸老講明，《易》由伊川論理外，文公《本義》得宗旨矣。後之解如蝟毛[一]，難以别求其緒。科舉廢，比來人説《易》者多，于是以名家又不少。要必于本易發得通貫，乃可作文公素臣。先生所謂《讀易編》，其即此乎？抑别有見乎？《書解折衷》良非易事，先生云《書》有當解者，有不必解者，有不可不解者，因其解而折衷之，其見必的。前是數年，嘗與一老友商確，欲作《書解提要》，如中星，如閏法，如地理，如九疇，征誓之言，誥詔之旨，性命之藴，刑罰之數，秦之悔過，魯之自治，風氣升降之分，帝王讓爭之别，華夷紛更之漸，俱要區别。只《禹貢》地理，難于臆斷者頗多。未嘗經涉，看得明白，何可擔當。三江一條，自不一其説，況其他乎，以是竟未脱稿。先生《折衷》，必有可傳者，何時得一讀之爲快。某尋常讀《詩》，只尊朱子集句，而鳥獸草木之名，參之吕《記》及嚴氏耳。外此則其何爲風、何爲興、何爲比，先生所謂《述傳句解》，應有得于言外者。《禮記》非全經，不過漢儒傅會之談，先生所爲《集義句解》必有以剖其得失也。伏乞賜教。謹白[二]。

【校勘】

［一］後之解如蝟毛：如，原脱，據文淵閣四庫全書本補。

［二］先生所爲《集義句解》必有以剖其得失也。伏乞賜教。謹白：此二十二字原脱，據文淵閣四庫全書本補。

黄求心賀先生發解啟　延祐元年[一]

眷友弟黄某右某啟：伏審較藝鄉闈，登名天府。聖天子新賢能之詔，求江浙之真儒；老先生應俊秀之書，肇新安之盛事。斯文增重，吾道有光。恭惟定宇先生省元即會狀元，學海老龍，詞林彪虎。文韜光而復啖，四十年抱負之需時；道大明而寖昌，三千字縱横之待對。著書垂世之雅志，講業淑人之盛心。運際休明，氣難掩抑。精一危微之旨，熟究三聖之淵源；忠恕文行之疑，大闡四書之閫奧。誥詞深厚，答問精詳。立餘子于下風，中有司之高選。渺視紛紛之輩，獨馳表表之名。乘秋月而跨飛蟾，高折廣寒桂[二]；趁春風而驟健馬，飽看長安花。聽會試御試之蜚聲，爲大州富州而出色。風雲之會，日月以需。某幼焉筆硯之同窗，老矣雲泥之異路。盲人上郡，從俗眼之揶揄；諸公登臺，爲知心而欣忭。然此特文章之小效，從兹觀勳業之宏圖。敢進祝規，相期久遠。聞太史奏有日呈雲色之祥，看狀元歸副水打石田之讖。惟深贊慶，曷既敷宣。

【校勘】

［一］延祐元年：汪炎昶《定宇先生行狀》載："延祐甲寅，科舉肇興。旹年踰耳順，無複進取意。而逼迫於有司之所推選，黽勉一就江浙鄉試。既試即歸，未幾以中選當赴都。"可知，陳櫟中鄉試的時間乃延祐甲寅，即延祐元年。此信題爲"賀定宇先生發解"，故應作於本年。

［二］高折廣寒桂：折，原作"拆"，據文淵閣四庫全書本改。

馮伯田復先生啟[一]

安嶽馮坦右：坦啟竊以游練帶之水，尚欠摳衣；杠翠織之裾，首蹙御袖。寵賁山公之啟，許論坡老之詩。此意甚清，其禮則過。恭惟齋長新恩，出群孤鶴，瑞世一麟。道統有源，處晦翁之闕里；詩宗嫡派，稱後山之故家。月書非特占庠序之先，旦評且數推鄉里之重。駒隙不堪著眼，塵談一笑掀髯。甘安吾道之窮，何羨此山之富。隱居求志，藏氣待時[二]。喜聞傑句之驚人，快覩盛名之傳世。某老無蟻夢，苦有蛩吟。吳蜀流離，慣歷江山之萬里；島郊寒瘦，堪憐風月之一錢。帚莫比金，字宜覆瓿。尚須謄藁，仰干孔筆之删；深愧閒藤，徒費郢斤之斫。眷言序謝，需意定交。謹具啟申謝，伏惟薰慈俯賜，鑒念不宣，謹啟。

【校勘】

［一］馮伯田復先生啟：馮伯田，原作“馮伯思”，據此文首自稱，可知作者名爲馮坦，安嶽人。今檢方回《馮伯田詩集序》，称“馮君名坦，普州安嶽人。普石秀天下，故以扁其座有。伯田其字也，一字然明，之江津夾槽務掌兩魁浙漕。”另，本册卷十一有《寄馮伯田先生啟》，據此可知，“馮伯思”實乃“馮伯田”之誤，故改。

［二］藏氣待時：氣，文淵閣四庫全書本作“器”，依康熙刻本。

又復啟

伏以被命橫經，已蹈好爲之戒；摛文御袖，敢當溢美之辭。圭復以還，珍藏惟謹。恭惟新恩，僉著識高而學博，詞贍而氣宏。經籍幾百家，研究隱奧精微之妙；上下數千載，洞明盛衰消長之幾。猶懷不自滿之心，尚欲廣下交之益。陳安卿之居臨漳郡，君實似之；韋中立之待柳河東，吾則豈敢。愈彰謙施，倍覺震兢。某冒據鱣堂，有愧鴻石。誦子虛之賦，徒嘆逸才；贈美人之珠，莫酬雅意。匆匆攄謝，負負矢詞。伏乞台炤。

曹弘齋復先生啟

伏以短書雙燕，偶側入于文俳；良訊兼金，遽單提于譜引。竅鳴蝇其已細，玉抵鵲以何奢。極佩謙渠，稍抒摧謝。恭惟定宇先生，大宗潙汭，耆俊休陽，源深流長，稱門閥雲霄之句；宇定光發，兼文字德行之科。早亢志于青氈，即研精于黃卷。造車合轍，待旦枕戈。莊鵬運以搏扶，垂當立歲；漢龍興而設學，是亦亨辰。既不爲塲屋綴緝之文，因得肆檠窗討論之力。英詞雄雅，餘力滂葩。念昔先人，没而可祭于社，施于孫子文而擢。第于官併賢書賢關之彥，踰二十人。自一姓一村以來，溢十九世。匪但杜鵑吟之可誦，何必瀧岡表之能書！吐以爲經簡，而有法。尚興憐于晚末，使附語于卷終。豈薄領卑官，敢向兩尚書而咼足？或佛經賤氏，可在諸先達之後。塵封菲愛，隆瓊瑤報。侈高文成于嘻笑，足窺綉口之奇；華衮以爲褒稱，惟覺汗顔之厚。某納交差晚，託好甚眞。已嚴什襲之藏，庸效七襄之報。讀后山先世之狀，允謂重光；羞子建七步之才，倘蒙含垢。

定宇先生墓誌銘[一] 揭學士傒斯撰

聖人之學，至於新安朱子廣大悉備。朱子既没，天下學士羣起著書，一得一失，各立門户，爭奇取異，附會繳繞，使朱子之説翳然以昏。朱子没五十有三年，而陳先生櫟生於新安。生三歲，祖母吳夫人口授《孝經》《論語》，輒成誦。五歲入小學，即涉獵經史。七歲通進士業，十五歲爲人師。二十三而宋與科舉俱廢，慨然發憤聖人之學，涵濡玩索，廢寢忘食，貫穿古今，羅絡上下。以有功於聖人，莫盛於朱子，懼諸家之説亂朱子本真，乃著《四書發明》《書傳纂疏》《禮記集義》等書餘數十萬言。其畔朱子者，刊而去之；其微辭隱義，引而伸之；其所未備，補而益之。於是朱子之學焕然以明。方是旹，惟江西吳先生澄以經學自任，善著書，獨稱陳先生有功朱子。凡江東人來受學，盡送而歸之陳先生。然吳先生多居通都大邑，又數登用於朝，天下學者四面而歸之，故其學遠而彰、尊而明。陳先生居萬山間，與木石爲伍，不出門户，動數十年，故其學必待其書之行，天下乃能知之。及其行也，亦莫之禦，先生可謂豪傑之士矣！先生字壽翁，其所居堂曰“定宇之堂”，其自稱曰“東阜老人”。唐之季，其先有諱禧者，自桐廬辟地新安，居休寧之西三十里藤溪之上，世多通人顯士，今姓其里曰“陳村”云。曾大父諱伯仝。大父諱慶大。父諱源長，以《春秋》教授。先生孝友剛正，動中禮度，不以勢合，不以利交，四方來學，諄諄善誘。延祐賓興，有司逼廹就試。既與貢，當赴春官，稱疾固辭。其學大抵以朱子爲歸，其所嚴事曰黄常甫先生，所與游曰方公回、曹公涇。以元統二年甲戌二月十有四日[二]，年八十三，卒。後五日，配朱氏七十九，亦卒，皆無疾。其卒也，即初昏之月，又以是月癸未合葬所居之後先塋[三]。朱氏有賢行，家政無鉅細皆身理之，不以勤先生。先生得專力於學，亦其配之助也。子男二，照、勲。孫男三，埜、圻、基。勲、圻先卒。女一，嫁程怡。曾孫男一，鎜。明年，其孤以其父之執汪君炎㫤所爲狀介其門人朱燦請銘。銘曰：先生之學，既博而約。先生之行，既專而靜。不爲利疚，不爲名高。杜門空山，與道游遨。其書孔富，其後孔茂。八袠非壽，與天地久。

【校勘】

［一］定宇先生墓誌銘：（明）程敏政《新安文獻志》作"定宇陳先生櫟墓誌銘"，依康熙刻本。

［二］以元統二年甲戌二月十有四日：二，原作"三"，按甲戌應爲元統二年，故改。

［三］又以是月癸未合葬所居之後先塋：先，文淵閣四庫全書本作"山"，依康熙刻本。

定宇先生行狀　同郡汪炎昶撰　元统二年

先生姓陳氏，諱櫟，字壽翁，定宇其自號也，晚更號東阜老人。其先蓋有嬀氏之苗裔。唐末，避巢寇亂，自桐廬遷新安者曰禧，得地于休寧縣治西南三十里藤溪，樂其山川風土之美，家焉。歿，葬縣南鬲山，廟食其地，逮今人稱鬲山府君，事之甚謹。是爲始祖。後子孫蕃衍至數千，指在宋時登科及第入仕者，代不乏人，族益大，以姓名村，藤溪之名罕稱焉。曾大父諱伯仝，大父諱慶大，父諱源長，皆不仕。初，大父天寵公田疇甲一鄉降及於曾横罹凶禍以隳其業，徙居鄉南五城，逮考否極未泰。而力學不倦，以麟經教授，師之者衆，有董子下帷之遺風[一]。德祐乙亥，五城驛道，軍馬經行，遂挈家還陳邨。先生自幼頴異不羣，族祖通守公慶勉有知人鑑，深期之。方其脱襁褓能言，祖母吳氏口授所記《孝經》《論語》，若古文歌詩之類，聞輒成誦。五歲入小學，所業皆覆記不忘。七歲能通經義。比十有五，即出而淑人，自是刻意劬躬，日勵於學，文以益進。同郡溪陽汪公復，宋名進士，嘗主省監文衡，衆所推服，晚年家居品題，麗澤課試，以先生所課魁四經二千餘卷，老成抑居其下，莫敢瑕疵，㫖猶未弱冠也。咸淳癸酉，始就方州試，以書經與待補選，明年赴江東混試，厄於病，不果與試而還。又明年乙亥，則科舉廢矣，先生於是忼慨發憤，惟以著書立言爲務。於書無所不讀，讀則一一反覆研窮，必領其要而後已。然必以諸經爲本，坐臥諷誦不輟，至若朱子四書，則貫穿出入，尤所用意。涵濡既久，簡牘斯形，于是《語》《孟》有《口義》，《書》解有《折衷》，讀《易》有《編》，釋《詩》以句，六典有《撮要》，三傳有《節註》，大、小《雅》有《釋》，于《通鑒》則約取其至要，於《通略》則增廣其未備，大抵必以不倍先儒之説，不失本文之意爲主，其用心亦良苦矣。延祐甲寅，科舉肇興，旹年踰耳順，無復進取意，而逼迫于有司之所推選，黽勉一就江浙鄉試。既試即歸，未幾以中選當赴都，郡侯勸駕，親抵邑郛，度不可辭，即日上道。至行省，獲辭，以疾而歸。杜門著書如故，越兩寒暑，而《四書發明》成，既而又編《書傳纂疏》《禮記集義》等書，其間發先儒未發之旨，剖前輩未剖之疑，不一而足。閩坊購得其本，皆刊行於世。先生質實重厚，剛毅鯁直，其平日履操如玉無瑕。居家處鄉，雖溫然和厚而莫不肅然敬憚。於朋友不妄交、不苟合，然既內交至誠，終久弗渝。爲文不事雕琢而波濤汗漫，追配古作者。人有所問，無不即答，答即無不詳備，以是學者樂從之遊。而先生亦能應接不倦，各隨其資質而成就之。其爲學得于家庭之講貫爲多，最後始從鄉先生黄公常甫遊。黄公之學出于星溪萬菊滕先生，滕之先璘、珙二伯仲皆爲朱子高弟，其流風餘韻之在是者，得以優游而涵咏之，故其所就益精深且醇正也。是旹，鄉先達方公回、曹公涇皆號文埸老手，先生相與切磋，甚爲二公所敬服。曹公序其《論語口義》以文公忠臣稱之，由今觀之，世有《纂疏集成》，雖皆爲四書羽翼，然《語錄》無新舊之分，衆説有泛切之混，《章句集註》反爲所汨没，讀者葢深病之。及《發明》出，而此獘始掃，謂之忠臣，不亦宜乎？炎昶於元統癸酉秋詣先生以所著述求。是旹，方康强家居，指教不一。玆嵗館寓相近，方祈盡求，聞所未聞，孰知不疾而逝。嗟乎！曩者未及古文之際，視書生廉慎如贅疣，風俗甚不古。逮今科舉既行，儒風大振，則前輩凋零已盡，惟先生巋然。學者方以爲有所師仰，而天不憖遺竟止於是，豈不重可痛哉？論者以先生懷抱道德不出用於世，深爲惜之，然托遺經以立言，闡聖賢之大道，大有補於世教而無愧於古人，不可朽矣。他何足計哉？以淳祐壬子三月二十七日實生五城，歿以元統甲戌二月十四日，享年八十有三。配朱氏，生于大族，慈柔勤儉，得於天性，事上鞠下，皆可爲法。事無鉅細，不以累先生，而能充廣基業以裕其後，可謂賢矣。後先生歿之五日，亦不疾而逝，享年七十有九。葢始而合巹，終而属纊，皆前後甲戌二月，其偕老如此，人以爲罕見焉。子男二人，照、勲。孫男三人，埜、圻、基。女一人，嫁邑士程怡。勲、圻皆先卒。曾孫男一人，鎜。先生遵守家法，命治喪不用浮屠，至於地理之説，尤非所喜。嘗自欲卜於所居後山先壟之側，及是，其孤從治命，以二月癸未穿窆奉兩柩合葬。以炎杲于先生久托，好斯文命，埜哀痛致辭，委以狀先生之行，將求天下之名能文者而請銘焉。辭不獲，敬爲之，次其實如右云[二]，謹狀。元統二年甲戌二月丁亥汪炎昶狀。

【校勘】

［一］有董子下帷之遺風：子，原脱，據文淵閣四庫全書本补。

［二］敬爲之，次其實如右云："之"後原衍一"此"字，據文淵閣四庫全書本删。

定宇先生贊　新安太守金石作

於戲！先生生於宋季，長於元初，幼則穎悟，涉經獵書，知楊墨之惑世，傷佛老之異途，心乃契乎周孔，志擬接乎程朱，古今貫穿，理道涵濡，遠宗虞夏，邇逮泗洙，析體用之毫髮[一]，審經權之錙銖，補先儒未補之闕，論史臣既論之餘。於戲！先生圓而不混，方而不迂，豪而不放，謹而不拘，非泥古執滯之文士，實天下正大之丈夫。知徽州府事金石拜贊。

【校勘】

［一］析體用之毫髮：髮，（明）程曈《新安學系錄》作"釐"，依康熙刻本。

謝揭學士撰定宇先生墓銘啟 門人倪士毅代先生子明卿作[一]

伏以學師朱子，先美未彰；文配韓公，豐碑有耀。存亡均感，遠邇咸稱。竊惟心無古今，跡有隱顯。故雖心乎古學，豈能使今人之悉知。葢由跡本隱居，正須待顯者之提掇；况在深山之寒士，尤資名世之鉅儒。伯牙皷琴，非鍾子期之聽而孰察；左思作賦，必皇甫謐之序而始傳。固宜奏流水之音，因可貴洛陽之紙。斯僅長于一技，尤不泯於千年。矧惟先子之存，寔竭終身之力。耕經獵史，人皆推後進之範模；著書立言，志欲作先儒之羽翼。雖已流傳而刊布，孰能特達而品題。恐嘉禾稊稗之同生，則美玉碔砆其曷辨。既没世不無遺恨，在嗣子未獲良圖。遂集同門，博詢誌墓。僉謂蘊長公之在宋，不輕泛於銘文；又謂柳公權之居唐，尤貴重其書字。乃憑良友之遠行，特走京師而懇請。此葢伏遇監丞學士，曼碩先生，西江派遠，北斗望隆。一字衮褒，燦若分輝於五緯；片言鼎重，粹乎致意于諸經。抉雲漢以成章，驅波濤而入筆。遂託萬鈞之力，特榮一介之微。不諛匪劉义之敢譏，無愧豈蔡邕之可比。推其餘潤，表此新阡，足發幽光，永傳不朽。某恭承嘉惠，無忝所生。逝者欣然，端可慰還家之鶴；謝誠率爾，譬諸存告朔之羊。徒知伏楮以懷慙，未果詣門而展敬。甚爲感佩，莫究敷陳。倪士毅代作。

【校勘】

［一］門人倪士毅代先生子明卿作：原闕，據（明）程曈《新安學系錄》補。

勤有堂記 門人朱學士升撰

先師陳先生，生淳祐壬子[一]，二十有四歲[二]，始自縣南五城復居陳邨。又幾三十年[三]，積累書會之俸，始成新居於阜東之下，而扁其堂曰"勤有"，取諸韓公《示兒詩》語，以詔來昆也。先生未弱冠，已蜚聲鄉校，裏老儒朱公楚材奇而器之[四]，妻以族女，實協心媲德，以成其家政。書田筆耒[五]，歲之入也，蠶績亦參之一焉。是以先生既成其屋廬矣，畢婚嫁，長孫曾，爲科第著述[六]，爲邑里儒者第一。元統甲戌，先生年八十三，妣年七十九[七]，先後六日而卒。未二十年，淮兵起，屋以毁壞[八]。歲丁未，先生曾孫鎜授徒於鄉，以前翰楊仲弘之子宗道所書“勤有堂”記榜[九]，揭于寓屋。復先生之業，此其權輿也歟？鎜謂朱升：“‘辛勤三十年，始有此室廬’，韓公詩也；‘詩書勤乃有’，亦韓公詩也。觀吾家堂銘者[一〇]，惑而弗辨，幸爲記以昭之。”升事先生二十餘年，誼莫重焉[一一]，楚材公吾曾祖諸從也，属莫親焉，宜記者莫我若也。鎜以其妣始居其家[一二]，則舉先生夫婦成家之故，實勤有之言以爲告者，宜亦莫此若也。韓公二詩，蓋當時士習，昔人評之，兹無庸論。然以勤而有，以怠而廢[一三]，不特詩書、屋廬二事爲然[一四]。第于二事中，在吾儕亦不可不知所先後耳，子其試思之[一五]，抑又有進于是者。聖人繫《易》，于《豫》之上六曰：“冥豫成，有渝無咎。”于《升》之上六曰：“冥升，利于不息之貞。”先生心學，有出于韓公詩語之外，此升所得于先生者，不可以不告也。少陵贈王砅詩曰：“我之曾老姑，爾之曾祖母。鳳雛無凡毛，五色非爾曹。”子其勉之[一六]！

【校勘】

［一］生淳祐壬子：生，原脱，據（明）朱升《朱楓林集》補。

［二］二十有四歲：歲，原脱，據（明）朱升《朱楓林集》補。

［三］又幾三十年：（明）朱升《朱楓林集》作“越二十一年”，依康熙刻本。

［四］裏老儒朱公楚材奇而器之：儒，原脱，據（明）朱升《朱楓林集》補。

［五］書田筆耒：書，（明）朱升《朱楓林集》作“紙”，依康熙刻本。

［六］爲科第著述：爲，（明）朱升《朱楓林集》作“而”，依康熙刻本。

［七］妣年七十九：妣，（明）朱升《朱楓林集》作“妃”，依康熙刻本。

［八］屋以毁壞：壞，（明）朱升《朱楓林集》作“廢”，依康熙刻本。

［九］以前翰楊仲弘之子宗道所書“勤有堂”記榜：宗道，原脱，據（明）朱升《朱楓林集》補。記，（明）朱升《朱楓林集》無此字，依康熙刻本。

［一〇］觀吾家堂銘者：銘者，（明）朱升《朱楓林集》作“名”，依康熙刻本。

［一一］誼莫重焉：重，（明）朱升《朱楓林集》作“厚”，依康熙刻本。

［一二］甃以其妣始居其家：妣，（明）朱升《朱楓林集》作“妃”，依康熙刻本。其家，（明）朱升《朱楓林集》作“是室”，依康熙刻本。

［一三］以怠而廢：以，原脱，據（明）朱升《朱楓林集》補。

［一四］不特詩書、屋廬二事爲然：詩書，原脱，據（明）朱升《朱楓林集》補。

［一五］子其試思之：思，原脱，據（明）朱升《朱楓林集》補。

［一六］子其勉之：（明）朱升《朱楓林集》作“子其勉諸！正月元日記”，依康熙刻本。

定宇先生祠堂記　同邑程宫詹敏政撰

自徽國文公得河南兩夫子之傳，斯道復明於天下。及門之士厭飫其説，蓋充然各有得焉。顧未一再傳能不失眞者，則已寡矣！定宇陳先生生文公之鄉，崛然起，厭俗學之陋，直以公爲師，其學之博，蓋無理不窮，卒歸于至約；其行之篤，蓋無事不核，必底于大中。然生當叔季，未有能知其德美者，先生亦遯世無悶，日以著述爲樂。由是文公之言，微者彰，略者備，離之者一，溷之者瑩，學者有所恃而不畔於聖人。先生之道雖不大顯于時，然紹前啟後之功，則有不可誣焉者矣。先生家徽之休寧陳村，故宅在焉。族人以蕃至，四世孫旬居益貧，始不能自存，而爲里人所據。族孫彦威毅然率旬之子洪白有司，請復之。知府事福山，孫遇及廵按御史甫田陳叔紹相繼下令，俾縣官出公帑歸地于陳。而彦威又率族人性初等鳩材募工，建祠其中，每歲正月二日，合族人等奠獻禮。復本先生意，以八月一日祭始祖高山府君，奉以配焉。葢于今三十年矣，未有記之者。彦威之孫縣學生榮具始末屬之，敏政謝不敢當，請益堅，則憮然以告曰：於戲！道未始一日，亡于天下，而人之獲聞斯道，則有説焉。自宣聖以博約之訓畀顔子，以一貫之説告曾子，而子思之明善誠身、孟子之知言養氣，後先立教，如出一揆。葢知之真則其行也達，行之力則其知也深，兩者並進，如環之循，然後作聖之功可圖，而道可幾也。去聖既遠，百家肆出爲世大蠹，至程、朱氏而後絶學以傳。從事其遺書者，葢多以聞道自詭，所謂知之真、行之力者，其孰可當其人耶？是固有非末學所敢議。而百世之下號文公世嫡，則先生其人矣。或乃以訓詁之儒疑先生，是豈善論其世者哉！彼訓詁者，或夸多鬬靡而流于迂，或强探力索而習于鑿，或單詞隱語而入于怪。間有一二之得，亦所謂偶然之知爾。先生之書具在，竊伏窺之，其言約而義精，其文贍而味永，非有聞于斯道而充然[一]，其若此哉！不以真知爲學，而指訓詁者爲知，不以達道爲志，而推愿慤者爲行，是何足與論先生，而究斯道體用之大全也哉！因先生以求，文公溯河洛，上窺洙泗圖，無愧于兩間，固士之責，亦先生所望于學者。鄉邦小子，尤不可不勉也。詩云："高山仰止，景行行止"，吾人以之。又云："无念爾祖，聿修厥德"，陳氏以之。祠成于景泰壬申之歲，力多出彦威，而榮與鰲能讀先生之書，後當有聞于時者，其追遠嚮道之誠，出流俗遠甚法當書之性。初以下與有勞費者，悉附名石陰。邑後學程敏政撰。

【校勘】

[一] 非有聞于斯道而充然：而，文淵閣四庫全書本作"能"，依康熙刻本。

理學名儒坊傳　同邑范方伯涞著

布衣陳櫟，元儒，字壽翁，藤溪人。三歲，祖母吴口授《孝經》《論語》，輒成誦。五歲涉獵經史。七歲通進士業。十五爲人師，致力于聖人之學，貫穿古今，羅絡上下，所造精深醇正。懼諸家之説亂朱子本真，乃著《四書發明》《書傳纂疏》《禮記集義》《讀易編》《讀詩記》《爾雅釋》《六典撮要》《三傳節註》《增廣通略》諸書。爲人質寔重厚[一]，剛毅鯁直，于朋友以敬合。凡江東人受學者，盡歸之，稱定宇先生。詳見《郡誌·儒林傳》及揭文安傒斯墓誌銘。同邑後學范淶撰。

【校勘】

［一］爲人質寔重厚：重厚，文淵閣四庫全書本作“厚重”，依康熙刻本。

跋定宇先生文集后　同邑施璜撰

往，余讀《汪仁峯先生集》，謂元季明初之間，吾郡典章文物之盛，理學相傳之眞，他郡或未之過，首推定宇先生爲朱子世嫡焉。竊嘗思之，當年休有定宇陳先生櫟、道川倪先生士毅、楓林朱先生升、東山趙先生汸、禮侍朱先生同、平仲范先生準，歙有弘齋曹先生涇、師山鄭先生玉、白雲唐先生仲實，婺有雲峰胡先生炳文、雙湖胡先生一桂，黟南程先生文、蓉峰汪先生叡，祁有環谷汪先生克寬，皆以幸生朱文公之鄉，熟讀朱文公之書，務必淑諸身心措諸事業。先後百餘年間，師友淵源，名儒迭出，故修辭制行皆如渾金美玉，有一亦自貴重於世，矧其多乎？是以當年文盛一郡，有“東南鄒魯”之稱。朱子世嫡之號，洵不誣也。然究其所以首推定宇先生爲朱子世嫡者，則以其發明《四書》《集註》無絲毫敢出朱子窠臼外。所謂實用聖賢工夫，故看得聖賢之意出；實用朱子工夫，故看得朱子之意出者也。而諸家之說，有畔於朱子者則刊而去之，微詞隱義則引而伸之，而其所未備者，復爲說以補其闕，故《大全》《輯釋》諸書皆稱定宇先生爲“陳新安”，云尊之至也。何俗儒不察，猶以布衣未仕，少之何其見之陋乎？雖然人亦未見其著述之富耳。五經，非大儒不能盡通，先生于《書》則有《書解折衷》《纂疏》，于《詩》有《讀詩編》，于《易》有《讀易紀》，于《禮》有《集義詳解》，于《春秋》有《三傳節註》，非涵濡貫徹而能羽翼經傳如是乎？惜卷帙散亡未盡傳於世耳。然其爲說，則已散見於《五經大全》及《文集》中。苟得其《文集》讀之，而其著述大旨亦畧可識矣。故汪星溪先生假館於陳村者數十年，手錄先生《文集》與同人閲，有志圖梓而未逮。歲在庚午，先生族孫子京博學不倦，欲謀之同志付梓，已與余往復訂正矣，孰意陳子毅軒男於從事一見書崖陳子編輯佳本即捐資刻之，以公同好乎？此司成，吴公所以贊毅軒此舉有功於定宇先生也。予亦喜慰素懷，更有厚望於吾郡焉。當年稱“東南鄒魯”者，有定宇先生等十餘人，今定宇、東山、楓林三先生文集已梓行世，其他如道川、師山、雲峰、環谷諸先生遺書，安得賢者盡剞而傳之乎？且願讀其書者，因交以覈其實，即其實而反諸身，使前輩典章文物之盛、理學相傳之真復見於後世，則“東南鄒魯”之稱，雖謂至今猶然，可也。是在善學東皋老人駿業以續朱子世嫡之傳者，予不勝預爲吾郡慶，謹跋於先生集後，以爲他年左券云。

鄉後學施璜頓首拜跋。

跋　同邑後學吴承漸撰

漸童年受業《章句大全》，見所列先儒多新安姓氏，先君爲詳示其鄉里事蹟。定宇陳先生家在藤溪，道川倪先生、楓林朱先生皆在先生門墻，而三人所居又俱在十里之內。漸私心嚮慕無由，過陳村倪玕之間，瞻拜先生祠墓，挹其流風遺澤，一展私淑之忱。歲甲寅，假館於梅溪，密邇陳村，求先生所著書，十餘年不可得。前歲偶獲先生文集數卷，雖少愜夙願，然如序所云，易略及詩大旨，《書解折衷》《蔡傳纂疏》《禮記集義詳解》《春秋三傳節註》《論語中庸口義》《四書發明》《古今通略》諸書凡十餘萬言，皆未獲一見，大略散見於《經書大全》及問答序文之中而已。今者，先生族孫毅軒之賢，刊成先生之遺書，漸披讀而深讚歎焉。葢闡揚前徽，嘉惠後學，誠不朽之盛事也，豈獨昌明家學而已乎？先生造道至深，故言無枝葉，窮理至極，故語皆精醇。其微者，研究性天，融貫經傳；其顯者，辨析疑義，折衷群言。俾聖道明而異端息，學者知所依歸，繼往開來之功，豈後世儒者所能及也？自朱子殁，而聖賢大中至正之道蕪於訓詁之麗訛歧於陳、陸之旨，趣當禁錮摧戕之餘。先生毅然以正學爲己任，自謂沉酣四書三十餘年，其《發明》大義一本《章註》及《語類》，涵者發之，衍者約之，畧者拓之，諸說之叛者芟而去之。先生之致力亦云勤矣。觀其論蔡傳之所不同，辨別朱子之緒言軼事，知其得諸常甫黄公德粹、滕公之親承者，淵源蓋弘遠矣。《通略》所輯，主乎簡要，然槩括全史原本綱目而時有所去取，其議論精當，深足開發識力，豈但爲初學之津梁而已也？孔孟之傳，得朱子而大明；朱子之書，得先生而益著。先生爲紫陽之功臣，蓋天下後世之公論也，詎止草廬、弘齋二先生之言哉。

旹康熙乙亥年冬，同邑後學吳承漸謹識。

陈定宇先生文集跋　同邑後學葉良儀撰

自庖犧氏乾坤二畫筆，萬世文字之祖厥。後六經四子炳垂天壤，凡君公至於士庶，莫不崇奉率由。他若騷賦詞章，名家代有，雖其菁華藻采，亦自蔚然可觀，而究不足以法，傳者則以文乃載道之器，學者苟於聖賢之道，未聞文即極工，終若玉巵無當也。新安篤生子朱子，由周、張、二程上接乎孔孟之統，一生著述不下百餘萬言，無一字一句非闡發聖賢理道者，故其爲文朗如星日，沛如江河，屹如山嶽，堂堂正正，顛撲不破。逮子朱子殁，新安士大夫幸生其鄉，得聞緒論。宋末明初，名儒迭出，一時競稱吾郡爲“東南鄒魯”，而吾邑陳定宇先生首推子朱子世嫡焉。蓋先生生於子朱子之後僅五十有三年，世邇而居近，知眞而信篤，見當時人士浸淫子靜之學術厖雜，同甫之事功，反覆辨析，不遺餘力，一生著述亦不下百餘萬言，亦無一字一句非闡發子朱子理道者。堂堂正正，與子朱子先後一轍，如《四書發明》《書傳纂疏》《禮記集義》《讀易編》《讀詩記》《三傳節註》等書，其有功於經傳不具論，即其《隨錄》有云：“象山之學寔流爲禪，專以覺悟訓學者。而詆斥濂溪、伊洛，有禪家呵佛罵祖意。”明眼覷破，已使陸無遁形，而吾邑後起名爲宗朱者，尚有云儒者，曰其學似禪釋者，曰我泫無是爲象山分解者，更有著《道一編》迷惑學人者，藉非先生懃懃懇懇，羽翼紫陽，後之人雖欲聞子朱子之説，其孰從而求之？

况今之學者更不可問矣。目未覩子朱子之書，樂姚江之便捷，信其晚年定論，《一編》反以爲朱之初尚不逮陸，雖明季陳清瀾先生著有《學蔀通辨考》，其年月糾其顛倒，足破誕妄之奸。然辨駁較多發明殊少[一]，則人猶未知子朱子之所以集諸儒大成而上接孔孟也。邇年，崑山徐司寇既刻先生《尚書纂疏》於經解中，而先生族孫毅軒、書崖二公，今又梓先生文集行世，遂使千百世後之學者讀先生之文，確然深信子朱子之所以當遵、異端之所以當黜。而由濂洛以遡洙泗，無岐途無迷津，則先生祖孫均有功於聖賢道統之傳，顧不偉歟？抑儀十三世祖仲翔公，諱龍，生宋咸淳乙丑，少先生十四歲，潛心子朱子之學，元至大中爲青陽教諭，崇祀名宦詳載郡邑志及家譜，實受業於先生之門。兹毅軒公又以先生《文集》見委跋尾，而儀末學小子亦得掛名集中，是又寒家祖孫之私幸，不僅爲千百世學者幸而已也。

同邑後學葉良儀頓首拜跋。

【校勘】

［一］然辨駁較多發明殊少：較，文淵閣四庫全書本作“頗”，依康熙刻本。

圖書在版編目(CIP)數據

《定宇集》點校/(元)陳櫟著;郭曉燕點校．—合肥:合肥工業大學出版社,2021.12

ISBN 978-7-5650-5485-3

Ⅰ.①定…　Ⅱ.①元…②郭…　Ⅲ.①古典文學—作品綜合集—中國—元代　Ⅳ.①I214.72

中國版本圖書館 CIP 數據核字(2021)第 204457 號

《定宇集》點校

(元)陳　櫟　著　　　郭曉燕　點校　　　責任編輯　郭娟娟

出　版	合肥工業大學出版社	版　次	2021 年 12 月第 1 版
地　址	合肥市屯溪路 193 號	印　次	2021 年 12 月第 1 次印刷
郵　編	230009	開　本	710 毫米×1010 毫米　1/16
電　話	人文社科出版中心:0551-62903200 營銷與儲運管理中心:0551-62903198	印　張	25
		字　數	372 千字
網　址	www.hfutpress.com.cn	印　刷	安徽聯衆印刷有限公司
E-mail	hfutpress@163.com	發　行	全國新華書店

ISBN 978-7-5650-5485-3　　　定價:68.00 元

如果有影響閱讀的印裝質量問題,請與出版社營銷與儲運管理中心聯繫調换。

图书在版编目(CIP)数据